昌黎味道

王双忠 主编

燕山大学出版社

· 秦皇岛 ·

图书在版编目（CIP）数据

昌黎味道 / 王双忠主编. —秦皇岛：燕山大学出版社，2022.12
ISBN 978-7-5761-0461-5

Ⅰ．①昌… Ⅱ．①王… Ⅲ．①散文集－中国－当代 Ⅳ．①I267

中国版本图书馆 CIP 数据核字（2022）第 245486 号

昌黎味道
CHANGLI WEIDAO

王双忠　主编

出 版 人：陈　玉			
责任编辑：孙志强			
责任印制：吴　波		封面设计：方志强	
出版发行：燕山大学出版社 YANSHAN UNIVERSITY PRESS		电　话：0335-8387555	
地　　址：河北省秦皇岛市河北大街西段 438 号		邮政编码：066004	
印　　刷：秦皇岛墨缘彩印有限公司		经　销：全国新华书店	
开　本：787mm×1092mm　1/16		印　张：19	
版　次：2022 年 12 月第 1 版		印　次：2022 年 12 月第 1 次印刷	
书　号：ISBN 978-7-5761-0461-5		字　数：360 千字	
定　价：79.00 元			

编 委 会

主　编：王双忠

副主编：王志勇　左子萱　李　娜

编　委：张剑东　王玉梅　方向升　梁　坤
　　　　赵丽丽　吴中心

我们每个人心里都有一首歌

（代序）

　　乡愁，是有着其特殊的味道的，或酸或甜，或辛或涩，或者几种味道夹杂在一起，五味杂陈，说也说不出来。我不止一次想把乡愁的味道一一叙来，然而又多次放弃。究其原因，不是味道随岁月而寡淡，而是感觉笔力拙乏，不敢言语。我不止一次想对乡愁进行定义，却始终找不到合适的字眼，或许自己的视野不够宽广，或许自己的语言依旧贫乏，不管当时的想法多么弘美，最终都搁置了下来。然而我始终都有一个信念，一定要把乡愁记录下来，把具有昌黎特色的乡愁记录下来——拾捡岁月曾经的味道。

　　2022 年，时值党的二十大胜利召开，我们立足"留住乡愁"这一创作源泉，立足新农村建设的乡村自身发展规律，立足乡土味道、乡村风貌，立足留得住青山绿水、记得住乡愁，从昌黎的文化元素出发，将那些青葱往事、故园情怀，创作、编辑出版《昌黎味道》一书。

　　这是一本散文集。

　　这里，我们谈谈作者、作品。王民宏，农民。一手的茧子，谁也不知道他能写文章，甚至他自己也不知道他自己写的是什么文体。他记录生活，用自己淳朴的视角，来审视农村生活里的细节。他写的《井的故事》，甚是单纯和朴素。其中没有华丽的语言，都是简单的细节描述。"眼前这口老井，不深，十米见底。这井最下端用方木做成井圈，共三层，其木质坚硬，选用上好的独梨木，再往上是用石头垒起来的。水井的最上面是用很厚的大长条石垒成的，非常平稳，多年后未见移动过。"读到这儿，感觉作者是在给我们讲故事，故事里的事一切都源于平淡，平淡得让你不敢质疑。这或许就是一种渲染的力量吧。王民宏是一名村党支部书记，他心里的故事很多，每一则故事都与老百姓的衣食住行密切相关，"井的故事"便是其一。

《那年攀上碣石顶》，作者孟庆忠。孟庆忠，唐山人，久居乐亭。来到昌黎，登上碣石山，是一种向往，是一种热爱。他自幼生长在还乡河畔的平原，他这样描述：儿时对"山"的印象，还是在晴日里北望天际出现的"山影"。问大人究竟走多远才能到近前，他们也说不清楚。所以，"上北山"，便成了久蓄的痴念。附近的燕山余脉游遍了，就不再新鲜，甚至总觉得连山都算不上，只能叫低矮的丘陵。于是就动了"真正去爬一次山"的心思。有次临睡前听到同宿舍的哥们儿议论，火车往东走一站，就是昌黎，城郊的碣石山，乃是渤海近岸的最高峰，素有"神岳"之称。听得入神，竟插言道：可是曹操《观沧海》之碣石？可是毛泽东"萧瑟秋风今又是"之碣石？答曰正是。心中暗喜，唯望伺机促成。碣石，是昌黎的地域符号，碣石令他心驰。于是，他们五人小团队大步流星，向目标挺进。路上遇到驴车车主，提醒他们还是坐车节省体力，应该为登山养精蓄锐，他们以为这不过是其招徕生意的借口，继续"执迷不悟"。热爱，原来就是这么简单；追寻，原来就是一种精神！

《又是一年秋收时》，作者王玉梅。"秋风不仅是降温剂，更是神奇的调色剂。几乎一夜之间，天空便湛蓝如洗，万顷庄稼也褪去了绿衣，以一身黄澄高贵的色彩隆重登场。""虽然大部分叶片已经枯黄，粗壮的玉米棒却呈现出昂扬架势，玉米秸也是直挺的、有力的，烘托出强烈的喜剧色彩。秋风一吹，色彩里收入了暗红的深重，便显得特别沉稳。"这是极具乡土气息的文字，从中可以体会到劳作间隙的喘息，劳作便是艺术创作的源泉。"腰一直猫着，一棵棵玉米秸倒下去，一排排玉米秸倒下去，一块块玉米秸倒下去。镰刀真的很神奇，它不仅能割断植物，还能割出路，割出身后一大片开阔无垠的空间。"

这里的作者，没有一个是专职，都是兼职，如王民宏一样，业余创作，只为了去品味生活、记录生活；这里的作者，大都另有职业，有教师、公务员、医生、农民……他们写作的内容往往与他们所从事的职业有关，有的明显，有的不太明显。但无论哪一方面的创作，都源于他们对生活无限的热爱，从热爱的基点出发，进行思悟，升华到精神生活的层面上来，用烫手的情感，给读者以感染。从他们的文字里，可以感受到他们精神世界的丰富，既体现着"初心"，也体现着"乡愁"。

这样的好作品还有很多，不胜枚举。这些作品都是有来由、有出处的——来自我们的故乡和精神家园，来自我们的乡愁，来自我们对生活与生命的赤诚和感恩，来自我们对人生、对事业、对祖国的热爱，更来自不忘"初心"，记住"乡愁”，体味新时代的波澜壮阔！

我们每个人心里都有一首歌，主题就是家国情怀。家国情怀是对祖国和人民的深情大爱，是对国家富强、人民幸福的理想追求，是对国家的高度认同感、归属感、责任感和使命感，是一种深层次的文化心理密码。

迎庆党的二十大，我们以此为歌。

编者

2022 年 9 月 5 日

目录

目录

第一部分

乡愁放歌

饮不尽乡愁

李 伟

"若为化得身千亿，散上峰头望故乡。"每读到柳宗元的这两句诗，便总觉得那情景仿佛说的就是自己。从十六岁离家求学开始，我在家乡生活的时间便越来越少；十七年前，父母举家搬进城市，祖宅易主，我回家乡的次数更是屈指可数。每当意识到那个生我养我的小村庄已成为我的"故乡"时，乡愁便如迢迢不断的春水，铺天盖地地袭来，打湿我梦中万里归程。

乡愁·味道

最能触动浓浓乡愁的总是故乡的味道。

关于故乡，我记忆中最初的味道就是豆腐子儿。

故乡的豆腐子儿不用卤水点，而是像炖鸡蛋糕似的炖。在大碗小盆里放上简单的调料蔬菜，用煮开的豆浆一冲，放在屉上，大火蒸二十分钟，揭开锅，豆花的醇香就溢满了整个小院。尝一口，软嫩可口，堪比仙品。虽然有时我也因为急着吃而烫了舌头，可只要有豆腐子儿上桌，我总还是一马当先。

大伯母最会做豆腐子儿，一口锅能做出好多种味道。至今我仍记得她磨豆子的情景。冬日的暖阳透过窗棂洒在小土屋里，大伯母坐在炕头上。她喜欢把小磨架到炕上，下面放上接豆浆的水槽。她梳着一个圆头，头发在脑后绾成一个髻儿。她盘着腿，上半身拔得挺直，用一个小瓢儿慢慢地舀点豆子放到磨盘的圆孔里。她慢慢地摇着，磨盘缓缓转动，白花花的豆浆就源源不断地沿着磨盘流出来……

豆浆机做的豆浆，味道也鲜美，但是，终归比不上大伯母用小石磨磨出来的好喝。家里早没了小石磨，大伯母也已故去多年，那飘着豆香的小院，那暖阳里温暖的身影，只能出现在我思乡的梦中。

关于故乡，我记忆中最快乐的味道就是粉条。

我们当地把制作粉条叫"漏粉"。漏粉虽然是室内劳动，但其壮观的场面并不亚于盖房子、种大田。漏粉多在冬天，灶里的火苗舔着锅底，锅里的水花翻滚着，蒸汽笼在人们头顶上，十多个人嘴里呼出的呵气又融进蒸汽里，那才真的叫个热火朝天！打芡、和面、烧火、端瓢、拨锅、导粉，这一套漏粉的活计，只有像我父亲那样灵巧而剽悍的汉子才能干得了。

大人忙，我们小孩子更忙。我们从大陶盆里揪一块面，拍成饼的形状，放在火铲上，让烧火的把面饼放进灶火里烤。烤好的面饼又香又筋道。除了烤面饼，也烤白薯、土豆。有的时候，烧火的给忘了，面饼烤焦了，白薯烤化了，我们就不依不饶，耍着哭闹。父亲瞪着眼说："哪儿凉快哪待着去！"我们被吓得一溜烟地跑了。

漏完粉一般已经是夜里十点多钟，虽然我已经两眼惺忪、肚子咕咕，但也舍不得去睡，因为我馋那香喷喷的拌粉条。母亲把断的粉条在热锅里焯一下，拌点酱油蒜末，有时还用油炒一下，撒上一点小葱花。我总是抢过一小碗，就着刚腌好的小辣椒，呼呼大吃。

转眼间，父亲已经是耄耋老人，我也从一个总角少年到了半百年纪。但每忆起故乡便怀念起冬夜里那拌粉条的味道，童年的快乐时光就氤氲在那飘香的"夜宵"里。

关于故乡，我记忆中最温馨的味道是炸油糕。

故乡有一个风俗，过了小年，家家都要炸油糕，请出嫁的女儿回来吃。

一过小年，母亲就忙碌起来。她把糯米在温水里泡好，打发我们去磨米厂排号，因为村里家家年底都炸油糕，家家都要去磨米。我见该轮到我们家了，就让两个妹妹占着位子，我则飞快地跑回家送信。父亲便推了自行车，载着米，赶到磨米厂。回来时，父亲推着车，小妹坐在车梁上，后车座载着磨好的米粉。我和二妹蹦跳着一左一右守在两边。我们晃动的身影搅乱了一地阳光，麻雀群在空中打了一个旋，向南边的丛林飞去，巷子里正飘荡着炸油糕的甜香味儿……

祖母去世后，姑母每年都要回来小住两次。一次是我们放暑假的时候，一次是炸油糕的时候。每次姑母都会给我们带点心。姑母的头发总是梳得油光光的，一丝乱发也没有。她喜欢穿一件蓝色偏襟的褂子，她的笑容永远是那么温暖，一如她那双温暖的手。

油糕的馅是头天晚上做好的，有红豆馅的，有花生馅的，我们已守在锅边吃了不少，嘴里留着满口的甜香就香甜地睡去了。

蒙眬中睁开眼，母亲、父亲、姑母已经在做油糕了。太阳升到半空的时候，父亲把火生起来了。他一面拉着风箱，一面哼着曲子，红红的火苗欢快地舔着锅底，新榨的花生油在锅里"嗞嗞"地响着，转眼就是油花翻滚。母亲把油糕一块块地放到油锅里，父亲用漏勺和长筷子拨弄着，我端着一个小盆在旁边焦急地等着。当锅里的油糕变成金黄时，父亲迅速地捞出一块放在我的小盆里，姑母呵着气掰开看看，金灿灿的脆皮缝隙间露出油脂般软糯的白面，白面的缝隙间露出红糯的豆馅，我的嘴里早已满是口水了。

父亲又捞出三块金灿灿的油糕放到我的小盆子里，一边让我们快去吃，一边又嘱咐我们别烫着。

我们姐妹三人欢呼着跑进里屋，每人拿起一块，不停地倒换着手。第一口下去是脆香，嚼了一下是软糯，当甜香溢满了唇齿之间时，一块油糕已经下肚了。我又端着小盆子去锅边时，父亲已经炸了一大盆，他又夹了三块放在我的小盆子里，然后一边拨弄着锅中的油糕，一边说："少吃点，少吃点，一会儿给你们炸油饼！"

我们又守着锅吃油饼。当油糕和油饼都炸完的时候，我们的肚子已经圆滚滚的了。

一年又一年，在缭绕的油烟里，在噼啪的灶火里，在香甜的炸糕里，我们慢慢长大，那最质朴、最温馨的味道便成了最永恒的记忆。

乡愁·苇席

我们村里会织苇席的人家很多，我们家族织的席子在当地很有名。

但是关于苇席，我的记忆并不像吃食一样甜蜜。

那年冬天小妹才七个月大，那是一个刮大风的夜晚。吃过晚饭，母亲在地下织着一领苇席。父亲把火炉调理得旺旺的给小猪馇食。我和二妹把小妹放在一个小被子上，每人各抓着被子的两个角悠荡着她玩。我们一边晃着小被子，一边叽叽喳喳地逗她，每悠荡一下，小妹就咯咯地笑个不停。突然不知是谁没攥住被子，小妹一下子飞了出去。父亲刚把馇好的猪食从炉子上端下来，要去盖炉盖，只听"嗷"的一声惨叫，小妹正落在还沸腾着的猪食里。父亲抢上去抱起小妹，一把抹去她脸上的猪食，小妹半张脸上的皮全烫没了。母亲大叫一声瘫倒在还没起完头儿的苇席上。我和二妹知道闯了祸，躲在墙角瑟缩成一团。父亲迅速地拿起小被子把小妹裹好，叫起号啕的母亲冲出门去，小妹的哭声逐渐消失在风中。一会儿，有邻居过来了，伯母们也过来了。无论他们怎么哄，我们还是一动不动地缩在墙角，吓得哭都哭不出声来。

不知道过了多久，父亲回来了，忙乱地收拾着东西，从他和伯母的对话中，我隐约地知道了一些情况。村里的赤脚医生说治不了，需要到镇上的卫生院去住院，怕会留下伤疤。一位邻居听说村东头一户人家有烫伤药，就飞跑着去寻，那家人也跟着到了医生家，帮着做了简单的包扎。父母连夜要赶去卫生院。

我们呆呆地看着父亲收拾东西，一句话也不敢说，等着父亲责骂。临走时，父亲看了看我们，转身从柜子里拿出几块小点心，温和地呼唤我们："这是奖励你们的，你们哄妹妹哄得很好，以后还要好好哄着她。"我们这才慢慢地从墙角爬出来。父亲冲我们笑笑，嘱咐我们要听伯母的话，就抱着东西出去了。我望着手中的点心，第一次没了激情。

小妹住院的这几天，父亲偶尔会回来看看我们。每次回来，他都给我们带好吃的，从来没有责骂过我们。伯母和邻居们给我们做饭，堂姐陪着我们玩、陪着我们睡。七天之后，父母带着小妹回来了，她的小脸竟奇迹般的痊愈，没留下一丁点疤痕。

从此以后，母亲再也没有织席，父亲把那半截席头儿吊在猪圈的顶棚上。每天从猪圈门口过，我都要瞧瞧那半截席头儿，我不知道父亲为什么要把它吊在猪圈里，我自己倒是把它当作一个警示。

十年后，母亲终于把那半截席头儿取下来，完成了那张织了十年的苇席。

现在，小妹也已过了不惑之年。虽然已离开故乡多年，但只要乡亲们找她帮忙，她从不推辞。村里织席的人越来越少，但是，乡亲们那一张张亲切的笑脸，透过一根根苇篾，织进我思乡的梦中。

乡愁·屋顶

难忘故乡夏夜的屋顶。

夕阳渐渐落下去，整个村庄镀上一层金色。

晚饭前后的村庄最热闹。女人们忙着做饭，男人们忙着侍弄牲口，哄孩子的站在门口看热闹，孩子们在胡同里跑来跑去。总有那么几个七八岁的嘎小子，吧嗒吧嗒地在房顶上跑，有时还跳到人家的厢房上。在屋里的人听着那声音，就好像头顶上有车轮子碾过一样，咕噜噜，咕噜噜。有时，哪一家正做饭的老太太听得不耐烦了，提着烧火的杖子指着房顶上叫嚷几声，那些小小子不但不害怕，还故意站在房檐边上做着鬼脸。老太太吓得喊他们别往边上来，又提着他们爹的小名儿骂，说非要找他爹学舌不可，这些小小子就一溜烟地跑了。

吃过晚饭，一切收拾完毕之后，大人们也都到房顶上来乘凉。当天光渐渐暗下来时，四周的树成了黑魆魆的影子，而头上的繁星却格外亮起来。这时候，我和娥堂姐就躺在屋顶上，看那亮晶晶的银河，恰似一条闪光的钻石项链，从南向北横亘在夏夜的星空。

娥堂姐比我大六岁，那时正上高中。她总是随口就背出许多诗词歌赋，虽然那时我听不太懂，但在满天星斗的辉映中竟觉出一番诗情画意来。

看星星的人不多，农村人没有那些闲情雅致，他们图的是个热闹。女人们喜欢的是聚在一起说话。一排房上的女人往往喜欢沿着房顶走，看哪儿热闹，就在哪儿坐下来。聊天的内容无非是婆婆媳妇老爷们儿，说一些东家长西家短的闲话。说到高兴处，就拿蒲扇掩了嘴，切切察察，比比画画，接着一大群女人就咯咯咯地大笑，拍着房顶，前仰后合。

老太太们是不会掺和她们的，房顶被太阳晒了一天，热烘烘的，像刚烧的热炕头，正好烙烙老寒腰、老寒腿。姑娘们自有自己的小秘密，她们是另一个群体，一般躲在清静的地方说悄悄话。

二伯父见过世面，闯过江湖，更会讲故事，他家的屋顶上最热闹。他周围总围着一群人。他学着说书人的口气，一边抽着旱烟，一边讲古今传奇，也讲时下的逸闻趣事等。等讲到紧要处，他就拿出烟来慢腾腾地卷一袋，听众就不住声地央求他往下讲。他呢，不紧不慢地舔舔纸边，再用手把烟捻结实了，又从兜里掏出打火机来。这时，总有那有眼力见儿的小伙子抢先一步把火点着了。二伯父满意地抽一口，就又海阔天空地接着讲。

等半夜凉风起来时，大部分人都下房去了。那些小孩子们早就睡着了，他们的父亲像搬口袋似的把他们从房上搬下来，放在炕上。不一会儿，他们的小呼噜又打得山响。也有在房顶露宿的，那当然又是一番风味了。

可惜城市的灯光太璀璨，亮晶晶的银河也显得黯淡了。现在的楼越盖越高，门越关越紧，我要到哪里去找故乡夏夜里那淌满欢声笑语的屋顶啊！

乡愁·土地

从农村出来的人，像我，永远是土地的孩子，无论走到哪里，都能闻到土地的芬芳。那里有我的汗水，有我的过往。当初觉得像苦役一样的农活，现在回想起来，却倍感亲切，那情景仿佛是一幅泛黄的画卷，带着怀旧的忧伤和甜蜜。

夏至的时候，拔麦子是最有意思的。早上三四点钟的光景，母亲就把大家叫起来，要趁着天刚亮，太阳还没出来的时候，赶紧去拔麦子。在东方刚刚露出鱼肚白的时候，我们在清晨的微风中，闻着幽幽的麦香，踩着田埂上浓密的杂草。杂草上的露水会把裤角都打湿，却让人觉得一下子爽到了心里。最有成就感的是当太阳升起来的时候，那金黄的麦穗已被捆在一起，在阳光下闪着金色的光。

每到暑假，我天天到地里去拔草。记得那时，母亲赶着一架驴车，我们坐在车上，一路上唱着歌，连毛驴的步子好像也是踏着节拍的。回家的时候，夕阳正在缓缓落下，映得远远近近的林带一片昏黄，暖暖的。

记得清晰的还有深秋的早晨到地里割稻子。镰刀沾着露珠，在晨曦中闪着光。

现在，我已经不算是一个农人了。当初，我曾经是那么强烈地希望离开那个闭塞的小村庄，到外面广阔的天地中去闯荡；离开故乡后才发现，只有故乡的土地，才是最广阔、最深厚的。

也许只有离开了土地，才会对土地有了感情。但直到大伯父去世，我才知道，我对土地的理解有多么肤浅。

大伯父朴实得就像一个土坷垃，一辈子没有离开土地。他七十岁的时候得了绝症，我们谁也没有告诉他，但我一直相信他比任何人都清楚自己的病情。在去世前的一个星期，他挣扎着让大伯母套上那头和他一样老的牛，带他把他耕耘过的土地一块一块地走了一遍。回来后，他把牛卖掉了。都说牲口没有眼泪，但那头牛走的时候，眼泪却是一串串地往下流，大伯对牛贩子说："别让它下汤锅，它还能耕地呢。"送走了他的牛，大伯父就再也没能下床。

我这才明白，对于土地来说，没有真正耕种过的人永远不能成为它的拥有者，而对真正的耕者来说，土地就是他们的生命，他们像崇拜图腾一样，崇拜着自己的土地。

此后，面对土地，我总有一丝愧疚，但更多的是崇敬，因为，那是我的亲人——活着的，死去的亲人——的魂。

白驹过隙，时光的梭子织白了我的双鬓，我再也做不回那个嚼着甜甜的草根在田垄上疯跑的丫头。故乡的风物在岁月的河流中摇曳，沉淀成一杯思乡的烈酒。那饮不尽的乡愁，总在灯火阑珊时，醉落一地霜花。

滦河，我对你说……

张永凌

啊！滦河，那就是滦河吗？汩汩的水流，波光粼粼，犹如一条银色的纽带连接着坝上的风光、渤海的波涛。百里大堤伸开那长长的手臂，挽着柳林，抱着村庄。金黄色的沙滩，像松软的地毯，铺满千里故道；草原上放牧着吃草的黄牛、白羊，稻田里飘送着醉人的芳香。啊，我还看见了，那一座座扬水站、水库和新架起的桥梁……

千百年的风光，滦河，你变了，变得这样年轻，变得这样俊俏，变得更加现代化了。你东移西迁的流浪生活正在结束，人们要为你建设更加雄伟壮观的定居门户！

啊！滦河，你没有听到吗？隆隆的炮声中，引滦工程已经发挥了巨大的社会效益和经济效益，轰鸣的钻机，正在弹奏着取宝探矿的欢快乐章。

啊！滦河，你是大自然的河，你是历史的河，你流过千秋万代，养育了两岸的人民，曾经给万众百姓的生活带来许多幸福欢乐。可是，滦河流域的人们在任何时候也不会忘记，你也曾给人们带来无数次的苦难和灾荒。滦河上艄公的号子，河堤上报警的锣声，千万次的呼喊与搏斗，多少悲壮的往事都深深地、深深地印在人们的记忆中！

今天，望着你的容颜，历历往事冲开我思想的闸门，像滔滔滦河水一样，流过我的心头……

千百年来，一河滦水，日夜流淌。朝朝暮暮，奔流入海。你流着人民的血泪，流着人民的期盼。每逢旱年水月，两岸人民光着脚板，赤着脊梁，虔诚地敲着锣鼓，庄严地捧着高香，抬着整猪整羊，去祭拜河口，去祈祷神灵。他们在河的两岸修建了一个又一个鼋神庙、关帝庙、土地庙、财神庙……这些泥塑的金身偶像成了人们的精神支柱，人们祈祷它毋为民害、永不降灾、护我土地、佑我妻郎。可是，尽管偶像前的纸钱堆成了山，香灰流成了河，降临给人民的仍然是苦难伴着悲酸。就是你呀，滦河！春天，清悠悠的河水，吸引了多少庄稼人。于是，我们淳朴的祖先拼着老本，带着妻儿老小，牵牛拉犁开始播种了。他们认为：已经给河神烧香上供磕过响头，有神灵在保佑着。可是，正当人们望着绿油油的禾苗喜笑颜开之时，滦河啊，你一反常态，翻了脸皮，一夜之间把房屋、田地、禾苗、家畜一冲而散，就连那"镇河大将之牌位"的庙碑，也被你冲入河底！两岸的人民，三年河东，五年河西，居无定所。庄稼人种的是盼望粮食丰收的希望，收获的却是饥饿和灾荒！

从清雍正元年（1723 年）到光绪二十年（1894 年）之间，滦河多少次决口泛滥，而每一次发水都伴着匪盗的蜂起、官府的横征暴敛！滦河流域的庄户人啼饥号寒，以草根、树皮为食，真是"米当珍珠，土（观音土）当粮"啊！看一看这些标着苦难字样的村名吧：拨河寨、大水泡、三八家子、狼窝铺……人们想把害河拨走，把利水引来，可是河没拨走，村庄却被水泡上了，只剩下三八家子、狼窝铺……

滦河！你曾给劳动人民留下千般苦难、万重灾殃。我们的祖先，世世代代，朝朝盼暮暮想，何年何月滦河才能按照人民的愿望而造福人类呢？

为了生活的安康，为了那梦一样的理想，劳动人民花费了多少光阴，牺牲了多少生命，想要变害为利。可是，历代统治阶级，改换了多少个朝代，谁曾为苦难的人民着想，谁曾肯花真金白银把滦河治理梳妆？今天啊，我仿佛还能听到河床下的累累白骨，诉说着昔日的悲怆：官吏们靠滦河洪灾发了横财，劣绅们靠滦河发水扩展了庄园，穷苦百姓却卖儿鬻女，闯了关东，远走他乡……

啊！滦河，我对你说：只有共产党领导的新中国，只有新中国的社会主义制度，才组织起千千万万的劳苦大众同大自然，同自己的愚昧、封建、迷信、贫穷、落后展开了斗争！

中国共产党的领导给广大人民指明了前进的方向，毛泽东思想给我们送来了精神食粮。滦河水流千里长，人们开始在河滩上植树造林，防风固沙，筑起了绿色的屏障，一排排的杨树为守卫滦河站岗放哨；河岸旁修起了"丁"字坝防洪大堤；河身上又架起了新的桥梁，钻探机也开始取出那河床下沉睡万年的沙样……更为可喜的是：在上游建造了雄伟的潘家口、大黑汀、桃林口等水库，我们正在用一代人的奋斗完成几代人的理想。虽然滦河还不时地在我们面前发威，但是时代变了，滦河变了，变得愿意听从人民的意愿了。人们再也不用过那以草根树皮充饥的苦难岁月！人们说：唐修塔，宋修庙，共产党来了修河道！

啊！滦河，我们永远忘不了：

一九六二年七月，滦河出现了有水文记载以来的特大洪峰！从每秒一万立方米的流量、两万立方米的流量到三万多立方米的流量。滦河几十处决口漫溢，洪水袭击了八百多个村庄，地处滦河下游的昌黎县就有受灾村三百二十多个。洪水卷着泥沙吐着泡沫，咆哮而来，淹没了庄稼、树木、房屋，人民的生命和财产受到严重威胁！就在这危急的时刻，党和人民政府领导人民展开了抗洪抢险的斗争！

毛泽东主席关怀灾区人民，派来了飞机，侦察灾情，空投食品和渡河工具，仅三天时间，就空投食品五万四千多斤！

请看看这一组组感人的镜头吧：

亲人解放军派出舟船部队和医疗队，进驻了最危险的村庄；

兄弟社队，承担困难，主动决堤分洪，减少主河道的流量；

当时的新集公社一带灾区急需粮食，安山片的村庄，组织了五十多辆大车、二百多名劳力，车拉人担，运来了十三万斤粮食；

果乡、城关出动七百多名工人、干部和公社社员渡过大水漫桥的饮马河，往灾区刘台庄运物送粮；

党各庄、陈各庄公社闻听阎庄公社一带的牲畜没有饲料，主动把一百四十多头牲畜拉回来帮助寄养；

唐山地委、专署拨来几十万斤菜籽，发放大量救济款，党关怀着灾区人民，给了灾区人民斗争的力量！

当时的阎庄公社干部中，有一位叫刘万纯的村民，人们称他是"三过家门而不入"的大禹。刘万纯家所在的侯庄子是全公社的重灾村之一，在紧张的抗洪斗争中，五天五夜他不知妻子家人的下落，可为了群众，他没有顾得上到自己家去看一眼。他组织群众开展"人救人"，把一个个灾民背上大堤，先后救出一百五十人。救灾大船来了，他又主动担任总指挥。直到七月二十八日，公社党委特意派他押船到他居住的侯庄子送粮食，他才有机会顺便看了看自己的家。可是，家，到哪里去了？房子被大水冲塌了！孩子、妻子和群众聚集在一家的房顶上，当他赶到时，看到孩子老婆安然无恙，立刻把妻子从洪水中抢救出来的十二斤小米和干白菜叶，分给群众。人们手捧着这小米、白菜叶以及飞机投送的馒头，百感交集，滚滚热泪浸湿了袖筒……洪水过后，大家立刻开始种菜种粮，一场大水冲走了旧的房屋，建起了一排排整齐的新房！啊，这一切是谁给的？滦河流域的百姓谁不感谢毛主席、共产党？

滦河两岸人民一年年地改造滦河，要手提滦河水，家乡变江南，要向百年不毛的沙滩要粮！

这一年，人们搬着行李铺盖，牵着牛马骡驴进驻了沙滩……

丰收的麦子登场了，阎庄村的农民瞅着沙滩地上产出来的麦子，粒粒都是那么丰满滚圆，脸上像绽开了一朵朵花。可是，天知道，滦河啊，你却在这个时候又耍起了往年的野蛮，要把丰收和笑脸，赶离你的身边！这一天，你又乘着狂风，驾着咆哮的洪水，甩着雨鞭来了！你翻腾着，咆哮着，袭击着河滩上的农田，完全失去了那春天的笑颜。好哇，来吧！滦河人民正等着你，要在当今时代灭一灭你昔日的威风！

麦场设在远离村庄的沙滩上，有一个名叫杨文田的生产队长，正在冷静沉着地指挥着几十名社员："快！你们快绕道滦河大桥，回村保家护队，这里留给我们看管！"人们看见，一个队长，两个青年，一个六十多岁的老汉，一头牛，一匹马，一挂车和新打下来的麦子，就凭这些，人要和水展开激战！

水在涨，看不到村，看不到边。黄浊浊的滦河水连着昏暗暗的天，围住了打麦场。他们四个人把这麦子一麻袋一麻袋地挪向最高点，同时还要保住这牛、马、车，因为这是集体的财产。他们退到一棵大柳树下，再也没有更高的地方了，几个人开始用手抠着沙土垒起了一道堤埝，这是意志的堤埝！渴了，喝口黄泥水；饿了，吞口生麦粒，他们互相鼓励着。水大了，他们就上树；树倒了，他们就拉着牛、马，拽着它们的尾巴，游也要游回去！这是一个集体，死也不能分散！三个夜晚，三个白天，洪水终于乖乖地退了。当人们找到这里时，四位乡亲还在坚守着。

就是这个杨文田，当了二十几年干部，没有因私事花过队里的一分钱。谁又知道，当他那双大脚被春风吹得裂口时，他就在昏暗的油灯下用缝补衣服的针线把脚上皮肉模糊的裂口缝合起来呢？人们就是用这铁一般的意志，和滦河斗争了一年又一年。

啊！滦河，我对你说，今天回顾这些往事，并不是为哪一个人唱赞歌。滦河流域，像这样普通的事迹何止千万？记忆，是为了不让人民忘怀过去的峥嵘岁月。

滦河啊！对你来说，十年的时间只是短暂的一瞬，可对我、对我们这一代人来说，又能有几个十年？

历史的长河流淌到今天，以习近平同志为核心的党中央，正领导人民为实现中华民族伟大复兴的中国梦而奋勇向前！

啊！滦河，我对你说：尽管我对你面貌的变迁还有许多期盼，但也不减对你的爱恋，就像我爱我们今天的国家一样，你也是我们伟大祖国的一员。从前，我的父兄们把你建设打扮；今后，我们的儿孙将把你建设得比过去美上千万倍，胜过昨天！

啊！滦河，我听见了，我听见你大声告诉我：不忘初心，更要珍惜今天！滦河！造福人类的时代开始了……

年底故乡集市记忆（外一篇）

曹立勇

日子过得很快，再过不多天，就是农历新年，微信朋友圈里的昔日同学们，已经开始用"回老家过年"这样的字眼深深刺激着每位在外游子的心。

每年的腊月和正月，总是一家人最热闹的时候，因为只有这俩月，一大家人才能凑齐。一家人团团圆圆，大抵是家里老人们对年的共同期盼。

随着年龄的增长，我们对年的期许渐渐淡化了，但对故乡、对年少时的那些时光不曾淡忘。之所以很多人都喜欢回老家过年，我相信是因为那里有他们对故乡、对年、对儿时的独特记忆。

在农村老家，浓浓的年味儿总是从腊月里的集市开始的。我老家大蒲河，逢农历"二、七"是集。记得每年从腊月十七开始，早早被商贩占起的摊位前，各种商品琳琅满目，供人选购。各村的老人们都喜欢赶集，腊月的集更是逢集必赶，不买东西，也要瞎逛。越是年根儿的集越是如此，哪怕拄着拐杖他们也要在街道上遛上几个弯儿。"哎呀，你还活着呢，多日不见以为你先我而去了呢"，见到老熟人他们就停下来互相调侃，相伴着站在街上聊一上午。这种思维的跨越、时空的穿越，这种"刷存在"的做法也是年轻人所不能够理解的。

临近春节的一两个集市是最红火热闹的。这时候忙碌了一整年的庄稼人全都闲了下来，他们都会在年前赶集，买足过年的东西，连邻镇的人都来赶集。集上人很多，简直是人挤人、肩拥肩，水泄不通，热闹非凡。摆摊的也比往常多了许多，吆喝得也比往常更加使劲。卖红灯笼、大红对联的，呼啦啦地占满了整条街。大树小树电线杆上，还有临时拉起的绳子上，都挂满了大大小小的红灯笼，从远处看去就像是红红的一团团火。大红对联就铺在地上，红彤彤的一大片又一大片，红得直刺人的眼，也直撩拨着每一名赶集人的心。于是每一名赶集人都会认真地挑选几副合意的对联，再买上几对红灯笼。怀里揣着红对联，手里提着红灯笼，眉眼里挂满了笑，每一个庄稼人，心里都在憧憬着新年。

许多在外地求学、工作的年轻人也要争取赶在腊月二十七最后一个集前回到老家，大家相约着去集市上碰头，除了去看看热闹外，更多的是看看当年喜欢的女孩是不是身边有了帅小伙陪伴，看看某个同学是不是已顺利脱单，如果遇到抱着或领着孩子的，再捏捏老同学孩子的脸。

记得小时候的我们总是很馋，在那个零食匮乏的年代，大家逢集就相约着来赶，尤其爱吃集上卖的糖葫芦。于是我们结伴故意聚到卖糖葫芦的那位大姨面前，由几个人装模作样地和她说话要买糖葫芦来吸引她的注意，另外几个人从她背面偷拿架子上的糖葫芦。次数多了，有时会被她当场逮住，被她一边揪着耳朵骂一边说去找大人要钱。糖葫芦价钱已经从20多年前的一两毛钱涨到现在的三五块钱，而今，每当看到有卖糖葫芦的，我们会一人买上一支，一边吃着一边说着当年那些充满了温馨回忆的糗事，也回忆起儿时和伙伴、同学之间发生过的那些矛盾来。此时此刻，我们多么希望在这个街头与大家再次重逢，再一起诉说深聊那些甜蜜的往事啊。

我们对年的期许越来越淡了，年少时的记忆却越来越深了。幸好，记忆还在，这一切也都还在。

即将消失的故乡

人总是不能忘记自己的故乡，故乡是从无到有的起点，是一路走来的风景，是精神栖息的家园。故乡的稻田、故乡的减河、故乡的槐林、故乡的大海、故乡的父老……印刻在记忆的深处，熟悉又可亲。

贾河和饮马河从城东汇聚成减河，站在减河大坝上，周围的风景尽收眼底。稻田弥望，一碧万顷，一条条田间小路纵横其间，将这百里稻田分割成整齐的方块地。这片稻田地是我的祖祖辈辈日出而作的地方，也是他们日落而息的地方……多少次，这里的点点滴滴进入我的梦乡。这里留下了我成长过程中最多的记忆，记忆中有欢乐当然也有痛苦，但现在想来，那时的痛苦于现在也是欢乐的。

那时候我还只是一个十二三岁的孩子，家里种着50多亩地。春天，我随父母到稻田地里插秧，扛着半袋子化肥赤着脚走在光滑的畦埂上。有一次因化肥太沉，我脚踩不稳，一个趔趄，整个身子就连同肩上扛着的化肥栽到水渠里。夏天，稻田地里的蚊子围着人转，多得轰都轰不走，为了防蚊子咬，必须穿着长袖衣服把自己裹得严严实实的。我赤着脚猫着腰踩着泥地拔杂草，给打农药的父母递配了水的喷雾器，用盆给他们端化肥。秋天，我拿着镰刀一刻不停地紧追着前面割稻的父母，尽管稻穗被我割得凌乱，但我仍然越落越远，直到干燥的鼻子有了黏糊糊的感觉，随之闻到了血腥味，那是鼻血流了出来。秋收会连着干整整一个星期，和父母起早摸黑在稻田地里滚爬，码稻子、搬稻子、扛稻子，浑身散了架般酸疼难忍。我曾经非常努力地干活，但与父亲的要求相差很远，父亲总是埋怨我说："一看就不是个会干活的人，将来可咋整。"

当然，稻田地留给我的不仅是痛苦的回忆。我和小伙伴们曾经一起用自制的叉子叉青蛙，然后生火烤青蛙腿吃；曾经把水渠里的水堵起来掏鱼；曾经在晚上用手电筒照螃蟹；曾经在冬天挖田鼠洞把田鼠储藏的粮食收回家。欢乐是有的，但因为年少时参加秋收的痛苦记忆实在是太过深刻，我曾经不知多少次指着这片稻田地对父母说：总有一天我会考出去，永远不再回来。因此我努力学习，因为知道只有学习好了考出去，才不会像父母一样一辈子只能在稻田里耕种受苦。后来，我终于成功逃离了这片稻田地，但大学的学费，毕业后参加工作在城里买房的费用都是靠父母的辛劳及这片稻田地的供养。我想，这片稻田地对我来说，不仅仅是供养，更是我人生奋斗的开始。

减河穿过村庄的稻田地，最后流入大海。孩提时候，我们曾经一放学就忙不迭地放下书包跑到减河边上去玩。那是我们的天堂。春天可以在河边捡鸭蛋鸟蛋，夏天可以脱得赤条条地下河游泳摸鱼踩螃蟹，秋天可以从两岸边的地里偷摘玉米、毛豆、红薯，生一把火烤着吃、煮着吃，冬天可以坐着自制的冰车一口气滑到减河与大海交界的地方。减河上游有一座修建于20世纪六七十年代的桥涵水闸，中游有一条不知什么时候被谁遗弃在这里的破渔船。水大的时候大家可以划船到对岸去，水小的时候则直接卷起裤子蹚水过去。如今，减河还是减河，桥涵水闸和破船却已不在，当时的快乐也已不在，取而代之的是一座横跨南北的宏伟大桥和一条快速公路。减河两边那片我曾经逃离的稻田地呢？北戴河新区要修一条快速公路，村里的稻田地全被征收，地卖给了新区。当我急急地开车赶回故乡赶到曾经的稻田地时，没了，曾经的一切都已不存在。我漫无目的地用脚步丈量曾经以为很小的地方，突然那种绝望的感情涌上了心头。一直看着我长大的村里长辈说："还回来干啥，啥都没了，等过段时间，连整个栅子里村都得拆了，大家都得搬到楼上去住哇……"我分明听到了话语里的无奈，是的，年轻人希望去住楼，上岁数的又有几个希望离开自己生活了一辈子的小院，离开自己熟悉的故乡？

向四周望去，熟悉的只剩下东边的一小片槐树林。这片槐树林，是多年前父辈们为了防风固沙在海岸线上栽种下的。一年四季，槐树林和大海都可以成为我们的乐园。每到周末，我们一般大的孩子们匆匆写完作业便聚集到一起，每个人都会拿上一点吃的东西，再拿上一把自制的弹弓或者是一根木棍，开始向那片乐园进发。大家可以在槐树林里用弹弓打鸟，可以上树掏鸟窝，可以在树洞里掏刺猬，可以下网捕野兔子……穿过槐树林，就来到了海边，退潮的时候我们用小耙子挖蛤，用自带的锅将蛤煮熟了吃，味道很好。如果是在夏天，大家会脱光衣服跳到海里去洗澡，海边长大的孩子又有哪一个不会水呢？我们常常比赛着游到离岸边有些距离的船上去，然后从海里爬到船上，再从船上跳入海里，乐此不疲。有时候海里会有海耗子，常常把我们追赶到岸上去。大家饶有兴致地看走海的渔民起锚拉网，鱼一筐筐地过秤，然后付钱、装车、拉走。中午大家将打下来的鸟还有从海滩上扒出来的蛤拿出来跟渔民打平伙，吃渔民最简单却最鲜美的饭，把肚子撑得饱饱的。如今，只有这一小片槐树林还在，只有大海还在，成为我在此生活过、成长过的痕迹。

前年的清明节，父亲的兄弟姐妹们以及我这一辈的兄弟姐妹们聚在一起，为长眠地下的祖先动土迁坟。因为栅子里村周围这一片土地被纳入北戴河新区的建设，在村庄拆迁之前，必须首先把村外分散埋在地下的先人们迁出去。祖先以及他们的父老乡亲们都被统一安排到北边新修建的沟湾公墓，公墓在机场快速路的东侧，新区消防大队的北侧，远远地可以看见碣石山。在迁坟的那天，我特意把公墓里的所有墓碑都看了一遍，这些深埋在地下的父老乡亲，有的曾经在我童年的记忆里出现过，而有的则根本没有一丝印象。我想，他们并不孤单，因为那些逝去的亲人和父老乡亲，生前和死后，都不曾分开。故乡于我们，是一种从出生起便烙印在心头的印记，生死相随，代代相传。我们奋斗的一切理由和动力都是源于故乡，那里是梦的起点，也必将成为我们人生的见证，为我们的努力证明，为我们的成长证明，也为我们的存在证明。

故乡的拆迁，始于北戴河新区的开发建设，一个个高端大气的楼盘别墅，一个个光辉灿烂的路网体系，伴随着的是槐树林被砍伐，是大海被围起来不允许随便进入。从此，这片槐树林和大海就从我们的生活中消失了。栅子里村北邻的焦庄村早已随着机器的喧闹声消失，变成了北戴河新区管委大楼及附属建筑，而我的家乡呢，何时也会在机器的喧闹声中消失，成为我余生最珍贵而又最沉重的记忆？但记忆是短暂的，关于故乡、关于村庄，终究会在某一天随着一代人的离去而永久地消失，再也没有人知晓，也不会有文字图片的记载，因为它既不是古籍又不是名胜，只是因为城市建设而被开发拆迁的千千万万村落中的一个，一旦消失便是永远。

　　谨以此文，纪念我终将会消失的故乡——栅子里村。

难忘月下的那一缕情愫

赵春艳

想念那样的夜，曾与月相望至天明。月光如水，澄澈明亮。回望，我开始想念那某年某月肆意的月色；而此刻，无月的无边暗夜将整个城市笼罩。于是开始相信，属于那一刻的安静和暖的月光，在午夜梦回的独处中，忽然缥缈了时光的余音，在耳边回荡，某一瞬忽地叫醒了那颗沉睡游走的心，渐起的喧嚣也纷纷被渐盛的月华消融。

面对那轮时变常新的明月，有多少藏于内心的激荡情感会不由自主地汹涌蹦跳出来，让人追忆和遐想。"床前明月光，疑是地上霜。"唐代大诗人李白曾借月抒怀，忧思怀乡，那优雅经典的诗句被吟唱千载不朽。"月下一壶酒，独酌无相亲。"从古到今，明月成为撩拨人思乡念亲最脆弱情感的主观臆想，月下的情感是最原始而又温暖的，它能把人瞬间带回到属于我们最柔软的称为故乡和家的地方，即使多年过去，也永远清晰，永不老去。月下的情感是最真挚而浓烈的，可以直抵我们心底最隐匿的角落瞬间成为感情的佳酿，即使时过境迁，也会拉扯情感，触痛我们的内心。月下的情感是忧愁而无奈的，即使多少次的断肠回首，也只是"才下眉头，却上心头"的空空寂荡和怅惘。

在我蹒跚学步的时候，我家就住在戏院街的两间小平房里。在记忆里，那是连转身都有点费力气的小房间，但在当时觉得很温暖。戏院街当时是县城一条颇为热闹繁华的主街，街道两侧虚市而集，店铺遍地，而最多的是一些小而不周的副食品，新鲜的菜品很是匮乏。人们会在屋外摆上腌菜的缸，有时路过和我一样高的菜缸边，会闻到一股难闻的酸臭味。店铺也很是陈旧阴暗，只有一家看起来有一点档次，面积不小，稍显阔绰，别具一格，给我的印象特别深刻，那是一家国营的钟表店。在当时幼小的我的眼睛里，那些滴滴答答的"古灵精怪"就是可以让我顶礼膜拜的稀罕贵重玩意儿了。有几家住户夹杂在林林总总的店铺之间，还记得有一家二层小楼是整条街最高的建筑了，但房屋不大，楼梯在房子外面贴墙而建，里里外外很是普通并不显眼。当时的人们穿着朴素，乡音浓厚，依街走过去，没有不认识的，没有不打招呼的。"吃了吗？"一句随意的见面问候显得自然而亲切。印象最深、最难忘的是乘凉休闲的月下时光。

那时夜色下的昌黎是空旷的，怡人的。大人有大人的久久忧愁：每天把柜子里的粮票翻来翻去，算计着吃喝。可我们就不同，每当夜色降临的时候，戏院街便是孩子们的天堂。记得那时的夜晚很明亮，高高大大的路灯把带着红晕的橘红色的温暖的光洒下来，连地面上的石子都看得清楚。白天阳光的余温还没有散尽，水泥台阶和地面仍是温暖的，我们随意在上面摸爬滚打自在玩耍，总觉得空气是那么清新，一切是那么纯净美好。我们无忧无虑，从来不会担心弄脏自己的花裙，因为在不经意之间妈妈早就帮忙拂掉了上面的尘土。家对面是一家新华书店，我们算是老主顾了，白天我们囊中羞涩不敢在里面造次，夜晚书店打烊之后，店前的台阶就成了我们的欢乐场。我们爬上爬下练身手，有时也会玩"蔡丁格嗽大把"的小游戏，乘着温和夜色的光，我们有时也会专注抓一些爬虫，拉拉古、蚂蚱和蛐蛐什么的虽然蹦跳灵活，但一样逃不过我们的双眼和小手。抓住它们后，仔细观察它们有趣的一举一动，并把它们装进容器养起来。这些小虫成为那时我们玩耍时最得意的宝贝。玩累了我们就在妈妈的臂弯里安静下来，看着璀璨的繁星和弯弯的月亮出神，想象它们的神秘和与我们之间的距离。虽然未来是那么遥远和未知，可在我们酣睡之后，全是美丽的飘飘然的甜梦。

人生的漫漫旅程，对于最原始的起程出发之点，在最初青涩懵懂的那一刻，有几人会明白它存在的美好，又有谁会真正懂得它的意义呢？家和故乡的故事在我们一生中也许是最短暂的一段时光，但对于每个人却是最难忘最不舍最重要又最无奈的刻骨铭心。我们总是焦急地奔波上路，总是被生活无形的外力催促着，追赶的脚步一刻也不会停歇也不能停歇的时候，我的身影和脚步离家与故乡的距离却越来越远。从一开始的自我放逐，到之后惯性地随波逐流，到最后的心酸无奈和怅惘迷失，才知道我们越来越害怕失去，越来越害怕成长，越来越感到无力负担和脆弱，可这时每当想起家和故乡的那一缕白月光，就会默然感伤。追忆忧思乡愁的味道，但往往也是最温暖的生动，是灵魂深处的一种慰藉和坚强的力量指引。无论世界怎样变换，无论人生怎样流转，家就在那里，故乡就在那里，它是我们心心念念心灵的寄居之所，它是我们长长久久回望的情深，是我们人生跋涉前行的出发点和归依之处，是我们灵魂的根、血脉的源。

　　家乡难忘，故土难离，寒来暑往，四季荏苒。春有春的绚烂，夏有夏的蓬勃，秋有秋的厚重，冬有冬的深邃，抓一把故乡的土，就能记住它的四季；剪一段故乡的影，就能品出它的美丽；尝一口故乡的小吃，就能找回儿时的味道；听一段熟悉的乡音，就仿佛回到它的身边。经别多年以后，我们总是觉得好惭愧，总是觉得自己越来越卑微，没有好好爱这片故土的一切，甚至都没有刻意保存属于她的一点一滴。生活的苦和种种现实的游离都差强人意地与其一点一点地被疏忽，不管你在哪里，不管你有多大的成就和丰厚的名利，心中若是丢掉了故土，都如飘飘陌上的尘埃，都会产生没有根蒂的空无感，成为情感的空洞脱壳。"青山一道同云雨，明月何曾是两乡。"在异乡面对明月出神的羁旅，生活即便允许了我们的放荡不羁，当面对明月那一刻我们才真正体会到乡愁情感的复杂和深刻，那时的月很近，那时的思乡之情却绵长，思与月共对之后，能笑靥以对的有几人？

　　微叹流年，嘴角苦涩不觉微扬。是否命中已然注定那一段颠簸的旅程，必将成为命运中反悖不得的特别，那萦绕满目过往的如烟微澜，于我的记忆里如画如诗，惊起原来寂静的心池之水，顿起情感的波澜。那一年我考上中专离开家去外地求学。全家用多年的积蓄为我准备好行李装备，刚刚满十五岁的我既有以优异成绩考取自己理想学校的欣喜，也有对未来一切未知的好奇、憧憬。那是囚鸟归林，一心向前的孤勇；无知者无畏，放飞自己身心的渴望；觉得自己一瞬间长大了。我始终不能忘的是父母送我时，我的那一次回首。在灿烂的阳光里，临别时我看到了父母长久地站在家门口，目送我离去，一动不动长久地凝视，目光里是平常都不曾见过的温暖。他们的身影在时光的镜头前被拉得越来越小，显得那么孤独、疲惫和苍老。我不敢揣测他们当时的所思所想，只知道当时我流下了两行清泪，那一瞬间我才知道离家的味道是怎样的苦涩与疼痛，那是一种心灵与情感的超负荷的失重感，是一种无以言说的空虚感和飘浮状。

　　记得第一天来到新的学校，毕业班的老乡就一对一地帮助新生入住宿舍，拉送行李。刚刚入校的我融入了一个别称为老乡会的组织，之后又加入蓝土地文学社，结识了上几届的师哥师姐，觉得与他们相处是那么亲切和亲近，没有距离感。但这些还是没有抚平我心口的那一抹隐隐的想家的痛，因为它就在那里，不增不减但从未愈合过。之后紧张忙碌的学习也是我始料未及的，好似危机感和负重感始终压榨着我们，不能轻松地喘一口气。1995 年，科技和经济的快速发展都在告诉人们这是一个急驰的社会，从 486、586 到奔腾机，从守旧保守到下海炒股，从空白茫然到社会对人一专多能的多层次要求，好似计算机、外语和注册等本本证证考不下来你就没有资格融入这社会一样，就会落伍被淘汰一样。每个人都要大踏步地发愤前进，每个人都不甘落后，我们专业是功课最多的，除了以优异成绩完成学校专业课外，每半学期我们还给自己附加了大学专科的自考课程，计算机、英语的考级考证也是不甘示弱地去报考。由于身处异地超负荷的学习，身体难免时常出现问题，可每次只有自己独自一人面对；当食堂的饭食吃不惯的时候，就想起家里妈妈做的饭菜；每次在宿舍辗转难眠的时候就会想起家里安乐的小窝。那时校园的天空是纯净透明的，足可以放大我们的乡愁别绪，当秋风吹落了棵棵法桐的黄叶，思家的情绪就经常跑出来，填补空白的大脑和身心，打湿我情感的围栏。

记得一次上自习之前，我又感觉到胃里一阵阵的灼痛，脑子一片晕眩，赶忙向教室外的水房跑过去，刚到空空荡荡的水房马上就不停地呕吐起来，胃里翻江倒海。这样的情况几乎每星期都不请自来，但我深知如果我回去休息，课程就会落下。在水房一顿呕吐之后，我最终还是装作若无其事地回到班里继续自习。当时不知道自己坚强的毅力来自哪里，只知道不可辜负的希望越来越沉重，来自他人来自自己也来自爱我的人。第二天我被班主任叫住，交给了我一封信，看到信上的地址是熟悉的家的住址，我迫不及待地打开，上面是来自家人的问候还有对我在学校学习的肯定。当时我的眼睛瞬间就湿润了，大滴的眼泪掉落下来，之前所有的苦难都成了过往，觉得付出这一切都是值得的。为了表达我欣喜的心情，我特意选择格外漂亮的信笺信纸回信，觉得一丝的瑕疵都是对来信的敷衍。每次与家的信件往来，都是一种美妙的情感体验，仿佛与家的距离一下子缩短消失了。看着那些带着家人体温的文字，读来觉得自己并不孤独，因为上面沾染着家的味道。不管走过多少条路，经历时空流转，但总有个温暖治愈的名字，就是家，漂泊在外的我们谈起时，总能让这个抽象的名词成为一切行为坚强的支撑。

人们往往无奈喟叹：独在异乡为异客，每逢佳节倍思亲。传统的节日是最容易渲染乡愁的，可是我在异地过的第一个中秋节却格外不同。记得当老师一早走进教室用轻松的语气告诉我们今天会用一天时间过这一个特别的中秋节的时候，我们班每个人都惊喜又兴奋。为了使庆中秋的气氛更加活跃，老师为我们联系了上一届的专业对口班，一起开展联谊活动。我们一早就开始准备，每个同学都在兴奋地忙碌着。班主任为我们事先准备了布置教室的彩带花环，三下五除二就被我们挂了教室上空，教室前后也设计了精美的板报。大家准备了各种水果和瓜子，我们把桌子围成一圈摆放在教室中央，师哥师姐们和我们穿插而坐。几名主持人大方得体，主持得游刃有余，被点到名的同学表演节目时一点也不羞怯推诿，记得还进行了击鼓传花的小游戏。联谊活动中我们很轻松、很愉快，那时我们自主自由地放飞欢乐，没有一丝顾虑地放松。下午活动结束后，我们从食堂用两个大盆端来了和好的面、菜馅，在班里一起包饺子。送去食堂煮熟以后，我们在班里享用着自己的劳动成果，肆意挥霍着这短暂又快乐的日子。那时的兴奋与高兴让我们短暂地与乡愁隔绝了，那种氛围是现在很难企及的，感觉人与人不再是孤独无助的，难得的快乐感充斥着我们的内心。那时的月色是清丽纯洁的，圆月的脸有如花含苞的美，如水的月光倾泻下来，晕开点点涟漪的愁思，那情景是刻骨铭心的，多年之后仍可无穷地回味，让我穿透暗青色的苍穹夜色，有一丝美好回忆。

匆匆人世，年逾不惑。"寄蜉蝣于天地，渺沧海之一粟"，苏轼曾喟叹人之渺小。面对世事的无奈，我们在浅醉的中年真的需要静下来，好好来品味一下那一轮月色下的情感。也许我们只是时光追逐下的行者，偶尔光阴的罅隙里，遗落细碎的美丽，终究转瞬即逝，当与这个世界真正交集过后，是最终劝慰自己与之和解握手言和还是其他，一切都已不再那么重要。世界那么大，我们那么小，又来困惑着什么呢？当我们的物质已经丰盈的时候，当我们不得不试着去接受的时候，我们的精神又面临怎样主宰的世界呢？西子谦在《月夜私语》中写道：守得住洁华，所有的乌云黑风自然无以侵蚀，守得住雅姿，所有的祥光辉耀自然随之而来。但愿在那一抹素静的月光下，月是清醒着的，人也是清醒着的……

静静守住那一片月色，不忘内心最原始的出处，就会生发出那些荫蕴的情感。探寻美的真吧！

人生一段歌

田　男

你有过在社会底层生存过许多年的经历么？你能体会在人生低谷中突然命运发生重大转折时的那种感受么？

距离改变我命运的 1978 年高考，已是四十多年前的事了，可那时的许多情景却记忆犹新，历历在目。回眸往事，心中有千言万语要倾吐。从何说起呢？最想要说的，是"感谢"两个字。感谢党和国家政策的转变，感谢那么多人对我的爱护和帮助，也感谢自己平时爱看书学习。当时是，现在还是。

就让我来讲一讲我人生中的那段故事吧。

一、我也要报名

1978 年夏天。打麦场上，脱粒机轰响，尘土飞扬。社员们紧张而有序地给麦穗脱粒。我和另一个小伙子负责往脱粒机里送麦穗。整个场上的麦子即将打完，夏季的收成定了。一会儿，最后一捆麦穗从我们手里推进脱粒机后，机器停了，场上一下子安静下来。队长云山叔让大家歇一会儿。我走下脱粒机，摘下黑乎乎的口罩，抹一下满是汗泥的脸，看看颗粒饱满的高耸的麦堆，心里一阵轻松。看来收成不错。人们脸上都溢着笑，我也满心欢喜，因为这里面也有我的汗水和付出。

抬头看看日头，还不到十点钟的样子。我心里忽地一激灵：该去报名了！我把队长云山叔拉到一边，嗫嚅着说："叔，报纸上说，我这样的，也……也能报考，我……我想去社中报个名。"云山叔瞅我一眼，眼神里满是温暖。他拿手拍一下我的肩膀，说："这是好事，去吧，半天工分全记。"停一下又说，"对了，好几里地呢，骑叔的车子去吧！走，跟叔推车子去！"

我平时爱看报纸，近些日子多有高考信息，经过反复研究，我把握了最重要的四条，并逐条跟自己作了对照。

第一条是不再论家庭成分，主要看本人表现。家里虽是地主成分，可我本人不论平时言行还是劳动，没人说过"不"字，一致评价不错。虽然有点担心，但按现行政策，只要考得好，还是有被录取的可能。

第二条是不讲学历，只要"相当于"某学历就行。我虽然只是小学六年级毕业，但哥哥姐姐们有读过高中的，有读过初中的，各科的课本都有，其中文科的书几乎被我嚼烂，吃在心里，是有坚实基础的。何况还看过那么多的小说呢。

第三条是年龄界限。老三届可以超三十周岁，婚否不限。其他不超过三十周岁，婚否有点限制。而我二十八周岁，又是未婚，在报考范围之内。

第四条是文理分科。理科考语文、政治、物理、化学、数学、外语，其中外语是参考分；文科考语文、政治、历史、地理、数学，不考外语。数理化不会，我可以报文科。

想好以后，我跟父母家人说了，他们的意见是，既然让考，那就试试呗。干哥陈贵庭也支持我。这才有了忐忑地向队长请假这一出。没想到队长云山叔竟是倾力相助。

回家洗把脸，换上一身干净衣服，带上要用的东西，出发。骑着云山叔的自行车，一路上虽是骄阳高照，心里却有一股凉爽的风在吹拂。不一会儿到了社中，先找到同村在社中任民办教师的亮子。亮子领我先到报名处填了一张表，交上一张一寸黑白照片和五毛钱的报名费，就算报上名了。然后亮子又帮我要了一份复习大纲和一些复习资料。亮子也报了名，是理科，我也为他高兴。

二、云淡风轻

下午仍旧上工。全生产队除了几个人留在麦场外，社员们都去出大蒜，怕的是下雨把蒜拍在地里。经雨拍过的大蒜，不仅烂缨杆，编不成蒜辫子，而且蒜皮易长霉，不好保存，也卖不出好价钱。队长云山叔见我也来上工，就说："老五，你就别出工了，看看书吧！"我说："不急，出完蒜吧。"急着用人，云山叔也没再坚持，便说："好吧，出完蒜放你二十天假！"

出完大蒜，算算还有二十来天就要考试，便不再出工，开始复习。这点时间，咋个复习法才更有效呢？可得琢磨琢磨，眉毛胡子一把抓肯定不行。曾经认真学过《毛泽东选集》，这会儿用上了，我决定抓住主要矛盾。数学不会，现学已不可能，看也白搭，那就放在一边，不管它。语文呢，是我强项，初高中课文都烂熟于心，不用咋看。作文也好说，有许多古今好文章在胸，到时随题应变，也不用押题试作。语文这一科也不用作为复习重点。政治主要靠平时积累，好在几年里我通读了《毛泽东选集》四卷，虽是一知半解，但确实认真读过。再加上我平时爱看报纸，关心时事，对复习大纲上的要求都还有些认识，这一科略看一下就行。剩下的就是历史和地理了。这两科容易拿分，我本有基础，再按大纲规定范围好好背记一下，成绩不会太差。于是，我把三分之二的时间都用在了这两科的复习上。后来的成绩证明，这个思路是对的。

复习期间，我还是一天三顿帮妈做饭，有啥活计也帮爹干。有次去井上挑水，碰见念过"文化大革命"高中的一个同姓晚辈卫国，他说："五叔，六年级报大学，你胆子真够大呀！"我说："瞎试试呗。"卫国念高中时是学习尖子，老师解不开的题他也能解开。我问他咋没报，他说怕考不上丢人。我觉得他心态不中，考不上我还是我，又没少个啥！顾面子又没一点自信，啥也干不成。过两天，亮子送来了准考证，考试临近了。

日子说到就到，7月20日，我坐到了考场上，一点都不紧张。第一场是语文，扫一下题目，不难。一一答来，应算顺利。作文题目是把《速度问题是一个政治问题》这篇1500字的政论文压缩成600字的短文。看完题目，我注意到三点：一是要保留原文的中心意思和主要观点；二是应压缩掉非必要的语句和长句子里的修饰成分，保留主干；三是要做到语句通顺，上下连贯。不长时间，作文也完成了。然后呢就是从头到尾检查一遍，作些订正。历史、地理也很顺利，政治有个别题吃不准，也都答了。数学题翻了一下，它们认识我，我不认识它们，一道题也不会，只好在卷上写了名字和准考证号，交了白卷。

三、榜上有名

8月份，高考分数下发到社中，分数线理科285分，文科300分。上分数线的名单在社中门口贴了大红榜，亮子说我也上了榜。我去看了，找到自己名字，名字后面是个人总分和各科分数，我总分309，超9分。各科分数语文76，政治70，历史78，地理85，数学零蛋。亮子也上了榜，记得是340多分，超50多分呢。我心里感叹，还是念过书的人哪！

接下来还要过三关：政审、体检、报志愿。体检是在县一中小院里进行的，几个屋逐项检查。那时经过十多年的劳动锻炼，身体挺好的，自己觉得不会有问题。志愿我报了两个专科学校，亮子报的是本科。我最是担心政审这一关被卡住。回想搞"四清"那年头，我学习成绩在班里一直名列前茅，升初中就因为家庭出身不好，愣是没上了，想起来还是心有余悸。我认识社中校长，跟他说了我的担忧。校长说，现在上边政策宽松，几次开会强调不让在政审上卡脖子。校长还说："如果万一录取不了，我把你要到社中当老师，语政史地任你挑！"校长的话让我觉得很温暖，心里也安定了不少。

不久就下来了录取通知书，我被唐山师范专科学校录取了，只是学校是震后新建，尚未完工，需11月份才能入学报到。亮子被一所本科学院录取，他过几天就要入学。我很感谢他对我的帮助。

从登上社中红榜，到收到录取通知书，我被许多人挂在嘴边，有祝贺的，有赞扬的，甚至有说亲的。考上学，我心里当然高兴，但没有飘飘然。我清楚这不是自己有多能耐，而是时代变化改变了我的命运。范进中个举就昏了头，高兴疯了，而我却很清醒。我真诚感谢祝贺我的人，但我一点儿也不敢自傲。唯一值得欣慰的是，在困境里我始终没有放弃读书学习。现在劝人不要绝望常说，给你关上一扇门，也许就会为你打开一扇窗。而我那时的感受是，即使所有的门都锁上，所有的窗子都钉死，你也要想着终会有出去的时候。你要耐心等待，说不定哪一天整个屋顶都会掀开，灿烂的阳光直照下来。别灰心就是了。

四、深情厚谊

还有两个月的时间入学，除了做一些必要的准备外，我仍然到生产队上工。10月底11月初，通知书上让自备的被褥和洗漱用具都已备齐，就等到日期出发了。随着日期的临近，我却有了一些心事，看着爹那日渐增多的白发和弯曲的腰，听着妈重一声轻一声的咳嗽，又真是欢喜不起来。妈有气管炎，天气一冷咳嗽就加重，哪能不心疼呢。

在这期间，亲戚朋友请吃顿饭，是免不了的，只说说在干哥家吃饭的情景吧。干哥比我大四岁，和四哥同岁，妈生四哥那年奶过他，认了干儿子，他就成了我干哥。干哥叫陈贵庭，对我特别好。平时干哥家的饭我没少吃，这次叫我，我早早就去了。干哥家三个孩子都围着我唤五叔，我抱起干哥家小儿子小胖，干哥和嫂子忙往屋里让。看着几个天真活泼的孩子，不禁想起我和干哥小时候的事。我八岁那年，干哥带我横过滦河滩，一直走到河对岸，我头一次走到那么远的地方，所以记忆深刻。还有刚上小学时，学校在邻村，道远，干哥看我身子弱，有时背着我去学校，那情景更是难以忘怀。

刚转过神来，只听干哥说："时候还早，咱到河边看着吧。"我说："嫂子一个人忙呢。"嫂子说："去吧，有鸽子跟莺子（干哥大女儿二女儿）帮忙呢，别回来晚了！"我们带上小胖，步行不一会儿就到了河边。

站在河口大闸上，向河套里眺望。天天劳动的地方，一草一木已司空见惯，今天却觉得格外亲切。地里的庄稼都已收完，一片空旷，只剩些秸秆攒着。和秋后的萧疏形成鲜明对照的，是一片片已高出地面的麦苗，在阳光下铺展着生命的绿色。干哥卷一根烟，一边抽着，一边跟小胖指指点点。小胖觉得啥都新鲜，忽然指着闸边一棵树说："五叔，这棵树咋还有树叶呢？没风叶子咋还动呢？"我和干哥一看，是一群麻雀落在树枝上，有的还上下窜动。我说是可爱的小鸟，小胖便跟雀儿们招手，雀儿们却嗡的一声飞走了。这是我劳动了十几年的地方，田野里到处浸渍着我的汗水啊，不禁有些感慨，心里默念一声：暂时告别了，我会常来看看的！

回到家里，饭菜都已摆上，酒已热上。鸽子抢上一步，一弯腰，一摆手，笑着说："五叔，请上桌！"莺子就往杯里倒酒。我端起酒杯，对着干哥和嫂子说："我先敬哥嫂一杯！"说完一饮而尽。干哥也干了，嫂子喝了一点。鸽子忙给我夹菜。一杯酒下肚，心里热热的，却有心事涌上来，不禁有些默然。嫂子见状逗我："老五，嫂子炒的菜不好吃啊？"我忙夹两口，说好吃好吃。干哥抿一口酒，说："老五啊，哥知道你心思，你这是放心不下爹妈。你呢，一门心思念你的书去，家里有四哥四嫂在爹妈跟前，大姐也会常回来，我们一家也常跑着点儿，还有啥不放心的？"我也抿一口酒说："那我先谢哥嫂了！"干哥瞪我一眼说："老五，说啥呢，往后跟哥别说'谢'这个字！"和干哥又喝一口，我说："啥都不说了，全都在酒里！"干哥知道我没量，便让鸽子盛饭。吃饭间，我问鸽子和莺子在学校成绩咋样，都说不太好。干哥说："跟你五叔学着点，将来也考个大学啥的。"鸽子一吐舌头，接上她爹的话："谁都能和五叔比呀？闺女像爹，我呀随你，念书吃劲，考大学够呛！"嫂子拉过小胖，说："将来跟你五叔学，也给妈考个大学。"小胖一点头说："看好吧！"逗得大家都笑起来。干哥一家对我的深情厚谊，我一辈子也忘不了。

五、家与远方

入学报到的日子来了。夜间下了半宿小雨，滴滴答答，天快亮时停了。我早早起来，一看爹妈都已下了炕，四哥也来了，还借了一辆自行车。妈上锅台做饭，我烧火，爹和四哥收拾行装。吃完饭，天亮了，四嫂带着侄儿过来，干哥一家也到了。干哥也推着一辆自行车。左邻右舍也有人来送我。四哥和干哥忙往自行车上捆行李，拴脸盆兜。干哥说快走吧，好赶上头一趟汽车。爹抬头看看，说："好在天晴了，走吧！"我看看爹，满头霜发，看看妈，也由四嫂搀扶着立在门外。天不算太冷，但也凉了，我让妈进屋，她还是坚持送我。我牵挂着家，又向往着远方，我深深鞠了躬，挥手告别，就出发了。

四哥驮着行李，干哥驮着我，往汽车站去。汽车站就在社中东边，离家三四里地。路上低洼处有些水，让我一下子想起二十年前干哥送我去小学报到那天，路上也是有水，干哥怕我凉，背我过水。而今天到学校报到，又是干哥送我，还有四哥相送，不禁有点感慨，一种亲人的况味。再往前走，路两边是大片麦田，麦苗已是两三寸高，经昨夜小雨的滋润，绿绿的，叶片上还挂着水珠。

汽车站到了，四哥往下搬行李，干哥去买票，然后他们送我上车。车开了，我挥手告别。一个小时后，下了汽车，又到紧挨着的火车站，买票，上车。一声鸣笛，几阵轰隆，火车开动了。坐在车上，我感觉心被分成两半，一半记挂着家里，一半随着车轮咣当咣当的响声，奔向前方，而且越过车头，飞向了学校，飞向了远方，飞向了未来。

舌尖上的乡愁（外二篇）

邵　丹

说得文雅点是我喜欢美食，说白了我就是一枚吃货。

小时候，物质匮乏，平常日子很难吃到大米白面。除了逢年过节，最有盼头的就是生病。那时候，没本事生大病，最"擅长"的就是扁桃体发炎。只要扁桃体一发炎，就发高烧。每到这时，一家人就会围着我团团转。妈妈会放下手中所有的活，一心一意地照顾我，给我开小灶，做我爱吃的荷包蛋挂面汤。我皱着眉头小口小口地吃着香喷喷的面汤，衷心觉得生病还是蛮划算的。每每病愈，姐姐总是不无妒忌地说："一分病，二分装，七分想吃挂面汤。"后来爸妈把我"押送"到医院摘除了扁桃体就再也不发烧了，为此，我对爸妈很是耿耿了好一阵子。

到了青春花季时，别的女孩都憧憬着梦中的白马王子，而我却幻想着将来能嫁一个厨师，开一家自己的小餐馆，在美味佳肴里过着惺惺相惜、唇齿留香的幸福生活。

真的嫁人了，却不是厨师，就下决心把自己培养成厨师。我"好吃"，但不"懒做"。买来一大堆烹饪书籍，照葫芦画瓢，勤学苦练，并大胆探索，勇于实践。终于觉得自己的手艺可以笑傲江湖了，本着"独乐乐不如众乐乐""等贵贱均贫富"的原则，便打电话邀请公婆小姑一干人等过来一同享受我做的"千层饼"，可电话那头，那个北师大高才生曾是我语文老师的公爹却笑了："小丹啊，你的手艺我早就领教了，就你那千层饼，呵呵，算上嘴唇——三层！"瞧瞧，他还在记恨我刚结婚那会儿，笨手笨脚用凉水和面做的葱油饼，知识分子就用这眼光看人？唉！被人冤枉是常有的事，我懒得申诉。

前不久，我经常遛弯的那条街上新开了一家饺子馆。那天，我带女儿前去品尝，刚吃几口便不可救药地迷恋上了那口味，于是便隔三差五地到那里去报到。

昨天，我吃着吃着忽然找到了令我着迷的原因，原来，这三鲜馅饺子像极了妈妈的手艺。清楚地记得那年高考，一大早妈妈就起床包我爱吃的饺子，用猪肉、虾仁、大葱、小瓜做馅，给我煮了满满两大碗。妈妈一个劲地给我夹着饺子，嘴里说着："多吃点，多吃点，吃得饱考得好。"这样想着，看着面前的一盘水饺，鼻子酸酸的。

我爱美食，美食有着千般滋味，更有着万种情怀。

盛夏舌尖上清凉的母爱

盛夏的阳光蝎子般蜇人，整个大地变成一个大蒸笼，人被热浪烹着，丁点胃口没有。那幽幽的凉风，那吃嘛嘛香的感觉只停留在有母亲的日子里，齐刷刷封存在往昔的岁月。

那时，母亲还年轻。每到夏天，母亲都会变着花样做我们爱吃的饭菜，大多以清淡为主。过水面在盛夏的食谱里独领风骚。一样的过水面，母亲却变换不一样的卤让我们百吃不厌。把面煮到刚刚熟，这个火候一定得把握好，时间稍长就会煮烂，不劲道。捞出，用凉水过几遍，这凉水不是烧开后放凉的水，也不是自来水管里的，那是老家院子里压水井里的水。母亲先压出一些水流到菜园里，让井管也凉凉的。那来自地底下的清冽冽的水冒着凉气，面条在这样的水里一遍遍洗着澡，然后就懒懒地赖在水中不出来了，只等我们用筷子把它们请到碗里。最爱吃的是母亲打的卤，母亲把五花肉切成肉丁，两根大葱，两个青椒，一个西红柿，统统切成丁。锅里放油烧热，然后放入肉丁、五香粉翻炒，依次放入大葱、西红柿和青椒，要爆炒。这时，母亲还要舀上两勺亲手做的黄豆酱，接着翻炒，放少许水，滚开，勾芡。黄色的豆酱打底，红的西红柿、绿的青椒、白的大葱、粉的肉丁，油亮亮的一碗，宛如珍珠翡翠玛瑙的相聚。舀一汤勺放在清凉的面条上，那美味，别提了。此外，母亲还给我们做蒜薹肉丁卤、西红柿鸡蛋卤、韭菜咸菜丝卤、麻酱黄瓜丝卤，等等，轮换着和面条联姻，把我们的胃喂得舒舒服服，也让夏天的炎热夹着尾巴溜得老远老远。

母亲的拿手菜还有凉粉和凉皮。材料都是白薯淀粉。做凉粉比较容易，把干淀粉放清水里溶化，搅匀，倒入"吱吱"叫的热水中，边倒边搅和。淀粉的颜色渐渐变深变稠，铲子使劲搅着，眨眼间已是青色晶莹剔透的一坨，就像是一个青涩的黄毛丫头出落成水水灵灵的大姑娘。把凉粉盛出来，放凉。若等不及就干脆放进清冽冽的井水里拔凉，切成麻将牌大的块，再拍根黄瓜，用蒜末、生抽、香醋、麻酱、麻油调拌，味道一下就鲜到了舌根。凉皮的做法相对来说就有些复杂了，同样把淀粉溶化，要烧一锅滚开的水，舀一勺淀粉的溶液放不锈钢盆里，盆底紧贴开水晃悠，那淀粉汁在开水的打磨下，渐渐涅槃，羽化成仙。在盆底凝固成薄薄的一层，然后再把盆放凉水里，沿着盆边轻轻掀起，一张晶莹剔透清凉绵柔的凉皮就做好了。将凉皮切成一指宽，与凉皮相匹配的必须是细细的黄瓜丝，用和凉粉相同的佐料调拌，夹一口放嘴里，仿佛清凉的绸缎。就着黄瓜的清香轻盈欲仙，一路风起，飘然而去。哪里还有什么酷暑啊？！

盛夏的餐桌上也少不了母亲给我们做的清蒸茄子。把买回来新鲜的茄子洗净，切成一片一片摆盘子里，放在屉里上锅蒸。约十分钟，揭锅。白莹莹的茄片已无力地瘫在盘中。拍些蒜末，舀一勺母亲做的黄豆酱，拌好。那滋味直抵海味山珍，这是我小时候夏天常吃的一道菜，那味道一直留在我的记忆中挥之不去。

炎炎夏日，母亲也总忘不了做点野味为我们清热解毒，那就是家乡的圆角菜，学名是苋菜。一场夏雨过后，苋菜越发水灵。把苋菜拦腰掐断，洗净，放沸水里焯，那苋菜遇到开水愈发翠绿，好像要把灵魂唤醒。焯好的苋菜直接加蒜片素炒，盛出。那碧绿的一盘，如翡翠闪着白光，在傍晚的夕阳里跳跃，桌边的一家人喝着清亮亮的大米绿豆粥……

春饼，春饼

在我们老家，每年立春这天有吃春饼的习俗。说是"吃春，咬春"，我打小就喜欢吃春饼，不只立春吃，一年四季，都吃，而且是自己烙春饼吃。

用热水最好是开水和面，这样烙出的饼软，即使放凉也不硬。和好面醒一会儿，大约一个小时。然后像包饺子时一样切成剂子，大小随意。两个剂子上下叠起，中间抹上油，再擀成纸片般的薄饼。不粘锅中不放油或放少许油，饼入锅，待饼变色且中间凸起，再翻过来，须臾饼就熟了。放盆里，盖好，再烙下一张。

春饼是需要卷菜吃的。菜可以依自己的口味，想吃什么卷什么，有肉食和炒菜。在我老家，通常有酱肘子、猪头肉、酱牛肉、红烧肉等切成肉片或肉丝。炒菜有炒菠菜、炒绿豆芽、炒粉丝、白菜粉丝肉、蒜黄肉丝、酸菜粉丝肉、摊鸡蛋，等等。

此外，葱丝和面酱是必不可少的。葱要羊角葱，酱要甜面酱。

吃法，简单。把粘在一起的两张薄饼掀开，取其一张放在大盘子上，涂面酱少许，放葱丝数根，再放你喜欢吃的那些肉和炒菜，每样放点，然后卷起来，大口咬着吃。

小时候，物质匮乏，只有在立春这天，妈妈才给我们烙春饼，卷在春饼里的菜也无非就是白菜粉丝肉。那时吃一次春饼就像过年一样，美得像神仙一般。吃撑了，也舍不得放下筷子，还要把盘子舔得干干净净。

味蕾真是个很神奇顽固的东西，对春饼的爱恋从童年一直跟到现在，一路走来披风沥雨，不离不弃。现在物质丰富了，肉和菜品种繁多，但我仍喜欢在做春饼时，炒白菜粉丝肉和素炒绿豆芽这两道菜。白菜竖着切成丝，肉用淀粉调一下，粉丝要那种特细的，先用开水泡一会。热油炝锅，放肉丝、葱、姜、五香粉，待炒出香味放白菜丝、粉丝。滴少许水，待白菜丝变软，颜色柔和如少妇脸上荡着的成熟温润的光泽，它和晶莹的粉丝一起相亲相爱地抱着肉丝，宛如和谐恩爱的一家三口，再让它们手挽着手走出炒锅来到餐桌。

绿豆芽素炒，最好用猪油，放少许醋喷一下除去绿豆的豆腥味，要掌握好火候，不要炒太老，那样豆芽软塌塌的没有食欲，不软不硬时起锅。

开吃吧。可以把白菜粉丝肉、绿豆芽单独卷着吃，也可以两样混在一起吃。对了，千万不要忘记放葱丝和面酱，那可是画龙点睛之物，缺了它们，就像盛大的交响乐缺了指挥一样失去了灵魂。

咬一口白菜粉丝肉春饼，抿在嘴里，细细嚼，绵软细腻，如风吹宣纸，岁月静好。再咬一口绿豆芽春饼，不软不硬的绿豆芽嚼在嘴里，发出"咯吱咯吱"的声音，如雪夜归家，深一脚浅一脚地踩在雪地上。残月当空，不远处的家中正亮着温柔的灯光，等待着这风雪夜归的人。

如果你喜欢吃荤的香的，那好，在春饼里再卷进红烧肉或蒸的熟烂的花椒肉，咬一口，满嘴流油，唇齿留香。

春天，吃春饼吧。一口吃下去你就咬住了春天里的吉祥和希望。

手艺人许忠孝（外一篇）

新　石

秋后的一天，我回了一趟老家，在街上偶然遇见了老黑叔。十来年不见，他竟变成了一个驼背的小老头。本来他一米六多点的个头就不算高，如今又驼了背，越发显得矮了。我问他怎么变成这个模样了，他说是累的。是啊，老黑叔从小就干活，有时没日没夜地干，怎么能不累弯腰呢？！

老黑叔本名叫许忠孝，只因他天生爱笑，又生得黑，小孩子们叫他"嘿嘿笑"，大人们叫他"许老黑"，我平常爱叫他老黑叔，他也很喜欢这个称呼，并不介意别人说他长得黑。老黑叔不是我的本族，叔是从庄里流传下来的辈分。我家离他家不远，我们原先关系就不错，见面后自然很亲热。我忽然想起老黑叔是老手艺人，就问起他的老手艺——白铁匠买卖怎么样了。他说："现在都快八十岁了，早就不追集了，哪家有活计，送家里来就干，没活计就待着。缺钱了，儿子供着花，吃喝从不委屈着。"闻听此言，我真为他高兴，老黑叔小时候是个命苦的人，到老了终于有福享了。

要说老黑叔小时候命真苦，在他四岁时母亲就生病死掉了，抛下他们爷仨（他有个哥哥）过日子。幸亏他父亲勤劳能干，又心灵手巧，生火做饭、缝补衣被都会做，爷仨才没挨冻受饿。不过，日子总是过得紧巴巴的。为了减轻父亲的压力，老黑叔十五岁就辍学干活了。那年头，生产队的壮劳力每天能挣两三毛钱，他年纪小，每天只能挣一毛多钱。等到老黑叔二十岁时，他们这一家人还是筷子夹骨头——仨光棍儿。

看着和他同龄的人不少都订了婚，他哥俩还打着光棍儿，老黑叔心里很着急，他心里想：光指望着挣死工分猴年马月能娶上媳妇啊！有一天，村里来了个白铁匠，为大家修理水壶、锅、盆，每天能挣两三块钱。他蹲在那儿足足看了半天，他就想着这个手艺不错，活计不累，挣钱不少，于是，他打定主意要学这门手艺。说干就干，一天，他向生产队长请了假，说是去城里给他爹买药。他特地起了个大早，走了四十里路到城里买了套白铁匠用的工具和材料。回来就开始摆摊开张了。要不说巧人看啥会啥呢，老黑叔第一天就闹个开门红，由于活计好，一天就挣了两块钱。这下可来信心了，生产队的工也不爱上了，五天追个集，星期天有时还在街上摆摊。看那意思，的确是挣了不少钱，要不他咋总咧着嘴嘿嘿笑呢！

老黑叔有一把小铜号，摆好摊他就吹几声小号，这也不是白铁匠的专用品，纯属个人爱好，他用它还真能招揽生意。有一个星期天，老黑叔又在街上摆开了摊，就吹起了他那小铜号，我们一群休星期天的小孩子立刻被吸引过去。这时老黑叔发话了："你们哪家有漏锅、漏盆、漏水壶，都拿来吧，管保都给你们粘好，指定少算钱。"还别说，这一招真灵，的确多给他揽了不少生意。

又有一个星期天，老黑叔又在街上支起了炉子，准备开张，我和李中、胖虎凑过去向他借小铜号玩，他说啥也不借。我们仨偷偷一合计，想出个馊主意，我和李中齐声喊起了瞎编的段子："嘿嘿笑，吹洋号，粘锅粘盆粘大炮，粘个媳妇撒泡尿，吓得一宿没睡觉。"

没想到一下子就惹火了他，起身追过来就要打我们，胖虎从他身后拿起小铜号就跑。那天我们三个跑到北树林里足足吹了半天小号，直到天黑才偷偷把小号扔到老黑叔院里。后来，听大人们说，我们揭了许老黑的老底，他能不急眼吗！原来，老黑家有个刘姓远房亲戚，家在本村，老头有两个女儿，老伴已过世，大女儿已出嫁，二女儿也二十出头。老人看许忠孝诚实可靠、心灵手巧，又有一门手艺能挣钱养家，就有意将二女儿嫁给老黑，心里盘算着姑娘嫁本村将来能借上点光。一天，刘老汉去他外村的大女儿家，说是晚上不回家了，特意告知许忠孝晚上去给他女儿做个伴儿。这明眼人一看就知道是撮合他俩呀！没承想，这许老黑是个榆木脑袋不开窍，愣是在姑娘屋里坐了一宿，连衣服都没脱。第二天，姑娘说啥也不干了，说这小子发傻，谁会嫁个傻子呀！看看，眼看到手的媳妇愣让他弄跑了。这些事，我们这些孩子当时也不知道啊！可倒好，受这码事的影响，我这老黑叔快到三十岁也没说上媳妇。

许老黑大概干白铁匠活计两三年就开始了"文化大革命"。听人说要割资本主义尾巴，我们那穷庄里哪里有什么资本主义尾巴呢？胖虎我们几个一合计，许老黑不好好在生产队干活，总私自焊洋铁壶挣钱，这不正是资本主义尾巴么？于是，我们几个戴上"红卫兵"袖章，跑到许老黑家，趁老黑哥俩去干活，他那聋子老爹自己在东屋睡觉，我们从西屋抬起老黑的工具就送到了大队部。大队的保管员还夸奖我们干得好，觉悟高。不过，听说后来他又让老黑把工具都取回去了。合着我们几个小虎头白挨了老黑一顿臭骂。

1978年党的十三届三中全会后，中央确定农村实行家庭联产承包责任制，许忠孝家分得十来亩地。他们爷仨精耕细作，收获满满，许老黑也有更多时间搞他那个白铁匠的副业。爷仨的小日子越过越好，不几年工夫他家就盖起了六间新房。老黑哥俩也都娶上了媳妇，老黑叔更是每天嘿嘿地笑了。

人们都说"三十年河东，三十年河西"，这句话在许老黑身上确实得到了验证。老黑叔小时候受苦，到了老才过上了甜日子。老黑的独生子自幼也心灵手巧，初中毕业就开始学手艺。不过，他不屑干他爹那套手艺，嫌挣那仨瓜俩枣钱没意思，而是自己跑到城里的技术学校学会了车工、焊工等机械方面的技术。学成后到外地打工，由于技术好，钱也没少挣。有钱以后，自己盖起厂房，买了各种机器，自己在家里开起了工厂。由于技术过硬，做的活计又实诚，不少人找他做活，他自己还设计制作农村常用的机器。听老黑叔说，他一年到头不闲着，百八十里地的人都慕名而来，钱真没少挣。儿子也很孝顺，老两口想吃啥儿子就给买啥。大概这也是家风好的缘故吧！因为老黑叔对他父亲的孝顺就名声在外，老人生病卧床十来年，老黑叔总是精心照料，从无怨言，老人一直到去世也没遭罪。

看来我这老黑叔不是苦命的人，是有福之人！

小 年 忆 旧

腊月二十三这天是农历小年，城里的大街并没有显出与平常日子两样。马路上依旧车来车往、川流不息。我想，古人所谓"车如流水，马如蛟龙"不过如此吧！可惜，现在很少见到马了。要说和平常日子有什么不同之处，只是市场的蔬菜比平时贵了些、品种多了些，人们饭桌上比往常丰盛些，仅此而已。

我记得儿时的小年比现在要热闹有趣，虽然是在那生活困难的年代。记得小学二年级时，腊月二十二这天，我们一群小伙伴儿吃过午饭就跑到大街上聚群，谈论明天谁家能做什么好的饭菜，有没有肉吃。大点的孩子还会领我们念过年的段子：二十三，蒸年糕；二十四，扫房日；二十五，做豆腐；二十六，割年肉；二十七，杀年鸡；二十八，吃糖瓜……说得我们这些小伙伴们口水都流出来了。

到了小年这天，早饭后，父亲请来一位会写毛笔字的先生，写上几副春联备用。如上联是"新年纳余庆"，下联是"佳节号长春"之类的老文辞。反正我也不懂，只是觉得过大年时门上贴副大红对联显得很喜庆。

据老人们讲：腊月二十三这天是灶王爷节，他老人家会在这天夜里上天宫向玉皇大帝述职，还要向玉皇大帝汇报驻家人这一年的善恶表现。玉皇大帝会根据这家人的表现降临福祸。因为有这个风俗，写字先生又为我家写了副献给灶王爷的对联"上天言好事，下界降吉祥"。还写了副供祖先的对联"祖德千年远，宗供百世昌"。这副对联贴在祖宗牌位旁，逢年过节大人们会盛上两碗好饭菜给祖宗上供，以示不忘祖宗的恩德。这也是我们华夏民族慎终追远的美好传统吧！

另外，父亲还请先生写了这样两副对联："六畜兴旺，五谷丰登""太公在此，诸神退位"。那时候，我上了二年级，识得一些字，看先生写完，我将"六畜兴旺，五谷丰登"贴在了猪圈门两边，将"太公在此，诸神退位"贴在了鸡窝旁。先生说：太公那副联不应贴鸡窝边，是贴房上的。我可不管这些，我只想着请姜太公保佑我的鸡别闹鸡瘟死掉，我还指望着吃它们的蛋呢，至于能否灵验就不管了。

说来可怜，那时候粮食紧张，连人吃的都不够，哪有富余的粮食喂鸡喂猪呀。那时我家每年只养一头猪，三四只鸡。喂给它们的主要是谷糠和野菜，盼着六畜兴旺，实在是兴旺不起来啊！

小年的午饭自然比平时要好些，我们村庄一带有蒸黏糕的习俗，因为"蒸"和"争"谐音，"黏"和"年"谐音，"糕"和"高"谐音，组在一起就是"争年高"，祈盼日子一年比一年高。一般人家都在这一天蒸些黏豆包代替黏糕。我家在小年这天蒸了两屉黏豆包，不过那时的黏豆包不是糯米面的，而是黏高粱米面、小豆馅。记得那天母亲又做了猪肉炖粉条，当然在那困难的年代放点猪肉只是领道儿。由于平时吃得太差，到小年这天难得吃顿好饭，我年纪小又不知节制，总是一下子吃太多。记得有一年因消化不良，得了胃病，闹得连大年都没过好，鱼肉都没吃成。现在想起来也真够惨的。

到了小年的晚上，父亲将"上天言好事，下界降吉祥"的对联恭恭敬敬地贴在了灶火门两边，又在锅台上摆了两块糖瓜，说是灶王爷吃了糖嘴甜，上天见了玉皇大帝能多说好话，能给我家带来好的运气。我那时对这种事将信将疑，心里只是惦着那两块糖瓜灶王爷是否真能吃掉，如果他不吃，明天就归我了。

要我说过去的小年有多少好处，好像又说不出，实际也真没啥可说的。只是觉得那时的人们还继承着传统的风俗习惯，体现了农耕文明的传承，也体现了人们对美好生活的向往。在那物质匮乏、生活困难的年代，我们小孩子总是盼着过年，而父母亲是怕过年的。到过年时我们要吃好的、穿好的，大人们能不发愁吗？我就听母亲说过"小孩儿过年，大人过蔫"。

今年小年这天，老伴儿炸了油炸糕，糯米面、小豆红糖馅的，又做了酸菜氽白肉，这两样搭配很好吃。只是我有小时候的教训，再爱吃也不敢多吃了。只吃了七分饱。吃过午饭，到大街上转转。看马路上的汽车排成长龙，你追我赶，好像都有急事要办似的。感觉现在的人们即使在年节，也总是忙个不停。过去的小年就清闲多了，吃过午饭，大人们会来到大街上聚在一起侃大山，我们小孩儿们一群一群地在街上嬉戏打闹，晚上还会放些鞭炮。不过，现在的生活条件比过去好多了。无论年节还是平时，人们想吃啥就买啥。市场的蔬菜种类繁多，冬天照样能买到春夏的蔬菜品种，鸡鸭鱼肉供应充足。关键是人们兜里的钱多了，能买得起。这也是改革开放以来的变化吧！最近在网上看到一个段子：现在人们生活条件好了，天天像过年似的，是"度日如年"。真有才，把这个成语的意思整个反过来了。也好，但愿今后祖国强大，人民富裕，老百姓天天如过年！

白薯的黑色记忆（外二篇）

冯锡源

孩子喜欢吃烀白薯，但我听到白薯两个字肠胃就不舒服。黑乎乎的白薯粥，黑乎乎的白薯面窝头，黑乎乎的白薯干儿……白薯留给我的是黑乎乎的记忆，记忆里流淌着的是黑色的时光。

那是一段艰苦又漫长的岁月。小时候，家家的自留地中几乎都种白薯，那时生产队分的粮食不够吃，各家用白薯来代替粮食，白薯帮我们度过了饥寒的日子。每天用白薯当饭吃的滋味相当难受，吃过后肠胃不舒服，胃里经常反酸水。想来可口一些的，也就是吃新烀的白薯，喝萝卜香菜汤吧。

吃白薯的日子充斥我童年整个生活，那是一段像白薯面窝头一样的黑色记忆。聪明的大人们总会变着法增加点花样儿，有时候把生的白薯切成小块煮粥喝，有时候把白薯切片晾成便于保存的薯干，在青黄不接的春天磨成面蒸窝头。有人把刚出笼的白薯窝头用碾子压成煎饼一样的薄片卷了大葱、蒜苗吃，也有人和了白薯面压成面条煮熟就着酱油、蒜末吃。挖空心思地粗粮细做，也避免不了反胃的白薯味道。

老妹子是我们兄妹四个中最小的，享受特殊优待，可以吃到米饭。母亲用纱布缝个小袋，里面放上一小把大米或者小米，把布袋放在煮白薯粥的锅里。白薯粥煮熟了，小妹子也能吃上布袋里面香喷喷的米饭，而我只能站在旁边艳羡，恨自己不是家中最小的一个。粮食不够吃的岁月，想来辛酸！

为了保证一年到头都有白薯吃，父亲和母亲把个头中等、匀称、无破损的白薯挑出来下窖贮存，把个头大的和有破损的白薯洗净切成片晒干后磨粉，有的也烀熟在房顶上晾晒，等到冬天和来年春天吃。有整个晾晒的，也有切成几瓣的。

我就是吃这骨头一样硬的白薯干吃怕了。初中住校了，吃不饱就用白薯干充饥。课间时候饿了，就掏出白薯干狂嚼，就着口水将白薯干囫囵咽下去。白薯干硬得像骨头，以至于嚼得牙疼、下颌骨疼，心里有种说不出的酸楚和无奈。我常常摸着衣袋里的白薯干儿想：什么时候才能不吃它们而吃馒头和米饭呢？

后来生活条件好了，看到家人津津有味地吃白薯，我一直喜欢不起来。女儿小时候爱吃白薯，弄得手和脸满是黄灿灿的白薯渣，不明白我对白薯的冷漠，一脸疑惑地说："爸，你们那时候多享福啊，可以天天吃白薯。"我哭笑不得。多少年来，对于白薯我听而生厌、见而生烦，对那些曾经代替白面馒头填饱我饥饿肚子的白薯干儿，竟时常生出一些仇恨和鄙视来，厌烦至极！

烀白薯又软又甜，确实很好吃，烤白薯也香甜，公认是抗癌上品。我还是对那种黑色或者黄色的白薯干没有胃口，后来也偶尔陪着家人们象征性地吃一点。那种终日吃白薯胃里酸水乱窜的记忆，像黑色的梦魇一样纠缠折磨我多年。

时光飞逝，吃白薯的记忆似乎早已被沉淀。粉丝厂里已经不生产纯正的白薯粉丝了，超市里面用现代工艺加工的白薯干晶亮诱人，白薯面窝头、饺子成了饭店绿色、养生和减肥的招牌菜。我也吃过一两顿，没有什么好味道，似乎都留不下较深的印象。

秋风萧瑟，落叶飘零，薯藤变枯发黄，白薯熟了。那天下班回家，刚开门，突然就闻到一股很浓郁的香甜味，仔细一吸鼻子，居然是白薯味。厨房里氤氲着的热气迎面扑来，真的烀白薯了，一股久违的白薯味直往鼻子里钻。我拣了一个不大不小的白薯剥皮入口，又软又甜，原来是媳妇特意买回的红心白薯。

吃着白薯长大的我在"小时候不读书，一辈子吃白薯"的教诲下，发愤读书，跳出了农门。白薯使我少挨饿，白薯使我发愤读书。今天我不再狠狠地讨厌白薯，也吃小块的白薯了。我知道我怕的是饥饿，怀念的是那些有白薯相伴的亲情！

"再来块吧，又香又甜的烀白薯……"我又拿起一块悠悠飘香的白薯，心红而香软，黑色的记忆不在，而生出很多温暖飘在心头。

老 房 子

我不怀旧，却总梦见小时候住过的老房子，那样真实，那样清晰。离开老家搬到城里，住上了宽敞明亮的楼房，总感觉不是自己的家，而像一位临时登门造访的客人。躺在床上看白屋顶，眼前一次次浮现老家那座沉默遥远的老房子。

我的老家，是碣石山脚下一个纯朴宁静又贫穷落后的小村庄。听爷爷说起过房子的历史，那是爷爷的爷爷盖的一座砖木结构的房子，距今已经有百年历史了。房子共六间，后来分家，我们住了西面的三间。东面的三间几易其主，现在住着一户同姓的本家。墙是用青砖和凤凰山的黄褐色圆石砌成，屋顶前后出檐，檩木粗大，木格的窗户，厚厚的两开扇木门，高门大院。在当时小村处处可见的土房子中显得仪态万千、鹤立鸡群。

　　爷爷在老房子住了一辈子，建房时爷爷也就三五岁。老房子的一砖一木，像一本书记载了爷爷劳苦、多难的一生，从青春年华到风霜老年。爷爷是种地的好手，尤其犁地更是闻名十里八村。奶奶去世早，爷爷带着三个姑姑和父亲艰难生活。在这里，三个姑姑出嫁，父母成婚，我们兄妹四人呱呱坠地，我们在土地上成长起来，带着纯洁的乡土味。我们像是一粒粒飘落的微尘，停留在老房子上，在沉静中慢慢飞扬落下。

　　老房子的门窗、一砖一瓦，都在讲述成长中经受了精神和物质双重饥饿的故事，我的双眸储满了泪水。那时的生活是艰苦的，父母为了一大家子，辛辛苦苦，终日劳作。小孩子不知道愁苦，总是看到父亲抽烟，沉默不语。现在想来，那一缕淡淡的烟雾，好像父亲绵长的心事。冬日长夜，母亲常纺线到深夜，等我们半夜醒来，母亲还在脚踏织布机上飞梭弄线。过年我们可以穿上自家布做的新衣服了。老房子里曾留下爷爷、爸爸、妈妈、大哥、我和两个妹妹的身影，洋溢过我们一家人欢乐的笑声，它那木格栏窗户盛满了我们等待黎明的眼神。

　　最钟情盛夏的傍晚，刮一阵清风，透心凉神。在房前或房后的青石板上放了矮桌，一家人团坐，吃饭。大人们有他们的话题，他们摇动着手中的芭蕉扇，道着家长里短，看着房前小院中满眼碧绿的菜园。小孩子们早就聚集在大街上，乘着夜色寻找快乐，有时爬墙揪葫芦花诱捕飞蛾，有时上树捉来天牛研究其犄角，有时去村后大水坑洗澡，有时玩得兴起，也去村外瓜地偷瓜吃。

　　最怀念寒冬的温暖，母亲永远在过堂屋忙碌。晚上，农村经常停电。我们兄妹四人总在暖和的土炕上一人一边围坐在矮桌旁，四双脚在桌下交叠，学习和嬉闹。一盏微弱的灯光跳动着散去，温馨便填满整个房间。母亲经常陪在一旁给我们做新鞋，一脸的欣慰。有一次，我和大妹子打闹，结果错掐了老妹子伸在桌下的大腿，老妹哇哇大哭，直到母亲让我到房顶拿冻透的白薯才哄得老妹子不哭。在那样一个青葱岁月，我度过了自己的少年和青年时代，母亲用她一生的时间，凭着简朴的语言和举动，传授给我们最起码的良知。如今老房子离我们越来越远了，只有空中不时传来的呼呼风声诉说着老房子当年的喧嚣和热闹。

　　那时的老房子，虽简陋却总是充满生机，永远充盈着欢声笑语。老屋没有后院，只有前院，属于典型的一家一院。房前的菜园种了各种的蔬菜，有黄瓜、西红柿、胡萝卜、韭菜等。我们放学回家先是冲进菜园去寻找带刺的小黄瓜、刚泛红的西红柿。现在想来那么惬意，那场景也不复存在了。现在老房子没人居住，显得苍旧，菜园长满了各种各样的杂草，一片荒芜。

时光在斑驳的墙上流淌，童年的故事在月光下游动，在四季中更迭。高高的门槛被岁月磨平了棱角，厚厚的门板上，一条条一线线刻写着快乐的、痛苦的回忆，早已脱落红漆的木格窗连着三代人，隔断两个缄默的世界。我知道人生总有太多东西，我们留也留不住，就像这些景象，就像我逝去的亲人。

故人已去，老屋残存。曾经在老房子出出进进的亲人，今在何方？老房子默默无言。父母亲、爷爷和兄嫂十余年间相继去世，我经历着亲人离世的迷茫、彷徨和伤痛。在最疼爱我的母亲去世的春天，鲜花不再盛开。

秋残冬近，村落空灵寂静，田野空旷无人，远望碣石山，依然青青如黛。再回老家看老房子，恍如隔世，它像一位老者在遥望儿女的归来。听到黝黑木门的吱呀声，那种久违的亲切蓦然涌上心头，我知道——我回家了。触摸着斑驳的砖墙，就像抚摸自己的皮肤一样，上面有我熟悉的气息。轻踩院中畦埂，找不到顶花的小黄瓜。没有了吃饭的矮桌，只剩房前的青石板。我仔细地把老屋周围的杂草清理干净，让它在岁月的沉淀中有那么一丝生机、一片纯净。

苦难的经历一旦成为过去，往往变成了越嚼越有滋味的橄榄。离开老家久了，经常梦到老房子，温暖美好的老房子，那是早已长在灵魂里的东西。夜晚，站在阳台仰望星空，星星好近，我知道那是我的亲人化作星星陪伴我。

新房子多起来了，老房子一天天地变少了。在楼房住得越久，越怀念我的老房子、老院子。我家老房子历经战火、地震和百年风雨，依然矗立。年岁渐长，越发怀念故土，心在故乡扎根，魂在老房中开花。

走出老房子，外面的世界更精彩。不管走到哪里，心中拥有老房子，我便什么风雨都不怕。

回　家

世界上无论什么名誉，什么地位，什么幸福，什么尊荣，都比不上待在母亲身边，即使她一字也不识，即使整天吃"红的"。

——季羡林

又到年根了，回家的气氛又开始浓烈。

兔年剩下区区几天，龙年就要来了。人们又在大包小包地购置着年货，满载着幸福回家团聚。游子们千里万里都要回家。这一刻，心中的失落、抑郁和疲惫重又被回家的温暖填满。

心中惶惶，想家了。爆竹声声，回家吧。家是我生命的起源地，没有什么能阻挡我回家的脚步。

在我心里，一直把我出生的小村庄的老房子当作自己的家。从上初中离家，一晃有三十多年了，其间放假经常回去和父母兄妹住在一起。后来在拥挤的城里一隅购买了宽敞明亮的楼房，有了自己的家，却总感觉是一位游走他乡的客人。在阳台或者山巅向西南眺望，眼前总是隐约闪现着灰房顶、砖石墙、木格窗、厚重的木门以及巧妙的门闩……

没有父母的老家还是家吗？回家，是只为看一眼寒风中独立的老房子吗？每次计划回家，心头涌动的是幸福、紧张和恐惧。老家的一砖一瓦镌刻着我快乐的童年，那里有我美丽的回忆。

间或蹿起的爆竹，在空中爆裂飞落漫天纸屑。应常回家看看，何况春节。很多人踏上了回家的旅途，我也要回家。

天气阴沉，小区门口的彩旗呼啦啦飘动，行人脚步匆匆。平时都是坐车回家，受一位驴友徒步回家的启发，我突然很想骑自行车回去一次。向着家的方向一路骑行，那感觉一定非常实在。一位朋友简装徒步回家，走了将近四个小时，一身汗水进家，惊吓得老娘摸着朋友湿漉漉的额头说：孩子，你没事吧。多想也有一双温暖又粗糙的手抚摸我湿漉漉的脸庞，一直很迷恋这样一种回家的心情。

今天，我也在与风同行中踏上了骑行征途。车轮滚滚，载着我沉重的渴盼与期待。自己就是用银丝线扯在轴上的风筝，风筝高飞，线的一端却在老家。渴盼的心，犹如脱缰的野马。一路熟悉的风景都向身后跑去，灰蒙的天空，四周空旷的田野，寒风挟着云朵而来，随之雪花飘落。雪花在空中旋转着、飘落着、飞舞着。雪是美好的又是凌厉的，疯狂的雪花冲淡了混浊的空气。空旷的公路，只有雪花寂寞飞舞，还有独自骑行在归途中的我。

车轮滚滚。眼前一片迷蒙，但我知道我的方向。耳边的风呼呼作响，但我知道我的方向。雪中的小村庄，房屋站成一线，不知不觉已慢慢地清晰在我的视野之内，这就是我日夜思念的村庄吗？

百年老屋就在眼前。老家的房子仍在，这是记忆里的痕。经历了战乱、洪水和地震的老房子，像一位风烛老人。我绕着老房子转，想小时候的事。往事如风，几十年的光阴就这样吹过来，又飞远了。老房子无人居住，同村的大妹子在里面放些杂物。曾经的欢声笑语，似乎又在耳边飘过。"嘎吱，嘎吱"门轴转动，半夜惊醒我们的原来是这样的声音。

这样的风景让我失魂落魄。

走进城市就拥有了天堂吗？住进了楼房，身体和心灵就会像小区的花一样鲜艳吗？偌大的房子，满满地堆积了许多杂物却空旷冷清。打量着家的每一个角落，褪色的板柜上，是老娘镶嵌的镜框，我的一张童年黑白照片摆在一旁，是谁偷走了那样灿烂无邪的笑容？桌子、凳子、柜子、灶台，一切依旧，只是多了些积尘。我们兄妹和父母一起居住在堂屋东面一间，这里，我的书箱子还在，小炕桌还在。三十多年前那个寒夜，灯下苦读的情景，仿佛就在眼前。这里孕育了我人生的初梦。

这是我的老家院子吗？长长的院子，黄草萋萋。怎么没看到院子高低的黄瓜、西红柿架，兄妹们在架下寻觅的身影呢？院门口两扇我曾经用青砖磨过手枪的石磨呢？院子通向大门的通道上我曾经在雨中跳跃的石板呢？我捉蜗牛的那片墙角的苔藓，猪圈后面那棵让我们每年都充满期待的桃树，怎么也没有了一丝痕迹？眼前，只有棉花秧子上有炸裂的棉桃吐着白絮，丝瓜秧的枯藤攀爬在房前的梯子上。难道那些连同昨日时光一同隐没在院土中了吗？

陌生了，老家的青砖墙。空旷了，老家的长院子。眼前的陌生永远不能覆盖记忆中的熟悉。周围是高大的新房子，街外又街阻隔不了我对故乡的触摸。思念亲人的心情越发酸楚起来，索性就坐在前门槛上，发呆。此刻，我离家很近，很近。

回大妹子家吃午饭，他们盖了新房，宽敞明亮。邻居们的新房一幢幢矗立，小村庄变了，变得时尚富裕。上幼儿园的小外甥女高兴地跟我说："我上大班了。"她翻看画册的神情，仿佛儿时的我。

午饭后，我还要骑自行车返回城里。走到街口拐弯处，看见大妹子仍站在飘雪的大门前，看见老房子静默在我的视线里。不管我走到哪里，这一座老房子和那段时光，所有的一切都在我的眼眸里，在我的身体里，在我的心里，在我的灵魂里！这里停留过我一段段古旧的记忆，这里膨胀着远行的寂寥，还有一些模糊的背影，我已经在这里生根。

我走了，行走在俗世尘缘，像一个游僧，跋涉在时光的山林，用思想的脚步丈量生命的旅途，只为心中的信仰。山峰耸立，呈现着它的巍峨和连绵，消融了我的全部热情，令我滋生不倦的迷恋。世事变迁，不变的是心灵的守望。人总归是要回家的，让一颗心如花般绽放在那一片桃花源，如翠松般坚守在岩隙间。但我羞愧难当，以生存的名义游走在尘埃飞扬的街巷。我无权责备别人，只有一次次地把自己消融在山巅谷底，面对清洁河流和蔚蓝高空对我的灵魂进行拷问。

小村和老屋远去，前方高楼林立，车水马龙。我不知道是离家，还是回家，是走，还是留。

又是一年秋收时（外一篇）

王玉梅

夏末的几场雨，悄然地将秋天引来。

秋风不仅是降温剂，更是神奇的调色剂。几乎一夜之间，天空便湛蓝如洗，万顷庄稼也褪去了绿衣，以一身黄澄高贵的色彩隆重登场。

这个时候，生活在小城的我，便满脑子都离不开老家的那几亩玉米地了。想象着玉米须一天天随着秋风而干瘪，玉米秧的水分和养分一天天消失殆尽，母亲的脚步却日益蹒跚，心总是变得焦灼起来。

此时，唯一能浇灭我心中那焦灼之火的，就是一次彻底亲近大地的机会，就是一场痛快淋漓的秋收劳动。

一个周末的早晨，在坐了一个小时的出租车、走了十里地的乡间小路之后，我终于摩拳擦掌地站在了老家那几亩玉米地旁。

由于临近的几场雨，又接受不到阳光的照射，玉米地里很湿，脚踩上去，鞋跟会迅速下陷一两厘米，再抬起来的时候，就会沾上重重的黏土；因为封闭和潮湿，泥土的味道便愈发浓烈、纯正、清晰。高大的玉米秆，接连成片，蔚为大观，前看不到头，后望不到尾。虽然大部分叶片已经枯黄，粗壮的玉米棒却呈现出昂扬架势，玉米秸也是直挺的、有力的，烘托出强烈的喜剧色彩。秋风一吹，色彩里收入了暗红的深重，便显得特别沉稳。紧紧地贴着玉米秆，我仔细聆听，发现同一株玉米的不同部位，竟然发出不同节律的呼吸：玉米棒的呼吸粗重深沉，玉米秸的呼吸平和均匀，玉米叶的呼吸孱弱细小。这三种呼吸交错跌宕，构成了高中低三个声部，轻吟着一首生长的小曲。这情景，让人想到多才多艺的洛桑。如果真是这样，那这片偌大的玉米地，不就成了艺术的天堂、神奇的舞台了吗？

看，各种小虫都急着赶来，争先恐后地到这舞台上献艺来了：蛐蛐吟唱小夜曲，蚂蚱跳独舞，毛毛虫不甘示弱，搬出幼稚的娃娃舞，不想惹怒了一只叫不出名字的小虫，它铆足劲，大吼一声，亮出原生态的嗓音，惹得大家目瞪口呆，继而一片唏嘘。艺术的舞台大家都有份，看，不会唱歌不会跳舞的蜘蛛正在两片泛黄的叶片间吐丝轻绕，向大家炫耀自己独特的织艺呢。

如果没有秋收，没有人的介入和干扰，或许，这场参与者都很投入的音乐会还会多进行一段时间。

可是我来了。我与一只绿色蛛王相遇时，它并没有看见我，却仿佛预感到家园不保，形势不妙，正惶恐地在蛛网上来回地爬。是一片敏感的叶片传达了我接近它的信息，它警觉地停止脚步，目光一下与我对视，不觉间浑身打了个激灵，然后带动着滚圆的身体，急速爬向蛛网端点的那枚叶片，并借助叶片部分的曲卷，把自己的身体整个藏了起来。想到无意中会威胁到生灵们的家园，使它们从此过上颠沛流离的生活，我心中便感觉有点自责。不过，身体的动作并没有就此而迟缓：右手伸向一个玉米棒，手腕稍稍用力，伴随着"叭"的一声脆响，玉米棒脱离了玉米秸，稳稳地落在我的手里。我就势一扬胳膊，将玉米棒扔到母亲事先准备好的车旁……这些动作完成时，蛛网早已破碎，蛛王也早已匿迹，我头上、脸上沾着蛛丝，把目光锁定在另一个玉米棒上。

舞台上的表演者，传达给我的不仅是愉悦，更多的是惊恐。听到扑棱一声，有东西落在我的头上，伸手一摸，手便被扎得一激灵，原来是一只大蚂蚱，蚂蚱的这个冷幽默实在令我哭笑不得；肚皮怎么突然感觉痛痒痛痒的不自在？轻撩背心，一只肉乎乎的绿毛毛虫正贴着我的肚皮随心所欲地游走！我可开不起这个玩笑，尖叫着，用脏兮兮的手把它拨到地下，狠狠地踩上一脚。目光俯视之处，另一只毛毛虫正悠哉游哉地爬上我的裤管！渐渐地，惊恐被重复的经历冲淡了，便索性将围巾、帽子、口罩、手套统统摘下吧，让自己和虫类一起，共撑这偌大的舞台，共担这秋收时刻的喧哗。

掰棒子。

四亩地的玉米，总共十五条垄，可见垄有多长。掰棒子不耗费体力，可垄那么长，周围又全是高大密集的玉米秸，没有天空可视，没有人迹可寻，不知自己处在什么样的位置，离远方的终点究竟有多远，好比孤身走大漠。目标对人的重要性由此得到体现，人的毅力和耐力更是得到极大的考验。最开始的时候，我沿着母亲给我指定好的两条垄走，方向性还是有的，可是走着走着，隐隐听到母亲从后面老远处叫我的声音，原来我早已经"串垄"了。原因是我遇到一片被风刮断的玉米秸，从地里捡起几个棒子掰下来之后，找错了原来的方位，按着刮断玉米秸的风向走了。没想到，一场不知多久前刮过的风，竟然还留存着这么大的惯性。

在玉米地中行走，和走夜路很相仿。四周都是立体的同色，方向感就会消失，所不同的是，有了光的存在，在玉米地的视觉就不会消失。可这视觉的存在，只能增大内心对方向的迷失，让没有目标与方向的单调乏味更加具体化。这个时候，尽量缩小视线的范围，只盯着眼前，只盯着身边那几个玉米棒子，让掰玉米的琐碎动作对遥远的距离作出裁剪，让简单的收获的快乐对渺茫的麻木区域进行肢解，时间就不再凝固与停滞，而如同小溪水一样轻快地向前流淌了。

不知过了多久，耳边清晰地响起四轮车的"突突"声，不觉抬起头来，一片碧绿碧绿的草色透过玉米垄之间的空隙映入我的眼帘！我惊喜地往前走了两步，发现绿草掩映之处，正是一条泥泞狭窄的小道，一个装满玉米的四轮车，刚刚加大马力过了这积水最多的泥路，正"突突"着转向回家的小路……

割玉米秸。

掰完棒子的玉米秸，需要割断，然后晾晒、捆扎，以备引灶做饭。

玉米秸一旦被割断，身后的空间就有了，这样，感觉倦了的时候，只要转转身，小路、路边的绿柳、四轮车、车后的狗狗，乃至不远处的青瓦房、瓦房上接连的天空便会顿时消除视觉的疲劳。风也会就势赶来，凉飕飕地直吹得心里舒舒服服。

可不一会儿，这舒服的感觉就消失了。原因是想起身时，腰竟然不合作，曲缩在那里，直愣愣地杵了好久也动弹不得。待一点点直起来时，酸痛难忍，再也没有移景换步的心情了。索性就猫腰接着割吧，先是疼，继而是麻，这样坚持了一段时间，腰终于好些了，可握镰的中指、无名指又跟着不安分起来。疼，更疼，还是更疼。放下镰刀，摘下手套，指根处磨出了两个血泡。鲜红的血泡，渗着血水，醒目得很。既然手套也发挥不了作用，也就不必戴了。

腰一直猫着，一棵棵玉米秸倒下去，一排排玉米秸倒下去，一片片玉米秸倒下去。镰刀真是很神奇，它不仅能割断植物，还能割出路，割出身后一大片开阔无垠的空间。

割，割，割。

在割的过程中，我想到了余秋雨先生的流浪精神，想到了他不畏艰险，冒着生命危险行走于中东的加沙地带。

在割的过程中，我想到了屈原的《离骚》，想到了其中亦真亦幻的精神飞翔。

在割的过程中，诗意不时光顾，碰触我眼前枯黄的玉米叶，亲吻我沾着血水的手掌。

在割的过程中，我对我的身份产生了怀疑：我究竟是一个文化工作者，还是一个农民？我究竟是我父母的女儿，还是这片土地的女儿？

最初，我劳动的动机完全是出于尽孝，替父母分忧；可现在，我对这片土地，却生发了更多复杂而深沉的感情。它似乎想让我经历一次涅槃重生，又似乎在对我进行一场"苦其心志，劳其筋骨"的思想教育，还似乎提醒我完成一种本真的回归。当然，还有别的，我说不出来，却能够隐约感到。

这样，当我劳动完毕，从这片土地上离开时，我的一部分，就永远地留在了这里，我怎么也无法带走；土地的一部分，也永远地附在了我的身上，我怎么也驱逐不掉。

雨连绵，思绪连绵

接连的阴雨天，把我的心情搞得很坏。潜藏在性情中的抑郁因子，成了水，滴润在心情的宣纸上，却没有成为精美的艺术品，而是和阴霾的天气相仿的团团凝重。华北的夏日，不乏风和日丽的日子，那些平日烤晒在肩膀上的光，是不被人们所喜爱的。为了凉爽和美白防晒，人们甚至想尽一切的办法隔离它、疏远它。可是，逃避归逃避，在内心深处，人们始终是无法远离阳光的。因为，冥冥之中，阳光，和阳光相仿的舒爽通透，是蛰伏在人们心底的一个永久向往。

没有阳光的日子，总是黯淡无光的，一个即便打扮得再光鲜的女人，骨子里也仿佛被抽掉了几分精气神。潮湿溽闷的氛围在任意一个空间里扩展，蔓延，随心所欲，甚有些肆虐。不大的工夫，就将它们完全占据了。处在这个空间的人，浑身上下打了一团雾水一般，仿佛一篇缺乏立意的文章，慵懒闲散地杵在那里。客厅很暗，朦朦胧胧的，几分日夜交织的暧昧存在那，说什么也不该是清晨的感觉吧；阳台上挂了几晚的衣服，依旧湿漉漉的，衣料的湿气和溽热的空气混在一起；倒是垃圾箱里，几枚果核周围，活跃着不少小小的果蝇，这些喜欢在阴暗角落的家伙，欣然享受着白日里不多见的黑色调，仿佛这个世界的某一部分，突然成了它们的王国了似的。

几天来，雨水一直没有中断。老天爷成了多情的女子，情绪在号啕大哭与泪水涟涟间转换，在深夜的愁苦思念、矛盾中彷徨，在白日的悱恻回忆、无望未来中交替。即便情绪最平静的时候，心也是潮湿的，心思成为飞扬的牛毛细雨。民俗曰：先下牛毛没有雨，后下牛毛天不晴。难不成，老天爷，那段心酸的情结，一时半会真的难以在内心深处解开了？

雨水，向来是和潮湿联系在一起的；潮湿的日子多了，杂草就会衍生；杂草衍生了，愁思就稠密起来，如密织在一起的雨丝。因此，连绵的雨天，注定会成为愁思的背景。毫无缘由，且一定如此，不然的话，每逢我顶着大雨来到单位，就不会有那么多同事见面时用同一句话和我搭讪：这鬼天气，真是烦人。

生活中，无论多期盼的东西，都应该适可而止。过了量与度，就会走向相反的一面。比如，雨水一多，上班都成了一件难事。无车的一族，每每骑车或者步行走在街上，总是会惹得满身不快。雨天时，街道上的车辆明显多了；被雨天惹怒的司机们明显搂不住自己的脾气了：或是不顾步行的行人，快速开车，雨水溅得行人的裤子直湿到膝盖处；或是老远就按响喇叭，像是整个街道归他家专属，无论什么人都该为他放慢速度且要行注目礼一般。

骑车、步行的人在雨中很是狼狈。无论是举着伞的，还是穿着雨衣的，却都光着脚，穿着不怕浸水的鞋子和露及膝盖的短裤。凉就凉点吧，倒是比湿衣服浸着舒服。在暧昧踌躇的天气中，人们潜意识中总是期盼着直接和痛快。尤其在深夜的时候，期盼着雨下得大些、更大些，以便到第二天早晨的时候，能够收获一个艳阳高照的天气。

我相信我对雨是最敏感的。雨水抽出的愁思，绵长纤细，最能引发我浓浓的乡愁，且和它完全地交织在一起。我是一个农民的女儿，许是经历过旱灾的原因，其实，在我的心里，对于雨水一直是期盼的，甚至是心存感激的。尤其是春季，当耕种的一切就绪，只差天公的一场降雨时，我的内心曾经是多么强烈地期盼着一场雨啊。那个时候的我，仿佛回到了初恋时代，面对着天空的云朵，总是会表现出善感与多愁。

记得那一个干旱的春天，我和母亲同时期盼着一场雨的到来。可是，好多个日子，那么多的云彩，都在我的注视中化为干燥的泡沫。雨，成了童话，成了梦，成了我心中最美好的奢望。电话那头，母亲的声音和初春的空气一样，越来越干燥。此刻，我知道，这世界上只有一味可以医治母亲喉咙的良药，就是雨。那一段时间，我的性格明显诗化了，幻想和期望围拢着我，和盼雨有关的诗歌与散文，雪花一样地从天空飘落。雪片从我的头顶漫过，我眼睛潮湿，心却干渴。许是我的虔诚打动了上苍，一场雨水欣然而至，不大不小。之后，春耕便踩着它的脚步欢然而来了。母亲被抽空的声音猛然间有了质感。雨后，我望着翠绿欲滴的树叶，望着湛蓝如洗的天空，心说不出的宽大，诗歌和散文却和我捉起了迷藏。春耕多日，到芽宝宝们破土而出的时节了，雨却又消失了踪影。干渴的芽宝宝们喘着粗气，农田里裂开一道又一道大大的裂痕。母亲和芽宝宝们一起喘着粗气。我也和芽宝宝们一起喘着粗气。那个时候，风和日丽的春天在我的眼里完全失去了色彩，闭上眼，我的脑海里就浮现出农田里的裂缝，浮现出芽宝宝们萎缩的画面。那个时节，我的所有文字都被深度灼烧了，厚厚的一沓稿纸，在桌子上搁置片刻，就会有顷刻间自焚的倾向。我被我的文字灼伤，却无法得到一场雨的润泽。那个时候，我是多么期待着一场雨啊。我一次次地想象着雨水透过农田裂开的缝隙，渗透到那些芽宝宝们张开的嘴里。一滴，两滴，三滴……芽宝宝们吸吮着甘甜的雨水如饥饿的婴儿吸吮着母亲的乳汁，它们停止了吵闹、喧嚣、呻吟等一切和痛苦有关的声音，静静地伏贴在母亲的怀里，感受着滋长的快乐，感受着生活的安谧……

因为农田，因为母亲，雨真正地融入了我的血液，成为左右着我平静生活的密码，有谁能否认，我对雨的那种深厚情缘呢？

可是，雨一直下着，终究是不好的。这个时节，农田里的玉米根须、地膜里的花生秧，若长期浸着雨水，会腐烂影响收成；瓜果梨桃，若长期失去光照，即便以后成熟了，也会失去原本甘甜润口的味道。这还不算，倘若起了涝灾，街巷的水蓄积起来，随着不断上升的降雨侵入住宅，影响了人们正常的日常起居，那岂不是更麻烦？而事实恰恰印证了这一点。近日，由于接连的强降雨，造成京津冀一带的涝灾，许多桥梁被冲断，房屋被冲倒，卷着泥沙的滚滚洪水汹涌地在街巷蔓延，人们在雨水中挣扎与拼搏。那一刻，雨水和天灾真正地联系在了一起，我感觉到了雨水狰狞的一面，对雨水有了更加清晰而立体的认知。这种感觉突然提醒了我，在面对一切看似平和的事物时，都应该保持着一份理性的警觉，这是对生命、对生活的一份高度责任。

我期盼过雨水，期盼到性格诗化、神经兮兮的程度。现在，我却期盼雨水结束——阳光高照，期盼一切长久被雨水浸渍的东西，包括湿衣服，包括积水的农田，包括泥泞的街巷，包括水汽过重的花卉，当然，也包括潮湿的心情，都赶快到阳光中晾晒、风干，以便以崭新的面貌，迎接以后更加精彩的日子。

第二部分

小 小 村 庄

故乡，那流逝的岁月

王　刚

流年似水，时光如梭，转瞬间我已年逾古稀。七十多年，除了孩提、上学之外，有十六年是在部队度过的，转业后回到家乡。退休以后，又去南方大女儿那里居住了几年。在那些过去的日子，每每离开家乡，或是每当受到某种刺激，想起旧时景物，多有伤感，思绪万千！故乡、儿时的故事、远去的岁月，像魂，与我如影随形。那些记忆的碎片，那些流逝的往事，经常勾起我的回忆、我的苍凉，也许这就是人们说的乡愁吧！

一

与大多的同龄人一样，我的童年是幸福的。儿时，祖国犹如初升的太阳，照耀着我们金色的年华。我家那时住在昌黎县城，距河北名校昌黎一中仅几步之遥。我当时并不太懂事，可不知为什么，从学校飘出的歌声，至今印在我的脑海，并不时在耳边回响，成了挥之不去的永久记忆。"胜利的旗帜哗啦啦地飘，千万人的呼声地动山摇，毛泽东、斯大林，毛泽东、斯大林，像太阳在天照……""嘿啦啦啦啦，嘿啦啦啦，天空出彩霞，地上开红花，中朝人民力量大，打垮了美国兵呀，全世界人民拍手笑，帝国主义害了怕……"这些歌词记录了那个时代——中苏之间的蜜月、抗美援朝以及新中国的欣欣向荣。

1956年秋季，我恰好七周岁，就近上了昌黎四街小学。由于新中国刚成立不久，学校条件不是很好，只有一排平房教室，单侧走廊。教室的课桌、板凳都很破旧。最初学校没有院墙，后来学校的老师带领我们这些孩子用破砖烂瓦垒起了院墙，这才有了个学校的样子。条件艰苦，并不影响我们心中的欢笑。我家距离学校不远，每天上学沿着东沙河，向南再过一座石板小桥，桥下流水潺潺，映照着蓝天白云，引起我们孩提时代无限的遐想和憧憬。那时，我们除了上文化课之外，还要参加勤工俭学、除四害以及拾麦穗、割草、捡粪等农业劳动。星期日是我们最高兴的时候。在昌黎县城东农业专科学校（现河北科技师范学院昌黎校区）对面，有一个三角形水塘。每逢星期日或其他假日，我们一些小伙伴便去那里捉蜻蜓、挖泥鳅或在水塘边挖些黑褐色的泥。我们用泥做小手枪，晾干后别在裤带上，自我感觉十分神气。四年级以后，最让我惬意的还是听收音机。我们班有个叫朱树平的同学，他父亲是铁路派出所民警，家中条件较好，有一部电子管台式收音机，这在当时可是极贵重的奢侈品。我和几个要好的同学，每天中午放学回家，抓紧吃饭，然后不约而同急匆匆地赶到他家。那几年，中央人民广播电台中午一点准时播放由著名作家刘流的长篇小说《烈火金刚》改编的评书，在他家听评书成了我们的必修课。这恐怕是我在小学通过收音机听评书而接触的第一部长篇小说。书中的史更新、肖飞这些人物形象，我至今记忆犹新。当然，令我至今难忘的还有当年很风靡的一部革命回忆录，即由革命母亲陶承同志撰写的《我的一家》。陶承是第一次国内革命战争时期参加革命的老同志，为了中国人民的革命事业，她的丈夫欧阳梅生，儿子欧阳立安、欧阳稚鹤都献出了宝贵的生命。而她本人一直做着保卫党机关的工作。这部书对我们这一代人的革命人生观教育起了非常重要的影响。看电影也是我们的一大乐事。学校大约每月都要包一场电影，组织我们观看，票价 5 分钱。有神话片、儿童片，还有革命故事片，例如，《神笔马良》《三毛流浪记》《祖国的花朵》《红孩子》《董存瑞》等。其中有些电影插曲，例如《让我们荡起双桨》等，悠扬的旋律至今还经常在我的耳边回荡。

1958 年，党中央正式制定了社会主义建设总路线，并发动了"大跃进"和人民公社化运动。大概是为了文化上的"大跃进"，开展了全民写诗的活动，小学生也不例外。我当时随便写了几句："小高炉，炼铁多，炼出铁来造火车，火车开到莫斯科，去见苏联老大哥。"老师认为不错，报给了学校，让我在学校大会上朗诵后，又报送到县里。当年五一劳动节，全县在两山公社学校前举行赛诗会，还让我去朗诵了自己的这篇作品，并登载在了县里出的诗集上。现在看来，这篇作品仅仅是非常幼稚的顺口溜，之所以能够在县里赛诗会上诵读，恐怕原因有三：一是我是个小学二年级的孩子，有一定代表性——孩子也能写诗；二是从内容看，反映了时代特点，即全民大炼钢铁和所谓"中苏牢不可破的友谊"；三是当时整个国民文化素质还较低，各种文学作品基本采用白描手法，诗歌同样也都是直白的。这样，就让我这个孩子过早地出了一次风头。

每年的六一儿童节，不仅学校有庆祝活动，全县还要在一中操场召开庆祝大会。大家穿上蓝色的裤子和白色的上衣，戴上鲜艳的红领巾，庆祝自己的节日。我们在全县少先队大队辅导员的带领下向国旗敬礼，宣誓祖国的利益高于一切。晚上在县礼堂举行儿童文艺演出，让我印象最深的是舞蹈《兄妹开荒》。这一节目几乎每年都有，由昌师附小两个少先队员演出。两个孩子优美娴熟的舞姿，特别是女孩那银铃般清脆悦耳的歌声，几乎给我们所有的孩子都留下了深刻的印象。几年以后我到了昌黎一中上中学，恰好那个女孩儿也在昌黎一中，在我上一届，叫才静兰，由于身材略胖，大家都叫她才胖。后来我们下乡又在一起，她爱人也是我们的同学。更重要的是，她还是我两个女儿的幼儿园老师，孩子们都亲切地喊她才妈。后来我们每逢相遇提起这段往事，大家总是会心一笑，深深怀念那流金的岁月。

岁月匆匆，很快到了1959年，迎来新中国成立十周年的大庆，学校和各单位都在举行庆祝大会。在学校的校园里，国旗和少先队旗高高飘扬，蓝天白云下映衬着鲜艳的红旗和红领巾，显得格外庄严肃穆，过往行人无不驻足。在这里，人们看到了希冀和未来。我已经到了三年级，并当了中队长。我组织我们班整队后，向大队长报告，然后她向大队辅导员报告。仪式开始后校长讲话，我们少先队员齐声朗诵《中国少年报》上刊登的作品《十年》。"十年，幼苗长成大树，小河变成巨流，婴儿戴上红领巾，少先队员成了红旗手……"这首诗不仅讲述了我们孩子的成长，更反映了新中国成立十年取得的巨大成就，令我们每个人激动不已。记得1979年的国庆节，粉碎"四人帮"已经三年了，由中央电视台著名播音员重新朗诵了这首诗歌，我们这些同龄人无不激动感慨。大家怀念那个时代，怀念那个时代冉冉升起的红日，怀念那个时代的蓝天和白云，怀念那个时代的纯洁和童真。

那个时代带给我们的也不全是美好。1957年，党中央开展了反右派斗争。当时我们年龄尚小，不懂得政治。但有一件事却刻在了我的心灵深处。我上二年级时，我们的班主任叫李希胜。他的年龄可能不到三十岁，中等个子，身材略魁梧，经常穿一身海军服，中间一排金属扣子闪闪发光，显得十分英俊。我们特别喜欢上他的课，因为他不仅写得一手好字，讲课生动活泼，而且每天都要给我们讲一个故事。这些故事有关于革命斗争的，也有神话故事，有些我至今还记得。二年级暑假，全县老师到三街小学集中学习培训，我和其他几个小伙伴去送他。到三街小学门口分别时，我们说："老师，开学后，我们就升三年级了，你还做我们老师呀。"他一口答应："那是当然的。"可是，这一年的秋季开学了，迎接我们的却是另外一位老师，校园里再没有见到他的身影。后来听别的老师说，他被打成右派，开除回家了。当时我们并不懂得什么是右派，只是心里面暗暗思忖，这么好的老师，怎么会被开除呢？当三十多年以后，1987年我从部队转业到昌黎县委组织部上班，在机关大院又见到了李老师。他历尽沧桑，一改昔日的容颜，略显苍老，但依旧精神矍铄。他和我讲了那年进三街小学所谓集训以后，因为给领导提了几条意见，即被打成右派，回家劳动了二十多年，直到1978年，才又回到了教育战线，并担任了校长。我见到他时，他已经退休，县委抽调他帮助撰写党史。他和过去一样，依旧很乐观，但我还是感觉到了在他背后隐隐的痛。一个人能有多少个二十年呢？

1959年至1961年的三年困难时期，国家受到了严重的创伤。我们当时不仅物质生活水平很低，在城里，国家不能保证粮食供应，人们只能采用"瓜菜代"。教育也受到了很大的影响，课本全是黑色纸张，写字只能用草纸，有些学习用品很难买到。直到1962年，中央召开七千人大会，提出了"调整、巩固、充实、提高"的八字方针，国民经济开始好转，教育也开始好转，我们这些孩子的身心也随之开始好转。

二

从我记事时起，昌黎北面的一座山，就像一扇巨大的屏风，冲击着我的视觉。当时大人们称其主峰为"娘娘顶"，后来我知道这座山学名叫"碣石山"，是燕山余脉，地质结构形成年代久远。史料记载，隋唐前后这座山就逐渐成为京津冀辽一带有名的风景区了。新中国成立以后，每年清明时节，前来登山旅游和到水岩寺供奉香火的客人络绎不绝。各学校也在清明节前后组织学生到碣石山春游爬山，我自然也在其中。记得小学二年级春游，老师把我们安排在水岩寺休息，然后大家自由活动。我们几个小伙伴一起爬上了望海长廊。这是一块狭长的平台，是碣石山次于主峰的另一个制高点。20世纪80年代，这里修起了一条实实在在的长廊，供游客望海，也与在顶峰的昌黎电视转播台相呼应。当年，到这里要爬过一处叫"鹞子翻身"的几十级台阶，有些险峻，可我们几个孩子竟爬上去了。第一次远远看见了东面金黄色的沙滩和辽阔的大海，别提多么兴奋。这是我第一次看到那么远的地方，第一次看到大海，第一次感受到原来世界这么辽阔。

水岩寺在碣石山脚下的山坳里。水岩寺的具体始建年代已经无从考证，但据寺中断碑残存的"唐贞观元年重修"字样推断，其始建年代大约可追溯到唐朝以前的隋朝和南北朝时期。新中国成立后，水岩寺旧址遗存，但僧人已经不复存在。"文化大革命"时寺庙遭到破坏，1976年又遭地震损毁。粉碎"四人帮"以后，政府从保护文物角度进行了恢复重建，中国佛教协会原会长赵朴初先生题写"水岩寺"匾额。

从20世纪末开始，县委为了进一步贯彻落实党的宗教政策，与国家宗教事务局、中国佛教协会以及省宗教厅联系，逐步恢复水岩寺作为佛教活动场所，2012年春季正式落成开光。我当时担任县委统战部部长，在县委的领导下，直接参与了其中的具体工作。此间省市宗教部门领导和中国佛教协会副会长、河北省佛教协会会长净慧法师等，对寺院的恢复重建工作给予了支持和指导。前些日子我陪同秦皇岛市委统战部老领导前去游览参观，目睹这十几年寺院的建设与宗教政策的落实，感慨万千。想想我印象中儿时那座小庙，看看今天寺院的场景，实在是今非昔比！望着远去的时光背影，虽然有些酸楚，但还是由衷高兴，毕竟这其中我也做了一些工作。

与碣石山的缘分，还有我们小学时去山上打松毛虫。那时，碣石山松涛滚滚，凡是有沙土的地方，几乎都有松树，以至于还有不少千年古松。大约在1960年，山上松林长了相当多的松毛虫，严重蚕食松林。各学校便组织中小学生上山打松毛虫。说是打松毛虫，实际是拿根木棍往下敲，然后把虫子踩死，或者用纸张把松毛虫抓下来踩死。但我们那时只是小学二三年级的学生，看着遍身毛茸茸的虫子，还真是有些畏惧。记得一次，恰巧一只虫子掉在我们班的一个女孩子脖子上，她便哇哇哭起来。后来老师进一步告诉我们方法，让我们下次来时脖子里围上毛巾，并且男女生搭配编组，这样顺利多了。我们高高兴兴地完成了每次任务，我们班还受到学校的表扬呢！学生打松毛虫持续了几年时间，后来条件有所改善，改用空中喷洒农药的方式，松毛虫得到了有效控制。但是当时由于管理不善，山林曾一度损毁严重，后来县有关部门采取了较严格的封山育林措施，才使这一现象得以遏止。

20世纪50年代，全国大力兴修水利，各地开始修建水库，例如北京修了十三陵水库、密云水库等。在昌黎历史上，每年暑期，也有山洪暴发的现象。在兴修水利的潮流推动下，县里决定在碣石山下东西馒头山之间，修建果乡水库，在山洪暴发时阻挡水患。当时水库建设的工地上热火朝天，县直各单位都组织职工参加义务劳动，各学校的老师、学生也参加了修水库的劳动。我们当时年龄尚小，主要是用筐往大坝上运土，小筐一个人提，稍大一点的筐两个孩子用扁担抬。中间休息时，大家互相拉歌。我当时很腼腆，也不会唱歌，记得有一次为了应付，专门学了一下大公鸡叫，逗得大家哈哈大笑，直起哄。大约在1959年国庆节，果乡水库正式落成剪彩，当时媒体把水库大坝形容为东西馒头山握手。这是一条长

342 米、高 15.3 米的拦洪大坝，截出了一个变水害为水利的人工湖。果乡水库的库面东西宽有 450 余米，南北长有 1500 多米，汇水面积达 8.5 平方千米。1985 年初夏，又进行了整修，嵌在碣石群峰之中的璀璨明珠——果乡水库，被冠名"碣阳湖"，辟为旅游风景区，吸引了大批的游客。

果乡水库落成后，1959 年 6 月又建成了昌黎县烈士陵园，位于碣阳湖西侧的白石山（又称西馒头山、板石山）南麓，坐北朝南，整个院落南北长 100 余米，东西宽 76 米，占地面积 7900 平方米。园内建有革命烈士纪念碑 1 座，纪念碑正面是毛泽东主席题词"革命烈士永垂不朽"，背面是彭德怀元帅题词"烈士之血，革命之花"。彭德怀元帅的题词由于某些原因于 1960 年前后被抹去。陵园有革命烈士纪念堂 7 间，纪念堂内设有橱窗 12 个，展出革命烈士遗物 40 余件，祭奠革命烈士 820 多名，并辟有专门介绍昌黎革命斗争史的展览室。纪念堂东侧是革命烈士墓地，共 21 座。另外，园内植满花草树木，建有东、西两座凉亭。每年清明节，我们学生都要开展祭扫先烈活动。在祭扫活动中，我们聆听祭文，为先烈默哀，参观展室，宣誓继承先烈遗志，做社会主义事业接班人。先烈的英雄事迹，使我们受到极大的教育，每次活动后，老师都要在作文课安排我们写一篇这方面的作文。我清楚记得，有一年我写的是《向革命先烈高庆学习，做无产阶级革命接班人》。我们这一代就是在这样的红色氛围中成长的。

在原昌黎城西门附近，与水岩寺相呼应的，还有一座源影寺塔，也是我们儿时常去玩耍的地方，当时人们称其"古塔寺"。在历史上这里曾为寺院，寺院名称已年久失考。明万历四十八年（1620 年）昌黎知县杨于陞主持寺院重修时，因塔下有井，"水自有源，塔自有影"，定寺名为"源影寺"。我们这些孩子经常下午在那里疯跑，伴着黄昏落日，看到成群的家燕铺天盖地，一种别样的感觉油然而生。1982 年至 1987 年，河北省文物局拨款，对塔身进行了大规模的维修。维修后，尽管焕然一新，基本再现了历史风貌，但不知为什么，那群燕子不见了，落日余晖的感觉不见了，儿时的景致仅仅是脑海中一幅落寞沧桑的水墨丹青了。

三

2017 年以后，我和老伴到广东省中山市的大女儿家居住。在中山时间长了，逐渐也结交了一些朋友，不免偶尔小酌。记得一次与一个河南朋友涮火锅，一尝南方的豌豆粉丝，马上就想起了老家的粉条，不由自主地对这种南方粉丝排斥起来。酒过三巡，他说起他们老家的一些特产和风俗，我便滔滔不绝地说起我们的地秧歌、皮影、葡萄小镇、黄金海岸、碣石山，说起我们县在外的"名人"。我朋友听后羡慕不已，说一定来我们老家看看。

有一年春节，老伴与孩子们做饭，我便看着北方发起呆来，想起我北方的故土，不能自已，写起诗来。过去，我没有写过这类抒情现代诗，可是这次不知道怎么了，竟然一气呵成，写了一首长诗《故乡恋歌》。其中情不自禁地写道："昌黎／我的家／我的故乡／这是生我的土地／这是养我的地方／这里有我的亲朋好友／这里长眠着／哺育我长大成人的／爹和娘。""我生于斯，长于斯，工作于斯／伴我一生／是故乡那暖暖的阳光／我爱故乡的晨曦／爱那些天真的少年／戴着红领巾沐浴朝阳／我爱故乡那些美丽小镇／绿色长廊带给的片片阴凉／我爱故乡的黄昏／爱夕阳映照下／大妈的广场舞／爱深夜的／静谧和清爽／我爱故乡的分明四季／夏日的炎热、疾风暴雨／和冬日的寒冰与雪霜／盛夏／不自觉地想起／长峪山的久保蜜桃／初秋／又依稀看到／两山京白梨的金黄／隐隐地闻到／葡萄沟的玫瑰飘香／多想吃新集的干豆腐／多想那龙家店的粉丝情长／杜家香油的纯真／地王白酒的绵长／我就喜欢这种家乡的味道／喜欢亲切的乡音／喜欢那五个音阶的／老奤腔。"这些都是我真情实感的流露。当中间写到一些令人感怀的诗行，我便情不自禁潸然泪下。诗歌写好后，我发到网上，结果引起了很多人的共鸣。家乡的、外地的不少熟悉的和不熟悉的朋友争相诵读。有一位在株洲市退休的市公安局原副政委，原籍昌黎，父母亲是南下干部，不知道在哪里看到这首诗，也带着感情朗诵发到了网上，还专门录了一段他们全家思乡的语音。还有一位在呼和浩特的老乡，说她几个亲戚在美国，看到这首诗后非常激动，表示有机会一定回老家看看。其实我知道，并不是我的诗写得好，而是共同的思乡情结把我们连在了一起，引发了大家共同的冲动。

又是几年过去了，外孙已经上了初二，我与老伴的任务基本完成。尽管女儿百般挽留，我们还是回到了老家。我离不开这里，这里有我的根，我的魂，我的所爱所思。我爱这里的山山水水，爱这里的一草一木。这几年，昌黎又有了新的发展。不仅原来的农业产业化龙头项目再上一层楼，而且钢铁冶金业也有了长足的进步。安丰、宏兴两个钢厂的钢铁年产量已经超过了 20 世纪 70 年代全国年产量的一半。这两个企业，安排了大量人员就业，带动了当地农民致富，每年上缴税款几十亿元，成为昌黎县的支柱产业。

我离不开我的故乡，我的思绪里每天都播放着那些多彩的记忆碎片！我回来了，美丽的黄金海岸就在我的身边，浪花就在我的眼前。浪花上跳动的音符，音域宽广、音色甜美、乐感丰富。我，每天都在聆听，续写我的《故乡恋歌》！

故乡的花事（外一篇）

李树渭

　　在这春事喧闹的日子里，我像一个馋嘴的孩子，垂涎着故乡春天的花海。有意无意间，一遍遍地任由思绪勾画着那些岁月里的影像——大西沟里梨花遍野，一晌春光，便铺展成一汪雪野；南山北岔的映山红，片片红瀑般流泻在坡谷间；山坡地坎处随意点缀着杏花的粉、桃花的红、李花的白，偶尔还支棱着一丛丛野迎春的灿黄。这个季节的故乡像极了情愫张扬的少妇，盛装浓抹，披红衫，挂彩衣，笑语粲然，带着那份夸张与招摇，毫不掩饰，明艳在一方蓝汪汪的天宇下。

　　从小我就喜欢这春野里的花红柳绿。

　　春耕时，父亲扶犁，我在前面牵着拉犁的大青骡，每一留恋这些花草，父亲便在吆喝大青骡时也催咄我：快些儿，当不得饭吃！撒谷种的姐姐有时跟上一句：稀罕吧，把你当闺女聘喽！当然，姐姐更爱花木。更有趣的是，姐姐一直把我看成妹妹照顾。那些田埂地头的春日里，姐姐常会趁父亲抽地头烟之余，麻利地拧一个花环扣在我头上。今年春节回家，姐姐还欢笑着说，她的最小的弟弟小时候像极了女娃。

　　在农家，杏花是最勇的花神，在果蔬一类的花里，它来得最早。春光一灿，它便破苞绽蕾，汹涌着占领枝头。别看杏花是冒寒的勇士，花却娇灿，蕾红，瓣白，蕊黄，笼罩着一树的清清淡淡的香。散落在坡野的杏花，远望，一团团的，像堆放在天宇里的白云，背景是片片的赭黄抑或是灰黑，真是绝美的水墨画。说杏花是最勇的花神，主要是说它的花劫，父辈们称之为"冻杏花"。华北的春天短，气温起伏剧烈。杏花往往是暖阳下开得轰轰烈烈，夜里却迎来寒潮。有时，还会来一场雨夹雪。杏花的倔强也来了，硬能扛过骤寒，挺立枝头。如果我能舞弄丹青，定要画下这杏花的风骨，取名"杏花风寒图"。也许你真的不曾想得到，白雪晶莹，覆压着满树红白，那是一种怎样的惊艳！

坡野间的桃花是惹眼的。粉红，霞光般的灿，团团的，片片的，煞是壮观！但小伙伴们都不爱接近，桃花的气息实在不讨人喜，是一种微醺的臭。倒是奶奶让我们对桃花也有了喜欢。奶奶踮着小脚，提着篮子，领着几个孩童，在野地里挖苦菜。经过桃树，经过李树，经过梨树，奶奶便一遍遍重复"桃饱人杏伤人李子树下撑死人"的谚语。果蔬难济的岁月，奶奶的话让我们梦到甜美的食享，这群饥寒的孩子自然就爱上了这种种的花树啦。后来，读崔护的诗"去年今日此门中，人面桃花相映红。人面不知何处去，桃花依旧笑春风"，忽想起少年光华的那些玩伴，我的那些邻里街坊的姐妹呀，你们都做了谁家的新娘。虽然昔日你们只是梳着冲天鬏、流着清鼻涕的妞儿，但春风起、桃花映日之时，我总能隔着岁月的风烟看见我们嬉笑着的少年韶光，看见你们如花的笑靥。

这几天，这里的梨花正陆续开放。我已接连两个周末流连于正明山的山峁沟畔。此时，恐怕故乡的花事已近尾声，故乡山野的春天要来得早些，而这海滨的春天总是姗姗来迟。

故乡和迁安市毗邻，是安梨的原产地，安梨的品种优良，花期早；这里盛产京白梨、蜜梨，享誉京津，花期晚。家乡安梨的花事是真正的"盛"！花白，花柄长，花穗大，花开的时候，嫩鲜发亮的叶芽已铺展开。从高处看，一片雪白；从低处看，碧绿衬雪白，真是美煞！风一过，花叶婆娑，整株树整片山林都在舞蹈。

其中的那棵"梨王"是安叔家的。安叔的那棵安梨树真是大，将近两抱之粗。包产到户时，安叔自告奋勇地要了这棵大树，整个小队只有安叔敢爬遍大树的枝干，只有安叔能给它刮皮、疏花，只有安叔能摘净它满树的果。自然，安叔的"梨王"花开时也壮观，满树嵌玉，满树生香，满树蜂鸣蝶舞。

"粉淡香清自一家，未容桃李占年华"，南宋大诗人陆游曾这样赞过梨花。自然，故乡的梨花也有着别样的芳华！

今夜风起，雷声隐隐来，一夜风雨一夜新。明天，故乡的山野定是花重晨霞。那将是一个盛大的花事！

醉美梨叶黄

秋深露重，又到了看枫叶的时候。这个秋天气温反复较大，一树树的叶或黄或红，都是透彻的。趁着双休日，同事们都跑去宁海大道看枫叶。流连在一片色彩的锦绣里，想着都是一件风雅的事。但我没有去成，先是有些遗憾的，后来另一幅图景抢占了脑海，便决定不去凑这个趣了。

现在好想找一处梨园，那种梨树铺展得满坡满沟的，看看它们经霜后斑斓的华彩。少时自是眼前少美景，知天命之年方才悟得那片片团团的梨叶黄是绝美的景致。

霜降一至，收秋的农活便接近尾声，各种各样的梨子已经净树。父亲趁晌午或晚上的闲时给我们兄弟编大大小小的背篓，再去集市上买几把竹木耙子回来，这搂树叶子的家什就算准备妥当。就等几夜霜重，再起一夜紧风，落叶满地，便要赶着去搂树叶子了。

这空儿，梨叶一天黄似一天，把山野的秋天醉在一片烂漫的多彩里。的确，梨子下树，反倒树的风景更显风韵。梨子下树啦！树枝都挺直起腰杆，叶子便翘立着张扬，似在向世界宣告它们已完成滋养的使命。

场场的秋露，渐紧的北风，把满枝满树的梨叶打扮得斑斓多彩。最先黄起来的是红梨叶。想必是红梨收得早，它有充足的时间打扮自己。它的叶肉厚，叶皮滑润，满树的淡红，静静地，像是站满了彩蝶。红梨叶也是最早跌落枝头的，毕竟它的叶肉厚，它等不及霜来，等不及干瘦，便扑向了泥土。那是一种安然恬静的跌落，义无反顾的。红梨的数量是极少的，一坡一沟的才有那么几棵。恰是这样，它倒是耀眼了。万绿丛中几团的黄红，倒是秋画的第一景。

甜梨是大片栽种的，也是先采摘的。中秋一过，甜梨便香甜脆口了。咬一口，汁水溅流。甜梨的叶是"红颜薄命"的，淡黄淡黄的，还没黄透，就开始干黑。甜梨树叶这生命的最后一程是不够体面的，有些哀凉。

安梨是梨树丛中的生力军，收得也晚，要等到寒露。安梨树型大，漫山遍野地排过去，简直似一把把绿色的巨伞错落有致地撑放着。安梨叶是留恋枝头的，一场场的霜来，一拨拨的风来，它们还是婆娑在枝头。这风霜倒也"居功至伟"，直至把一树树安梨叶浸染得黄绿斑驳。慢慢地，整个山野是一片黄色、红色、绿色的斑驳，仿似一张张巨大的画毯铺展在那里。

这个时候该捡"树落儿"啦。被丢采的果子，青绿色的，很容易在风儿吹拂中探出头来。住在坎儿上的三太爷是捡树落儿的能手。他的套杆儿长，有多半树高；他的眼神儿好，他是个木匠，调墨线的眼儿都好；他能爬树，他身材灵巧，能爬遍一棵树的枝枝梢梢。小半天下来，三太爷总能拣摘大半筐。三太爷爱喝酒，他穿梭在梨丛中时，那酒红的脸膛真是正衬这秋叶的红黄。这又是秋画的一景，蛮醉人的。有一次，我亲眼看见，三太爷抱着套杆儿醉在西梁山坡的那棵歪脖的大安梨树下，嘴角还淌着口水，梨筐里只有几只可怜巴巴的梨子。我和奎叔便大声地嚷他。他像极了一个做错事的孩子，一转身便消失在树后了。

某一夜，西风骤紧。第二天天刚蒙蒙亮，我们便背起柴篓抓起耙子，奔向南沟北岔。忽缓忽急的风声，耙子抓地的哗哗声，回响在冰冷的秋晨里。多少个岁月后，这种混响就像一阕歌乐一样奏响在我乡思的弦上，美妙无比。天一大亮，放眼望去，满地铺金。而身后，搂在一起的黄叶，一堆堆，就是一座座小金山，壮观得很。等到稍大一些，用不到一上午，我就能搂半坡梨园的落叶。也用不了几天，家里院子的一角便突兀起一个梨叶堆。

当梨叶红红的火舌舔着灶台，奶奶便唠叨着说我长大了。是呀，寒冷的冬夜，烫屁股的热炕无疑在夸大着家的温馨。奶奶何其高兴，她最小的孙子已能劳作生活啦。

我一直敬畏着家乡的梨树，特别是它们的叶。春华秋实，护花育果，满树的叶无一刻闲暇。生命结束，还要化为人间温暖，驱赶深重的冬寒。

愿此夜有梦，醉美在梨叶红黄斑斓的秋晨。

故乡根情

孙立安

我的家乡在河北昌黎县城南 10 多千米的才庄村。村子坐落在一马平川的滦河冲积平原上，可谓"北望碣石山，东邻渤海湾"。这片水土造就了我的生命，这里成了我的生命之根。

乡愁，大约是一个人未成年时就有的。余光中先生的诗《乡愁》就是从小时候写起的。我从童年到高中是在老家度过的，直到 1985 年到外地上学才算离开了家乡。毕业后，我在秦皇岛工作，父母也随我到了市里生活。老家的房子空了起来，院子也显得荒芜了。然而，院子的荒芜并没有影响我对家乡的情感，那份故乡情反倒是越来越深了，所有的往事竟然都成了甜甜的回忆。

我小时候没有电灯，家家都点煤油灯，小小的灯火就是人们夜间的光明。灯芯烧焦了，要用火柴棒拨一拨油灯才更亮一些。油灯下，大人们总是做些针线活，纳鞋底、缝衣服，或者用袜底板补袜子。此外，也有纺线的，就是用纺车把棉花纺成线或线绳。当年，买布需要有布票，每人每年只有 17.3 尺，只够做一身衣服。布料不够用，就得自己纺线织布。织布机上的经线要用米汤浆洗后才能织出家线布。家线布手感是比较硬的，得放到捶布石上用棒槌捶打后才会柔软。我家没有织布机，母亲只能到别人家的织布机上去织布，然后再自己染布。我们一家人的衣服和鞋子都是母亲亲手做的。现在想起来，真是"慈母手中线，游子身上衣"的感觉。

一位昌黎诗人写了一首诗《故乡》，其中的诗句说得好："古槐老屋石头井，回回梦里家乡影。"我们村东头的人家共用一口石头大口井，井水很旺也很甜。人们吃水都是用水筲（水桶）从井里打水，然后挑回家倒在水缸里。人打水时要站在井口，用扁担上的钩子把水筲放到水面上，横着用力一摆，水就灌满了水筲，使劲提上来就行了。不过，冬天井口有冰时，打水还是要小心的。水倒在水缸里，冬天水面会结冰，孩子们没有啥吃的，有时就捞块凉冰吃，嘎嘣脆，挺好玩儿的。要说家乡的水，当年还是挺丰富的，地下水和地表水都挺多。一根扁担就能提上水来，说明地下三米深就有很多水。各庄的池塘水量都不少，河里也是常年流水。夏天，村子里能听见蛙鸣一片，孩子们也常到水里戏水打闹。冬天的池塘会冻很厚的冰，打冰猴、滑冰车之类的游戏都给人们带来了很多乐趣。

家乡和妈妈的味道是从小形成的味蕾记忆。那时，我们平原上的村庄只种庄稼，不种果树。应季上市的甜杏、沙果、苹果、梨、葡萄等水果都是碣石山里出产的。山里的水果风味独特，沙果吃着有点面，国光苹果酸甜绵软，桃子甜中带着玫瑰香味。除了水果，家乡的鱼虾也很好吃。海鱼中的小青皮鱼是普通农家的美味，小河鱼也是平常人家的佳肴。我小时候还有专门在河里和池塘里打鱼摸虾的人。他们的渔获由小贩挑着或用小推车推着走街串巷地卖。小河鱼买来用大酱熬着吃，美味又下饭。家乡有句俗语："臭鱼烂虾，送粥的冤家。"供销社里好吃的更多，食品柜台的气味就特别诱人。那里有水果糖、罐头、桃酥、小炉果、江米条（俗称豆根儿）、槽子糕、甜面包等，是孩子们向往的地方。我最喜欢的是甜面包，一毛二分钱一个，闻起来一股香甜的曲子味，松软可口。多少年后，我还是想吃这一口，可现在的面包不是那个味道了。

小时候那种玩儿才算得上天真快乐。玩的游戏很多，有藏猫猫、砸口袋（砸野球）、打瓦、玩泥巴（摔凹凹斗）、推铁环、弹玻璃球、扇啪叽，等等。孩子们还有个爱玩的游戏是春耕的时候下夹子打鸟。很奇怪，我下的夹子从来打不着鸟。不光我打不着，只要和我一块去打鸟的也都是空手而归。我好像天生就是保护这些鸟的。抓昆虫也是一种乐趣。那时每家的院子里都有菜园子，用苞米或高粱的秸秆夹起来做成篱笆围起来。这种篱笆我们家乡叫寨子。夏天，寨子上面爬满了葫芦、玉瓜、倭瓜秧子。瓜秧开花时也是挺美的，葫芦花是白的，倭瓜花是鲜黄的。一到傍晚，就有很大的蛾子伸着长须来采花粉。孩子们顺着花蒂从外面往上一捏，捏住蛾子的长须就把它抓住了。伏天的时候，孩子们吃过晚饭常常跟着大人们来到房顶上纳凉。这里的民房都是单层的平顶房，邻接而建，像一列火车似的。大人们摇着蒲扇聊天讲古，孩子们嬉耍玩闹，都很开心。

家乡的滦河离我们家比较远，没有去看过。不过我母亲带着弟弟去靖安给挖滦河的民工队做过饭，听母亲讲过不少挖河的故事。虽然我们家离海不到 5 千米，但我小时候庄里的小伙伴基本都没去过海边，只有一个爱打鱼摸虾的小伙伴说他看过海。在家乡，我看过的景象有发光的沙坨峪（翡翠岛）和灿烂的夜空银河。

有一天临近傍晚，我走到抚昌黄公路后刘坨村时看到远处的沙坨峪在霞光下放出金灿灿的光芒，简直就像一座金山，极为震撼！伏天在房顶纳凉时，在没有月亮的晚上，银河亮得扎眼睛，还不时有流星划过，浩瀚的星空壮美无比，动人心魄。最吸引我们的非家乡的碣石山莫属了。抬头北望，秀美的碣石山便映入眼帘，传说上面还住着神仙。最高的仙台顶就像是山的头，两侧山体则像有力的肩膀，整体透着一种神秘又好看的蓝色。我平生第一次爬上碣石山是在初中一年级清明节的时候。那年，我们泥井中学组织去碣石山烈士陵园扫墓后，爬碣石山春游。第一次爬山，同学们都很兴奋，特别是对以前没见过的松树感兴趣。那翠绿的小松树苗散发着香味，十分诱人可爱。很多人把松苗拔下来，爱不释手地攥在手上，有的还放进书包准备带回去。不长时间，护林员就过来了，把我们师生好一顿教训。这次爬山春游，我们算是上了一堂生动的爱山护林的现场课。

上小学的时候，我们正赶上学生"学工学农又学军"的年代。我们主要是学农，到生产队干些捡麦穗、割草、放牲口之类的轻活。孩子们都淘气，放牲口的时候偷着学骑驴、骑牛、骑马。有的喜欢骑牛，说是"骑牛坐大炕"，很稳当。我们生产队有一匹红毛白花的老骒马，极其温顺，好像谁骑都行。我也爬上马背想玩一下。没承想，一向温顺的老花马尥起了蹶子，没几下就把我摔下来了。每年秋后，生产队的地里就没有护秋管制了，遗落的粮食可以随便捡回家。当时，这就叫解放了。起初几天，花生地里到处是捡花生的人。有的野兔受了惊吓，没命地跑。我见过一只小野兔累得趴在地上喘气，体表起浮浮地跟着跳动，心脏似乎要跳出来了。其实，我最爱干的活是用铁锹翻白薯，捡回来一篮（笼）子就很有成就感。

我们村的人们关系都很好，左邻右舍经常串门拉家常，谁家有事也总是相互帮忙。小孩们到谁家串门时，有时还能在人家吃饭。盖房子时最能体现乡亲互助。谁家盖房都是相互帮工，只给好吃的，不用给钱。记得地基打夯总是喊着号子。夯号子像顺口溜一般地流出来，很好听。地基打好了就是用石头垒基础，我们方言叫码坭，听起来有点特别。当建到房顶的时候，砖块都是手抛上去的，一个人扔一个人接，十分默契顺畅。我家曾是兽医世家，行医还算有些名气，祖父曾是县里兽医协会的会员。我们有家训："穷汉子治病，富汉子花钱。"也就是说，帮穷人治牲口要少收钱或赊账，用好药，好得快；给富人治牲口就要小病大治，得多要钱了。

我们老家的房子已经多年没人住了。前些年，有人要买我们的老屋和房后的洋槐树，我舍不得，没让卖。我每年大都是借着清明节给祖父上坟的机会去那看一眼。在村里的公墓里，我家只有祖父的一个坟头。上坟的时候，看到周围墓碑上越来越多熟悉的名字，自己心里不仅少了些害怕，还多了些亲切。依我的情况，我的躯壳将来很可能不会葬在这里了。但是，我想如果人真的有灵魂，我愿意在离去之后能够魂归故里，回到那片生我养我的故乡！

在我看来，一个人从出生便被打上了故乡的烙印。有了故乡，就有了一个安放心灵的地方！余光中先生的《乡愁》不知唤起过多少人的思乡之情。相比之下，我倒是更喜欢李谷一演唱的歌曲《乡恋》："你的声音，你的歌声，永远印在我的心中。昨天虽已消逝，分别难相逢。怎能忘记，你的一片深情……"

老家老屋

马宝伟

1976 年的唐山大地震，改变了冀东乃至华北千万个家庭的生活轨迹。我家的房子就是在那场地震中倒塌的，村里（那时叫大队）对街道进行了重新规划，老宅的位置改成了胡同，在距它正东面五六家的地方，我家又新建了五间正房，那已经是 1980 年的事了。五间房总共花费一千五百元，那时候已经算是巨资了，毕竟当时在首钢上班的父亲月工资还不到一百块钱，记得房上有根新梁是父亲花了一个多月工资买的，为此他还心疼了好长时间。

房屋样式采用的是当时最普遍的砖木结构，先是用片石坐石灰打底作为地基，向上再砌半人高的石墙，找平之后在上面继续垒砖墙到顶。资金紧张，能省则省，墙的外侧用砖，内侧是土坯，买不起松木，檩木用的是廉价的榆木、杨木和旧房拆下来的木料，椽子用的是东北桦木，上面铺两层苇帘，苇帘上铺薄薄的一层房土，最上层用掺和了石灰、洋灰的炉灰砟打顶。

建房时有两样东西印象格外深刻。一是父亲指定的红砖。在用砖的选择上，父亲力排众议，采用了红砖，这在我们村里是第一家，当时还是时兴青砖的。父亲早年当兵，后来转业到地方，用他自己的话说"大江南北、长城内外，走了好多地方"，也算是有些见识，他说红砖好，结实耐用，显得喜庆，最主要还便宜。这红砖房好像真的给我带来了好运，1980 年房子建成，1985 年我考上了河北昌黎师范学校，在那毕业包分配工作的年代，这意味着衣食无忧了。

二是姥爷制作的门斗。姥爷干了一辈子木匠，在十里八乡小有名气。亲闺女盖房，姥爷自然是全力以赴，没日没夜地操劳。姥爷年纪大了，一些力气活交给他的几个徒弟干，他专门负责现场指导和一些精巧细致活。两个前门上方的门斗都是姥爷亲手做的，用长短不一的木条做成榫卯结构，拼接咬合，组成花纹图案，既美观好看，又便于通风换气。这门斗看似简单，要做得整齐一致，是需要极高的功力的。

新房的建成标志着我们家从地震的阵痛中走了出来，开始了崭新的生活。在母亲的勤劳操持下，小院被安排得井井有条，充满生机。猪牛鸡犬各有其位，瓜果蔬菜满园飘香。

春天，大地开化，草木萌发，正是播种的时节。菜园里，我负责翻地修渠，母亲施肥点种，弟弟看着渠口负责浇水。用不了多少天，满园春色就会扑面而来，大蒜、小葱、韭菜、菠菜、豆角、黄瓜，蓬勃生长的绿色幼苗让人感到生活也充满了希望。

夏天的最美时光是从傍晚开始的。晚饭通常是在门前庭院中吃，地上放一个小方桌，四周摆几个小板凳，一家人围坐在一起吃饭，其中我最爱吃的是土豆疙瘩汤和小白菜疙瘩汤，吃得满头汗，吃到肚皮圆，然后到房顶乘凉。携一卷凉席，带一部小收音机，爬到房顶上，铺展开席子，仰面躺下，享受着这最惬意的夏夜时光。身下的房顶带着白天暴晒后的余温，身边吹拂着习习微风，耳旁萦绕着刘兰芳、袁阔成的评书。有时我和弟弟仰望着深邃的星空，辨认着北斗星、北极星、牛郎星、织女星……我教给他如何根据月亮的形状，来判断今天是阴历的哪一天。有时爷爷也会加入进来，给我们讲皮影戏里的故事，兴起时，他还会哼唱几段唐山皮影戏来娱乐消遣。

到了秋天，家家户户的房顶都成了丰收的晒谷场，苞米整齐地码放在房顶两边，中间的场地被安排得紧凑有序，花生、大豆、红薯片、稻谷……你方唱罢我登场，这批晒干入仓，又一批又被运了上来。儿时家家都会栽种很多的白薯，霜降前后，一场寒流，使前一天还翠绿欲滴、昂扬挺拔的白薯叶一夜之间变得又黑又蔫，提醒着人们，该收白薯了。白薯收回家，就开始了再加工，或是储藏在地窖里留作过冬的食物，或是切成薯片晾晒成白薯干，或是提炼粉面子（即白薯淀粉）再加工成粉条。这时家家户户的小院又变成了淀粉加工作坊，有的人家几口大缸一字排开，有的则用砖码成围墙，里面铺一张厚厚的塑料布作为蓄水池。提炼粉面子工序繁缛，费时费力。白薯要用地里现收的，放几天后会影响淀粉的产量。先在家里逐一挑选，除去有病斑的、特别细小的，再用水洗净泥沙，运到队里的加工点，磨成细渣。然后拉回家放入大缸中，加水搅拌，舀到过滤用的纱布兜包里，挤干水分，反复两三次，直到挤出的汁液清澈透明为止。挤出的汁液存放到另一口缸里，沉淀一个晚上，撇去上面的废水，缸的下层就是我们想要的粉面子。粉面子再经过稀释搅拌沉淀提纯，就成了能做粉条的原料。上好的粉面子是舍不得吃的，我们只是用次一点的来熬油粉。

冬天的小院寂静了好多，但却成了我们戏耍的乐园，也曾模仿着小学课本上鲁迅先生写的《少年闰土》里介绍的捕鸟方法，支一面筛子在雪后的院子里捕捉麻雀；也曾拿着木片削成的"青龙偃月刀"、麻秆做的"丈八蛇矛枪"在院里来场武林对决。而更让人感到温暖、使人留恋的还是家里的热炕头。每当天气特别冷的时候，妈妈总会烀一大锅红薯，既烧热了炕，又解决了吃。新烀出的红薯热热乎乎的，香甜软糯，令人满口生津，简直停不下来。老家小林上村正处在古滦河的河道上，所以沙壤土居多，雨天不存水，昼夜温差大，地里产出的土豆、红薯之类色泽鲜亮白净，味道分外香甜。爷爷曾讲过，当年他去探望还在当兵的我父亲时，带了一些家乡产的红薯，父亲的一个南方的战友吃完赞不绝口，惊诧世间竟还有如此美味。

老家的小院承载了太多太多的少年的回忆，它也赋予了一个青年追逐梦想的力量。

2001 年，经过艰难的抉择和长期的准备，我决定让老婆弃农经商，毕竟我还要教书，帮不上什么忙，家里家外老婆一人实在应付不过来。在新集租了一间小门市，开了一家打字复印店，全家搬到镇上，吃住全在店里。虽说告别了生活多年的家园，却没有多少留恋不舍，因为心里充满的是梦想要实现时的激动和对新生活的憧憬。可是过了一个月，问题来了，整天窝在一个二十几平方米的小店里，让人感到十分拥挤逼仄，前店后居，厨房只能容下一人，卧室勉强挤下三口人。习惯了家里大宅大院的我日益烦躁，越发压抑想家，决定还是先回家去住，再慢慢适应新环境。这样，经过一个多月的过渡，才逐渐习惯了小店的环境。

再后来，我们一家三口搬到了县城，离老家越来越远，父母为了照看宅院，搬到了我住的院子里。每次回家看望父母，也顺便房前屋后转一转，宅院在父母的打理下，焕发了第二春。他们对院里的花墙进行了改造，在窗前栽了几株月季花，窗户垛口也做了改建，窗子更大了，还换上了新式的大玻璃窗，屋里显得更加温暖敞亮。院里打了深水井，安了潜水泵，吃水更加方便。父母都是爱利索的人，把屋里屋外收拾得整洁朴素，十分温馨。

几年前，为了便于照顾生活，年迈的父母又搬回原来的院子，和弟弟住在了一起，也好彼此有个照应。我的小院又空置了下来，俗话说"房子不怕住，就怕空"，没有人气的房子几年间就疲态尽显。院子大门已经锈蚀朽烂，不能开合，需要用几根棍子支撑着方能挺立住。院子里满是不知名的荒草，有的已经长到半人高，这些野草就连石缝砖缝也不放过，枝枝杈杈，野蛮生长，人行道已然看不出原来模样，被荒草和野菜侵吞掩盖了。前门和窗户框的油漆也已褪色脱落，颜色斑驳，挂满灰尘。屋里的地面上也积满了厚厚的尘土，各种闲置物品随意堆放，杂乱无章。墙上、房顶上挂着蜘蛛网，使整个屋子都不再明亮。最要紧的是那些廉价的檩木，有的已经出现断纹，需要用支柱从下面撑着，这些柱子也使房间显得更加局促阴暗。炕面上落满尘土，别说躺了，连坐的地方都没有。由于久未通风，墙角、地面泛着潮湿，空气中也是一股霉变味。虽说满目凄凉，可我深深知道，这是我的家，即使如此，它还是我的家，它老了，像所有人都会经历童年青年中年老年一样，它老了！

　　但它终究是我心中最难割舍的那一部分，它记录着我的青少年时代，见证了我的生活点滴，所以始终难以放弃它。2021年夏天，村里实施厕所改造，久未住人的老宅也在其列。我和家人商定，既然动一回，就动静大点，父亲、弟弟、堂弟和我四人，忙活了两天，把旧猪圈墙拆了，一段倾斜鼓包的院墙也拆了重垒。现在家家车辆也多，门口已经显得狭窄了，也就此机会做了拓宽。隔壁的四妈见了我，说有意要买下我的老宅子。说实话，我真有些动心了，因为儿子马上就要在天津买房，正是用钱的时候，虽说老宅卖不了多少钱，但也聊胜于无啊。围着老宅转了几圈，我思前想后，心绪澎湃，卖与不卖只在一念间，但过往的情感牵扯、现在的实际需求与将来的各种未知交织在一起，让人难以作出决断。童年少年时的历历往事，如电影一般在我脑海里浮现，它们都和这个院落紧紧地结合在一起，对它真是太有感情啦！真要是把它卖掉，以后回家回哪儿？怎么证明我是小林上人？权衡再三，我终于决定，还是不能卖。不仅不卖，以后有机会还要翻建，好好经营。每个人都热爱故乡，都有永远无法排遣的乡愁，老屋就是这情感的寄托。每个人的夙愿都是叶落归根，我就是那片叶子，家乡的土地滋养了我。我离不开这方土，这里就是我的根。

　　少饮兹水，老归兹土。

　　魂寄何处？老家老屋。

没有槐树的槐李庄（外一篇）

肖沛昀

听到槐李庄这个名字，大概是在 20 世纪 70 年代，那时候槐李庄还是一个公社所在地。在我想来，可能是村里种的槐树多，就像我的家乡沿海，洋槐树蜿蜒几十里；抑或是历史上也曾经有过那种长着"槐巴头"的老槐树，遮阴村头，蔓延几亩，大人在槐树下乘凉，孩子们在槐树下嬉戏。

真正接触槐李庄的时候，已经是 2020 年了。据村里的老辈人讲，明朝前期，山西李姓移民来到槐家店附近落户建村，取名李庄，后来与槐家店合为一村，属于槐各庄片村，故称槐李庄。原来以为，槐李庄指定有几棵千年古槐，有古色古香的村落民居，但当和村里几位九十多岁的老人聊天以后，才知道与我们的先入为主相去甚远。槐李庄位于新集镇政府驻地南 1.8 千米处，开车转瞬即到，东临杨柳上各庄，南接吴家坨，西至郑庄，北靠槐贾庄。地处平原，经济以农业为主。历史上这里的农业主要以种植玉米、小麦、高粱、水稻、花生为主，不过近几年，这里的大棚油桃发展势头迅猛，足有 200 多亩，产品销往全国各地。

我对昌黎的农村情有独钟，对那一片片的庄稼地情有独钟。虽然很早就离开了农村，"背叛"了农村，但骨子里还流淌着农民的血，意识里还保留着农民的情感。看到绿色，依然会兴奋不已，看到天旱少雨，依然会担心年景和收成。所以，当走在每一个农村的街道上的时候，总是有一种似是家乡的感觉。

槐李庄原来只有一条街道，对面两排民居，大约一华里。虽然建村历史较长，但由于村子坐落在 1976 年唐山大地震的地震带上，全村 200 多户房屋倒塌，27 人死亡，130 多人重伤。地震过后村里没有一间是完整的房屋了，属于全县重灾区之一，所以，民居全部是地震后建立起来的砖木结构房屋。也许当时物质条件匮乏，也许是刚刚在地震的惊恐中走出，地震房"举间"特别低，所以抗倒塌。

现在年轻人早已经住上了宽敞明亮的"北京平"，但一些老年人仍然居住在这样的"地震房"里。

很多时候，历史就那么轻轻一抹，就会把几千年几百年人类活动的痕迹归零。看着与我们座谈的 93 岁老人冯兴云、92 岁老人许奉孝、91 岁老人刘守平、90 岁老人刘成山，看着建于 1942 年如今已经听不到孩子们读书声的校园，看着校园里长满的萋萋荒草，看着曾经流水潺潺现在已经干涸的水沟，还有收割后的原野，以及刚刚开始覆盖塑料膜的油桃大棚，我总有一种恍若隔世的感觉。希罗多德说过一句话："我有记录的责任，却没有相信的义务。"其实我们所做的，也只不过是一种"记录"罢了。我曾想看看 300 多年前山西李姓移民修建的那条老街，但如今已经分辨不出来了。我说，实在可惜。几位老人说，可惜啥，就是保存到现在，也没有人居住了。这样的话实在是一个警醒。我们寻找的历史痕迹，大多随着环境的改变而改变，一些我们认为"可惜"的遗迹，由于缺乏了实用价值，即便没有"破四旧立四新"，即便没有"文化大革命"，不照样被现代的环境所取代吗？看来，文明的存留，不仅仅是有形的遗存，更重要的是内心的遗存。这才是文明延续的关键所在。

多少年来，我一直在昌黎县的历史痕迹中摸索，想体会遗迹上面残留的先人生活的温度、先人留下的眼眸。但是，随着历史大手的一次次抚慰，这样的痕迹则是越来越少了。所谓"乡愁"，充其量是一种回望，一种不舍，一种念想，而那些赓续下来的存留，已经深深地融化在我们的血液里，烙印在我们如今的敬畏中。

槐李庄村东 1.5 千米处有一条土岗，南北走向，当地人称"大坨"，因土质属红土，一到下雨，水流如血。老人们说，这条土丘实际上是一条土龙，是被唐朝征东大将薛礼腰斩于此的。

唐朝初期，中国东北有三个互相混战的国家：百济、高句丽、新罗。唐太宗应新罗国请求，进攻百济、高句丽。薛礼征东就是指征战高句丽的事。薛礼，字仁贵，是唐朝著名将领。在民间传说中，薛礼可是平定高句丽的大英雄。据说当年薛礼率领几十万大军由京城西安一路北上，顺着沿海驿道来到了当时属于石城县的碣石之地。当时这里少有人烟，到处是沼泽、河流，薛礼大军逢山开路遇水搭桥，进军还算顺利。

话说一天傍晚，突然狂风大雨，天地一片模糊。薛礼正在中军压阵前行，前军突然乱了起来。薛礼急忙让传令兵打探虚实。片刻，传令兵跪在薛礼马前报告，说元帅大事不好，前部先锋传来消息，说是一条土龙挡住大军去路。土龙挡路，有啥大惊小怪的，薛礼征东已经两次，经历大小百战，多大的风浪没有遇到过，何惧一条土龙。于是，跟随传令兵走上前来。

薛礼在马上往前面看去，只见狂风大雨中，一条灰色土龙足足六七里长短，巨大的身躯不断蠕动，恰好挡在大军的前面。薛礼见此情景怒不可遏，一提马缰，战马滴溜溜一声长嘶，瞬间冲到土龙面前。薛礼手持利剑划开一道长虹，一下子朝土龙砍了过去。说来也怪，风住了，雨歇了，军士们再看那条土龙，巨大的身躯被一分为二，生生被薛礼的利剑砍为两截。那伤口处，正汩汩冒出鲜红的血液来。这时候军士们纷纷走上前去，才惊奇地发现，这哪里是什么土龙，纯粹是一条横亘在此地的土山，由于天降大雨，被军士们看作一条土龙。不过，整个土山生生被薛礼一剑劈为两段，这份神力，不是平常人所能拥有的了。

从此，薛礼剑劈开土丘的地方被当地人称为"开道口"，开道口聚集的雨水鲜红如血，日久形成一井，人们称其为"土老井"，四季流水不断。

老人们讲完故事，哈哈大笑，纷纷说纯属瞎编。我想，不论是史实也好，传说也罢，反映的都是本地居民的一种渴求与希望。生活在社会底层的人们，最渴望的是出现一位英雄，或拯民于水火，或救民于蒙昧，最终过上丰衣足食的好日子。所以，管它传说也好，真事也好，已经不重要了，重要的是老百姓心里的那一份希冀还在。

我提出去看看那条土丘，村干部说，1973年左右，当时的新集工委在土丘处建了一座砖厂，大部分土岗被挖采一空，"土龙尸体"已经变成砖瓦盖房子去了。对此我没有意外，不过我知道另一个"土龙"，坐落在槐李庄西部、滦河东岸的防洪大坝，是1964年开始修建的，属于县重点工程，全长20千米，动用全县各工委、公社、大队几千人，都是用人抬大筐，一筐一筐土修建而成。自从建成这条防洪大坝，确保了几十个村庄百姓的家园、农田不被水淹。这条"土龙"虽然短了点，但对当地民众来说，更具有实用价值。

槐李庄虽小，但出过十几位名人，其中著名画家吴丽珠老师是我熟知的。吴老师1940年生人，1964年毕业于中央美术学院中国画系，师承李可染、宗其香、何海霞、李苦禅、郭味蕖、叶浅予、蒋兆和等先生，现为中国美术家协会会员、美术编审、国家一级美术师、北京书画研究会常务理事等，擅长中国山水、花鸟画，兼作人物画，其作品曾在中国美术馆以及日本等国家和地区多次联展及个展，应邀参加"国际美术邀请展""世界女华人艺术作品展"等，并多次获奖。其作品以山水画为主、花鸟画为辅，主要作品有水墨画《北海之夜》、彩墨画《千佛洞》等。1992年人民美术出版社出版《吴丽珠画集》，2002年天津人民美术出版社出版中国当代著名画家系列画册《吴丽珠画集》等。

离开槐李庄，我忽然想起了在那座废弃的小学校园里，有一棵年轻的槐树，虽然年份不长，但也是郁郁葱葱。槐李庄，也终于与槐树有了一些关联。村干部说，有人想买这棵树。我急忙说，不能卖！我在心里说，如果卖了，槐李庄，就真的辜负了一个"槐"字了。

深夜，与一棵榆树的对话

在我的记忆里，我老家的院子外，有一棵老榆树。

这是一棵怎样的树呀，下接黄泉，上连九霄。我的族人，正在树荫下举办一个庄严的仪式。我远远看到故去的老爸，我挤过人群，向他走去。

那一天，我把几颗榆树的种子攥在手里。那是早在1960年就已经倒下的榆树的种子。依稀记得故去的爷爷保留着这几颗种子，然后传给了故去的爸爸。我真的记不清楚这几颗种子是怎么传到我的手里的。

那年清明节，我带着纸钱、烟酒去给老爸扫墓，是在朦胧中还是在梦幻中？大片大片的盐吸菜尚没有一丝的绿色，只有一棵即将枯萎的洋槐树远远地站着，枯枝上一只无精打采的老鸹似睡非睡。纸钱燃烧着，日头很暖，光线一缕一缕地挂在空中。其实我感觉到了风，这是我唯一清晰的事情。我当时想，风在第五个季节里吹着。为什么是第五个季节？我的理解是，这四个季节是现实的，刮不到老爸生活的那个世界，只有第五个季节的风才可能吹过去。就是在这个时候，我仿佛打了一个盹？反正那几颗老爸保存的榆树种子到了我的手里。并且老爸告诉我，记住，只有榆树长大了，他才能得到永生。

别去纠结这些细节了吧，我不愿意去问老爸。每一次和弟弟们去上坟扫墓，他们总是爱念叨一些不着边际的话。什么尽情花钱呀，什么想吃啥就买啥呀。说这些废话干啥？老爸一辈子受苦，他那一代人没得吃没得花，等到了有吃有花的年纪，已经时日不多了。我知道，这不是老爸那一代人的错，是时代的错。

20世纪60年代，我还很小，但是我依稀记得那棵老榆树。据说是爷爷从关东回来的时候栽种的。我对于爷爷的记忆十分模糊，爷爷总是端坐在一张太师椅上，手里拄着一根拐杖。我早晨看到他，中午看到他，晚上看到他，永远的一个姿势。我那时还不知道雕塑的概念，只想象着那是一张黑白照片。不过只有等我靠近的时候，这张黑白照片才伸出干枯的手来，在我的头顶抚摸一下。爷爷什么时候去世的？我记忆里的这一段时间是空白。后来问老爸一些爷爷去世的情况，老爸说当时你已经记事了，不肯再说。我怎么一点也记不起来了呢？

我记得那棵大榆树。其实榆树有两棵，一棵大，一棵小；一棵粗，一棵细。到后来，那棵细的被粗的挤兑死了。植物界依然是弱肉强食，蒲瓜蔓上，如果两颗瓜一大一小，小的渐渐就蔫巴了；如果一些豆角秧缠绕在栅栏边上的日头花上，这棵日头花基本上就废了。大榆树很粗，粗到我们五六个孩子手拉手才能环抱它；大榆树冠很大，大到那一片树荫能搁得下几十张桌子在那里办结婚宴席和丧事宴席。

我手里攥着的，就是这棵大榆树的种子。那年清明节过后，我想把榆树种子种在二弟的院门前，但是探察了一番后，看到整条街都堆满了貉子粪便。故乡养殖业十分发达，水产、貉子、狐狸，宰杀季节，一车一车往食品厂拉被剥了皮的动物尸体，有些触目惊心。而且，家家户户盖房侵街占道十分厉害，原来宽阔的街道，如今只剩下一条羊肠道。没有办法，我只能拿了铁锹和水桶，返回到老爸的坟前。相比之下，只有这里，还保留着一份原始田园的痕迹。我是农民的儿子，知道该怎么把榆树的种子播种在泥土里。

当年榆树躺下去的时候，它一定有很多想法。或是在疼痛中轰然躺下，来不及去想，只是流泪；或是看一眼躲得远远的我们，生怕它的树干树枝打着我们。记得每年榆钱儿发了的时候，我们就爬上榆树，一把一把撸榆钱吃，吃饱了，榆树就哄着我们睡。醒了，它给我们很多榆钱，让我们拿回家去做榆钱饽饽。榆树躺下了，天空一下子显得空旷起来，就像留了一个很大的窟窿。很多年以后，我仍感觉到那窟窿的存在。其实每一棵树与天空之间，都是互为补充的。当时榆树流血了吗？记不得了。听老人说过，树是有血有肉的活物，最是护佑着栽种它的人。当它倒下的时候，伤口就会流出红色的血来。如今榆树倒下了，它不能护佑我们了。我感觉，我们一家人的命运，与榆树的倒下有很大的关联；我们一个村的命运，也与榆树的倒下有关。

我播种榆树种子的时候，想到了这些。回到城里，城里的季节没有颜色，有颜色的，只是夜晚的霓虹灯。可那是死的，季节的颜色是活的、是有灵魂的。如今有灵魂的东西很少，就是在农村，在田野，有灵魂的东西也越来越少了。一些活物都被农药杀死了。过去春雨撒下来的时候，就会带来一片蛙鸣。可是现在，已经久违了。那年我说，等我退休了，就回到农村，享受田园生活。但还回得去吗？

老天一直不下雨。我给弟弟打电话，让他去坟地看看，给榆树苗浇一点水，别旱死了。弟弟回电话说，已经去过好几次了，也浇过水了，就是没有见到榆树苗露头。俗语说，大旱不过六月十三。据说阴历六月十三是龙王爷嫁闺女的日子。龙王负责行风行雨，嫁闺女一定是伴着风雨。庄稼人苦巴巴地盼着，盼着龙王爷能多生几个闺女。那年，龙王爷就真的把几个闺女都一块儿嫁出去了。大雨如注，一下半月。庄稼人巴巴盼的雨，竟然成了灾难，整个古城成了泽国。学校被迫放假了，隔壁几个小子整天在大街上抓鱼，竟天天收获不菲。

那天梦里，老爸告诉我，榆树苗已经长成一扎粗了。这怎么可能？周日，我去采访抗洪救灾的群众，准备一场关于抗洪救灾的晚会，正好路过海边，顺便去老爸的坟地看看。路上水大，一片坟地都浸泡在水里，怎么可能有榆树苗呢？梦由心生，大概如此。被采访的村庄处于沿海，大水将整个村子包围起来，断水断电，幸好村里将几位孤寡老人和穷困户转移到了小学校，才没有造成人员伤亡。我们的采访车进不得村里，是坐了挖掘机才进去的。当时武警、机关人员、一些附近的企业员工，都在疏通多年淤积的河道，场面轰轰烈烈，其中有一位三天没有休息的村支书还晕倒在了现场，实在感人。这时候我突然就想起一句话：与天斗其乐无穷，与地斗其乐无穷，与人斗其乐无穷。面对这样的场面，觉得自己实在荒唐无聊。

难道榆树种子陈旧了就不能发芽吗？听老庄稼把式说，树木的种子能够在地里埋很多年，遇到合适的水土也能够发芽。而且我也看到过一个报道：一颗在1500年前古墓里发现的莲花子，在科学家的培育下，竟然发了芽开了花。榆树特别适合盐碱地种植生长，在我们老家，榆钱成熟的季节，大团大团的种子随风飘扬。来年春天，墙脚、沟渠，甚至有的墙头瓦缝，都会有绿莹莹的榆树苗露出头来。难道我精心种下的，就真的不发芽了吗？我把土地抠开，种子不知所踪。仔细找，还是没有。我好生失望。俗语说，故人无故不托梦。特别是梦到自己的亲人，他们在梦中一般是不说话的。一旦有了什么要求，你可以按照梦中要求的尽力去做。可以通过烧纸向他诉说，与他交流。我一直以为自己不是迷信的人，但是我又十分相信这种感应。人与天地，人与动物，人与植物，人与山石水火，都有一种感应。特别是人与故去的亲人之间，也一定有一种心灵的感应存在着。

有人告诉我，这一棵就是55年前那一棵榆树的孩子。我现在确认，当时族人正在榆树荫下为一位德高望重的老人办丧事，但是我又隐隐约约听到的是结婚宴的喜乐喇叭声。主持人就是老爸。老爸见我过来，高兴地将几块软糖塞到我的手里，对我说，孩子，这就是你种下的那一棵榆树，你看，都长这么大了。我转过身去，看到榆树很明显地不断生长，越来越高，树荫越来越大，它覆盖住了我的族人，覆盖住了我的村子。我有一种与这棵榆树对话的冲动，我倚着那粗大的树干坐下，我要问问它，怎么在我看不到的时候，生根发芽，渐渐长大，一直长成了参天大树。

榆树笑而不答，它此时的目光正投向一群孩子。我也转过头去，看到一群孩子，那其中就有幼年的我，大家爬上树杈，将榆钱大把大把地撒落下来。榆钱就像下雪一样飘呀飘地，整个世界，不，我当时理解的是整个宇宙都被碧绿色的榆钱覆盖了。我的身体，被那些榆钱所洗涤，渐渐透明，我看到了自己的一颗心脏，血管清晰，其中有血液汩汩流动。我感觉到了恐惧，我似乎接受不了这种透明的状态。我想找到老爸，但我发现周围的人与我的状态一样，充满了喜悦，甚至连那位躺在灵床上的老人也坐起身来，很享受地接受着洗礼。

我终于看到老爸了，他微笑着，向我招一招手，然后一步步走向仪式主持的位置。

梦中的老家（外三篇）

刘爱民

毕业后在城里工作、生活、安家，农村老家的老房子就卖掉了。

卖的时候我有些不舍，毕竟那是我生活了十几年的地方，人生中有几个十几年呢？可是理性告诉我，我基本上不会再回到那里，我都不知道我会终老在哪里。老房子无人打理，只会在风雨的摧残下渐渐坍塌成一片废墟，还不如卖掉。有人住的房子才会有人气。只是，那房子便不再属于我，属于我的只有回忆。

父母过世后，更是很少回农村老家，偶尔回去几次，老家也都物非人非。

很多家都把老房子翻盖成北京平，更干净、宽敞、明亮。我很担心我家的老房子也会被新房主翻盖，那样的话，我的回忆都没有了寄托。还好，回去几次路过老房子，它依旧是老样子，倔强地矗立在那里，对抗着岁月的侵蚀，保护着我的回忆。但我心里知道，它不可能一直这么对抗下去，它迟早会被新房主翻盖。就连我的回忆，也会被岁月翻盖得面目全非。于是，老房子就时常出现在我的梦中。有时它的外墙坍塌，有时它的屋顶漏雨，在梦中我都知道，它离被翻盖已经不远了。

终于有一天，我梦到它被拆掉了。在梦中，我与朋友一起回家，我想让他看看我曾经生活过的地方。走到大队部，绕过那个在梦中永远会出现的水坑，然后就往老房子的方向走。村子里盖起了很多新房，有的是楼房，有的是北京平。不管村子如何变化，我依旧可以闭着眼找到我生活了十几年的老房子，在梦中也是如此。我相信我家的老房子依旧矗立在那里，虽然破旧不堪、摇摇欲坠，但只要矗立在那里，就是一种象征，象征着我的过去还没有被岁月的风沙掩埋。穿过一片新房，我打算把早已卖给邻居的老房子指给朋友看。我看到我家的老房子也在被新房主拆建，屋顶和朝向街道的院墙已经被拆，可以清晰地看到里边有很多人在忙碌着，年轻的新房主在指挥着。我有些惋惜，但心里知道这一天迟早会到来。周围人家都住上了新房，我没有权利要求新房主将我家的老房子保持原样，因为房子的产权早就不归我了。我将房子指给朋友看，忘记他是否兴趣盎然。我抓紧时间拿出手机拍照，给老房子留下残存的影像。我也只能以这样的方式，留住我心中的一段记忆，留住我生活的一段历史。我拍照的行为引起新房主的注意，他走过来探询。我知道我的拍照行为打扰到了人家，赶紧向人家解释，说我就是卖给你家房子的老房主，对方得知后很热情，也不再阻止我拍照。我想拼命多拍些，感觉光有照片似乎还不够，还需要声音、影像，可是我并没有带更多的设备。后来的一瞬间我有些清醒，知道自己这是在梦中，我拍摄的所有影像，在我从梦中醒来的时候都会从手机上消失。很多次，我在梦中看到绝世美景，拿出手机拍照，心想我终于捕捉到了人世间最美的瞬间，但醒来后我就知道这不过是一场梦，这些美丽的影像并不真的保存在我的手机中。

我知道生命就是个不断告别的过程，可是我又希望将那些告别了的过去抓在手中，就像无力地抓着一把流沙。我用文字、影像、声音记录着过去，我知道这些记录是碎片化的，是加工过的，并不是真实的过去。过去的永远过去了。岁月这台研磨机，耐心而冷静地将一切研磨成齑粉。我试图与这台研磨机对抗，肉体对抗不了，就用精神，用我的记忆。我试图将我的记忆保存得更久远一些。有个可能并不新的新词叫"断舍离"，就是要时不时抛弃一些没用的旧东西，不让自己生存的空间被塞得太满，也不让自己的心灵空间被塞得太满。可是，如果旧东西上长满了回忆，如何轻易做到断舍离？人生路上，背着过去，抱着现在，望着未来，当然会走得很累。有些人，可以轻易做到与过去说再见，轻装前行。有些人，沉浸在过去无法自拔，负重前行，步履蹒跚。我属于哪一种呢？感情告诉我，过去是我生命的土壤。理性告诉我，我不能背着几袋子土走路。我只是想将过去找个稳妥的地方保存起来。

可是保存也是要收费的，既有经济上的真金白银，也有时间和感情上的投入。即便我有这样的经济实力，我保存它的意义何在呢？我想把感情寄托在过去吗？那我是不是太脆弱了？我是想让后人了解曾经的我吗？后人有没有这个兴趣？我有时连自己都左右不了，怎么能左右得了后人。我所做的一切对抗都是对时间的对抗，我不知道会不会是徒劳的。也许是我想多了。啥也不想是一种活法，想太多也是一种活法。我不知道哪种活法更幸福，因为我也左右不了自己按哪种活法生活。我只能努力做到以我感觉更自在的方式活着，就已经相当不易了。我们向往长生不老，我们用想象创造出了长生不老的神仙。但是我们却想象不出长生不老的神仙如何生活。贫穷限制了人类的想象。不是物质上的贫穷，而是时间上的贫穷。我们没有长生不老过，如何能想象得出长生不老的神仙如何生活？连宇宙都会走向死寂，这世界哪有什么长生不老。那就全身心投入当下的人间烟火吧。至于过去能保存多久，听天由命吧。

附上没写完的半首诗：

当我踏上故乡的土地
儿时的欢笑化作久违的泪滴
老屋倔强地矗立在村头
身躯却像我一样渐渐老去
它在等它不会再回来的主人
孤独承受着风霜雪雨
儿时的玩伴面面相觑
从陌生的面孔找寻着曾经的熟悉
他们的孩子的孩子
像曾经的我们一样欢乐地奔跑
像曾经的我们一样相信
小小的身体里藏着不竭的动力

永恒的温暖

童年的记忆就像一件旧得不能再旧的衣服，随着岁月的流逝，越来越模糊成断裂的碎片。

虽然我写了很多回忆童年的文章，但很多细节，我严重怀疑是出自我的想象。想象中我把自己置身在童年那带着暖色调的时光中，试图缝补记忆的碎片，让它至少看上去像是一件衣服，哪怕是一件百衲衣。衣服上散发着只有我自己能感受到的温暖，那是种永恒的温暖。那些碎片时不时会闯入梦中，温暖着我的梦，又会让我在醒来时禁不住惆怅、感怀，同时又感到庆幸。庆幸我曾经的物质上贫苦、感情上富有的童年，像一堆烧不完的篝火，温暖着我的一生。

每个回忆的碎片中，都有母亲的身影。童年的冬天，一定要比现在寒冷，因为取暖条件远不如现在。屋子里生着炉火，当然没有现在的暖气热量充足，即便在屋子里，也不敢脱下棉衣。然而，回忆中的家，却永远是温暖的。总会有一片阳光透过窗户洒在炕上，将整个房间涂成油画般的暖色。回忆中的母亲永远是忙碌的，或是用最简单的食材尽最大努力做着世界上最美味的饭食，或是用最简陋的粗布最细密的针线缝补着世界上最暖和的衣服。

屋外多大的寒风，都是 BGM（背景音乐）。除了炉火上的沸水咕哝几声，世界是安静的，安静得就像母亲温暖的手，轻轻抚在少年的心上，让少年心里少了份浮躁、多了份平静。我一度幻想着世界会永远这样安静，时间永远不会加速，母亲不会老，我也不会长大。我们一家，就这样温暖地、安静地在那简陋的带着暖色的小房间里生活一辈子，就像我后来梦到的一样。

世界并不是这样的，母亲会变老，家会变样，我会走出那间小屋，走出那个小村，走向繁杂而充满诱惑的世界，带着对家和母亲的留恋，带着对外面世界的渴望。我不知道这是不是我想要的生活，人们都这样走，我也这样走。我就像是时光流水中的浮萍，不知道会被命运带到何方。只是随着年龄的增长，我越来越感觉离心中的家和母亲越来越远。很多人都想着兜兜转转走过一生，最后回到老家、老屋，像童年一样安静地、慢慢地走完最后的路。哪怕没有了母亲的陪伴。

家和母亲，是生命的原点。我们真的能在几十年后，再次回到生命的原点吗？一个残酷的答案是，不能，而且是越来越不能。你想象中的原点，早已物非、人也非。你在回忆、在梦中都无法重建的家园，又如何能在现实中重建。一千多年前，社会发展还远没有像现在这样被按了加速键，诗人崔颢就在黄鹤楼上望着茫茫江水，发出"日暮乡关何处是，烟波江上使人愁"的感慨。前路迷茫，又找不见生命的原点，心理上的"乡关"，那种无力感、无助感，怎不让人生发出世事沧桑、生命短暂、人太渺小的感慨。诗人还来得及感慨，又有多少人连感叹一声都没来得及，就匆匆走完了一生？

现实中的原点回不去，只好退而求其次，在回忆中、在梦中寻找原点。我们无法和生命的原点断舍离，因为它能给我们内心以永恒的温暖，让我们有勇气面对生命路上的各种物理的、心理的寒冷，伴随我们走过人生路，让我们学会安详地面对最后的归途。我们相信在最后的归途，一定能找到家，找到母亲，找到生命的原点。从这个意义上来说，生命，也许真的就是个轮回。

一个温暖的童年，对一个人来说有多么重要。

回 家 过 年

总觉得城里的春节年味越来越淡，对过年的祈盼也不再像儿时那般强烈。当窗外响起零星的鞭炮声时，才猛然意识到，又一年过去了。而在我的记忆深处，在外求学那几年回家过年的路程，总是充满着太多的温馨。

大学在遥远的南方度过，回家过年成了我一年中最大的祈盼。放寒假了，收拾行囊，踏上归乡的列车，经过漫长的旅程，在一个一天只停两次客车的小站下车，步行六里路就到了。傍晚的冬日在远山的头顶上跳跃，夕阳将大地铺上一层金黄的暖意，斑驳的大地上几处未化的积雪格外耀眼，堆砌在田里的秸秆上落着几只暮归的麻雀。回望小站，有火车冒着白烟在枯树林中穿行，远去的轰鸣仿佛在催促我快点儿回家。走在回家的路上，行囊很重，脚步很轻。那时候交通工具和通信工具都没有现在发达，虽然给家里写信说这几天回来，但母亲并不确知我哪天到家，我的到来给她极大的惊喜。而熟悉的回家路，让我心里既踏实又温暖。上一个高坡，就到了那熟得不能再熟的小村庄了。偶尔响起的几声鞭炮，让我闻到了浓浓的年味，那是孩子们提前释放一下喜悦的心情。暮色已合，家家窗户里透出的灯光中，都有一个温暖的故事。快步走到那叫作"家"的老屋，来不及擦一下额头渗出的细汗，就急切地敲响那泛着锈迹的家门。屋里响起略显忙乱的脚步声，母亲从敲门声中就能听出是她的孩子回来了。边询问车上人多不多、路上冷不冷，边接下我背上的行囊，母亲让我躺在炕上休息，自己就忙着做饭去了。我哪里躺得下，搬个小板凳坐在母亲身边，边帮母亲烧火边拉家常。母亲听着我述说学校里那些她听懂或听不懂的琐事，灶火映红了她幸福的脸庞。

农家的春节是从腊月二十三开始郑重起来的，讲究"二十三过小年，二十四写大字（春联），二十五做豆腐，二十六买年肉，二十七杀年鸡，二十八贴大花，二十九炸香豆，三十耗油，初一磕头"，在一项项准备年货的过程中，年的气氛越来越浓，最后在除夕爆发。初一一过后，我就开始掐着指头算返校的日子，像一个孩子看着手里爱吃的零食越来越少，心里充满了惆怅。等到返校时，母亲把我送到出村的高坡处，就站在那里看着她的孩子离她远去，花白的头发在冷风中摇曳。她那瘦小的身影在我的泪眼中渐渐淡去，而在我的记忆中生根。

为了少些离别的苦痛，大三的寒假我没有回家。除夕，我和几个没回家的同学喝得大醉，边看喜气洋洋的春晚边流泪。那时候家里没有电话，只能从书信中解读亲人的心情。后来我才知道母亲那年根本就没有吃年夜饭。接下来的几天里，我和一位要好的同学各骑一辆破自行车，每天满城乱转，根本不敢让自己停下来，我怕那太浓的思乡之情会把我淹没。

母亲已经去了，我也有很长时间没有回乡祭奠她。我总是给自己找各种各样的理由，而内心里，我是害怕面对村头枯树下那深埋着我至亲至爱之人的荒冢的。过年，就是在各种烦琐的风俗中体味那浓得化不开的亲情。

妈 妈 学 车

妈妈在四十多岁时学会了骑自行车。

我没见过妈妈学车的样子。家里只有一辆除了铃铛不响哪儿都响的老二八车子，我用它学车时是摔破了腿才学会的。比我矮许多的妈妈学起来一定更加艰难。听妹妹说妈妈每次学车回来都满身是土。好在妈妈多了个心眼，学车前穿上很厚的衣服，这才少受了许多皮肉之苦。

妈妈是为我而学车的。那一年我考上了县一中。那时我们村和县里还没有通汽车，要到六里远的一个小站去坐火车上学。我每月回家一次，都用脚板来丈量这六里柏油路。妈妈心疼我太累，便偷偷学起了骑车。

一天晚上，我正在灯下写作业，妈妈凑过来说："明天妈送你上学，妈会骑车了。往后回家前来个信儿，妈好去接你。"我担心妈妈骑不好，妈妈说："我一个人骑没事儿。明儿你把我驮车站去，然后我再把车骑回来。"我拗不过妈妈，只好答应了。

第二天，我便带着妈妈去车站。路上有人问起，妈妈便极力掩饰着兴奋的心情，说："送大小子上学去！"我和姐姐因为学习好从小就成了妈妈在村子里的骄傲。邻里们每每问起妈妈："你们家的孩子都学习那么好，你是咋教育的呢？"妈妈嘴上说："教育个啥，都是孩子们自己学的。"可心里甭提多高兴了。

到了车站，妈妈照例叮嘱我一番便要回去。我说："妈你慢点骑。"妈妈说："没事儿，都是大马路，又没多少车。"

那是我第一次看妈妈骑车，我一眼就看出妈妈是刚学会的。她把左脚踏在车蹬上，用右脚在地上蹬了五六下，等车滑出老远才跨上车。妈妈个儿矮，车座儿又高，她每蹬一下车都要把身子极力扭向一边。由于双手要扶车把，她的上身又不能跟着扭动，所以妈妈骑车的样子看上去很费劲。望着妈妈那吃力蹬车的背影消失在傍晚的薄暮中，我的眼睛湿润了。

为了不让妈妈骑车去接我，以后每次回家我都不写信。妈妈很生气，说："你甭惦记我，你把学上好了就行了！要不你就别回家。妈还不是为了让你一门心思读书才学的车。你不让我接你，我学车还有啥用？"不让妈妈为孩子们做事，是对妈妈最大的伤害。

往后两年多的日子里，我每次回家，都会在落日的余晖中，或在昏黄的路灯下，看到妈妈那矮矮的却又异常高大的身影。那是车到小站我眼中唯一的风景。一句"妈妈咱回家吧"，我们便踏着夕阳或月色回家。老车子发出的吱呀声是世界上最美妙的音乐。

后来，我们全家搬到了城里，老车子也就完成了它的使命。妈妈骑上了新的轻便小号女车。这时我才发现妈妈的车技一点也不熟。人多的地方、十字路口，她都要下车推行，急刹车也会让她心惊肉跳。真不敢相信，曾经有那样一股强大的力量，支撑着她在两年多的时间里用那辆老车无数次走过那六里多的山路。

我爱，故乡的黄土地

赵善奎

雨后彩晕，如桥似梁。昌黎县城南八里地的贾河上，金代架桥一座，单孔石拱，造型似虹，故名"虹桥"，当地人叫"虹（多音读降）桥"。虹桥长十四余米，宽五米多，古朴凝重，雄伟壮观，人称小赵州桥。桥的周围是一片一望无垠的黄土地，土厚地肥，万物繁盛。千百年来，黄土地像一个慈祥的母亲，养育了一代又一代的父老乡亲。这就是我的故乡，生我养我的故地，一生梦绕魂牵的地方。

时光荏苒，岁月流逝，转眼我已两鬓如霜，但想家念桥的思绪却与日俱增。虹桥 20 世纪 70 年代被拆除，在我心灵上留下了难以磨灭的伤痕：儿时摸鱼逮虾的桥洞你在哪里？桥上的石龙你在何处奔腾？清澈透明的贾河水何时再现？故乡有说不完的离愁别绪，但最令我刻骨铭心的是八年的"大包干"。

一

20 世纪 80 年代初，而立之年的我正在昌黎县委供职。改革的春风吹遍大江南北，老生产队谢幕，家庭联产承包责任制登台，简称"大包干"。乡亲们的顺口溜说得直白深刻："大包干，大包干，直来直去不拐弯，保证国家的，留足集体的，剩下都是自己的。"新的管理体制，合国情，顺民意，极大地激发和释放了庄稼人的天性，乡亲们如鱼得水、如虎添翼，家家像办大喜事那样，笑在脸上，喜在心里。邻居的张大爷，天天往地里跑，数九隆冬还拿着镐在地里乱刨，他时常坐在承包地头，抽着老旱烟，眯缝着双眼，掐着手指，盘算着春种秋收的计划，憧憬着今后幸福美满的生活。大伙逗他得了精神病，他乐呵呵地唠叨着"咱家有地种了""好日子来了"。是呀，耕者有其田，土地是庄稼人的命根子呀。

我家分得承包地十一亩，共十九块，大块二亩，小块仅有双人床大小。为啥分这么零散？因地块有好有差，小农经济讲究平均分配，看似公平，但管理起来太麻烦。这些宝地，我骑自行车"巡视"一遍，就得两个小时。人有姓，地有名，听听地名：三基坑、老坟上、大沟南、小坨上、松树坟、火葬场等等，让人蒙圈。

"月亮弯弯照虹桥，几家发愁几家笑。"种地如泰山压顶把我吓倒，长这么大没摆弄过锄头锹镐，我又是独苗，妻子还当民办教师，我家种地有"三没"，没人手，没时间，没经验。夫妻商量的结果，只有自古华山一条路，赶鸭子上架吧。时间靠早晚和节假日，大活重活请亲戚帮忙，同时从书本和老农那里学技术。好在我初中毕业赶上"文化大革命"，学校让回村闹革命，在生产队干了一年，学了点农活，这也算心里有点底吧。

二

"庄稼一枝花，全靠肥当家。"毛泽东制定的"农业八字宪法"——土、肥、水、种、密、保、管、工，强调了"肥"是基础增产措施。

那时化肥很少，农民们还不太认识，种庄稼主要靠农家肥。积肥很讲究，相当于配制中药，配好了，就是一副氮磷钾俱全、触手生春的好药。君药就是圈肥，当时家家户户养猪，一是过年吃肉，二是用猪圈里的肥。臣药即家禽粪、人粪尿，还有从河里捞的淤泥，混在一起发好酵，农家肥就积好了。

捞河泥是冰上运动项目，是个冻手冻脚的苦差事。先用冰镩子把冰面凿个脸盆大的窟窿，然后伸进去一个长把的大勺，把淤泥捞出并像扣冰糕一样扣在冰面上，等冻结实了再运到家去积肥。有趣的是，河底的小鱼小虾耐不住寂寞，它们有时随着勺子争相往外跳，最后献身慰劳，变成我下酒的美味河鲜。

立春啦，天气乍暖还寒。乡亲们去城里看秧歌灯笼饱了眼福，又吃了正月十五的元宵饱了口福，趁着地没翻浆，开始送农家肥了。有牛拉车、驴拉车、人拉车，还有的从城里请来柴油小拖车。赶车人的吆喝声，打牛的鞭子声，马达的轰鸣声，卸粪的锹镐声，人们脚步的嚓嚓声，组成一首铿锵有力的交响乐曲，回荡在初春的大地上，仿佛在预祝好年景，催促人们开耕开种。不几天，黄土地上堆满了粪堆，像无数个黑窝头，又似扣碗干饭，这就是庄稼人送给大地母亲的开年干粮！

时代的脚步迈入 21 世纪，农家肥下岗了，化肥当家了。化肥虽好，但土地易板结，有污染，收获的粮菜品质差。还有满地乱舞的塑料地膜，都塞给了大地母亲，令我忧心忡忡。

三

"造物无言却有情，每于寒尽觉春生。千紫万红安排著，只待新雷第一声。"清代诗人大概不知道 20 世纪 80 年代的物候气象和那时没有两样。三月初惊蛰到，挂锄休冬的庄稼人怀揣着满满的信心和希望纷纷忙碌起来。蛰伏一冬的黄土地，在春雷的唤醒下，在春风的吹拂下，在春雨的滋润下，在车轮的碾压和人们脚步的踩踏下，渐渐苏醒过来。亿万个沙粒晶莹透亮，或隐或现，她们睁开惺忪的睡眼，看天看云看太阳，看风看人看气象，风一吹，就扑到你的脸上，吻你，亲你，语重心长地嘱咐你："孩子，一年之计在于春，开镐吧！"

大田作物的种植，我的体会是粗粮易细粮难。比如种水稻得春分育秧，谷雨插秧。我家种二亩稻子，育秧要先做秧床，即先在地里翻两小条地块，撒上农家肥，精细平整，四周挖沟，便于排水和干活。接着用水把地浸湿，用木板把床面刮平，四边抹整齐，秧床就做成了。我和妻子当了一天泥瓦匠。然后处理稻种，把种子晾晒消毒再拌点农药就下种了。稻粒均匀洒在秧床上，用平板锹轻压一下，让每粒种子都钻进母亲的怀抱。最后，小心翼翼地覆盖上一层塑料布，并把多余的布用土压在沟里面，以防风刮。两个秧床，又白又亮，在阳光下熠熠生辉，堪比镶嵌在大地上的两块和田白玉，我俩越看越喜欢，摸摸边，压压角，久久不愿离开。因为我们第一次学会了育秧，我们第一次种下了希望，埋进了梦想，成就了一份没有干过的事业！是呀，人生的道路上有多少个第一次？每个第一次都考验着人们的智慧和力量。

一个月后，当稻秧长到三四寸时就可以移栽插秧了，我请了亲戚朋友帮忙。插秧现场若剧场，男女老少扮演着不同角色，你来我往，上场下场，热闹非凡。年轻力壮的小伙子唱花脸，卷着裤腿挑着筐，抡起泥秧甩进田，有时甩到插秧人身上，引来一阵笑骂。插秧的都是年轻姑娘扮花旦，她们穿红戴绿，挽起袖口和裤腿，露出白嫩的皮肤，嘴里哼着流行小曲，左手拿右手插，随着啪啪啪的入水声，从一头很快退到另一头，还有看热闹的老人小孩，欢声笑语此起彼伏，溢满田间，花旦们成了一道亮丽的风景线。我也心血来潮，下了水，一开始两脚在泥里打滑，秧苗插得东斜西倒，退步就歪，惹得她们哈哈大笑。我想起了布袋和尚的那首《插秧诗》："手把青秧插满田，抬头便见水中天。心地清静方为道，退步原来是向前。"只有亲力亲为，才能悟出此诗的真谛。

种地有苦有乐，也有意外收获。比如挖野菜，我们这最早冒出来的是水筋菜和荠菜，水筋菜绿油油、水灵灵；荠菜半绿半黄、干干巴巴，但用水一焯，翠绿翠绿的，不但好吃而且营养价值很高。"三月三，曲麻菜见天"，曲麻菜叶大，苦味适中，特别是那种小紫叶带着大白根准备出土的小芽，鲜嫩可爱，蘸着大酱入口，脆苦香甜。可敬的大地母亲呀，你蕴藏了多少个小小精灵，每当季节来临，你就放飞它们，让子女们品尝新鲜的美味菜蔬。

身在城里住，总馋老家的野菜。有一年，我们倾巢而出去家乡挖野菜，谁知忙活半天收效甚微，小紫叶大白根的曲麻菜更不见了踪影。原来是机耕深翻地，给小精灵们造成了灭顶之灾。荠菜呀，曲麻菜呀，何日君再来？

四

万紫千红争艳忙，夏天悄悄登上堂，黄土地脱下黄斑衣，披上了崭新的绿装。太阳把最暖的光泽赐给了庄稼，上天让最知时节的雨水滋润了秧苗，农民把最精细的肥料撒在了地里。于是，苗长高了，叶变绿了，枝丫茂密了，那大块大块的绿茵，整片整片的绿毯，渐渐伸向遥远的天边。夏风吹来，翻青卷绿，浩浩荡荡，简直就是一片绿色的海洋。抬头仰视，天空湛蓝，白云飘飘，这不就是呼伦贝尔大草原吗？此情此景，我总是心旷神怡、感慨万千，对乡亲们说，还去内蒙古看啥草原呀，那里的草有我们的高吗？有我们的齐吗？有我们的壮吗？那里的草原是"风吹草低见牛羊"，我们这是"风吹草低见牛马"，各具特色呀！

锄两三遍地是夏天的活计，这是考验一个人的意志、耐力的硬活。盛夏，骄阳似火，老人孩子齐聚到大槐树下扇扇子，鸡闭眼，狗吐舌，猪泡圈。马路上，沥青发黏，地皮裂干，秧苗打蔫，就连那么皮实耐造的野花野草也低下了头，空气里散发着一种草香和土香混合的味道，每块地都变成了大蒸笼。锄玉米二遍地时，由于株矮，还能露出上半身透透气，等到锄第三遍地时，株有一人高，成了玉米林，更加汗流浃背、挥汗如雨，汗水浸到眼睛睁不开，锄头砍伤玉米根是常有的事。我每次进地都穿着背心短裤，肩上搭条毛巾擦汗，等到锄三遍地时，干脆穿个裤头，锄一垄就得在地头沥沥汗、喘喘气。那时还不知啥叫桑拿浴，原来天然的桑拿浴早就被我享受过了。锄地既流汗又挂花，胳膊大腿被玉米叶划满道道血痕，刺痒难忍。锄地的艰辛和困苦，使我设身处地地理解了那首《悯农》诗："锄禾日当午，汗滴禾下土。谁知盘中餐，粒粒皆辛苦。"

时过境迁，今非昔比。现今除草剂成了灵丹妙药，地膜缠住了庄稼人的手脚。新技术真是"斩草除根"，再也没有"傻子"去锄地、"汗滴禾下土"了。但我还是怀念旧时锄地的光景，那是老一辈庄稼人勤劳淳朴、吃苦耐劳精神的体现，是农民坚强意志和恒久耐力的展现，有了这种精神和力量，何愁不丰产？何愁不能奔小康？假如时光穿越到 20 世纪 80 年代，我还会赤膊上阵当傻子去锄苗，这个梦想不知何时能够成真。

夏天大田作物的管理，除了锄地还有打药、追肥。追肥用的化肥名叫肥田粉，白色面状，但农民是现实主义者，眼见为实，不撞南墙不回头。记得供销社的职员们到地头推广肥田粉，并免费给我们几家的玉米追施了部分肥田粉，大家都很高兴，说如果真高产，来年肯定买。唯有我的邻居张大爷老脑筋，说这一棵苞米撒点白面就管事？烧死咋整呀？我们走后，他急不可待地钻进地里，一棵挨一棵把所有的肥田粉扒出扔掉，结果追过肥的玉米棒又粗又长，粒大饱满，事实面前，张大爷终于低头打蔫了。

五

秋风吹送立秋到，万物结果待收好。黄土地与时俱进，又换上了金黄色的衣裳。玉米笑露了牙，高粱笑红了脸，稻谷笑弯了腰，红薯拱开了缝，花生钻出了垄，大豆把花楞棒儿使劲地摇，好像在向辛苦伺候它们的恩人们频频道谢致敬。

大田作物的收割，比较费事的是高粱。高粱株高抗涝，适合低洼地块，所以秋季收割时，地里往往有积水，如果把高粱直接放倒在地上就淹在水里了。乡亲们都是把高粱割完后架起来晒干，然后掐穗捆架子运回家，这叫砍高粱。首先准备水靴、垫肩和半干的蒿子秆，垫肩是系在两个肩膀上的厚垫，防止扛高粱时伤肩，蒿子秆是捆高粱秆的绳。我手持镰刀砍二三十根就捆起来，然后用肩扛到适当位置，放下并掰开三个叉，形成米字固定在地上。一排排高粱架子齐齐整整，颗颗红穗向天笑，根根绿杆抓地牢，远远望去像肩插靠旗的武生，威武雄壮，气宇轩昂，护卫着尊敬的大地母亲。

"秋风秋雨愁煞人。"秋天不光是丰收欢乐的季节，也是悲喜交加的时节。我们这里是海洋季风气候，每到立秋和处暑之间，就有一场暴风骤雨，把正在灌浆的作物刮倒，损失特别惨重。有一年，我家的稻子长势良好，杆壮穗长金灿灿，稻谷随风翻波浪。谁知一场风雨变成风吹稻花趴一半，金发姑娘们倒在水里，有气无力，气喘吁吁。我看在眼里，痛在心里。救苦救难吧，我和妻子把她们一把一把地捆扶起来，但毕竟伤筋动骨了，秋后连半成收获都没有。

功夫不负苦心人，脸朝黄土背朝天的八年，大地母亲给了我丰厚的回报。我家的粮食蔬菜产量年年都很高，我接受新生事物快，坚持科学种田，再就是精细管理，处处到位。乡亲们都想不到我这书呆子会种地，而且种得好，夸我是大包干的红旗手。

六

朔风吹，雪花飘，冬天到，大地脱下了盛装，恢复了本来的面貌。黄土地开始静下来，劳累了一年的母亲要冬眠休息了。那种春的勃发、夏的繁盛、秋的成熟都已落幕，新登场的是冻裂的田野、枯萎的茅草、光秃秃的树干、光滑滑的冰河，还有那屋檐下空荡荡的燕窝。偶尔一场大雪，给大地铺上一层皑皑地毯，阳光下，发出刺眼的光芒。

冬天的晚上，田野静悄悄，村里很热闹。乡亲们放下锄头锹镐，开始吹拉弹唱，排练节目准备正月演出，庆祝丰年，歌唱党的政策好。评剧和秧歌是大家最喜欢的，在全虹桥乡都有名。我院的二嫂子，年轻漂亮，浓眉大眼，舞姿翩翩，是剧团名角。她扮演的刘巧儿，形象生动，逼真可爱，深受欢迎。我们村老辈人爱扭秧歌，有的至死不渝。邻居二叔，六十岁的老人了，视秧歌为生命，从小扭到老。他身体不好，但一听喇叭点，立刻精神倍增。我二婶说，你二叔有病吃啥药也不如听喇叭点。有一次病得打蔫，走路乱晃，但谁也拦不住，打了一针强心剂走上了舞台。昌黎的秧歌全国闻名，20世纪90年代初，我在县政府任副县长期间，曾带领昌黎县秧歌队去沈阳参加全国秧歌舞蹈大赛，荣获金玫瑰奖第二名。东北的秧歌也很火爆热烈，但他们的面部表情没有我们的风趣动人，我想这都是代代传承的结果吧。

演戏离不开道具，这个任务总是由村里的费大叔完成。他心灵手巧，就地取材，做啥像啥。比如做鲤鱼，他用点纸板糊糊，贴上剪成鳞状的红布条，裹吧裹吧就变成一条活灵活现的大鲤鱼，让我惊叹不已，那条红鲤鱼至今还在我的脑海里翻腾。作为村里的文化人，我自然要去参与排练。我会吹笛子，可以搞伴奏，有时还独奏一曲。记得演奏过《扬鞭催马运粮忙》，它以生动朴实的音乐语言，描写丰收后的农民赶着满载粮食的大车去交公粮的场景，扬鞭催马，低吟浅唱，把丰收的喜悦铺撒在运输的道路上。

虹桥，千年虹梁，斑驳的石条沉淀着往日的峥嵘，弯弯的桥洞承载着千年的沧桑。儿时在这摔泥巴，做泥枪，打雪仗，掏鸟蛋，滑冰车，摸鱼虾，过家家，趣事多多。但最令我遗憾的是，竟没有留下一段童年和桥的影像，还有在桥旁虹桥小学的毕业照也无影无踪。八年的"大包干"已成过往，但饱含我辛劳和汗水的十九块地却让我念念不忘。"宁恋家乡一捻土，不爱他乡万两金"，前几年我从每块地里取了一把土，饱含深情地封在坛子里，等到走不动爬不动的那一天，开坛看故土，遥想当年的乐和苦。

八年的耕耘实践，使我增长了知识和才干，更加懂得了什么是艰辛、什么是甘甜。

八年的耕耘实践，给了我满满的信心和希望，使我懂得了坚强、坚持就是力量。

八年的耕耘实践，使我懂得了千滴汗、一粒粮，万分苦、一碗谷，当惜之爱之。

抚今追昔，故土难离，让故乡这方水土，重现儿时的天蓝、地绿、水清，成为我久久的企盼，也是萦绕在我心头挥之不去的一怀愁绪。

我苍老的家乡

齐亚丽

一

近一个小时的车程，我回到了老家。车子驶进村子境内，路两边是刚割完的稻子地，马路上残留着突出的泥印子，车走在上面一跳一跳的。看着熟悉的场景，我的眼睛莫名地噙满了泪水！曾经，我多么渴望离开这里，没有一丝留恋。如今，莫不是老了，竟然对它生出了感情。

那些年最烦的就是现在走的这条路，不通公车、坑坑洼洼、尘土飞扬。曾经在外上学、工作的三千多个日子，我的父亲用他的自行车、摩托车每三十天左右就要接送我一次，无论冬夏，风雨无阻！如今，这条路已经在十年前铺上了水泥板，虽然还是有点窄，但相较于以前真是好走太多了。再也不用担心下雨时蹚水打滑，再也不用担心晴天时吃一嘴的土。曾经最让我讨厌的这条路，如今我也能以40迈的车速肆意驰骋。路上摩托车、自行车渐少，来来往往的多是面包车、小轿车、越野车，真是让我诧异。那些年，我想在这条路上搭个车回家是何其困难，这才几年的工夫，我们村的年轻人几乎都开上了汽车。看来，这条老路又要修了，因为它的宽度已经开始被开车的人嫌弃。

我的父亲，生在这里，长在这里，老在这里。父亲家哥儿五个、姐儿四个，父亲在男丁里排行老二。大伯在爷爷奶奶"跑东北"的时候留在了哈尔滨，从此父亲就成了爷爷奶奶身边的"长子"。1956年出生的父亲，没好好上过学，打小儿就是哥儿几个的孩子王。因为家里兄弟姐妹众多，据说在村里从来没挨过欺负。因为玩儿疯了，父亲初中没毕业就不念书了，开始跟着爷爷下地挣工分儿。年轻时的父亲身强体壮、吃苦耐劳、脑子活泛，参加过山海关的"八三"工程，做过铁路系统的临时工，后来在那个交通基本靠走的年代，因为舍不得新婚宴尔的母亲，回乡安心做起了农民。从此，父亲一生都在这片土地上劳作，蒙过大棚、种过果树、养过鸭子、盖过貂舍，靠着力气和韧劲儿支撑起这个曾经一穷二白的家。父亲和母亲把我和妹妹都送出了农村，过上了城里人的生活，而他俩却依然留守在我们出生的地方。父亲同我的家乡一起熬成了六旬老人。曾经脾气火爆的父亲，如今会为我们熬煮一日三餐，纵着我们横七竖八地躺在炕上享受温暖；曾经意气风发的父亲，如今不会再跟我们呛呛抬杠，只会在热闹的角落逗弄孩子；曾经健壮能干的父亲，如今搬抬劳作都会小心翼翼，唯恐渐老的心脏不堪重负……我的父亲随着我的家乡渐渐老去！

　　母亲与父亲相伴了四十余年，终于在打打闹闹、磕磕绊绊中艰难地相伴到老。上过高中、学习甚好的母亲，嫁给了初中没毕业、弟妹众多的父亲，送嫁了父亲的三个妹妹，迎娶了父亲的两个弟媳，还与父亲共同敬重着他的一兄一姐。如此庞大的家庭，如此复杂的关系，她用了几十年才把父亲从父母身边的"长子"、弟妹口中的二哥变成了她的丈夫、两个女儿的父亲，直到如今还在照顾着六十多岁有些痴傻的三弟。母亲爱美，六十多岁了依然不能容忍头顶的白发，在宣誓了多次不再染发又反悔的往复中，试用了多种染发产品。赶集碰上了老同学，觉得自己比人家年轻好多，回来后就心情大好，几天不找父亲麻烦！秋收时节，母亲容光焕发，跟对门儿的姐妹们去拾花生、拾白薯、拾稻子、拾柴火，凡是地里有的、能捡的都往家倒腾，看着越堆越多的粮食、柴火，母亲的脸上是疲惫却丰收的喜悦！妹妹心疼母亲，总是打电话让她在家歇着，可母亲却完全听不进去。中年的我看懂了母亲的不甘无用、不甘老去，看懂了母亲没了进项的不安，不知何为的无奈！

　　家里的房子见证了我们一家近 20 年的岁月变迁。2000 年，父母千辛万苦翻盖了如今的房子，我没有经历房子落成的种种艰辛，那年我刚刚毕业在外打工，当我回来时，新房已经建成。对于 12 岁便离家求学的我来说，家的记忆是过年时一大家子人炕上炕下的聚餐，是打麦子时彻夜劳作浑身灰土的辛劳，是父母下地后我们偷偷打开的电视，是放学回家带着伙伴翻越院墙的惊险……翻建的房子，于父母是新生活的开端，于我们是对外交代的门面。20 年过去，房子外墙的白瓷砖宣示着它的年龄，就像当年红极一时的水刷石外墙，带着浓烈的时代特色。隔壁叔家的老房子比我家房子矮了三分之一，自从翻盖了房以后，再也没有上了房巡查一趟街儿的乐趣。因为有了老房的衬托，即使 20 年房龄，我们依然觉得家里的房子还年轻。可斑驳的外墙、熏黑的房檐、褪色的窗框，都如女人衰老的眼睛一样藏不住岁月。

二

今年的二月初九正赶上周末，我怀着有些期待又有些厌倦的心情回到了老家。这一天应该是方圆百里内年后最早的一个会上（庙会），每年的这个时候，风有了些许暖意，大地不再那么坚硬，有些地方会泛上深色的潮渍。我也几乎每年都是在这一天换下冬日的棉服，开始迎接春天的到来。

从村东头驱车回家，几乎没有什么会上的热闹，零星地谁家门口有辆车，却也是大门紧闭。隐约地听着有打鼓、吹喇叭的声音。我家的后门也是关着的，爸妈都在屋里看着电视，跟往常没有太大不同，只是过堂屋的盆里泡着鱼和肉，让我知道中午能吃上一顿大餐。妈说今年谁也没招呼，就我们一家人，清清静静地吃顿饭，东西都准备好了，就等着头晌午开做就行。然后就说咱们上秧歌场看会儿秧歌呗，今年大队张罗扭三天秧歌，挺热闹的。我说行啊，走吧，过会上不看看秧歌还有啥意思。家里的两个男人都不想去，父亲自从前年心梗差点跟全世界再见后，就再也不愿参与这样的场面，他脆弱的心脏已经经不起锣鼓喧天的热闹。我家爷们儿更是从来不愿凑这热闹，在手机上看着 NBA 重播。

我和母亲并排走在去秧歌场的路上，没有了往年这一天路上熙熙攘攘的行人，显得有点冷清。大队附近摆摊卖货的也就那么几份，没有影响车辆通行。秧歌场外面，远远地就看见了家里做买卖有钱的小学同学，穿着白色的皮草、梳着高耸的发髻、化着精致的妆容，远远看去一股贵妇的气质，站在众多同学中间谈笑风生。走近了点，二霞叫住了我："小丽，你也回来了，快过来，好久没见了。"于是我让母亲先去了秧歌场，我来到同学们中间叙旧。聊聊孩子多大了，在哪念书，学习怎样，互夸一通。正当找不到其他话题的时候，另一个同学过来了，她小学毕业后就没再念书，嫁给了本村一小子，听说家里过得比较困难。前几年靠养貉子养貂挣了些钱，为了扩大规模拉饥荒盖了养殖场，谁承想这几年貉子、貂都不值钱，投进去的钱都打了水漂，欠了不少外债。她上身穿着假毛的皮草，下身穿了件皮裤衩，肉色棉裤，一双圆头的高跟鞋，腿上一道褶儿一道褶儿的，脸上擦着比自己皮肤白三个色度的粉底，笑起来沟沟坎坎里挤出白粉儿。她热情地说着，我们回来也不去找她，也不到家待会儿去。当她的眼睛瞟向"贵妇"，目光便暗淡下来，尴尬地笑着说，得先走了，家里还有客人，得赶紧回去做饭，踉跄地走了。"贵妇"用做着美甲的手撩了撩头发，粗壮的手指暴露了长年干家务的不易，颧骨上隐隐看见精致粉底也藏不住的黑斑，眼角有着四十岁女人该有的皱纹，只是高昂的头颅平添了一股自信的气势。

我也走了，去到秧歌场找母亲，毕竟看秧歌才是我今天来的目的。一进大院就看见了母亲，矮矮的个子在最外层跷着脚伸着脖子看着里面。我走到母亲身边，母亲赶紧把她那个空让给我，然后跟旁边的三妈在喧闹的锣鼓声中唠着嗑儿。秧歌场里真热闹啊，外圈是一群穿着戏服的"秧歌角儿"，化着专业的秧歌装。"妞儿"肤白唇红，眼神里含羞带怯，小碎步前前后后地来回挪动；"丑儿"装扮各异，耸肩媚眼、连蹦带跳地围在"妞儿"周围；"老扎"警戒地跟在"妞儿"的后面，每当"丑儿"和"妞儿"刚刚见互动的时候，她便赶上前来将"丑儿"赶走。"丑儿"和"老扎"承包了所有的幽默和喜感。再向里一圈，是十里八乡的业余选手，扭得甚是投入，满头大汗。最里圈，是一群欢快的孩子，拿着扇子，有模有样地跟着秧歌点儿狂欢。吹喇叭、打鼓、打镲的激情澎湃、热情四溢，浑身都跟着节奏在律动。我三叔在他们边上摇晃着脑袋、拍着手，露着剩的不多的几颗牙齿，脸上笑成了一朵花。这些场景，从我记事起多年来一直未变。只是那些秧歌角儿从风华正茂的小生变成了如今微微驼背的大爷；那些业余选手，从年轻的小伙子、小媳妇变成了如今满脸皱纹的大叔大婶；那些孩子，大概是我们小时候那些孩子的孙子或孙女；而我三叔，从曾经的傻小子变成了如今的傻老头儿，活成了我们最羡慕的无忧无虑。

秧歌场还是那么热闹，看秧歌的人却始终保持着平衡，十几分钟便来一拨儿、走一拨儿，不像曾经那样为占个好地方撂好了小板凳一坐几个小时。那些年，晚上那一场秧歌是最热闹的，大鼓一敲就算是开始热场了，整个庄里能出门的、邻村搞对象的姑娘小伙儿，会赶紧划拉口饭，拎着凳子向秧歌场奔去，路上跟赶集一样热闹。过会上的今天，看秧歌已经不是人们唯一的乐趣，家里有电视、电脑、手机，大家都想凑凑热闹后赶紧回家享受温暖，再也难见那熙熙攘攘的路人。我和母亲像完成任务一样看了一会儿，便"逃离"了喧闹的秧歌场。回去的路上，我们都有点失落，没了来时的期待和向往，我看着母亲特意染的头发、穿上的新衣服，好像有一种演员没有上场的落寞。而我，出门前涂了口红，看似随意的打扮藏着我的审美和时尚，如今却好像一本书碰到了不识字的人，完全没有人欣赏。

路边炸油炸饼的摊子前很冷清，只有滚滚的油锅冒着白烟、弥散着香气。记得小时候，过会上这天，父母起早就会到大队这儿，买上两兜油炸饼、两兜油炸糕，一兜我们一家吃，一兜给爷奶送去，这个规矩一直坚持到爷奶没了。如今父亲便会在这一天异常地想念他的父母，在吃油炸糕的时候会念叨，你奶最爱吃这一口儿，然后这个老男人便到过堂屋溜达一圈。有一次我偷偷看见，父亲在那里默默流泪。过会上有讲究，来家里的客人给主人家带着水果、烟酒等礼物，而走的时候，主人家会给每家客人带上一兜油炸饼。所以每年的这一天，卖油炸饼的摊子会异常忙碌，母亲都是早早地从相熟的老板那预订，省得到时候排队等候。过会上的油炸饼不论张卖，论斤卖，所以这一天的油炸饼特别实诚，咬一口都是实实在在的面筋。这一天剩下的时间，我们窝在家里做饭、吃饭、收拾，坐在热乎炕上听着远处传来的喇叭声、鼓声唠嗑儿。我的心里在重复着一句话：与青春再见。我的青春、我年轻的故乡、我健壮的父母、我曾经充满活力的四邻、曾和我一起跳皮筋玩泥巴的伙伴……随着岁月，都渐渐老去。

我的故乡

蔡秀荣

　　最近晚上老做梦，清晨起来记忆犹新，都是些小时候在村里生活的人和事，大土坝、柳编厂、算卦的瞎子……老公笑说这就是人到中年的标配。但我觉得该是"羁鸟恋旧林，池鱼思故渊"吧。从地理位置上看，我其实离家乡不足百里，严格意义上讲并没有背井离乡。现在车辆方便，回家一趟，也就是个把小时。但自从母亲随着孙辈们到城里读书也搬到了城里，一晃好几年没走进故乡了。远嫁千里的妹妹是个"恋家狂"，据说思念家乡时就在门口转悠，不千里迢迢地跑上一趟，就什么也干不下去了。每次回来，她还非要从城里开着车去老家转上一圈，这思乡之症才得以化解。我还批评她，撇家弃业的，浪费人力物力何苦呢，甚至还用苏轼的"此心安处是吾乡"来劝慰她。她却总是说，"不见家乡心难安"啊。梦是现实所照。如今的我这种情结也像烈酒上了头，愈演愈烈！

大　土　坝

　　家乡马芳营村从我记事起到现在，一直都是一个著名的村庄。从生产队那个火热年代种棉花受到国务院嘉奖，获得周恩来总理亲笔签名的奖状，到今天农民科技致富带头人研制出著名的品牌蔬菜"马芳营旱黄瓜"，我的家乡每个时期都能在昌黎的历史长河和县志中留下浓墨重彩的一笔。在时间和现代化的催生下，一切都在没有商量地变化着。包括我的故乡，地震后盖的老屋大部分变成红顶的北京平了；成片的庄稼地被鳞次栉比的大棚蔬菜园占领；古老的合欢树、高大的桑椹树尤其是长满了嘛铁（一种绿色虫子，嘛铁毛顺着汗毛孔钻入，能让皮肤奇痒奇痛，难耐时都得跳脚嚷嚷簌簌落泪）的枣树更是没了踪影；村里的人也都装束时髦，难以分出城乡界线来；但唯有村西那条蜿蜒数十里的双层大土坝依然巍然屹立。用父亲在世时说过的话：它不会变，它不可能变，它谁也变不了。父亲说这话时，不像一个老农，更像一个哲学家，阐释某种精神的象征。是啊，冻龄少女一样的大坝，承载了马芳营村数辈人的努力奋斗，观照了每个家庭的悲喜忧愁，更见证了我童年的成长记忆。

河流是人类文明的摇篮。滦河作为母亲河，从我出生的小村庄环绕而过。这是一片肥沃的平原，滦河滋养了这里，也肆虐过这里。为了保护沿岸的村庄不被泛滥的河水蹂躏，前辈们发扬了人定胜天的精神，一锹一镐地修筑起长长的土坝。1962年滦河发大水，马芳营村大坝段冲出一道决口，冲出一个3平方千米的锅底湖。听老辈人讲，当时人们并没有被吓倒，而是在上级的领导下，合起心来又紧贴着外层筑起了一道比原来还要高一米的土坝。它绵延数十里，颇有"土长城"的味道，形成了今天双坝相依的壮观景象。为了防止遇水崩塌，土坝上遍撒野草籽，栽起防护林，远远望去像一道翠绿的屏障，护佑着一方百姓的安全。想起小时候，老师常带着我们去地里勤工俭学采草籽，春天撒在土坝光秃的地方，等草木萌发，让它们与土坝合体，共防汛兽。

大坝是阻挡洪水的长城。记忆中赶上一次发大水，实际上是雨水大，为保上游城市安全，上游水库开闸放水，只能牺牲一些下游百姓的利益。当大喇叭广播让地里的人群撤回后，大家依依不舍地放弃即将收获的庄稼，在大坝上眼睁睁地看着洪水吞噬着自己的劳动果实。老百姓们在大坝上眼含热泪，少数人号啕痛哭。小小年纪的我总是愤愤不平地质问父亲凭什么就淹我们，父亲却总是极其严肃地告诉我，这就是顾全大局。

我10岁那年，家乡实行了家庭联产承包责任制，这于每个家庭都是天大的好事，这样就摆脱了吃饭的嘴多、挣工分人少的窘境。地多起来，虽然劳力少，但只要勤快，就会有收入。我父亲脑瓜活络，带头种起了棉花，虽然收入高，但这是个沾手的农活，几乎要长在地里侍弄。每一株棉花都要手过一遍，反复拿虫子、掰秧蔓，就算三伏天，也是长在地里，没有歇过一个响。所以，小时候父母不是在地里干活，就是在去地里干活的路上。每天傍晚时分，我就会背着弟弟，领着妹妹，在大坝上望眼欲穿地等待父母回来。母亲说，每每老远看见大坝上几个小影子，就知道自己的孩子们来了，看见了孩子，就是看到了希望，一天的疲累就会消失，充满信心地迎向我们。父母也总会教育我们，庄稼人最苦，泥里水里的，刮风害怕，下雨害怕，但凡有一丝能耐也别当庄稼人。这些朴实的创业思想激励我们走出去，去寻找更广阔的天空。

大坝也是我们村里孩子的乐园。坝上栽满了紫穗槐，这是一种灌木型植物，葳葳蕤蕤地长满堤坝。一则固坝，二则长成了还可以割下来，编筐、栅子等劳动工具。而我们小孩子，把上边的叶子掰下来，剩下柔软的茎条，手艺展示就开始了。我会编个小笊篱，巧的还会编蝈蝈笼子、小手枪、小手镯、小耳环等很多想象中的玩具。家伙什做好了，就玩起"过家家"的游戏。我最拿手的还是把它弯成一个圈状，插在晒干后的高粱秆上，用它罩了无数蜘蛛网，然后带着弟弟妹妹去黏蜻蜓和蝉。别小看这套活，就这让我能带弟弟妹妹在大坝上玩上一天又一天，其乐无穷。

当然大坝也是我的发泄场。小时候，头发长长了，都是母亲用家常剪子给我们剪，急着下地干活的母亲总是三下五除二，把我们的头发剪得七零八落，短得让人起外号"假小子"。向来听话却早谙审美的我唯独在这件事上表现得极为反叛，剪一回闹一回，闹一回就顺着大坝哭着跑走，常常跑出几里地，跑远了累了怕了又跑回来。父亲便安慰我：晚上你睡一觉，第二天就"春风吹又生"了。以至于若干年后"春风吹又生"仍然成为大家笑谑的谈资。

当然，淘气的弟弟也少不了挨大人的板子，每每惹事父亲棍子一举起来，他便撒丫子就跑。天黑了不敢进家门，便提前有了两个潜伏的地点：犯的毛病不大，父亲打得不狠，便藏在家门口的麦秸垛里，听见家人喊得紧了，大人气消了，就从草垛里钻出来；犯的毛病太大，就潜伏到大坝紫穗槐丛里。一次，他带着几个小伙伴淘气，愣是把村里一家预留的黄瓜种全给摘下来了。人家抱着残留的黄瓜种找到了父母告状，这不是小错误。一场暴打在所难免，还没等父亲举起棍子，弟弟就跑到大坝上躲起来。我和母亲找到深夜，才从紫穗槐丛中找到了熟睡的他。那时，坊间正好传着老人们吓唬乱跑的孩子，编造的大坝上经常有成精的小狐狸吐着火球打着灯笼迷惑人再把人带走的传闻。这个故事像氤氲笼罩了我整个童年，那时就特别害怕弟弟被小狐狸精带走。但是村里的男孩子，从来不会被鲁迅笔下的"长妈妈"们这些鬼话所吓倒。大坝下边有一片坟地，他们为了练胆子，晚上相约到坟圈子里打仗、藏猫猫，双方拿着骷髅当手榴弹扔来扔去。打累了或者藏猫猫时在坟圈子里睡着是常有的事。我奇怪他们怎么不怕呢？奶奶却常说，小男孩是纯阳之体，自带一千年道行，鬼都惧三分。

大坝也曾是我的训练场。考上昌师那一年，我们那届十三个人过了分数线，但最后要加试音体美。音乐、美术尚不足惧，体育从来没有及过格的我可是愁得不行。为了改变命运，我借来了跑鞋，在大坝上练起了跑步。那些天，风雨无阻，大坝上留下了我无数疯跑的身影。妹妹回来跟父母报告，说我穿上跑鞋就像踩上风火轮的哪吒一样。母亲却说，你姐这是在同命争啊。天道酬勤，我如愿以偿地考上了昌师。后来听说一句名言，如果你认定了方向奔跑，世界都会为你开路。

柳 编 厂

改革开放的春风吹遍了中华大地，也吹透了我的家乡马芳营村。

村里成立了柳编厂，就是用柳树的枝条，撸去外边的树皮，然后把去皮的柳条晒干，再编织成大帽盒交给外贸出口。围绕着柳编这个主题，我们全村的人都给调动起来了。三爷是这个村的带头人，他思想先进，略有文化。要想富，得靠门路。马无夜草不肥，人无外财不富。在全村党员大会上，他声情并茂地动员大家。谁都知道，守着常规种这二亩三分地，老百姓是富不起来的。大家被他说得激情澎湃，撸胳膊挽袖子想大干一场。他多方外联，引进了这个柳编厂。从那时起，我的父母在干农活之余，还要附加割柳树条子这项业余工作。价格论斤收，勤劳的人能立马见到收入，尽管这收入很微薄，但大家脸上的笑容很多。村里的大姑娘小媳妇也加入了撸条子编篓子的行列。把柳树条子去皮，臂力好的一个人用特制的铁筷子就能完成，臂力弱的就得两个人完成，一个人用铁筷子夹紧柳条，另一个人使劲一拽，柳树条子的皮就剥离开来，露出白生生沁着浓厚柳树汁水味的柳条。那时几岁的我每天放学就到小柳编厂帮比我大二十几岁的春英撸柳树条子。撸下来的柳树皮她教我拧麻花拧成一根很长的绳子，成为我向小伙伴们炫耀的跳绳。后来我还用拧好的跳绳和一个爸爸是海员的女孩换了不少大白兔奶糖，那时的糖真甜啊。后来我吃到了比那时更好的糖，却永远比不了那时香甜的味道。前来撸条赚钱的人很多，唯独我和大春英二人因为配合默契，结成了忘年交，给我的童年增添了莫大的快乐。

我的奶奶也加入了产业大军，那时她已经是70多岁的老太太，裹着小脚，缠着绑腿，拿着蒲墩，和村里其他的老太太坐成一排。他们的任务是选条子，把晒干后的柳条按照粗细分类放置。每当我放学老远闻到奶奶屋子飘出鲜香的煎卤虾酱的味道时，就知道奶奶选柳条发钱啦，几房的孙子孙女便蜂拥而至。在生活贫困的年代，这不亚于大餐。

更让我迷恋的是编柳条筐的那间大厂房，十里八村年轻漂亮心灵手巧的大姑娘小媳妇群英荟萃，姑姑和几个大点的堂姐也在其中。厂房里飘着女人们身上廉价的雪花膏味道和柳树特有的气息，大家手里忙着，嘴里聊着，不时有放肆的歌声飘出来。窗外不时闪过"心怀鬼胎"的男人们的身影。三爷总是说，三个女人一台戏，这屋里得有多少台戏，能不招人看？也常有年轻的小伙子借口送原料、取成品来相看姑娘。姑娘们卖力地编织着柳条筐，也尽情地编织着爱情。

但不管怎么说，我每天放学必去柳编厂溜达一圈，除了去给我的忘年交帮帮忙，就是看看穿着一身黑色家织布做成的衣裤，盘着满头银丝的发髻，端坐在蒲墩上选条的奶奶；然后再去编织房大喊一声姐姐、姑姑，告诉她们我放学了。如果运气好，还有可能碰上未来的姐夫们给提前发的喜糖。如此不厌其烦，因为在我的心里柳编厂着实是个快乐的地方。

后来每次回村，我都要往那已经盖成了村委会、曾经是柳编厂的地方张望，因为那里真的洒下过无数我少年的深情。

于　先　生

要说故乡的贤达名士最让大家传诵的是于先生。

于先生是邻村一个十里八乡远近闻名的算卦先生，小时候我们都叫他"于瞎子"。他幼年双目失明，但天赋异禀，为了生活，拜师学了易经。据说是上知天文地理，下解人生百态。他虽年长于我的父母，但论南北二庄庄稼辈，却管我父母叫老舅、老妗子，我父母称呼他外甥。可是父母对他的态度却让我们感到他似乎成了长辈，难怪，那时候的于瞎子，就像我们村西边的大土坝，占领着村里人们的精神高地。而我们姐弟那时都带着鲜艳的红领巾，却像厌恶"瘟神"一样唾弃他、嘲弄他，用恶作剧欺负他，但他却从来不恼怒。

于瞎子走路，耳朵和嗅觉极其灵敏。别说坑塘沟壑、大小车辆阻挡不了他的行程，据说他还有去大口井挑水的特异功能。要知道，乡下的大口井，胆小的到跟前都发蒙，更别说站在井边从井里摆水这种技术含量很高的动作。为了验证这一传闻，伙伴们专程相约，潜伏在附近一探虚实。果真，于瞎子从容地提着扁担和水桶从家里出来，向那个看着瘆人的大口井走去。我们的心都提到了嗓子眼，他却淡定地在井沿边处站定，一步不多，一步不少，正是摆水的最佳位置。他冲着井底摆了满满两桶水挑着，从惊魂未定的我们身边从容走过。一下子，我们目瞪口呆。村里人说他心善，有神灵罩着，就为这我还专门采访过他，他却说：无他，但手熟尔。后来我在语文课《卖油翁》里看到了这句话。若干年后，方知其意。

于瞎子号称这一带村庄的"大百科全书"，每户家庭的家长里短都装在他心里。一个家庭，尤其是那个年代的大家庭，孩子多，日子艰难，旧式家庭的遗毒还存在，妯娌婆媳之间的"宫斗"大戏戏码十足。我的母亲娘家来自外地，实力和势力指数颇低，为此受尽了妯娌们的算计和欺负。每每感到山重水复疑无路时，父母就会找于瞎子算上一卦，看看这个坎还能不能过去。于瞎子总是用卦辞先叽咕一大套，然后开解他们，"世间有人谤我、欺我、辱我、笑我、轻我、贱我、恶我、骗我，该如何处之乎？""只需忍他、让他、由他、避他、耐他、敬他、不要理他，再待几年，你且看他。"说得多了，父亲干脆很认真地用笔记在了本上。小时候，我问父亲什么意思，父亲说，于先生就是告诉他们，把心眼放正，过好自己的日子，没有过不去的火焰山，善有善报，恶有恶报。父母就是秉承这一积极的理念，得到了一辈子的福报。后来我文化层次高了，才发现这是一句偈语，出自佛教禅僧语录《古尊宿语录》中寒山与拾得的问答。

于瞎子天生爱干净，他家里收拾得跟狗儿舔得似的，比有眼睛、有媳妇的还利索，父亲每每回来都赞不绝口。村里哪家媳妇懒了，家里人都会拿出于瞎子来教育她。有一家开买卖，干啥都赔得底儿掉，没办法找到于瞎子算一卦。刚到这家门口，于瞎子就皱起了眉头，原来门口堆了一堆臭粪。于瞎子说财神爷来了不敢下脚进门。早听说这家把婆婆赶到小屋，于瞎子说老太太八字招财，得安排到大屋好生伺候，如此，财神爷自会到来。

关于于瞎子打着算卦的幌子惩恶扬善、教化人的故事真是数也数不完。至于算卦坑蒙拐骗的事还真没在于瞎子身上听过。后来，于瞎子作古，因为一生没有子女，大家凑钱把他埋到大坝根下。他虽然已经离去多年，每每提起他，村里人仍然历数他的过往，赞叹不已。我母亲更是心怀感恩，因为生活最困苦的时候于瞎子给过他们希望和光明。母亲说他虽然眼睛看不见，但心里亮堂着呢。说实话，自从入了党，我便成为坚定不移的唯物主义者，但就这教化人从善的于瞎子，我由衷地敬他几分。

走过半生，归来已不是少年。

想想少年时曾拼命地逃离这片土地，而历经半生的奋斗拼搏、人世沧桑，痴情神往的依然还是生我养我的故乡。广袤的坝下田野上，有莫言笔下如火如荼的那片"红高粱"；有莫奈笔下静静的"池塘睡莲"；有秋风中帕斯卡尔充满哲意的"会思索的芦苇"；有夕阳下王勃气势恢宏的"落霞与孤鹜齐飞，秋水共长天一色"……烟火的古风村庄中，有陶渊明归田园隐逸的"榆柳荫后檐，桃李罗堂前。……狗吠深巷中，鸡鸣桑树颠"；有邓丽君缠绵悱恻的"又见炊烟"……不管名画、名篇、名言、名歌、名句……这些似乎都能在我的家乡找到影子。后来我终于在眼泪中明白，故乡曾是那么美。

如今，那些年，那些人，那些事，那些景，都烙在我对故乡的记忆中。也许随着工作和生活的改变，我回故乡的机会越来越少，但故乡的身影却在我心中历久弥新。文章写到最后的一个晚上，我又做了一个奇怪的梦，梦见我站在大坝上，深情地给故乡朗诵着仓央嘉措的诗：

你见，或者不见我
我就在那里
不悲不喜
你念，或者不念我
情就在那里
不来不去
你爱，或者不爱我
爱就在那里
不增不减
你跟，或者不跟我
我的手就在你手里
不舍不弃
来我的怀里
或者
让我住进你的心里
默然　相爱
寂静　欢喜

心中的那片土地

张建才

我小时候生活在一个偏远的小村庄。那里没有城市的喧嚣，有的是乡村的宁静与明媚；那里没有尔虞我诈的钩心斗角，有的是淳朴的风土人情；那里没有城市里的灯红酒绿，有的是农民们的质朴无华。虽然离家多年，但还是怀念心中的那片土地。

三十而立，四十而不惑，五十而知天命，六十而耳顺，七十而从心所欲，不逾矩。人到中年感想连篇。尤其我还漂泊在外。故乡的人、故乡的土、故乡的那棵树，还有故乡的那些事时时浮现在眼前抑或出现在梦里。忆当年，乡愁油然而生。

儿时的记忆还很清晰。生产队的那些年月，大人们都在队里忙忙碌碌，只有我们这些孩子还是那样得天真无邪。那个年代没有手机和电视，没有你想要的游戏机，玩耍的形式只有捉迷藏、弹玻璃球。每天无忧无虑，满脑子想的是快点放学回家和小伙伴们"决一死战"。偶尔还动点小脑筋，捉弄一下小伙伴。记得有一次和小伙伴一起去田地里找甜高粱，那感觉和现在吃甘蔗是一样一样的。当小伙伴好不容易找到一棵时，我还是两手空空。计上心头。小伙伴刚要收获他胜利果实的时候，我突然说："大哥咋来地里看庄稼？"吓得小伙伴撒腿就跑。结果可想而知。现在想来，我好像有点坏。童年就在不知不觉中度过，但那时的快乐终生难忘。小时候，家里养了一头牛。每到暑假，这头牛就会整天陪伴我。早上起来把缰绳往牛背上一放，我走在前面，听话的老牛就会不声不响地跟在我后面，我们径直走向村头的那条河。河边水草肥美，牛儿在水边从东吃到西，然后从西吃到东。我和小伙伴会在水里嬉戏一天。我游泳的本领也是那时候学会的。美哉！我的童年。

穿花衣戴新帽。那时候，每到过大年，都盼着父母给自己买一身自己喜欢的新衣服。即使在收入不算太多的条件下，父母省吃俭用，也会为自己的孩子买上一身新衣。大年初一，到老乡家去拜年总会得到一番赞美。虽然是粗布衣，但是我喜欢得不得了。那个心情，溢于言表。如今，夸张地说不是每天换上一身也得隔三岔五地"臭美"一次。人民对幸福生活的向往就是我们的奋斗目标，现在实现了。没有人像以前一样再盼望过年买件新衣服。

那个时候，过年能吃上一顿肉是件乐事。现在的人都注重养生，各式蔬菜、水果均衡搭配。当年的我们吃的是从地里刚拔出的萝卜、白菜，从秧架上刚采摘的豆角、黄瓜，从不喷洒农药。或许现在的人们更羡慕我们当年那真正无公害的水果蔬菜吧。可是，在当年，要是谁家吃上一次肉，全村的人都羡慕。以前，在过大年之前父母总是去大集上买回几斤肉，放在屋外的大缸里冷藏。那时没有冰箱，大缸就是天然的冰箱。每次放学回家都去揭开"冰箱"盖子看看，问母亲什么时候给我们炖肉。母亲笑而不答。她何尝不想给我们吃呢，只是得等到大年三十。可是现在，母亲倒是劝我了，少吃肉多吃蔬菜，注意身体。我们的生活真的好了。

岁月一天天流逝。在我读初中的时候，家庭联产承包责任制让大家富裕起来了。我家翻盖了三间新房，一别往日的地震房。原来用窗纸糊的窗户都换成玻璃的了，窗明几净。屋里也由原来的红泥墙变成了白灰墙，显得亮堂了许多。庭院里种了一棵葡萄树，每到夏天总引得孩子们前来玩耍。夜晚大人们在葡萄架下谈天说地。房前的园子里母亲种满了各式各样的蔬菜，春天，绿油油的菠菜迎着朝阳、顶着露珠茁壮成长；夏天，紫色的茄子、红红的西红柿、青青的辣椒、扁长的豆角，高低错落有致；秋天，丰收的季节，大白菜闪亮登场，经过储藏能吃到第二年春天；即便在寒冷的冬天，也能看到秋末播种的小葱苗，真是一年四季都吃不完。在那个年代，老一辈们诠释了用双手勤劳致富的精髓。

在我们那个年代，在我们那个村，出行不算方便，步行是经常的事。在我读小学的那六年间，我用双脚丈量了我家到学校之间的距离。要是赶集上店那就更是得"搭便车"了，或者找个牛车、马车，运气好点儿的或许还能蹭个自行车。其实，步行也是一件非常惬意的事。记得和弟弟一起去离我家十二里地的姥姥家，哥俩步行前往。在回来的路上遇到一条小河，看到河里都是小鱼小虾。我们哥俩兴致勃勃，把舅妈给的衬衫当鱼护，弄了满满一兜。回家给家里人做了酱杂鱼，那真是人间美味。这是步行带来的收获和快乐。后来上了初中，家里买了一辆飞鸽自行车，它又伴随了我三年的初中学习生涯。虽然不像现在的汽车那么高档，但是那辆在村里为数不多的自行车还是得到了很多小伙伴的羡慕。有的小伙伴哭着喊着让家长给自己买一辆。现在发达了，家家出行有轿车，上街买菜有电动车，出去郊游有房车。出远门时可以坐火车，甚至为了赶时间还可以坐飞机。步行只会出现在人们锻炼身体的时候，有人还用上了跑步机。人们的幸福生活一天比一天好。

故乡水、故乡树、故乡人，在那个年代是炙热的。当年的小伙伴纷纷有了自己的工作，奔赴在自己的人生路上。或许他们和我一样，对儿时的记忆还是那么深。

我们一起爬树摘桑葚，一起去河边用罐头瓶钓鱼，一起在柴草垛里捉迷藏。如今的你身在何方？我的那片土地如今怎样？

前年，由于我们村的地理位置正处在河道保护范围，政府要求全村搬迁。如今，热恋的故土已成废墟，但历史的记忆犹存。

村东头的大碾盘还在。或许它是女娲补天的时候掉下来的一块顽石，或许大禹治水的时候就用它碾过河堤。不论怎样，历史的车轮磨灭不了它对故乡的贡献。小时候母亲总是天不亮就带着我和弟弟到村头的大碾子上碾玉米面，去晚了可能还要排队。母亲把晾好的玉米均匀地洒在碾盘上，用力地推着沉重的大石碾，有时我和弟弟也来帮忙。把整个玉米粒碾成细面需要一圈一圈地转，然后还需要用细眼筛子一遍一遍筛，直到非常细了才算完成。那石碾碾磨的是生活的苦难，碾磨的是快乐的时光。回家做一锅"黄金塔"，配上一锅萝卜汤。一家人围坐在一起有说有笑，根本没有烦恼，那新鲜的玉米味道能和山珍海味相媲美。碾盘上没有大人碾粮食的时候，我们几个小伙伴会趴在上面玩耍。虽然没有高科技产品，那些小石子、羊骨头也会让我们开心地玩一天。夏天，大人们也会围着碾盘歇凉，聊着家长里短，有时会在不经意的一句牢骚话后散去。碾盘上的印记已经被磨得不再清晰，这也印证了，是它养育了一代又一代人。回想沉重的碾子在碾盘上被弱小的我们推着前进，那真是负重前行，想想现在，只有那种精神才能在人生路上有所收获。

村头的那条河还在。站在初冬乍寒还暖的微风中，和小伙伴们一起下水摸鱼、洗澡的情形还在。夏日里，骄阳似火，小伙伴们常常把脱下的衣服扔在河岸上，赤身裸体，一个猛子不见踪影。远处露出小脑瓜，得意地对着岸上的小伙伴炫耀。不远处，清凉的河水里还有一群泥鳅一样的孩子们打水仗。偶尔用手拉住过往的摆渡船，就会引起大人们的不安。每当汛期过后，河水变少，这里就成了大人小孩摸鱼捉虾的天堂。总会有一群人用菜篮子做渔网，把小鱼小虾捞上来。偶有面积不大的河坑，一些大人还会用水桶绑两条绳子，把河水淘干，直接捡拾胜利果实。如今村不在，河还在。河床依旧，流水依旧，它还在原地不动，静静地守候这片土地。河边的树叶在微风下似乎在跟谁打着招呼，似乎又是一种约定。

那棵桑葚树还在。那棵树是姑姑家的，也是村里唯一的一棵桑葚树。每年五月份树上都会结满紫色的桑葚，吃在嘴里甜甜的。桑葚树下很美，很静。春季里枝头依旧冒出嫩绿的枝丫，树叶茂盛时还有野蚕做茧。作茧自缚似乎就是它最好的归宿。当年，几个爱逃课的小伙伴经常来到这里。他们分工协作，有的在树上，有的在树下。树上的小伙伴使劲摇晃几下，那些熟透的桑葚纷纷落下。树下的小伙伴用铺好的塑料布收集硕果。小伙伴们坐在树下大把大把地吃着，等吃饱后相互观望，牙齿和嘴唇上满是乌黑。大家面面相觑，会心一笑，回到学校罚站是免不了的。如今，儿时的小伙伴不再攀爬，断裂的枝丫也不会再有，再有的就是它那沧桑不变、对远方的呼唤，还有对主人的思念。但它不会老去，因为有信念在心。

那口古老的水井还在。村中心的那口古井井水清冽甘甜，从不枯竭。古井的水养育了世世代代居住在这里的人们，也滋润了这一方的土地。古井是用石头从上到下砌成的，井深大约有十几米。井沿用四块青色条石做成方形，外面露出大约十厘米左右，主要是防止人们在挑水的时候滑落到井里。井沿旁的条石被岁月磨得很光滑。几百年的历史，它用生命完成了历史使命，但谁也不会忘记它。童年的记忆里曾有过一次井水被污染。不知道是谁家淘气的孩子往井里扔了一只死鸡，满井的蛆虫蠕动，害得大家都不能挑水做饭洗衣服。村民们全力抢救，井水被抽了三天三夜，生命之源被抢救回来了，大人小孩都露出欣慰的笑容。从那以后，人们轮流看着这口井，至今未曾被污染。即便后来家家都有压水井，直至后来有了自来水，大家还是一直保护着它。这也是对古井的感恩吧。

虽然村庄不在了，但政府把村民们安排到了更好的地方，让他们过上了更好的生活。昌黎大地一片富有，何愁过不上幸福生活。

家乡的山美。碣石山九帝登临。瑟瑟秋风，巍巍碣石，岭岭相携，浸染锦绣江山。革命先驱李大钊八上五峰山，革命火种在这里缘起，红色文化代代相传。碣石山下，春季，漫山遍野的梨花、杏花、苹果花争奇斗艳，和朱自清老先生《春》描写的景象一般无二。秋季，瓜果满园。长峪山下红彤彤的苹果挂满枝头，灯笼似的大柿子迎风高歌，玫瑰香葡萄香满整个葡萄沟。整个碣石山下一片丰收的景象。

家乡的水美。东临碣石，以观沧海。昌黎是一座滨海城市，东临渤海。渤海物产丰富。八月里，海蟹端上饭桌，皮皮虾装满饭盆，和阳澄湖大闸蟹相媲美的河蟹在中秋夜晚的陪伴下显得更有档次。在海边，以中国最美八大海岸之一著称的昌黎黄金海岸，沙细、滩缓、水清、潮平，是天然的海滨浴场。翡翠岛是国家湿地自然保护区。七里海潟湖更是各种鸟类栖息的天堂。

家乡的人更美，且家乡的人是勤劳质朴的。他们不辞辛苦，起早贪黑，把貂貉狐侍候得膘肥体壮；他们不辞辛苦，起早贪黑，把大棚里的蔬菜培育得鲜嫩水灵；他们不辞辛苦，起早贪黑，用双手创造着钢铁的财富；他们不辞辛苦，起早贪黑，把果园摆弄得满园花开、果实高挂。家乡的人是和善宽容的，家乡的人是热情好客的，家乡的人是开朗乐观的。一方水土养育一方人，那片土地始终充斥着昌黎的味道。

第三部分

那 人 那 物

槐花，我的乡愁（外一篇）

王秀娟

"问君能有几多愁，恰似一江春水向东流。"到底有多少愁呢？有多少愁，也抵不过我心中的那一缕乡愁，我的乡愁就在槐花里。

槐花，对我来说，有着一份特殊的感情。记得小时候门前有好多的槐花，离村子不远的海边更是有一片槐树林。槐花如白云朵朵，如银蝶翩翩，静美安然又灿然灵动。槐花不仅美丽，还有迷人的花香令人陶醉，我喜欢槐花，采了好多花。再后来，我长大了，结婚了，就离开了小时候的村子，到了很远的另一个村子去了，从此，与家乡的槐花渐行渐远。童年的记忆是那么美好，那么难忘。槐花也成了我深深的思乡之物。现在我看到村子偶有槐花开了，就想起父母，就想回家去看看老家的槐花，更想去看看父母。

妹妹打电话说，海边的槐花开了，快来吧，再不来，槐花就要落了。槐花的花期不长，只有半月左右，错过了就要等待下一年了。多少年了，以忙为由，我错过了一个又一个花期。令我魂牵梦萦的槐花啊，仿佛又出现在我眼前，那么洁白无瑕，冰清玉洁；那么芬芳多姿，清香怡人。早已是迫不及待了，五月下旬的一天，我就出发了，去赴槐花之约。坐在班车上，心情久久不能平静，仿佛槐花若隐若现地在我眼前摇曳生姿，我靠着车窗沉思，陷入了儿时的记忆之中。

在我家乡昌黎的海边，生长着一种植物叫洋槐，在沙地里，洋槐树顽强挺拔地生长，不怕干旱、贫瘠、寒冷，历经风雨，防风固沙。小时候常想，怎么就栽槐树呢，栽别的树不行吗？想来想去，哪一种树也不如槐树坚韧。槐林绵密茂盛，沿着海岸线绵延几十里。一望无际的槐林形成了一道坚不可摧的美丽屏障。小时候我们就叫它防护林，它能摭风挡沙。我不得不佩服劳动人民的勤劳智慧，有了这片坚固的槐林，若是有一天海啸了，海水一定不会淹没我们的村庄。而到每年的五月槐花就开了，槐花飘香的季节是美的，那里是一片美丽的槐花海。

那个粮食短缺的年代，春末夏初，青黄不接，是槐花解了燃眉之急，是槐花给了我们生命的支撑。记得小时候，父亲常带我去海边的槐林里摘槐花。郁郁葱葱的槐树林十分茂密，密密匝匝地交错纵横，只有丝丝缕缕的阳光透过缝隙落在林中。林中有不知名的小鸟婉转鸣叫，开在枝头的槐花如雪洁白，花团锦簇，馥郁芬芳。槐树错落有致，高的，父亲就用铁钩钩，矮的触手可及，我就用手摘。我饿了，就小心翼翼，避开尖锐的槐树刺，撸下一把槐花放到嘴里慢慢咀嚼，只觉得清甜可口，唇齿之间清香四溢，那甜蜜的清香就一直留在心里，至今回味无穷。

父亲钩下的槐树枝很长，槐枝上长着二三十朵槐花，我把槐花撸下来放进篮子里，又不停地把槐花塞进嘴里。父亲说不要多吃，生吃多了不好，会胀肚，会肚子疼，会拉肚子。我就忍着，不时地用鼻子使劲嗅嗅，嗅到心里去。嗅着也是美的，清甜的味道一样氤氲开来，弥漫了整个童年的世界。

每次摘完槐花，回到家，我就马不停蹄，用清水帮母亲把槐花洗干净，母亲用开水焯了，用盐、香醋、香油、蒜泥凉拌，或清炒，或用玉米面拌了蒸窝头，有时也煮槐花粥、蒸槐花饭、烙槐花饼。吃起飘着槐花清香的饭，怎么也吃不够。特别是妈妈包的槐花素馅饺子，虽然没有肉，但放了一点点韭菜和鸡蛋碎，再放上鲜灵灵的槐花和一点猪油等调味品调馅，包好后的饺子，用大锅蒸。柴火是从槐林拾来的干槐树枝，好烧耐烧。我往灶膛里添柴烧火，火焰映红了我的脸，又引起我无限的遐想。很快饺子就熟了，一大屉热气腾腾的饺子放在炕桌上，一家人围在一起，吃起鲜美可口的槐花饺子喜气洋洋，一边吃，我会一边说："真好吃，真好吃。"那段时光，饿肚子是常有的事，这样鲜美的槐花饺子，真是人间美味啊。

长大一点，我就和同伴一起去海边摘槐花了。绿荫深处，晶莹的槐花纯净馨香，醉了我的心。我拿着镰刀用力钩住缀满花朵的槐树枝使劲一扭，槐树枝嘎巴一声就断了，落下来，我再把槐花摘到篮子里。累的时候，我就坐在沙地上仰头看着洁白的槐花浮想联翩，槐花就幻化成美丽的白衣仙子在林间翩翩起舞。我看得出了神，常常忘了回家。我很奇怪，槐树林绵延不尽，走进去，就如走进迷宫一样，我最担心会迷失在槐林中。可尽管没有大人在身旁，也从来没有迷过路。每次钻出槐树林，前面都有一条小河，河上有一座石桥，走过石桥，就是家的方向。走上石桥，槐花的清香依然萦绕在身边，原来，是槐花的香气让我找到了回家的路。

最激动人心的时刻到了，槐花落了，就像雪花一样，飘飘洒洒落在地上有一寸多厚。槐花雨飘飘落落，如曼妙浪漫的情思在飞扬。很快，地上铺就成槐花毯，我们醉卧在槐花毯上恋恋不舍，最终还是站起来扫槐花。槐花很多，一袋子一袋子地装，有点干了的槐花依然有清香，我总是忍不住从袋子里抓一把放在鼻子跟前嗅嗅槐花的芬芳。把槐花背回家后，留一点清新的晒干储存起来日后吃，还留一些泡茶喝，剩下的就喂猪。

海边的槐花开了，透过车窗，我看到路两旁的槐树林里，开着一串串素白的槐花，一嘟噜一嘟噜低垂着，像含羞的少女穿着洁白的裙子，美丽清雅。就像徐志摩的诗句"最是那一低头的温柔，像一朵水莲花不胜凉风的娇羞"。白槐花，开得真是奇异，有一种圣洁之美，又充满了梦幻。打开车窗的一刹那，一种浓郁的清香扑鼻而来，沁人心脾。我还看到路边多了养蜂人，他站在林边，身边有很多的小木箱子，无数的蜜蜂嗡嗡地响着，在箱子和槐花之间来回穿梭，辛勤地酿着槐花蜜。我沉醉了，望着这美丽的景致，想起小时候走过一座独木桥才能看到海边的槐花，走过槐花林中深邃的羊肠小道才能看到大海。如今，宽敞漂亮的公路，鳞次栉比的高楼，我的家乡已经成为海滨旅游胜地了。我不得不感叹时代的变迁，家乡是越来越美了。望着槐花，我轻轻地笑了，是槐花让我的心情美丽起来，心底的那份轻愁渐渐地消失了。

我是那么爱恋槐花，它像云朵一样驻足在我的心中，挥之不去，成为我生命中不可缺的精神力量。

"绿树琼花堆眼前，万串珍珠神仙牵，冰清玉洁独素雅，满城尽落似云霞。"槐花，占尽白绿，白的洁，绿的翠。槐花，在海边独自绽放，她素白，清幽，超俗脱凡，馥郁芬芳。她不与百花争艳，朴实无华，却清香醉人。她不张扬，坚强地绽放着自己美丽的生命。她圣洁的美直抵我的内心，浸润我的灵魂，进入我的梦中。

据说，五月下旬，沙雕大世界景区举办槐花旅游节，为期三天，我和妹妹牵上父母的手，陪伴着父母，旧地重游。观沙雕，赏槐花，精致的沙雕掩映在槐花海里，美轮美奂。槐花露出她恬淡的笑靥，把清香送给游人。人人都说"江南桂花十里香"，我说"北方槐花香十里"。槐花节有槐花特色主题美食，诱人的槐花糕、槐花茶、槐花蜜、槐花饼、槐花麦饭、槐花水饺，花样繁多，我们买了一些槐花糕，还摘了一些槐花，回家和父母一起包了一顿槐花猪肉饺子，找到了小时候的味道。

"槐林五月漾琼花，郁郁芬芳醉万家，春水碧波飘落处，浮香一路到天涯。"

槐花美，槐花香，槐花的清香里飘着永恒的爱。槐花，是我心里的一抹乡愁，只要看到她，思乡之情就会油然而生。

乡愁是一条弯弯的村河

"夕阳河边走，举目望苍穹，袅袅炊烟飘来了思乡愁，多少回朝夕晨暮思念着你哟，清清河水是我流淌的泪，窗外明月光映照我脸庞，月之故乡亲人是否安康，捧一盏乡酒陪伴着你哟，无论我身在他乡与远方……"听着这首歌，我禁不住淌下热泪，原来，思乡愁是一种淡淡的哀愁和惆怅。

常常站在滦河边上，望着滦河水流向远方，流向大海的方向，故乡有海啊，我就禁不住想起我的故乡。可我居住的村子也有河，小河就在村子前面，在我家门前不远，还挺宽，从西蜿蜒到东，我家就在村西头，离小河很近。我常常去河边玩，这条弯弯的村河陪伴了我整个童年，给我带来了欢乐，成为我一生中永远的眷恋。

小河的水很清澈，河边有些芦苇和菖蒲，河岸有树，柳叶青青，有小鸟飞翔，有知了鸣叫。河里有菱角和水葫芦，叶子很美，漂浮在水面上就像睡莲的叶子。我总是要捞一些菱角来吃，硬硬的菱角咬开，里面却是裹着水的柔软的白果，清甜可口；也常常捞一些水草、藤蔓和浮萍喂猪吃。小河里经常有鸭子和白鹅游来游去，河面上荡起层层涟漪，让我沉醉在"鹅鹅鹅，曲项向天歌，白毛浮绿水，红掌拨清波"的意境里。最美的是小河里还有一大片荷花，亭亭玉立的荷花像粉衣仙女出尘脱俗，荷叶上总是滚动着晶莹的水珠，水里的鱼儿游来游去。我喜欢把清水撩到荷叶上看水珠在荷叶上跳舞，我喜欢摘一片荷叶戴在头上当雨伞，摘几片荷叶铺在屉上让母亲蒸饺子，摘一朵荷花放到家里的水瓶里养着。夏日的晚上，小河里蛙声四起，我常常枕着蛙鸣进入梦乡。

夏天酷暑难耐，我和同伴经常去河里洗澡，洗澡的地方有两处，东岸一处是女的，对岸一处是男的。河水非常清澈干净，周围没有杂草，男孩子都会游泳，仰游、蛙泳、狗刨没有一样不会，他们高叫着跳水比赛。我们女孩子就不一样了，会游泳的少，只有二丫的水性好，她能从河这边游到对岸，再从对岸游回来。我羡慕极了，就在河水里扑腾起来学游泳，扑腾了半天，也没扑腾出啥来，就学踩水。我想，会踩水是多么神奇啊，刚开始，感觉真的奇妙无比，渐渐地身子一沉，直感觉踩不着底了，瞬间呛了两口水，我赶紧伸着胳膊呼喊救命，二丫赶紧游到我身边，她轻松一拉就把我拉到了浅水处，我再不敢往深处走了。惊魂未定的我，一抬头，忽然看到在岸上的表姐正看着我，清秀的表姐皮肤很白，肤如凝脂。我一下子消除了恐惧感，穿上衣服，和表姐一起看荷花去了。

我和表姐每人摘了好几枝荷花，又摘了荷叶放在头上当阳伞。看着表姐，真美啊，正如"清水出芙蓉，天然去雕饰"。那年夏天，母亲生病，姑姑带着表姐从一个远远的外村来看母亲，我不在家，表姐才来河边找我，这份记忆至今难以忘怀。

那时家里生活困难，缺吃少穿，一年到头吃不上肉，青菜也少得可怜，可就是这条小河丰富了我们的生活。父亲喜欢打鱼，每到星期日我也会提着一只小桶跟父亲去河边打鱼。父亲撒网的技术非常棒，他先把渔网抖好，从左往右使劲往河空中一投，渔网展开一个圆圆的弧度，然后重重地落在河里，还是那么圆。然后，父亲慢慢收网往上拉，到岸边使劲一拉，把网提到岸上，里面有小虾，有各种鱼，鲫鱼、鲤鱼、鲇鱼，我就和父亲一起把鱼虾捡到小水桶里。沿着河边，每走几步，父亲就撒一次网，鱼多时，看到活蹦乱跳的鱼，我总是欢呼雀跃，心花怒放。因为鱼打多了，父亲便拿到集市上去卖，再给我买笔、本和花衣服；鱼少时，我们就拿回家吃。饭桌上有鱼，是最开心的事了，母亲把鱼炖了，或者打小鱼酱，味道鲜美，配上高粱米饭和水粥，我们每人都能吃上好几碗，饭桌上充满了欢声笑语。

深深记得，有一次，我中午放学回家，看到屋地上躺着一条大鱼，我记不清是啥鱼了，反正很大，足有十多斤，就像个婴孩一样，惊得我目瞪口呆。这是我第一次看到如此大的鱼，幻想着晚上可以品到美味了，禁不住心花怒放。傍晚放学，刚到门前我就使劲闻鱼的香味，可是没有闻到，发现屋地上的大鱼也不见了，有些失落。母亲告诉我，父亲把大鱼送到爷爷奶奶家去了。第二天，父亲又打到了一条不小的鲇鱼，也有二斤多，母亲将鱼炖了，鲇鱼的肉细腻滑嫩，味道鲜美，虽然没有给爷爷奶奶家的鱼大，但我觉得这是世界上最美的美味了，从此一个"孝"字也种在了我的心里，影响了我的人生。

村河伴着我成长，后来，不知何故，河水被抽干了。三天三夜，河水都被抽到岸边的田里去了。这天，村里好多人都下河抓鱼，我也提着水桶跟着大人去抓鱼，我先是穿着水靴，可是水靴深陷在泥浆里，举步维艰，我干脆脱了水靴，赤脚在泥河里走，一脚踩进去，软软的，拔出来轻而易举，这样就可以随心所欲地抓鱼了。河里还有好多河贝，用脚踩就可以踩到，硬硬的，有一个棱，弯腰用手一抠，一个大大的河贝就出来了。鱼多得更是不计其数，每抓到一条鱼，鱼都会拼命挣扎，摇头摆尾，溅得我全身都是泥水，可我也不管不顾了。河里人声鼎沸，热火朝天。惊喜的是，我抓到了一条红鲤鱼，人们都向我投来羡慕的目光。我喜欢极了，回家把红鲤鱼洗干净放在水缸里养，每天都会趴在水缸上看，怎么看也看不够，直到有一天红鲤鱼失去了活力，我还十分惆怅。更惊喜的是那天，我在有莲花的地方，挖到了莲藕。回到家，母亲将莲藕洗干净，去了皮，切成片，白白的肉，有汁水，能拉丝，凉拌着吃，微甜，有淡淡的清香，清脆可口，我很喜欢吃。听老人说，藕好吃，还有很多药用价值呢，是个宝。后来，下了几场大雨，河里的水又慢慢涨起来了。再后来，长大了，渐渐地离开了小河。留在心里的更多是对故乡小河的眷恋和对父母的牵挂。

　　如今，再回故乡，村河早已不复存在，取而代之的是更多的新房和一些其他建筑。每次寻觅都有些惆怅，这条村河承载了我多少的乡愁啊。儿时的记忆不可磨灭，故乡的村河一直在我心中流淌，永不干涸。

井的故事

王民宏 魏汉山

　　人类是离不开水的，水是生命的源泉。现在超市、小卖部有各种各样的矿泉水、饮料，而在我的记忆深处，时常想起的还是儿时村头那眼井水的味道，它是那样的挥之不去、记忆犹新。

　　我们村位于滦河故道，是滦河冲积平原。村庄北面有一条开挖的河，还有一条200米长的沙岗，最高处两丈余。沙岗上树木参天，乔木、灌木遮天蔽日，是百鸟栖息之地，祖称卧龙岗。50年前，我们小小的村庄有4个生产队，400多口人。共有四眼井，而村西头的这口老井水最甜，是远近闻名的甜水井。大部分村民宁可多走路，也要到这口井里担水。两个生产队做豆腐都用此井水，因而做出的豆腐特别鲜嫩好吃，特别好卖。用别的井水一斤豆出三斤水豆腐，而用此井水一斤豆出三斤半左右水豆腐。当时每户的家中都有一副长长的扁担，两个白洋瓦铁皮做成的水桶，一个装水的大水缸。每户舀水的工具都是用葫芦做成的水瓢，而葫芦是农户自己家院中生长的，不用花一分钱。

　　据考，村西的这口甜水井，位于村庄的最西头路南。井正南有一个玫瑰花园，里面有几棵柳树，其中北边一棵最大，树围为两人合抱，树龄多少不详，但从树的长势、高度和老人们的传说中知道有井时就有此树。此树树冠硕大，郁郁葱葱，它遮住的阳光有半个篮球场那么大。虽然树心烂了，下雨后人们经常看到小盆大小的蟾蜍在树内活动，但这样也没有影响到大柳树的生长。水井再往西就是通往县城的主要道路，过去俗称官道。从城关标准件厂西侧经城南吊桥，至刘李庄、高庄、罗家营、后坨村，再往南过东魏、西北庄，最后到达团林各村，当年经过的车辆人员，无不在此停留小憩，喝一口井水缓解一身的疲劳。

　　每到夏天，欢快的小鸟翠柳，我们当地人俗称"瞎眯柳"（它身材小，眼睛小），在井边枝繁叶茂的大柳树上上蹿下跳，村中的老人、孩子三五成群围坐在树下享受着夏日的荫凉。勤快的王婶手中不离针线活儿，千层底的布鞋，全村她做得最好。多嘴的魏大妈嗓门儿最高，东家长李家短，直说得嘴冒白沫。一个调皮的小男孩举着弹弓，眯着一只小眼，瞄准着翠柳啪的一声，树叶掉，鸟儿跑，大伙哈哈大笑。小孩不甘心地又追向另一棵大柳树。还有一些勤快的妇女来到井边洗衣服和被褥，这里用水方便，又有大树荫的庇护，这些得天独厚的自然条件增加了她们多少的惬意和欢笑。

每到春夏季节，这里是生产队开会的场所，村民围坐在大柳树下，喝着甜甜的井水，讨论研究决定村里的大事情。

当年我在才庄公社中学上初中一年级，班主任才老师带领我们全班同学到我们村参加义务劳动。中午生产队管饭，我们吃的是油条、豆腐脑，还有豆腐汤，当时我和同学们吃得那个香啊，50多年过去了仍记忆犹新。直到现在，我还经常去吃油条、豆腐脑，可惜永远吃不出儿时的味道。饭后我们村里的魏书记来看望大家，我们师生在大柳树下听魏书记讲井和水的故事：

过去部队野营拉练住在我村，战士们给老乡担水，老乡都告诉战士要到村西这口井担水。战士们饮用此井水后都高兴地说，这井水太甜了。部队食堂生火做饭，也都用此井水。临走时，战士们都用水壶装满了此井的水。另外这口井还是部队军用地图里的一个坐标，部队测量时，测量战士对此井水更是赞不绝口。我家舅舅每到我们家串门，进门第一件事就是要一瓢井水，临走时再喝一瓢水。后来我每次去看望舅舅，喝起茶来他总说你村的那口井水真好喝。后来舅舅老了，走不动了，我就找了一个大的容器打满水，给舅舅送去，舅舅很高兴，好像得到了非常珍贵的东西。舅舅非常长寿，活到了97岁。

眼前这口老井，不深，十米见底。这井最下端用方木做成井圈，共三层，其木质坚硬，选用上好的独梨木，再往上是用石头垒起来的。水井的最上面是用很厚的大长条石垒成的，非常平稳，多年后未见移动过。所以人们担水时不用多加小心，水井的高度高出地面两尺多。在那个年代，由于缺少治水导致经常发大水。北边的池塘经常爆满，周围的树木林地经常被水泡上，然而这水井没上去过水。这眼水井的水为什么这么甜？主要原因是水井的下边和周围是沙地，水质好。水井不远处是个大水塘，也许真正的原因是因为水井的周围有大量的树木，净化了水。还有一个重要的原因是每年淘井两次。据老人们说，从先民建造水井时，就立下了一个不成文的规定：每年春秋两季必须各淘井一次。这一规定也真的被传承下来了。村里挑选几个青壮劳力，先把井周围的垃圾、杂草打扫干净，然后井上井下人员轮换作业。他们需要很快地把井内的水淘干、淘净，这是一个非常费力气的活，动作要快，上下人员要配合好，协调一致，慢了就永远淘不干。当时那个年代是没有机器的，完全靠人工，使用的工具是水桶、扁担、绳子、铁锹等。根据水井深度，分成几个层次，在井下的人们光脚踩在石壁的石头缝上，一层一层地往上运水，每层两三个人。井水淘干后，马上用铁锹把井底的泥沙运往顶上。过去的水井没有井盖，刮风下雨免不了落进不干净的物质，所以淘井的人们就必须把它们清理出来，这些工作都是一鼓作气完成的，容不得一点儿休息的时间。当然，他们的劳动是有一定报酬的，村里主事的人全村挨家挨户地收鸡蛋，每户最少一个，多给者不拒，每个下井作业的要喝白酒，因井下太潮太湿。说起来这淘井也是一个乐事儿，看热闹的人非常多，其中有不少老人和孩子，他们的欢笑声在井边回荡。像这样淘井的活动是年复一年的。

后来成立了人民公社，生产队淘井这项工作同样也是每年进行两次，除各家的鸡蛋外，又多了一项记工分，不论是用工半天还是几个小时，生产队都统统记十分，也就是给一整天的工。淘井是一份崇高的工作，干净了井水，也净化了淘井人的心灵。

1964年，我们村通过开会研究讨论决定，采用人工挖井的方法向地下要水。当时没有电、没有机器，必须用人工。以当时的生产队为单位，每个队挖一口井，一共挖四口井，取名"大口井"。方法是在平整的土地上挖出直径20平方米的露天井，用的工具是铁锹、大筐、扁担，深度是挖到每眼井深度够20人担水，水够用为止。这四眼大口井当时解决了部分土地的插秧抗旱的问题，起到了一定的历史作用。

下面我说说生产二队的"大口井"是怎么挖成的。当时二队的队长叫魏金元，他力气大，嗓门高，几百斤的石盘背着走，站在高处喊一声能传出三里地远。强将手下无弱兵，二队的青壮社员，不论男女，干起活来生龙活虎。女青年魏月芳，抬起大筐和男青年一样，健步如飞，上下奔跑。那个年代，人们的思想是单纯的，给生产队干活比给家里干活儿还有劲。他们青春的汗水飘洒在农业大生产的工作中，让历史铭记他们吧，记住他们曾经为村里作出的巨大贡献。

下面说说我村第一次打"大锅井"的事。因为是第一次用电泵抽水灌溉农田的那口井，这在当时是破天荒的、前所未有的。不论男女老少，大伙天天来观看。那是1969年的冬天，寒冷的北风吹不散村民的热情，80多岁的五保户老人拄着拐杖一看就一天，就连外村人也都好奇地跑来观看。在师傅的带领下，先把机器放在井口，安上转盘，转盘是十字形，一人身高的架子。把男女分成三个组，每组12个人，8小时一换班，12个人站在四个位置，同时用力将转盘推到转动起来。大家向一个方向推，推得越快，进度越快。转盘中间装有转杆、转刀、转筒。当筒内土装满后再向相反的方向转，把桶转到地面，人们将土倒掉。如此反复，当井打深了一点，打井师傅就再接上一节转杆。打井的师傅叫才胜林，是才庄人民公社打井队的队长兼技术员，一切打井事项全听他指挥。这种人力推磨式的打井的方法，说起来容易，做起来可难了。刚开始，人们说说笑笑，无比兴奋，一点不费劲，时间长了，每一步都得用真力气，大伙必须齐心协力。我村女青年魏某某和我村男青年王某某分到了一组，他们全然不觉得累，他们对视的双眼含情脉脉，他们相互鼓励，双手紧紧挨在一起，打井成就了一对美好的姻缘。村干部给大家鼓劲，大声背诵毛主席语录"下定决心，不怕牺牲"。

打完一眼井，往井中下管，是最紧张最关键的时刻。先用树棕把井管缠紧，如果进沙子，井就废了。下井管时，领导将人员分成两组，大伙紧握两边的钢丝绳，技术员才胜林手拿小红旗，口里含着哨子，站在高处指挥。他叮嘱两边的人："我让放多少，大伙儿就放多少，必须一致。大伙听我的口号往下放。""照着二寸一起放""照着五寸一起放"。特别是他那句"照着二寸一起放"重复得最多，后来成了人们说说笑笑的常用语。50年过去了，村里的人们还经常说这句话，就这样奋战了一个冬春，就连春节都没停止。终于打好了四眼水井，村里为庆祝完工，还特意放了鞭炮。

这四眼机井，深30米，使用年限30年，每年可灌溉400亩农田，每亩可增产200斤，为我村的经济发展起到了重要的作用。时至今日，人们还在怀念当年打井的峥嵘岁月。

下午，魏书记和才老师带领我们全班来到村庄的北边，也就是小河边上干活，中间休息的时候，魏书记又给我们讲起这条河的故事：

我村在昌黎县城南，距离城关18里，属于泥井镇管辖，在泥井东八里地。村庄建在昌黎县的四河七沟之一的赵家港沟南岸，村庄依河而建，离河300米，过去人们叫它河沟。到了1969年，举全县之力，修好了这条河，河道宽了，水源充沛了。开始人们用扁担挑水浇地，后来有了机器，用机器抽水浇灌河两岸的农田。1963年的时候，我遇到了一件非常危险的事。当时我15岁，我和同学们到河边给学校割草，那个时候我和同学们经常参加义务劳动，割草这样的事年年干，割的草背到学校，晒干后学校卖钱，钱供学校勤工俭学用。这天我和同学割完草，来到河岸上，看到了一个非常好玩的事，原来河边有一部水车，正用驴子拉磨似的拉着转圈，水车连着一个水管子，同学们高兴地用割草用的镰刀追着毛驴挥舞，口中喊着"驾、驾"，好让驴子走得快些，这样出水就多些。就在这时，有一个同学挥舞着镰刀，镰刀不小心一下子割到了我的腿上，顿时我腿上血流如注。在大家的惊喊下，看水浇菜园子的老爷爷王玉田跑过来，一看我腿伤口太深，流血多，止不住，马上脱下自己的上衣，包住我的伤口，用同学们捆草的绳子捆住，并将伤口的上部也捆上，防止流血过多，随后背起我往村医家跑。结果村医说治不了，要赶快送到县医院。说来也巧，正好有一辆部队上的汽车来到村里，他们听说此事，便叫我上车，把我送到部队诊所，并让军医给我治疗。原来周围几个村庄都来了部队，他们住进各村进行野营拉练。后来我才知道从车上下来并叫车拉我去治病的是解放军的一个团长，给我治疗的是团部卫生队的军医王医生。王医生说我伤了腿部的大动脉，如果治疗不及时，流血过多，人就不行了。就这样，大家帮我治好了伤，我休养了三个多月，腿上留下了一个永久的疤痕。是部队、是人民解放军给了我第二次生命。

我光说腿受伤的事了，耽误了介绍用驴拉水车的事。水车，它的全名叫"五轮水车"，让驴子像拉磨一样拉着它转，把水从水塘里转上来，通过管道送出去。它的制造过程是，第一要选好地址，选择离河最近的河岸；第二河水必须要深，浅了一抽就干了；第三建五轮水车的地势要高，只有这样，抽出的水才能顺着修好的水渠流入各个地块。先挖一条水沟，深度必须在水平以下两到三米，沿河岸向陆地延伸 15 米之多，在沟的底部铺上管子。在地面上挖一个坑，挖到铺水管子的深度，然后人工用砖垒成一个井，井与先前铺的管子相连接，井直径 1.5 米，还要高出地面 2 米左右，而后周围填上土。"五轮水车"是个什么样式的水车呢？它是用生铁浇铸的一个 1 米多高、有 4 条腿相连接的平架子，很重。有 5 个圆形的齿轮，中间是圆形的，有一个大孔洞，正好安装白洋瓦管子，铁架正中上方安一个大齿轮，大齿轮上安上铁链子，铁链子上每隔 1 米安一个压水井上用来压水的托盘，把铁链子放到白洋瓦管子内部，托盘直径与白洋瓦管子内径一致，大齿轮上安装一根横圆木棍子，这根柱子就是用驴子拉转的。人们把驴子套上，用布把它的眼睛蒙上，喊一声"驾、驾"，驴子就围着水车转了起来，水也被提了上来，水顺着水槽流入了修好的水渠里。一台水车一天能浇 20 多亩地呢，像这样的水车，我村建了四台，这在当时是非常先进的。四个生产队的菜园都是用它浇的，各队蔬菜长势非常好，乡里、县里听到了汇报，来村实地考察后也感觉非常好，县委、县政府决定在我村开展现场学习大会，县长江子贺参加了会议，会议的规模是空前的，参加会议的是全县的书记、村长。我村这种水车从1958年春建成，一直使用到1969年。1969年县里组织修河，把我村的河道加宽了，把修建的水车也挖掉了。从此，人们再也见不到这用驴拉的水车了，留给人们的是永远的回忆。为了纪念这种水车，我留下了一节当时用的管子，保存至今。村里这条河和农民的生活息息相关。雨水大的时候，它蓄水，减少了水灾对农田的危害；天旱的时候，人们利用河水浇地，抗灾保丰收。说起抗旱，想起1968年的大旱。那年我县的雨水特别少，尤其夏天，雨水更少。庄稼因此缺水，长势非常不好，有的地块庄稼都旱死了。为了灾年少减产、保丰收，县委、县政府召开了抗旱大会，动员全县的群众、干部全力抗旱，并动员组织各个机关团体全部下乡，帮助各村开展抗旱工作。很快全县掀起了抗旱大会战的高潮，就连在我县的驻军都参加了这场抗旱大决战。但是在那个年代，还没有大量机械可以利用，全村使用的抗旱工具一是马车，每个马车上装一个大水箱，能盛30担水；二是传统的人工，不分男女，只要有劳动能力都必须去挑水。同时利用我村有河水的有利条件，在河的下游挡上大坝，使水位上升，然后人们在河岸边上修水渠，利用"泵斗子"挑水。"泵斗子"是什么样的呢？最早是用柳条编的，相同的形状，两边分别拴上绳，两人配合，就能把低处的水吊到高处，倒在已修好的水渠里流到地里去。这种方法很有效，如果有10个、20个斗子，加在一起，所产生的水流量是特别大的，这在当时起到了非常大的作用。特别值得一提的是县委、县政府对我村的抗旱工作特别重视，当时有县委书记王家树，县委副书记乔世民，副县长裴文清、长刘民，县委办公室主任高玉堂等十多人都到河边去"泵斗子"，这些领导每天都是从早干到晚。当时由于天气特别热，每个人都大汗淋漓，到河水中洗把脸，回身又接着干。县委书记王家树边干边说，大家快点干吧，多泵点水就能多救活几棵庄稼。过一会儿，他还继续风趣地说，大伙快干啊，水下还有鱼呢，水少了我们就捉鱼，回去做鱼吃。说得大家更来劲了。就这样，领导们一干就是半个多月，直到下雨才回县里去。真应了书记来时说的那句话，"抗旱抗到天低头，天不下雨不收兵"。时间过去很多年了，知道此事的人大部分都不在了，然而让村民不能忘怀的是当时的县委、县政府对我村的大力支持和无私帮助，人们怀念的是当时的奋斗精神。

我和同学们一天的劳动结束了，老书记的故事影响了我的一生。我现在干了15年的村书记了，先辈们的苦干精神、奋斗精神是让我永远不能忘怀的。

现在我村有耕地1200亩，人口370多人，机井30多眼，而且全部实现了电力化自动化水浇地。粮食产量逐年提高，由 1980 年的每亩 400 斤提高到了 1300 多斤，花生亩产量由过去的 200 斤提高到了 900 多斤。我村现有果树 300 多亩，人均年收入 2 万多元，特别是我村的特色产品"沙荒蜜"晚黄桃采取线上销售，享誉全国，远销京、广、哈等各大城市，大大提高了果农的收入。如今人们摆脱了出门一脚泥的土路，走上了宽敞的柏油路，搬出了土坯房，住进了新盖的北京平。人们的精神面貌焕然一新，有 40 多名有志青年考上了大学，在全国各地走上了工作岗位。特别是魏兴战，30 多岁就成了博士生导师，成了中科院的研究员。如今，我们后坨村在乡村振兴的道路上越走越宽广，人们生活在树木葱葱、鸟语花香的环境中，人们的生活更加幸福、祥和。

老井旧事

郭洪印

　　我家祖宅门前有一眼老井，听祖父说它开凿于明代永乐年间。那时候朝廷移民，本村先人由山西洪洞县大柳树庄搬迁到此，见这儿地势平坦水草丰茂，适于耕种居住，于是他们便决定落脚在这块土地上。开荒种地，结草为庐，掘土成井，这儿就成了他们为之付出和热爱的家。为纪念其原籍大柳树庄，特意在井台边栽柳树一棵。几百年后我们这代人见到那树时，它已长成根深叶茂的参天大树。树荫遮住了很大一片，包括全部井台，像忠诚的使者守护着老井，相依相伴几百个春秋，历尽严寒酷暑不离不弃。

　　井台是老井的重要组成部分，台面由青石板铺成两丈见方，井口有一个碾盘，中间掏一个圆洞正好压住井壁，碾盘外圆与井台长方板石接合部用三角青石块巧妙地拼接成工整简约的几何图案，使井台形成一个完美的整体。井台四壁也由长方形青石板砌成，高出地面约二尺，这样可有效地防止雨水倒灌和减少泥沙杂物随风入井。从高处俯视，整个井台为内圆外方，暗合天圆地方之意。为便于人们挑水行走，井台北面还用青石板修了三层石阶，宽约六尺，既美观又实用。井口本来应为光滑的圆形，北侧却被扁担磨成椭圆，像个半开的口，无声地诉说着世事沧桑、人生百态。井内四壁是由黑色花岗岩板石垒砌，深约三丈有余，直径六尺左右，井的最底支承点是木坬（井底的木制托盘），它放置在出水沙层的下面、坚实的硬土层上面，在它上面开始砌石板即为井壁。我想在当时挖三丈深的井得挖多大的一个坑？挖到最深时，流沙和坍塌怎么控制呢？在没有任何测量仪器的前提下，这甜水井位是怎样找到的呢？取土和回填是多么辛苦啊！因此不得不由衷地赞叹先人的勤劳和智慧！

　　老井一直用到 20 世纪 60 年代末。常言道：饮水思源。作为后辈的我们应该感激先人的恩泽和付出，在几百年后我辈仍享用他们留下的这一汪清泉，它为生活提供了诸多便利。当年全村共有四口井，东、西、南、北各有一口，老井位于本村西北，位置并不居中，但全村大多数人家泡茶做饭都离不了老井的水，究其原因就是它的水清澈微甜，宜烧饭、做菜及泡茶，为此人们宁可多走路多费气力也愿意来老井挑水。说到挑水，在 20 世纪 70 年代以前，每天人们总是利用早上、中午和傍晚的空闲来挑水，前来挑水的人有男有女有老有少，有时你会看到挑着空桶的年轻人，扁担故意在肩上左右移动，水桶就晃来晃去发出嘎吱嘎吱的声响，显示着年轻人的朝气。取满水的人弯腰挑起水桶慢慢地走下井台，健步前行时，步子的节奏使柔软的桑木扁担颤乎着一弯一直地上下起伏，好像海鸥展翅，肩上的担子似乎也轻了不少。人们你来他去，铁桶木筲与井台的磕碰声叮叮咣咣不绝于耳，如同周而复始的生活变奏曲，既熟悉又动听，这就是老井独有的音符。

常年在家的人吃饭喝茶都是用这井水，总也感觉不出什么，但当你离乡背井到了外地，吃饭喝茶时就会觉得似乎缺点什么，哦是了，老井之水的清洌甘醇。家乡的味、老井的味让你萦怀难忘。因此时常勾起你对故乡的思念、对亲友的想念。

上了点年岁的农村人都知道，过去吃水需要到井里去挑，甚至不少人都挑过水。挑水的重要一环叫摆水，在老井里摆水还真得有点小窍门。因为老井水位低，取水时光水筲或铁桶加上扁担的长度是够不到水的，上面的扁担钩上还需接一段粗麻绳（叫找绳）才能够到水。如果取水时直接把桶放到水面，它会一直飘在那儿，只有通过手抖动让扁担摇摆水桶侧翻才能舀满水，所以叫摆水。摆水时稍有不慎水桶和扁担钩分离，水桶就掉到井里（叫落筲）了，这就需用绳子拴上三个爪的铁锚打捞（叫捞筲），捞筲要等大伙下地后才可以进行，免得影响别人挑水。有人说捞筲要看运气，碰巧时可手到擒来，弄不好要用好长的时间。为避免此类麻烦我还花了点心思，把本来 U 形的扁担钩改为回字形，有效地杜绝了掉桶。这得到不少人的称赞，让我也高兴了一阵儿。

老井是无私的，它夜以继日地奉献着甘泉，但它也需要人的呵护。每到春夏之交受天气干旱影响，井水就会减少，加之庄稼院的小菜园里栽种的各种蔬菜也需浇灌，人畜用水就有些紧张。这时候我叔他们就张罗着淘井。还有一种情况也需要淘井，那就是洪水漫井后。前者是为清理泥沙增加出水量，后者是清理污秽保持饮食用水洁净。通常淘井要五六个人才行，有一个人要下到井底挖泥沙，这活儿没人爱干，不仅需要体力，还需要点胆量和细心，毕竟是到幽深昏暗狭窄的井底，据说在井里会听到嗡嗡的响声。村里有个叫二猛的年轻人，他个子不算高大但很结实，浑身腱子肉，有使不完的劲，为人仗义爱喝点酒，所以淘井时多半是二猛下到井底。井口上有四个人往上吊泥沙，一个人倒泥沙。下井前首先要架好辘轳，用柳条斗把水舀干。二猛穿好蓑衣，戴上草帽，再喝上几口白酒御寒壮气。人们用粗绳拴住他的腋下，井上几个人拉住绳子慢慢把他放到井底，这时二猛就一锹锹把泥沙装进筐里，等装满后，井上的人用辘轳把泥沙吊到地面。其间上面常有人提醒：别挖了木坬！伤着木坬容易出现井壁坍塌等不测，所以井下的二猛也就格外小心。看到井下东南、西北两个泉眼有汩汩的泉水注入井中时，就不再掘进了。他自己把绳子拴好说："好咧！"又被慢慢拉出井外重见天日。当井里又出水有两三担后，再用柳条斗把井水舀干，撒上些漂白粉，淘井算正式结束。此时淘井的几个人分头到各户起鸡蛋和各种蔬菜、面粉、食用油，还有少量的钱。走一二十户，食材、钱够用为止。那时各家日子过得都很紧绷，但为淘井付出点，人们还是乐意的。食材备齐后他们会到叔叔家去做饭菜，由叔和婶子主厨炒菜，其他人帮着打下手。主食烙几张饼或做馒头，我去玩儿时赶上了，还吃过烙饼呢。酒也就喝点本县出的珠泉酒或昌黎大曲，有时不够喝干脆就喝散酒。几道菜上齐后，他们就脱鞋上坑，围着饭桌推杯换盏地小酌起来。一般出于礼貌他们会劝酒，力求让大家喝好，有时还划拳行令，不停地喊着：五魁首哇，六六六哇，八匹马呀等。老远就听到二猛的吆喝声和大家的欢笑声，气氛热烈，真是喝得尽兴、吃得香甜。

淘井的人撤场后，半大孩子们放学了就争先恐后地把沙堆围拢，一把一把地抠泥沙，期望有所斩获。其实在玩耍的时候还真有点收获，如在一年里挑水人掉的钢笔（那时人们常把钢笔挂在上衣口袋上）、烟袋嘴、眼镜、铁皮空罐头盒做的小洋桶等。这些遗落物有失主的物归原主，小物件就谁捡到归谁，忙碌一番小伙伴们各有所得，心满意足。随后泥沙会被人拉走，井台周边被清理得干干净净，避免被风重新扬到井里。

俗话说：冷在三九，热在三伏。每当盛夏数伏天，骄阳似火酷暑难耐的日子，大柳树的浓荫下就成了人们纳凉小憩的不二选择。这儿树上蝉鸣鸟语，树荫下凉风习习，好个清凉世界。到此犹如到了方外之地，让人心旷神怡。午饭后人们陆续到此，下棋、聊天、用小石子顶牛，一边忙手头的游戏一边享受难得的舒爽。还有小朋友拿来罐头盒改的小洋桶，用线绳拴着从井里提出一桶又一桶的冰凉井水，送给大伙喝。有时过路的人也要喝上一两小桶，这清澈甘甜的水喝完后，每个人都会长出一口气，用手抹一下嘴边的水珠儿称赞道：好！真好喝，真解渴，痛快！我还特意找赶大马车常去县城的大爷，从大车店捡了个空铁皮罐头盒做了个小洋桶。

夕阳落山，忙完一天庄稼活儿的人们又先后聚到井边，他们有的坐在井台上，有的自备小凳子，有的干脆在井台边的空地上席地而坐，人多时我家门前青石台阶上也坐满了人。三三两两一边唠嗑一边听故事，手里还忘不了摇着扇子赶蚊子。要说听故事最入迷的要数像我一般大、十几岁的孩子。我家邻居是个四十多岁的中年人，排行老二，我们称他二爷，他爱看书，能讲好几部书。如：《岳飞传》《杨家将》《西游记》《三国演义》等。每天晚饭后二爷准时到场，他坐定后喝几口水润喉，就一字一板地开讲。他口齿清楚，讲武打小说还打着手势，像凤凰单展翅、双风贯耳、黑虎掏心、枯树盘根等一招一式比画得有模有样，讲得活灵活现。小朋友们都瞪着眼睛盯着二爷，如醉如痴地听着。听完小说，有空我们还学着他的样子比画呢。有人看见就开玩笑说："哎呀，你们这不但听故事，还学了武艺，真是一举两得呀！"其实当时我真的不懂什么是武艺，只不过学着人家的样子乱比画，就认为是武术，想来也怪可笑的。有时二爷迟到了，我们还到他家连拉带拽地把二爷请出来，现在想来有些过分。但那时没有广播、电视，更不要说手机啦，能听二爷讲故事那就是莫大的趣事！听完小说回家，奶奶常问我："今天讲的哪一段？"当我告诉她后，奶奶说："你看人家多好哇，真了不起呀！要向那些好样的学。"潜移默化中，故事让我懂得了许多做人的道理，获益匪浅。感谢讲故事的二爷，感恩大柳树下的井台这块风水宝地！

常言道：万物皆有灵。的确如此，老井不仅为大家提供了水源，还是预知天气变化的重要观测对象，当时本村有位王大伯就能预知天气变化。有一年入春后，大约有两三个月没下透雨，大田地庄稼叶子到中午都打蔫儿，甚至打了卷儿。上了年岁的人说是有旱魃作怪，大伙又有什么办法呢！盼星星盼月亮地盼到了阴历五月十八，人们说今天是雨节，是关老爷磨刀的日子，磨刀要用水，一定会下雨的。结果还是空欢喜一场，滴水未落。正当人们焦急的时候，王大伯挑水时看到老井水浑浊，问大伙："今天有没有人在井里捞筲（如果有人捞东西，井水搅动变浑就不能参考）？"人们说没看见。王大伯说："这几天可能要下雨啦。"结果第二天真下了一场大雨，下得沟满壕平，解除了旱情。这事传开后，乡亲们都说王大伯能掐会算。有一天我就问他："大伯你真能掐会算吗？"他说："我哪里能掐会算，是老井告诉我天要下雨的。"我很奇怪，他看到我不解其意，接着告诉我，是他看到井水浑浊、长虫过道才作出了可能有雨的判断。在和王大伯的交谈中，我由衷钦佩他做人的坦诚、细心和谦虚。老井真是神奇呀！更增加了我对老井的敬畏。

　　水为生命之源，过去人们吃水用水都离不开水井。老人们说井是青龙，每逢阴历二月初二，那是龙抬头的日子，几乎每户都到井台上撒点杂粮，以乞求龙王爷保佑一年风调雨顺、五谷丰登、人畜兴旺。甚至有些老太太还端着半碗米，插上三根香点着，跪在井台边虔诚地祷告。只见青烟袅袅，老人闭眼合掌嘴唇微动，可能是乞求龙王保佑阖家幸福安康之类的话吧。庄稼院就连生小孩儿也忘不了来井边倒上点小米粥，这也是表示对青龙的恭敬，乞求井龙王保佑母子平安、奶水丰盈。其实还有更深一层的意思，就是含蓄地告诉左邻右舍，自家增人添口和大家分享喜悦，并告诫人们别弄出太大的响动，以免惊了产妇和婴儿。这样既省了话也办了事，此法可谓巧妙。

　　斗转星移，随着时间的推移，村里的人口不断增加，到了 20 世纪 70 年代初，老井再也不堪重负。于是，生产队就组织人力在老井的正南约六丈远的地方用大锅锥又打了一眼井，水也不错，但没法和老井的水相提并论。后来又安装了手摇水车，省了从井里提水的麻烦。老井终于完成了它的历史使命光荣地退休了。大柳树也在 1976 年的地震中轰然倒下，它们先后消失在岁月的长河中。由于当时大家都缺乏文物保护意识，老井和大柳树成了人们抹不去的记忆和遗憾。

老 娘

张志荣

一

老娘是我的一轮太阳，一直照亮我前行的路！她把最好的春光给了冰洁的女儿，她在北方故乡的那边，我在华北关内小城的这边！

老娘如今已是黄昏独自愁，步履蹒跚，门牙像玉米粒一样个个脱落的古稀老人！夏季，我放下所有的忙碌，我要回家了……老娘电话里的激动与哽咽，让我千里之行日赴一日地奔赴，火车长出了翅膀一样，穿越黑夜、城市、旷野……母亲早已按捺不住，每天踮足张望我归来的方向。我诗歌一样厚重而深情的老娘，你月牙一样的微笑已把老屋涂亮，也把我北方乡愁的风景装饰得荡气回肠……我踩着风儿趁老娘午睡潜入家门，让乡音在熟悉的院落回响……老娘笑了，我也笑了，相聚擦亮了眼里的晶莹泪光……

二

我手托着腮，静坐沙发，欣赏着老娘数钱，又开工资了。

老娘手指颤巍巍地把一张又一张，大的、小的、红的、绿的分类，这花瓣一样鲜艳的票子，让娘眼里泛着喜悦，数过来数过去，仿佛数着前世和今朝，一辈子的含辛茹苦、忍辱负重此时都泛着娘的刚强高洁！娘数钱的动作缓慢而认真，清晰记得数字！我可爱的母亲，我赶紧用我的文笔勾勒出她数钱时的笑靥，从她红晕的脸颊、染雪的双鬓，到风湿增大的手关节，我要画出母亲的慈祥！我大树一样的母亲，儿孙满堂，枝繁叶茂，让我们张氏大家族兴旺！母亲应该是骄傲的，她收获了今生的一片幸福，一片健康，一片祥和，一片温暖的阳光……

三

东北黏豆包、玉米大楂子粥、杀猪菜是北方最有特色的饭！每每回味起来，岁月如初，那些时光如故。老娘用这些平凡的粗粮细粮喂养了我们兄妹八人！我们这群雨点一样落地而来的孩子，像庄稼苗一样茁壮成长在爹娘的田野里……有欢乐，有苦难，有幸福，也有酸涩。老娘是我们对家的依赖与渴望，娘在，家就在，无论我们走多远，无论我们身在何方，家里的那盏亮如白昼的灯，总能温暖我们作为儿女的心……

四

稻田里的稻子熟了，黄澄澄，金灿灿，穗子饱满，弯下腰与土地默默对视！娘就特别喜欢稻穗，娘喜欢抱着这些沉甸甸的孩子们！这些厚重的粮食，是娘最喜欢的风景，这风景是收获的幸福！娘年轻时从关东来到北大荒，为了不挨饿，为了这口粮食，背井离乡离开亲人，有着怎样的艰辛与割舍，有着怎样的忍辱与付出？母亲的伟大与坚忍已在皱纹深处刻下了痕迹……我拾掇一大把稻穗捧给老娘，老娘居然笑弯了天上的月亮……我太爱了，于是我握着她的手，缓缓牵引她散步，陪伴她说话，简单而平静的日子里，愿这份美好落地生根，媚眼、花枝……无愁，无怨……

老宅窗前的大丽花（外二篇）

林 闻

爷爷七十八岁那年，在空荡荡的院子里栽上了紫红色的大丽花，来为他和奶奶打发年老的寂寞。

他和奶奶都老了，儿孙远在千里之外。

院子里养的牲口，种地的牛、拉车的马、推磨的驴早就卖了，爷爷已经不能照看它们了；院子里乱跑的鸡、护家的狗、圈里的猪也不见了，奶奶已经不能喂养它们了。

那些曾经种黄瓜、西红柿、倭瓜、瓠子、豆角、辣椒、茄子、白菜的地方，如今都空下来了。院角野生的一片鬼子花还在繁殖，开着黄花。

当后院的老桑树挂满紫黑的桑葚时，没有晚辈人上树来摘，那随风飘落的一层果粒就够爷爷奶奶尝鲜了。树顶上的桃如果熟透了，尽管砸在地上；树上的火柿子红顶了，尽管坠在枝头，留着看样儿。

苦恼的是花椒树上的花椒串儿，皮儿红了还没人采，黑又亮的花椒子眼看就要爆一地。晚辈人各有各的忙，爷爷奶奶不怪。

锥子尖一样的花椒刺儿扎肿了本没有多少肉的老手，血迹粘在干涩的皮肤上，淹在皱纹里。再后来，爷爷奶奶眼花了、耳背了，花椒也不摘了，两位老人静止在老宅门前的大丽花下，老宅的一切也就格外宁静了。

那年秋季大丽花开得最旺的时候，我回到了老家。那片茂盛的大丽花已经两米多高，叶子墨绿，十分葱郁。数不清的花苞从花秧里探出头来，盛开的花盘有几十个之多，大得赛过一张张娃娃脸，紫得透亮。

爷爷挂着拐杖，捻着胡子，一边端详着朵朵艳丽的花盘，一边对奶奶说："这花开得真热闹，就像孙女们在家一样。"

大丽花陪伴爷爷度过了将近二十个春秋，那年春天，大丽花刚要打骨朵的时候，爷爷在他的睡梦中安然过世了。我记着爷爷在那年秋天跟我说过的一句话："人死如灯灭。"

"人死如灯灭。"爷爷抽旱烟时眼光明亮地重复着这句话。他跟我说，哪一天他不在了，我一定不要难过。可是当我得知爷爷去世的消息，我简直悲痛到极点，放声大哭。那一串接一串从心窝里滚出来的泪，是我对爷爷未尽的爱！

爸爸妈妈和姐妹们千里迢迢去给爷爷奔丧，我却因为腿骨折不能前往。爷爷入葬那天，是个晴天，我茫然地坐在床上，阳光照耀下，我看见一团白雾飘进了我的房间，在我房间的屋顶上空来回飘荡……我听见雾气里有人跟我说话，一听，是爷爷的声音，爷爷喊着："二孙女、二孙女……"

惊异之余，我为雾气里的爷爷找不到孙女而着急，一声声向空中大喊："爷爷！爷爷！"泪如泉涌。

哭声惊动了隔壁的张大娘，她推门进来问我："怎么了？"

我说："我爷爷来了，我爷爷来了！""你爷爷？他在哪儿？"大娘问。

我抹去泪眼，再看那团白雾，它已经消失，房间上空什么也没有……

爷爷瞬间从有变成无，我只有泪……泪眼中，我真的看见了爷爷，看见了爷爷隐藏在白雾里面，那迷茫慈祥的最后一面。

我知道，那是爷爷千里迢迢来看我最后一眼！就像我再也看不见爷爷了一样，爷爷也将看不见我了！他的灵魂在进入纯粹的死亡之前，还在惦记着受伤的我，他那将要散去的人间生气也要穿越时空飘来看看我，我的爷爷！

爷爷当真就像破旧的老宅里那盏孤独寂寞的灯一样，灭了。老房子似乎跟熄灭的火苗一样不复闪亮了，我曾经多么害怕这一天的到来……

我只有以泪洗面，回味爷爷的往事片段——

抗日战争期间，鬼子的一颗子弹从爷爷的大腿内侧穿入，直至弹片在他的臀部长死。后来爷爷被抓，受到日本兵的种种酷刑。爷爷被营救出来，长时间跪砖的膝盖已失去活动能力，前胸后背血痕累累。最令奶奶痛心的是，爷爷从此成了哑巴！

就是这个哑巴，曾经秘密给困境中的八路军送过十二马车粮食！那时的八路军首长曾交给他一封信，上面有首长签名，叫他无论如何保存好，等到革命胜利了去找他。信中还强调说，如果他在战争中牺牲了，找其他首长亦可。

战争结束后，爷爷翻盖新房，他郑重地把首长的信砌在了老房子的房基下，从来没跟人提起过。

又几十年过后，爷爷跟我说，正是因为老房子地基下有了"首长名字"这个镇宅之宝，我们家的风水才特别好，他的儿子才能到人民大会堂参加全国科学大会，受到党和国家领导的亲切接见，他的四个孙女才能如愿成为大学生。这在农村不多见。

哑巴爷爷那时是一名车把式。他赶车技术相当好，不会说话的马和他是最好的朋友。听爷爷说，在承德走夜路那会儿，他曾赤手空拳打死过一匹狼，因为他不会喊。这年，爷爷赢得车把式之尊。

爷爷重新会说话是生产队集体漏粉那年。在当时的乡村大炕上，火热火热的炕头没人肯睡，人们就让给哑巴爷爷睡。也许是爷爷的善良打动苍天，第二天一早，他猛然喷出大口鲜血，就会说话了。一夜高温解救了他。

1949 年开国大典，爷爷的马车正从首都经过，他挤了半天也未能上前看一眼心中的毛主席，人山人海啊！爷爷在天津卫工作那会儿，因文化水平低，谢绝一位挚友让他出任一所知名学府副校长的美意，从此还乡种地。爷爷热爱文化，多年后他常提起这个，尽管除了他之外再没人记得这事。

"文化大革命"中，爷爷唯一的儿子被审查。他在一个雨天翻山越岭去给儿子送饭，途中摔断小腿。党的十一届三中全会后，父亲到北京接受表彰，爷爷异常兴奋，常常夜里不睡觉，一个人悄悄察看贴了一屋子的劳模奖状。那是父亲捎给他的。

父亲在事业上取得了辉煌成绩，却没时间回家，爷爷一寂寞就是四十余年。

他想儿子，想那个扎根在太行山深处的儿子。他天天到村头上去等，去盼，后来改为每天步行到镇上的长途汽车站去等去盼，结果走累了双腿，盼瞎了双眼。他岁数大了，眼神腿脚都不好使，但他的听力却非常好。只要我们一跨进栅栏门，他就知道是谁回来了。

四个孙女中，我是唯一在爷爷身边长大的，他爱我之深无法言说。我多想再和爷爷朝夕生活在一起，听他讲那永远也讲不完的故事……

爷爷，咱家院子里的大丽花没有了您的顾盼，它还是年年疯长，花似当年。可是您再也不能在院子里来回走动，那花盘、绿叶——您叫它秧棵，再也得不到您的抚摸。

爷爷去世后，八十多岁的奶奶坚持在老宅守候爷爷一年，直至大丽花开。

一年后，我们把奶奶接走。爷爷不在了，奶奶越发单薄老迈。那天，奶奶拄着根棍儿，颤颤巍巍地告别老房子的时候，她久久地、久久地凝望着窗前那一片大丽花……

我们和奶奶一样，宁静的心中只有一个念头，想爷爷，爷爷，爷爷……

老宅门前，三代人，满眼泪花。

黑桑和白桑

我在六月的清晨散步，看着周围的果木和开花的野菊。每每穿梭于郊外坡地的桑林间，数着一棵棵黑桑和白桑，恍然就会产生浓烈的归乡感觉。

不知故里的黑桑是否满挂？

不知故里的白桑是否满挂？

黑桑和白桑！不知年迈的祖父祖母，乡里乡亲，熟悉的山童歌谣，一切的一切是否别来无恙？

我的桑梓！不仅在这样的清晨，在清晨后面的每个淡淡黄昏，我都深深怀想你。

身居闹市，我已经渐渐长高成人。远离故乡，我明白了什么是魂牵梦萦。请不要敏感于我情感的细腻，在我的生命里，童年是不可割舍的爱，是永不失却的柔情。它让我对故乡一草一木的回忆变得清晰和神圣。或许，正是由于幼年的真纯播种，才让我今天的思念和爱日趋迫切和凝重。然而，故乡给予我们的一切是我们远远不能回报的。

避开城市喧嚣，没有哪一刻心里不惦念故乡，惦念村外的小学校，惦念祖父祖母、弟弟妹妹，惦念故乡傍晚的缕缕炊烟。每天按照城市节奏不停忙碌，清静时分，最让我留恋和得以回味尽兴的，便是幼年时光。而年幼时最盼望的事情就是桑树开花，长出黑桑和白桑。

五月青青的黑桑开始泛紫的时候，我等待的快乐也就随之而来。招呼七八个伙伴，牵着祖母的衣襟，祖父手持长竿，来到黑桑下。次次都是吃了个够哦！装满篮子和瓷碗。我们把桑果分给左邻右舍。伙伴们互相嬉戏，跟随空中的鸟，嘴里喊着："布谷，布谷，吃桑葚儿，黑屁股！"正是因为有了儿时村童这种至深至纯的友谊，我的童年才没有孤单过。

跨入六月里，白桑与黑桑株株鼎熟。和黑桑的味厚、富贵相比，白桑更蕴清香、内秀。黑桑解人馋瘾，白桑让人回味无穷。多少年来，在缤纷的城市中，黑桑让我生活纯朴，白桑让我人格高洁。我才得以活得无忌无累，之前之后拥有永恒不变的人生快乐。

夜晚星星河，还是一样的星星河。教我成人的祖父祖母已由黑发变白发。点缀山乡的黑桑和白桑是否还记得童年的我？这十几年来，我怎么写得尽这份相思哟！始终水乳交融围绕我的思念和热爱，是什么也不能替代和驱散的情感。每次怀想，我就像踏在自己的伤口上，想得心疼爱得心痛。

是这片我深深眷恋的土地，从蒙昧中解我混沌的心灵，让我告别无知，摆脱大山阴影的束缚，让我像今天这样拥有生活的美好、心灵的富有。

我的桑梓！老人憔悴的身影，儿时老师的面孔以及未来的梦想，永远在我的心灵中不失敬仰和高贵。无论我走到哪里，抛却了多少向往与荣誉，我都不忘牢牢铭记——我是您的闺女。黑桑和白桑，村边的河水和它带走的香甜的记忆，永远系着我的心。

黑桑白桑哟，忘不了你身边我最初的读书声。如今陪伴你的是宽敞明亮的教室，是又一代小孩的成长。我相信沉默的大山会是葱葱郁郁一片繁茂，会让我的怀想来自明媚的阳光、来自累累的黑桑和白桑。

大山，我对你充满信心。

我们是山野里的黑褐色种子，知识带来阳光雨露，我们本应敬重文明和文化。没有了沉重的吱呀声，故乡的音乐不更明朗和欢快吗？我激动于故乡建起的新居、铁矿，恬静的幻想无限的喜悦。认识大山，走出大山，建设和展望大山，是故乡的希冀，是黑桑和白桑最甜美的愿望。

在我工作的闹区，常有农村老妇提篮挂秤穿梭人群，或者排列于干净的街区城角，兜售桑葚儿。那一声声熟悉又陌生的热情叫卖，唤起我心中复杂的情绪。不知她们的桑果与故乡的桑果，哪个更具味道？回首起来，这才感到一个人寂寞的孤单、时光的无情；才料想到，黑桑和白桑，那种质朴、纯洁的幸福哪里去找？

黑桑和白桑，让我说出我的感激和思念。

黑桑和白桑，请接纳我的虔诚和祝福！

时光虽然掠走了我的童年，但怎样的时间长河都不能改变我的童年，不能改变久远真挚的我。

桑梓桑梓，我想得太多，还嫌自己想得不够多；我做得太少，恨自己能做得又太少。黑桑白桑，老人的黑发和白发，我的桑梓。我在写作的清晨把你遥遥冥想，摆弄着脚下无名的花草。我让这些清香远去，呼唤你的爱前来。

哦，桑梓，桑梓！

大米菜和小米菜

在小草刚刚拱出地面的早春，温暖的湿地上长出一蒲一蒲的黄瓜香，散发着浓浓的黄瓜味。这种野菜长着圆圆的叶子和细细的茎，粉中有绿，似绿又粉，看起来很柔和，有一种新鲜生命到来时给人的亲切和欣慰。它的香气最先穿透了微寒的田野，浸润了春天的气息。当这种香味从人的鼻腔滤过，就好似你刚刚咀嚼过香脆的秋黄瓜，余味久久萦绕。这之后的人们，开始在香香的回味中，刨坑打垄，种下早黄瓜籽。

春天走得非常之快，转眼就到了初夏，我和我的小伙伴们，在采够了黄瓜香和苦菜的时候，又可以提上荆条编的篮子，到处采着大米菜和小米菜。在我们不注意的时候，大米菜和小米菜早已钻出了地面。待到我们发现时，它们已经在和煦的春风中扬起淡紫色的小花。朝小花走过去，你就会发现大片大片的小米菜和大米菜，装满你的篮子不算什么。

苦菜大多开的是白色小花，叶子是长条状，大米菜和小米菜的叶子形状像羽毛球拍。小米菜不同于大米菜的地方，是它落花后结的籽，跟小米粒长得一模一样，也是黄色的，只是体型比小米粒要小。而大米菜的籽，长得像大米粒一样，是白色的，要是体形再大上那么几圈，就跟真正的大米粒分辨不出来了。它的籽在花籽苞内紧密地排列着，整个花籽苞也不过一个饭米粒那样大。

然而它们是"粮食"呢！

童年的我们，就用这种"大米饭"和"小米饭"过家家，招待自己的好朋友。当然，我们谁也没有因为常"吃"这两种"米"而长胖，倒是肥了院墙里的几只猪仔。

采大米菜和小米菜的时光该有多好啊！那时的田野和山坡任我们奔跑攀爬，到处是生长的喜悦、泥土的芬芳，到处是各种植物扬起的袭人的气息。记得有一次，一条小蛇从后面缠绕着爬上了我的小腿，我竟然一点也没发觉，目光一直在搜寻着远处的野菜。伙伴们发现了，边喊叫，边告诉我："蛇！"

我猛然吓了一跳，看见了那条绿色的小蛇，连忙往下甩，它才极不情愿地掉在地上，奔回石缝里。我已是一身冷汗。

采大米菜和小米菜的时光该有多好啊！那时的我们每天都在野外撒欢，没什么顾忌，采野菜是为了高兴，一口气奔到山顶也是为了高兴。那时，为了采到一枝白色花，要它的花枝做笛儿，我一失足从山腰滚到了山涧，直到黄昏才醒来回家。然而到了第二天，还是非要采到那枝花，硬要用那花枝的皮，做成笛儿，吹出曲。最后，还要分给小伙伴一个好笛儿。

一起吹笛的乡村里的小伙伴，等我大学毕业时，他们大都已经婚嫁，成了自由自在的农妇农夫。每当见到我时，他们就送上风干的枣、栗子、山楂和酸梨儿。他们的小儿小女都争着上前叫"阿姨"。这些小孩，他们也该到了采大米菜和小米菜的年龄吧！不知他们的妈妈有没有告诉他们，哪一种野菜是黄瓜香，哪一种野菜是苦菜，哪一种野菜又是苋菜和车前草？

他们的妈妈也一定会告诉他们，哪一种真情是童年的朋友。

别了，大米菜和小米菜！

别了，采大米菜和小米菜的时光！

在我的家乡，年年都会有一茬一茬的小孩，喜欢上大米菜和小米菜，会在黄瓜香开花的时节，挎上荆条编的篮子，去采大米菜和小米菜。采回满满的春天，采回满满的童年，采回满满的长大后温馨的回忆。

邻居（外一篇）

王晓芝

俗话说"亲戚远来香，邻居高打墙"，我家和领导邱家之间偏偏特意开了一个便门。

那是我在黑龙江生活的时代，我家和邱家早年就是邻居，两家共有五个男孩，这五个孩子十分活泼可爱，个个像小老虎似的。他们整天在一起玩耍打闹，不论是我家还是他家，只要一喊"吃饭啦！"这几个小老虎便一拥而上，经常是风卷残云，一扫而光。记得有一次我包了白菜馅蒸饺，喊他们来吃饭，没等我上桌就让这几个小老虎抢个精光，弄得我哭笑不得。

两家大人单身时就是好朋友，所以分公房的时候特意要求住邻居，这样也便于两家互相照顾。那时没有自来水，家家户户都是把压水井打在室内。我家住房比较窄小，人口又多，我们双方共同商量，将压水井打在了邱家。人都说多一事不如少一事，可他夫妇二人从不嫌麻烦，每次我家人去压水，他们都放下手中的活来帮忙。老邱夫妇是热心肠，看到我家修房子、盖下房都过来帮忙。这是一对非常勤劳能干的夫妻，为了养猪，经常起早去挖野菜，往往是他俩用自行车驮回一麻袋野菜，我们这边才刚起床。

"天有不测风云，人有旦夕祸福。"她家孩子正在童年，母亲就患上了重病，虽四处求医，也未能留住年轻的生命。望着三个年幼的孩子，我心如刀绞，老邱一人怎能担得起这么繁重的负担？我和家人商量，准备替他抚养一个孩子。可老邱谢绝了我们的请求，他坚强地挺起腰杆，要靠自己的力量把三个孩子抚养成人。

没妈的孩子较早地懂事了，有一天我去送包子，看到老三正在洗衣，大盆里地板上溢满了泡沫，孩子满头大汗，我不由一阵心酸，这哪是十多岁男孩子干的活呀！我把孩子拉起来，倔强的孩子坚持要自己干。我便进厨房做饭，可厨房里还有刚蒸熟的馒头。老邱出差了没在家，这是谁做的？老三告诉我他大哥已经学会了做饭，今天吃蒸馒头、白菜炖豆腐。三个孩子生活得有条不紊，我悬着的心才放了下来。艰苦的环境锻炼了孩子们，三个小老虎在逆境中成长了！

记得是那年的夏天，邱家老三跟我说学校要开运动会，要求参赛选手穿白背心、蓝短裤，他们哥仨没有服装，准备放弃这次比赛。我说："大娘给你们解决服装。"我去商店买了三个白背心儿，又回家用缝纫机给他们做了三条短裤。孩子们接过了服装，乐得合不拢嘴。

转眼到了深秋，该给孩子们做棉衣了。我把这几个孩子的旧衣服拆洗缝补剪接，分别做了五套棉衣，邱家三个小老虎和我的两个小老虎每人一套。他们穿戴整齐站在我面前，我欣赏着这五个小男子汉，多好的孩子们！这就是我们两家的希望！

几年后，有人劝老邱再婚，他把女方领到我家里征求我们两口的意见后才结婚。女方人很好，心地善良，老实厚道，对这三个孩子视如己出。她起早贪黑地拆洗被褥、缝补衣裳，把家里收拾得井井有条，生活增加了许多温馨。头些年商业改制后，他们夫妇双双下岗。后来加入创业的人群中，曾尝试了几种生意，增加了收入，改善了家庭生活，三个孩子在他们的精心抚育下渐渐长大。

转眼到了 20 世纪 80 年代末，因为工作的变动，我们两家分别搬离了原来的住处，两家相距较远，心却贴得更近。每逢周末，三个孩子便背上书包来到我家，一是共同学习，二是帮我劈柴做零活。每次见到他们几个搂住抱着嬉笑打闹，那个亲热劲儿都让我感到由衷的欣慰！看到孩子们来，我经常给他们包白菜馅儿蒸饺，因为咱们昌黎人的白菜馅蒸饺，与东北人做的手法略有不同，咱们昌黎人包饺子是将白菜切碎，不挤压，保持青菜水分，吃起来鲜嫩多汁。

光阴似箭，日月如梭，转眼到了 90 年代。孩子们分别参军、上学、经商。邱家老三为了学手艺方便，便住在了我家。每天回来很晚，但无论多晚回家，他都会老远就喊："老娘，你家三儿回来了！"我答道："锅里给你留着饺子呢，吃完早点休息。"因为我的两个儿子都比他大，所以理所当然的，他就是我家老三。老三也确实把我当成了他的亲娘，每次见我都有说不完的知心话。一次因为别人打架误伤了他，我闻讯赶到医院，看到浑身是血的老三，禁不住泪流满面。老三拉着我的手说："老娘不要着急，我伤得并不重。"可我说："三儿啊！伤在你身痛在娘心啊！"我和儿子守在他的床边精心照顾，直到他伤好出院。

孩子们有了自己的事业，也都到了成家的年龄，邱家三个孩子和我家的两个孩子分别娶妻生子，各奔东西。我们两家大人也都相继退休，为了落叶归根，我决定回老家养老，只能含泪告别老同志、老邻居，两家人依依不舍，互相拉着对方的手不肯离去。

从此，我们相距四千里，电话两头牵着两家人的情丝。每逢年节，孩子们纷纷从外地打来电话，嘘寒问暖。在北京的老大和老三，几次开车专程来昌黎看望我们一家，就像儿女看望他的亲生父母一样。每次见到我都深情地说："老娘，还想吃一顿你做的白菜馅儿蒸饺！"我每次都会欣然满足他们的要求，让他们回味无穷。近年来，老邱卧病在床，言语表达不清，每当我们互通电话时，他都激动地流下眼泪"哦哦哦"地答应着，嘴角哆嗦却已表达不清自己的心情。长途电话将两家人的情谊紧紧相连。

俗话说远亲不如近邻，我们两家邻居互相帮助、互相牵挂、心心相印，我们永远是兄弟、永远是亲人！

几年后我回东北办事，列车由华北平原经松嫩平原急速行驶着，我却无心顾及沿途的风光，心绪早已飞到了我的第二故乡加格达奇。下车后我还如同以往一样住在了邱家。女主人秀杰热情地拥抱着我，端来了热茶热饭，又递上拖鞋。我却顾不上这些，径直奔里屋去看病中的老邱。老邱已卧病在床三年多，虽经老伴细心照顾，人还是骨瘦如柴。我紧紧拉着他的双手，呼唤着他，他已不会说话，但一只手却紧紧地攥着我的手，久久不放，双眼紧紧盯着我这个老嫂子。我的眼圈一红，热泪夺眶而出！

在他家居住的几天里，秀杰每天都是四五点钟起床，洗漱后到厨房里准备好早餐，然后用淡盐水为老邱刷牙，我也过来帮忙，但我总是力不从心，无从下手。只见秀杰左手拿着盐水杯右手拿着镊子，从左到右为老邱认真清理着口腔。接着，她又拿来酒精棉球，为老邱清理下身，然后用热毛巾给老邱擦脸擦手，再为他换上一套干净的衣服。

秀杰做完这一切才坐下来和我一块吃饭。只见她一边喝粥一边择鱼，她一边把鱼刺放在嘴里一边把鱼肉放到另一个碗里。我就纳闷了，问她为什么不吃鱼肉。她笑了笑说："鱼肉留给老邱。"一会儿她拿过来一个量杯，将鱼肉、青菜、海参和营养液一并搅碎拿过来说："看这就是老邱的早餐。"秀杰坐在床边，用勺子一口接一口地给老邱喂饭。因为病情的原因老邱吃上一两口饭就会咳痰不止，秀杰就会把他的头抱到床边，一边给他抚摸后背一边用针管为他清理口腔。好不容易喂完早饭，已是八点。看到满屋的阳光，又要帮助病人晒太阳。她用力一把抱起老邱放在了轮椅上，身上盖好被子脚下垫上热水袋，然后将病人的被子晒向阳台……

晚上我外出办事回来，看到秀杰正在给老邱喂药喂水，还安慰老邱说："你吃过药了，躺下休息一会儿就会退烧了，你先躺下，我在这儿陪着你，等你睡着了我再去干活。"她静静地坐在病床旁，一会儿摸摸头，一会儿摸摸手，待病人退烧后，她才肯离开床边。这一夜，秀杰起床五六次，唯恐老邱有个闪失。

秀杰是个非常爱干净的人，她为了解除孩子们的后顾之忧，自己承担了护理老邱的工作，并安慰孩子们安心在外不要惦记家里。都说有卧床的病人，屋内会有一股怪味，可是一进他家，既清爽又干净。她为病人接屎接尿从不嫌弃，她所做的一切我看在眼里感动在心里。这对半路夫妻风风雨雨的二十年值得我们由衷地赞誉！

这就是我的邻居，也是我一生的挚友，愿你们长长久久、幸福一生！

雅侃斋与小红丽

雅侃斋是昌黎二街一个民间文化小院，40多位退休老人经常聚在一起读书读报，练习书法绘画，有时也走出去捐资助学、扶贫济困，发挥自己的余热。在一次偶然的机会中遇到了小红丽，从此我们这些平均年龄75岁的老人便与这个9岁的小女孩儿结下了不解之缘。

走进昌黎五街小红丽的家，破旧阴暗的小屋中充满了烟熏潮湿的扑鼻气味。炕上地下杂乱地堆放着一些旧衣服，数九寒冬里，室内温度跟外边没啥两样，抬头望去，墙上贴满了红丽的绘画和奖状，桌上整齐地摆放着书本文具。小红丽起身站起，诧异地迎接我们这些不速之客。我们说明来意，孩子拉着我们的手坐在床边，善于攀谈的她与我们拉起了家常。这是一个单亲家庭，母亲早已过世，父亲是一个脑积水患者，已做过多次手术，靠救济勉强维持生活。孩子就读于昌黎二街小学，活泼开朗，品学兼优，多才多艺，胖嘟嘟的小脸上看不到她背后的艰辛，脸上总是挂着微笑。她说爸爸经常去医院做护工，有时几天不着家，自己学会了焖米饭、做疙瘩汤，然后自己骑车去上学。唉！可真是穷人的孩子早当家呀！

我们回来以后，将这些情况向大家作了汇报，大家异口同声地说，孩子是祖国的未来，是共产主义事业的接班人，关心教育下一代是我们的责任和义务，苦了大人，可不能苦了孩子啊！我们要用自己的绵薄之力帮助她家，温暖这个幼小的心灵。当即，退休教师老郝就掏出300元钱，老秦也掏出身上仅带的200元，丽英离得较远没在现场，马上以微信的方式转来了 200 元，大家把压箱底的棉衣、棉裤、羽绒服找了出来，小琴还专门为孩子买来了新书包。

当我们再一次来到小红丽家，把带来的 50 多件衣服和 1000 元现金交到小红丽手中时，孩子深情地鞠上一躬说："谢谢爷爷奶奶对我家的无私帮助，我要好好学习，做个对社会有用的人，长大后我也要用爱心去帮助别人。"孩子边说边拿出事先准备好的一张油笔画作为礼物，郑重地送到我们面前，上面写着"祝爷爷奶奶身体健康，我一定不辜负大人们的殷切希望，将来和爸爸过上好日子"。我双手接过这张油笔画，虽然仅仅是一张 16 开的纸画的画，但我拿在手里感觉沉甸甸的，我念着小红丽的祝福词，眼泪不禁夺眶而出，在场的人无不为之落泪。

打这以后，我们的脑海里经常闪现着孩子那灿烂的笑容，耳畔经常回荡着孩子纯真的话语，回想着贴在墙上的奖状以及绘画作品，这个缺失母爱的孩子这么聪明可爱，在逆境中过早地懂事了。命运，让她生活在这样一个环境中，怎能不叫人心生怜悯？

因为牵挂着这个 9 岁的孩子，丽华和玉华老姐俩利用晚上休息时间又去看望了她，嘱咐她们爷俩有困难及时联系，并互相留下了联系电话。苏玉华看到床上有两床棉被急需拆洗翻新，便抱回自己家拆做。那两天为了赶活计，她牺牲了与大家共同旅游的机会，精心缝补拆洗，并拿出了自己的一床新被面添上，她说："我可以耽误旅游，但不可以耽误小红丽盖上新棉被呀！"那一针针一线线倾注了多少母爱，那一团团一簇簇的棉絮絮进去多少亲情！同时，也把雅侃斋助人为乐的精神，连同党的温暖絮了进去，让阳光和温暖伴随小红丽长大！

几天后，我们一同去送棉被，丽华又专程给小红丽买了一双新棉鞋，孩子穿在脚上，抬头望着我们说："真合适！真暖和！谢谢奶奶们！"脸上露出了满足的笑容。苏玉华多次去小红丽家，把自己孙女的羽绒服，还有绘画用品及书本送给小红丽，又把红丽冬天穿着不合适的衣服拿回家进行改制。小红丽从内心里认准这个苏奶奶就是她的亲人，她们建立了微信联系，孩子把自己的每一点成绩都报告给苏奶奶，把在学校演出获奖的视频也发给苏奶奶。看到小红丽的每一次进步，我们这些老人都由衷地欣慰！

2019 年冬天，小红丽发给苏奶奶一条微信，说是国家配发了 500 斤燃煤，她们父女俩没有能力拉回。雅侃斋的领导李润芝夫妇便主动承担了这个运煤任务。他们顶风冒雪，开着三轮车将这 500 斤煤拉回送到红丽家，码放整齐已是气喘吁吁了，毕竟是 76 岁的老人了！

为了解决她家的燃眉之急，雅侃斋的几位老人自带工具到小红丽家帮助劈木柴。她家有五条旧檩木很难劈开，老冷就用油锯截成每段60厘米长的小段，老闫再用大铁斧从中间劈开。这可是个力气活儿，老闫双手挥动大铁斧一口气干了三个多小时。那汗珠从头流到背，又从后背滴到木头上，浑身呼呼地冒着热气，可想而知，他付出了多少心血和耐力！我看在眼里，疼在心里，真想替他，但我又无能为力，毕竟我们都已是七八十岁的老人了！要知道，当天的气温是0摄氏度左右呢！

通过我们将近四个钟头的艰苦劳动，终于为她家劈好了大约3立方米的木柴，解决了小红丽家的引火柴问题。估计这些引火柴两三年内是用不完的。周边群众纷纷围观，个个竖起大拇指称赞，也有人问起我们的年龄，我们打趣说我们还小呢，我们这几人平均才77岁呀，惹得大家哈哈大笑！其实别看我们人老了，但是我们心存一颗善良的心，人老心不老，以自己的微薄之力帮小红丽解决了生活中的大难题。用自己的力量帮助他人，我们也从内心得到了满足。真可以说是送人玫瑰，手留余香啊！

天有不测风云，人有旦夕祸福。

噩耗突然传来，小红丽的父亲在一场大雨后落水，失去了生命，年仅47岁。可怜的孩子，失去了她唯一的亲人，我们每个人都在为孩子担忧，谁来做小红丽的监护人？谁能陪伴她成长？我们当中也有几个人跃跃欲试，可是年纪都太大了，都不符合收养孩子的条件。我们跑到她家，不见小红丽，历经打听，才知道孩子暂时寄养在一个远房亲戚的家里。我们急忙找到孩子，红丽见到我们扑到苏奶奶的怀里，哭泣不停，在场的每一个人都在为这个可怜的孤儿伤心落泪。

雅侃斋几次研究讨论，设想几种办法帮助孩子解除困境，都没如愿。我们找到她的远房亲属，探讨孩子的归属问题，最后终于达成一致，同意将孩子由她的一个远房亲戚收养。辗转多次，我们终于见到了要收养她的王老师夫妇。王老师得知几年来小红丽已经和雅侃斋这些老人建立了深厚的友谊，便领着孩子来到雅侃斋，他们夫妇细心聆听着我们与孩子之间的这些经历，几次伤感落泪，感恩小红丽有一群这么热心公益事业的老人给予她照顾和关爱，不是亲人胜似亲人。小红丽拉着养母的手，一一地向她介绍，这是李爷爷，这是苏奶奶，这是赵奶奶……

红丽把我们当成她最亲的人，她约我们到她家帮助收拾行李准备远行。她把书包文具整理好，然后从墙上慢慢地揭下几张奖状，作为留念，小心翼翼地夹在本子里，又挑了几样玩具留给邻居和同学。我看到墙角里有一辆八成新的小自行车，便问她："这个自行车是爸爸买给你的吧？是不是可以带走？"孩子果断地答道："还是留给我的朋友们吧，因为我的新爸爸已经在那边给我准备好了一切生活用品。"她打开柜子收拾了几件衣服，然后搬个凳子抱出两床棉被，孩子指着这两床被对我们说："这是我苏奶奶给我做的被子，我一定要把它带走，我要永远记住雅侃斋的爷爷奶奶们给我带来的温暖，我要把爷爷奶奶们的恩情永远记在心里！"

小红丽真的要远行了，收养她的王老师夫妇，家住保定地区。他们专程开车来接小红丽。小红丽和她的养父母又一次来到雅侃斋与这些老人辞行。王老师向我们介绍说，他们已经办理好了收养手续，还在自己家为红丽准备好了新床新被褥新课桌，粉刷了她的小房间，并办理好了入学手续。一切准备就绪，就待他们的新成员回家。看他们夫妇四十几岁了，婚后膝下无子，多么渴望有一个孩子能给他们带来欢乐与温馨！小红丽这时一会儿拉着妈妈的双手，一会儿靠着妈妈的肩膀，一会儿又依偎在妈妈的怀里。我们也希望孩子能有爸爸妈妈的陪伴，她找到了自己的完美归宿再也不会孤单！

从红丽的脸上看到了灿烂的笑容，她憧憬着以后的幸福生活，可我们这些老人却五味杂陈，我们舍不得离开孩子，就像我们的子孙即将远行！为表达我们的心愿，我们拿出大家凑的 1000 元，塞到红丽的手中并嘱咐她："这里永远是你的家，希望你常回家看看！爷爷奶奶们都想念你！"

汽车渐渐远行，我们站在路口挥手致意，眼泪模糊了视线，久久不忍离去！

汇文，令我思绪飞扬（外二篇）

国　伟

在昌黎汇文中学读书的岁月是我一生难以忘怀的时光。这所学校历史悠久、闻名遐迩，学风天道酬勤、厚德载物，荡漾着一股上善若水的学习氛围。那令学子流连忘返的优美环境，那师生亲密无间的相处之道，那学友充满浓浓亲情的友好相处……至今回味起来，仍让人觉得有亲切感。

这所学校是 1910 年美国人投资开办的，开始几任校长都是由美国人担任，后经留美博士徐威廉先生接手后大力经营，网罗人才，严谨治学，才形成了重教、重学的浓厚氛围。百十年来，这所学校涌现出了许多名人学士。

学校环境优雅，飘逸神驰。走进花岗岩砌成的校门，右面就是一池荡漾清波的三角湖。湖旁岸柳环抱，粗大的树干上倒垂着细长的柳丝，在柔风的吹拂下与湖水不时地轻吻。湖畔四周有石凳石桌，像玲珑剔透的白色玉石散落湖旁。清晨晚霞时，有许多学子在湖边或站立或倚靠在石桌旁，大声朗读外语或默诵着课文里的章节。晨曦微晓，点缀着学子们的求知欲望，晚霞红辉，洒满他们的青春脸颊。有的时节，能看到绰约的人影在湖水中泛舟戏水，歌声笑语在湖水中飘荡，青春在湖水上空飞扬。

走过令人神驰的湖畔，沿着东侧往北向前，一片茂盛的钻天杨树林赫然呈现在眼前。高大挺拔的杨树，树围足有三尺有余，密密匝匝，挺直高昂，几乎要戳破苍穹了。盛夏时节，徜徉在树林中，听巴掌大的杨树叶在风的鼓动下哗哗作响，凉风习习，真觉得清凉如水、神清气爽了。

杨树林北面是操场，还记得课余闲暇时节，我们在这里奔跑、跳跃、游戏……也许这熟悉的场地还珍藏着我们活泼的身影吧！

学校最有特色的景观就是环卫操场的那些红瓦青砖、欧式风格的小洋楼了。

有的如矜持的少女，隐映在婆娑树影旁；有的似炫耀个性的男孩，突兀散落在茵茵绿草中；有的羞涩地躲藏在其他建筑物的后面，偶尔微露红色的屋顶。

小洋楼历经百年风雨，还是那样玲珑秀美。像校园雨后地上冒出来的，参差不齐、鲜艳美妙的红菇，又似寓言故事里神功天巧、神奇梦幻的红顶小木屋。真的让人恍如隔世，叹为观止，啧啧称奇，如梦如幻。

走进小楼里，装修是那样古朴典雅，内墙都是木板贴壁，脚下都是木板铺地，楼梯也都是木板镶嵌。

我们的教室就在这小洋楼里，在这里上课学习，在这里畅游知识的海洋，在这里探索人生的真谛。小洋楼伴随我快乐地成长，也留下了岁月不悔的记忆珍藏。

在汇文中学，我最敬仰的老师是我的班主任周宏涛。他有魁梧高大的身躯，健康帅气的体魄，聪明睿智的才学。他高中毕业留校当了俄语老师。他的俄语发音标准流畅，语法准确细腻。他在课堂上神采奕奕，讲解通俗易懂，辅导循循善诱，让学生佩服得五体投地，学生视其为榜样。他教授的俄语，我至今记忆犹新，还能说许多俄语日常口语。周宏涛老师不仅教授俄语还教授体育，也是汇文中学体育队的重要成员。

我扎实的语文基础知识得益于语文老师邓启光先生。至今提起他的名字，脑海里就浮现他儒雅温文的形象。他的气宇轩昂，他的潇洒倜傥，他的风度翩翩，他的待人和蔼，他的才华横溢，我留下了难以忘怀的印象。

邓启光老师讲课总是那样文质彬彬，幽默风趣。他讲解中国过去的苦难史时会痛苦哽咽。他讲到精彩文章时会眉飞色舞。他朗诵文学大家的优美诗篇时会用抑扬顿挫的语调使你身临其境地感受作品的魅力。邓老师不仅在教学中堪称楷模，对学生也总是那样耐心细致地辅导，而且他的文章也是笔下生花、精彩绝伦。我读过他的许多文章，真的是拍案叫绝了。

岁月荏苒如流水不再，但在昌黎汇文学校的难忘岁月仍然历历在目，老师们教书育人的风采在我血液里流淌。不忘初心，不负韶华，把学过的知识用拳拳之心报效社会才是怀念学校、牢记老师们辛勤教诲的最好方式。

裴中教学的日子

初秋已凉爽了许多，尤其是夜晚，温度适宜，神清气爽，让人心情愉悦。躺在床上，舒适得梦都是甜蜜的。可是我却辗转难眠，浮想联翩。斑驳的月光下，看着老妻正安然酣睡，不忍打扰。我悄悄翻身下地，轻轻地移步来到阳台上。

抬头仰望窗外的夜空，弯弯的月牙正从树梢上升起。它在暗蓝色的夜空中缓缓移动着，又冉冉升到了中天，闪烁的繁星在静静地陪伴着。冰洁细碎的清辉淡淡地洒在院落中的草地上，洒在千家万户已熄灭灯火的窗棂上，是如此柔和、空幻。此时此景我的脑海里浮现出许多往事。拉开窗扇，夜空中弥漫着泥土与花草的气味，更增添了我往事悠悠的遐想。尤其是20世纪70年代初在裴家堡教师培训班学习的情景更加清晰地浮现在脑海里。

那年我在走投无路的情况下投亲靠友来到汀泗涧村姥姥家下乡劳动，在生产队劳动不到两个月就被大队派到村小学担任民办教师。记得学校给我安排的办公桌在李闻华老师（梁慎思老伴）的对面。只见她稍大的脑瓜，一头黑黑的齐耳短发，白皙丰腴的脸上一双明亮的大眼睛。她爱笑，总是望着我"嗤嗤"的笑意盈盈，令我不知所措。学校里还有韩小英老师，是一位风风火火、粗门大嗓的人。还有一位叫彭雅琴的老师，说话字正腔圆，会熟练地弹脚踏风琴，还有王绍先、王友、张宗理等老师。我在学校干了不多日子又被派到裴家堡参加全县教师培训班。

记得培训班是在一所中学里，大致是三个学习阶段。第一阶段是聘请有资望的老师讲解授课的经验和技巧；第二阶段是学员互相观摩公开教学，取长补短；第三阶段是分组讨论在学习班的收获和查找存在的问题。

记得轮到我公开讲学时，我讲的课程是语文课《一块带缺口的银元》。我望着坐在讲台下面的教师，黑压压的一片，真有些惶恐不安，还没上台讲课已是大汗淋漓、喉咙发干，生平第一次有这么多教师观摩我讲课。我暗暗叮嘱自己别慌，千万沉住气。我自信地走向讲台，深深给台下的教师们鞠躬致谢，开始了我的讲课。

这篇课文叙述的是解放军战士于小龙在忆苦思甜中以一块银元为主线，控诉新中国成立前地主老财压迫、残害三条人命的悲惨故事。

授课开始时我打破了先朗读课文的先例，而是用几句激情昂扬的深情表白来烘托渲染课堂的气氛。我说："同学们！我们生活在毛泽东时代是多么幸福，我们坐在窗几明亮的教室里读书是多么快乐，我们家庭团聚、衣食无忧是多么幸福。可你们知道新中国成立前劳动人民过着怎样悲惨苦难的生活吗？你们想知道地主老财是如何剥削残害贫下中农吗？今天我们这堂课就揭示他们的丑恶嘴脸。请同学们打开课本《一块带缺口的银元》。"

我别出心裁地叫了三位教师分别饰演课文中小龙的父亲、姐姐、母亲的角色，用情景剧的形式绘声绘色地讲述他们被地主残害致死的片段。当一位教师悲愤欲绝地用哭泣的声调朗读到姐姐被地主恶霸李三刀用水银毒死，制作成童男童女时，在场的教师都被深深打动了，有的教师竟泣不成声。在大家还沉浸在悲愤中时，我抓住时机趁热打铁，讲述了这篇文章的主题思想，分析段落，解释生僻字的读法，用规范的板书在黑板上写出了重点语句，留下了作业（学习这篇文章最大的收获是什么）……这堂课算是声情并茂，一气呵成。下课铃响，我的课也恰好讲完了，教师们起立报以热烈的掌声。

在培训班学习时正赶上我国第一颗人造卫星升空。听到深远的苍穹传来（东方红）悦耳动听的音乐，我激动万分，当夜激情澎湃，挥笔写下了一首抒情长诗，颂扬祖国科技的强大，被刊登在培训班的简报上，引来许多教师争抢阅读，夸奖我思潮敏捷、与时俱进，这也是我印象较深的。

还有一件趣事难忘。在培训班时总有一位女教师晚上约我外出，请教学习心得，还送我一个精致的笔记本。当时我傻乎乎地不知啥意思，真愚笨到极点了，后来才想起来可能是人家姑娘对我有好感，我当时真是不解风情。

培训班结束后，上边又叫我参加全县学习毛主席著作积极分子经验交流大会。会场是设在当时的4672部队大礼堂。在大会进行当中突然通知我准备发言，这可把我难住了，一是没有思想准备，二是不知说啥，三是通知太晚了，太仓促。为了完成任务也顾不了许多了，我只好坐在下面边听别人发言边在纸上急速写发言稿。真没想到我的大会发言一炮而红，一片叫好。紧接着鬼使神差地又被推荐为唐山地区经验交流会代表。上面说快回家准备发言稿，县里政审合格后就出发。然而，此时县里政审时查出我父亲当时是走资派，是叛徒、特务，正被关押在县委党校牛棚里。我不仅被取消了代表资格，民办教师的资格也被取消，说"黑五类"子弟不能做教育工作。我灰溜溜地又扛起锄头回生产队劳动了。我真的很后悔懊丧，如果我不那么锋芒毕露，不那么显山露水，而是脚踏实地、老老实实、默默无闻地工作，也许县里就不会把我与父亲的政治关系扯上了……

这就是我的一段永远难忘的经历，但教书育人的职业永远是我心中的希冀。

我的教育情怀

我的同学大多数是教育界的，他们都有较高的职称、较丰厚的退休金，滋润悠哉地享受老年生活，令人羡慕不已。

回忆我年轻时，我也有三段教书育人的经历，但因主观客观的原因都没坚持下来，放弃了，最后混迹于机关而不能自拔。说实话我很热爱教育工作，能够把知识传授给下一代，看到孩子们在我的辛勤工作下获得知识、健康成长，成为对国家有用之才，是一件很快乐的事。

第一次当老师。

那是在我1968年老三届高中毕业的时候，我没等学校告知出路，就自己寻下乡的地点，一个人千里迢迢去了陕西韩城县——我父亲的原籍，一个贫穷、落后、闭塞的山区里。当时我的爷爷还健在，老家还有一个过继的叔叔和婶婶。生活的贫穷艰难，思想的愚昧落后，交通的闭塞阻隔，真的让人不寒而栗。那里是深山区，住的几乎都是窑洞，出门，除了山就是山，没有巴掌大的耕地，也就是山间的梯田，围山转的果树勉强养活着这里朴实厚道的农民。

当时我也是当地最高的学历了。我劳动了几个月被推荐去了大队的小学教书。所谓的学校就是两个教室，一个是五六年级的复式班，一个是一至四年级的复式班。我教一至四年级的全部课程。一节课下来真是手忙脚乱，口干舌燥。还不错，我的工作被大队认可，还被选为后备力量去公社参加学习。可是当时"文化大革命"还是波及了山区，我爷爷被划为漏网富农，而我又回到昌黎。

第二次当老师。

回到昌黎又托亲靠友到乡下混生活，又被推荐到当地的小学当了一名民办教师，教授四年级的全部课程，也被认可，还被选为骨干参加了县里的青年教师培训班。在培训班中，我的教学经验被当作典型公开观摩，许多教师坐在教室后面听我讲课，一致好评。后来又被推荐出席县经验交流大会并发言，发言后又被选为出席唐山地区经验交流大会的代表。可是在审查代表资格时，县里审查出我父亲是被打倒的走资派，有严重的历史问题。上面说，走资派的子女不仅不能当代表，连当教师的资格也被取消了。就这样，我与教师又失之交臂了。这件事对我打击很大，几乎让我丧失了前进的动力，走了一段人生的弯路。

第三次当老师。

我父亲重新"站起来"后，我又被选为工农兵学员到昌黎农校农学系读书，毕业后留校当了老师。我曾带领学员下乡参加实践活动，在图书馆当资料员，干得如鱼得水。那时学院的广播站几乎天天广播我的学术研讨稿件。在那里，我静下心来读了不少书，开阔了眼界，储备了许多知识，为以后的工作、写作打下了基础。可是干了几年，因家庭困难，总感觉当教师待遇低，与外界联系少，前途无望，没有坚持住，又托人靠脸调到县里工作了，最终与教师行业完全脱节了。

回忆这段经历真的让我不齿于外说，还是遗憾终生了。如果我坚持下来，如果我不那么意气用事，如果我目光再长远一些，凭我的能力我会在教育领域干出成绩来的。怪就怪自己好高骛远，年轻气盛，心浮气躁了。

这段不堪回首的经历让我铭记在心，也许只能来世再圆梦当老师了。我喜欢教师这个职业，我崇尚教师的情操，我尊敬教师的奉献。教师就是安于奉献的崇高职业，正如那首脍炙人口的诗句所说："春蚕到死丝方尽，蜡炬成灰泪始干。"

麦　香

王双忠

　　几天来，日头把它的热情表现得淋漓尽致，一起一落，天天如此。从地平线上升起的一刹那，就展示了他的毒辣与焦灼。大地上唯有的那一点清爽，顿时被驱散得无影无踪。土地是不敢和太阳较劲的。万物生长靠太阳，一成不变的真理。远处的一片麦田，早已没过了大腿，和风吹过，一浪一浪地闪动着青翠的光辉。细眼望去，高出麦穗一两米的位置上游着一层薄雾，极其淡，近乎透明，伴着麦尖的浮动缕缕飘摇。这相互陪伴着的舞蹈，一举手一投足，似乎在完成彼此之间的挑逗，没有音乐的衬托，也能眉目传情、含羞妩媚。他们和谐着，曼妙着，似少女，待嫁。

一

　　用不了几日，麦子就会熟了。六一儿童节刚过，淘气的孩子便去麦田地里撷取束束的青青麦穗，跑到墙脚或者土沟旁，把干草点着，然后把青的麦穗放到燃烧着的干草上，把麦粒烧熟。麦芒是容易烧得着的，但是青青的穗身并不容易烧着。火量是需要控制的，大了会把整个麦穗烧煳，麦粒也会烧没。如果火太小，麦粒烧不熟，刚刚灌满浆的麦粒也不会熟透，嚼在嘴里没有熟麦的硬朗，自然体会不到麦香。香香的麦穗，其实应该是青中泛黄才刚刚好，既不太老，又不太嫩，烧熟了的麦粒，既要有嫩的滑润，又要有老的弥香。

　　那个时节，孩子是注满淘气色彩的，几个人凑在一起，烧麦穗时，撅屁股猫腰，点起干草，火不旺了，还嘟起小嘴，吸足了气，或快或慢，用小木棍挑动干草，朝火星吹风，不一会火苗就会起来。那时虽然整天污头垢面，却野也融融，乐也融融。回去上课，老师一下子就能看出谁去偷着烧麦穗去了，头发上的草灰、身上的烟气、麦穗的焦香，都是最好的证据。最突出的就是嘴唇的灰黑，只洗一两次，是洗不干净的。老师的批评也多是停留在"淘气包""贪吃鬼"的程度上，埋怨不好好学习。脑瓜活的孩子会把烧好的麦穗带给老师，算不上送礼，但明显老师批评的语气不那么生硬。淘气的孩子对老师的批评并不是很买账，但敢公开和老师叫板的不多，顶多是老师转身的时候，做个鬼脸、吐个舌头之类，以示不屑。好好的麦粒嚼在嘴里，待淀粉去除，嘴里就会剩下面筋了，黏黏的，有的孩子从嘴里吐出来，粘在自己的脑门上，有的也粘在自己的手臂上，宣示着孩童的顽皮和可爱。

二

麦熟时节，盼晴天。麦熟一晌，容不得喘息工夫，麦子就从泛黄到干黄，收获只是那么匆匆的两三天时间。在老家，家家户户的人均麦田并不多，大户人家也就是两三亩，地块零散，是不用收割机的，况且麦秸还要留下来，做农家引火之用。

为图地干净，好种下茬，家家户户也不用镰刀，用最原始的方法，手工拔。麦子熟了的时候，天正热。为躲开烈日暴晒，庄户人家不是起早就是贪黑，披星戴月干活。孩子小的，还要带上小孩一起下地，为解渴，带上一大瓶饮料，其实里面多数不是饮料，而是用饮料瓶装的凉水。地头上是玩耍的孩子，他们有着无限的乐趣，对于父母那弯下腰去又直起身子的一次次重复动作，并不知道里面的劳苦。

这样的农活，是必须用力气做支撑的，少用一点力都不行，麦子都不会从土里出来。力气大些的，一次能拔出小半平方米地块的麦子，而力气小的，只能少拔，用频率去追求速度。拔麦的容易程度与土质有关系，土壤松软、麦秸实诚的，要好拔一些。如果是比较硬板的土质，麦秆是容易拔折的，用力不均匀，还会把手勒得火辣辣疼。越是天热，越要穿上长袖上衣，干燥的麦芒不但会刺痛胳膊，还会在胳膊上划出细小的口子，在汗水的濡灼下，一个个小口子隐隐作痛。

正午时拔麦，往往因麦秆干燥容易断裂，而增加拔麦的难度。在农活里，这是一个最脏的活，因为只是拔出来还不行，还要在拔下来的时候，用脚磕去上面的土，然后放齐。这土如果磕不好，就会弄得从头到脚全是泥土。放齐的麦子还要捆绑起来，有的人捆绑的麦子很精致，也很讲究，特别是捆麦子的麦绳，也是用麦秆拧在一起的。捆好的麦子，往那一戳，像一个个执勤的哨兵，坚挺地站在地里。好的庄稼人，能够从拔麦子的过程中得到印证。不仅是他们拔麦子的速度超快，而且麦子拔过后的地还特别干净利落，没有任何的遗留。麦子的捆绑也较为匀称，大小一致，松紧适度。而有些庄户人，捆绑较松，稍一弄就散架子。这给以后的运输、铡麦、脱粒造成很大的不便。

对于小孩子来说，最喜欢的不是贪黑起早，他们的想法与父母的想法截然不同，他们还不懂艰辛的滋味，也不对明天的辉煌寄予向往。他们喜欢烈日下远处飘过来的"冰棍"的叫卖声，那醉人的吆喝哟，不知唤醒了多少幼时的记忆。那时的冰棍是较为便宜的，一两毛钱的就已经不错了。白色的箱子里内衬棉絮，那里面藏着一颗颗透心凉的诱惑，这诱惑让孩子们的眼睛四处搜索着，虽然没有蝙蝠的雷达系统，但却能对那声音进行准确定位。那是一种爽歪歪的感觉，远比今天在肯德基吃上一枚冰激凌要惬意得多。这是每个小孩心里最美丽的奢望，简单而朴素，但是在那个经济相对困顿的时节，即使这样的小小要求，也并不是每个小孩都能得到满足的。怀念那份场景，弥足清晰而温润。雪糕，是一个多么美丽的名字啊！

三

邻县的二姑家，虽说是邻县，其实离我们并不远，隔一山而已。她家三口人，和我们家八口人的土地相仿。二姑年龄大了，真正的劳动力只有大表兄，大表兄是二姑抱养的，从小娇生惯养的，也没干过真正的体力活。我们弟兄多，到了麦收时节，大表兄必定托人捎来话，二姑家要拔麦子了，即使家里的活再多，我们也要无条件地放下，在母亲的一声号令之下把二姑家麦收事宜放到主位。大爹家堂兄们也不少，自然也在大表兄的"邀请"之列，对于赴二姑家拔麦子，是我们记忆里雷打不动的必修课。二姑父是那个时期远近出了名的厨师，没啥大花销，所以经济条件自然比我们要好得多。去二姑家麦收，二姑会好酒好菜备上，一天拔不完，可以拔两天。二姑不怕我们拔得慢，住上几天，她才高兴呢。在她眼里，她的这些侄子全部是城北徐公，一个比一个帅，一个比一个酷。她完全不在乎别人的看法，二姑父对二姑从没有大言语，于是觉得那时二姑的说了算的程度，比武则天还武则天。仅仅一个拔麦子的活，二姑是绝对会杀一头猪的，以犒劳给她拔麦子的这些青春美少年。对于二姑的如此款待，青春美少年们也在拔麦时绝对卖力，各占一畦，比速度，比质量，否则怎对得起二姑的磨刀霍霍向猪羊？

那时的大表兄是相当的牛气，我们一到，他那蔫巴巴的愁绪顿时烟消云散，而是站在地头上，双手叉腰，指挥所有"徐公"们大战麦场，趾高气扬之势一点也不逊张飞当阳桥喝退曹兵之洋蹦。特别是有走过地头的同村的爷们，对他能有这么多的帮手大有羡慕之语时，他的小腿还会不时地颤动，嘴角扬起，那才叫一个不可一世！对于拔麦子落后的"徐公"，他毫不吝啬阴阳怪气，自己虽然不干，话里却透着种种挑剔之意，恨不得把人贬到地里面去。然而青春美少年是绝对不介意大表兄的挑三拣四的，本来拔麦子不是冲他，是冲二姑的盛情款待，怎么会因他的不尊言语而乱了方寸？

大表兄极具个性，光棍也。"徐公"们正值方年，亦光棍也。只不过大表兄的年龄确实偏大，为真光棍，而"徐公"们毕竟还年轻，没有真正步入光棍之列，充其量是准光棍。二姑请侄子们来的意思，是想证实她的这些青春美少年的生龙活虎，证明娘家人的人力资源的丰厚，同时也有意无意地让村里的姑娘们见识见识，如有中意的，可以牵线搭桥，以成侄子们婚姻大事。二姑的心思，在以后的过程中不断地得到印证。二姑相继为侄子们牵了不少线，虽然二姑付出了很多心血，但不是"徐公"们不愿意，就是女方不如心，无一收获。对于侄子们不愿意的，二姑自是刻意指责不知道天高地厚，对于女方不如心的，二姑也是当仁不让，情绪上恼个大疙瘩。对于二姑的指责，没人敢顶撞，二姑在娘家也说一不二，她的言论，至高无上。只不过在婚姻大事上，她拗不过缘分，也感觉到了力不从心。

一年年地，日子就这样过去了，二姑也早已经离开了我们，即使是大表兄，也在前些年走了，只是那一幕幕的麦收情节，总是浮现在眼前。那不只是一段刻骨的经历，更是简单岁月里如约的沉淀，时时敲击着心里最柔软的部分，向往纯朴，向往恬静。

四

麦子在运到家以后，就得抓紧用铡刀把麦头铡下来，将麦头攒在一起，等待脱粒。脱粒的过程是需要几个人分工协作的。有递麦头的，有往机器里入麦穗的，有接麦粒的，有挑麦秸的，有往房顶上提麦粒的，最起码得五六个人共同完成这项工作。一个家庭很难凑齐这么多的人，往往需要几家共同参与，只能等共同加工完，才各干各的去。这道工序甚至比拔麦子还要脏很多，入麦头的，尘土飞扬，甩得到处都是，但依然得坚守在机器旁边，不停地往里面入麦穗。麦收时节的每个程序，都需要抓紧时间，不能等。特别是遇到潮湿的天气，如果不及时地通风，麦子会漤坏的。要趁着晴天，一切从快，不得拖延。麦子的晾晒过程不过两三天的时间，就得入仓了，只有入仓了，庄稼人的心才会放到肚子里去。

看到房子上晾晒的麦子，颗粒饱满，心情也会饱满。一年的麦子，一年的收获，装进粮仓的，不只是那鲜活饱满的麦粒，还有对日子最简单的满足。日子苦些累些都不在意，在意的就是忙碌的季节里如何保障家家的丰衣足食。

收获完麦子，还要趁着土地潮湿，种下玉米，这是一年的第二茬，等秋天收获。所以说，麦收时节是最累人的，累得几乎连直腰的机会都不给。

近些年，村里的麦田逐年减少，麦田里盖起了厂房，从事各种加工生意，有的还建起了养殖场，从事特色养殖和规模化养殖，有的建起了大棚，种植蔬菜。村头二愣子的养猪厂里，养着几百头猪。上学时，他脑袋不开窍，常常是老师贬斥的反面典型，可如今那些聪明之士，虽然在城里也谋得了外表光鲜的职业，但那挣得有数的钱，却也生活拮据，只能在自我陶醉的意识里小度虚荣。二愣子也早不是当年的二愣子了，他用自己的辛劳换来了鼓鼓的腰包，盖起了二层小楼，各样设施齐全，生猪养供销一条龙服务，是实实在在的小老板。二愣子还说，他承包了小山头，已经往山上投放了近百只猪崽，说是几年后，那猪就是地道的野猪肉了，在淘宝上广为销售，据说订单可观。

上天饿不死瞎家雀，如何实现土里刨食，不能只看到那一方麦田，还应该在麦田的思维里种植稚嫩而光明的理想，麦田的存在，可能是回忆，但也有可能要轮回，只要有效益，没有什么是不可能的。

麦收结束，为保持地块的干净，往往还要将乱草等废弃的干草类东西用火点着。如今的庄稼地头，由于近年大气污染的原因，已经不允许这种燎地边的行为了。

而如今种植小麦，经济收入难抵特色养殖和种植，以经济效益为先，谁又能够拦住百姓之选择？经年淘沙，不只是经历的过程，更是现实的演绎。民以食为天，但食不只是温饱，更应该是富足前提下的殷实。

麦香，不只是一份最朴实的记忆，而是取舍随民意、向好定乾坤了。

那年攀上碣石顶

孟庆忠

自幼生长在还乡河畔的平原。儿时对"山"的印象，还是在晴日里北望天际出现的"山影"。问大人究竟走多远才能到近前，他们也说不清楚。所以，"上北山"便成了久蓄的痴念。

在 20 岁以前，我几次对山的亲近，记忆还是蛮清晰的。一是唐山市区中心的凤凰山。初中时骑车八十里去市新华书店买参考书，每次都要爬这座山。那年月，由于饱受大地震的重创，市里还都是"砖头压油毡"的简易房，所以这山显得孤峰独秀，足以登高瞰远。如今已是大厦林立，那山的身躯，便显得萎缩而寒酸了。二是玉田城北的秃山。我高中是在县城的一中上的，每到休假，都要走出数里，去那几座无名山丘征服新的高度，颇有胜利者的得意感。后来忽地想起，这可能就是小时候看到的北山影子吧？愿望一旦实现，也就没了神秘的兴味。三呢，那就得是榆山或者岩山了。这都在滦县的新旧县城附近。我 19 岁那年秋天开始，去滦县读书，学校就在榆山脚下，出了校门拐个弯儿，自然就上了山坡。周末不上课，走得再远些，还有岩山，山顶矗立半座狼狈的砖塔，也曾装载过一些回忆。近几年滦县改称滦州，岩山也变成了研山，那塔也高标准修葺一新，吸引来或远或近的游客，使本来珍贵的回忆竟折价贬值，不值一提。

还是说说当年。在滦县求学的第二年，我也就够了 20 岁。附近的燕山余脉游遍了，就不再新鲜，甚至总觉得连山都算不上，只能叫低矮的丘陵。于是就动了"真正去爬一次山"的心思。有次临睡前听到同宿舍的哥们儿议论，火车往东走一站，就是昌黎，城郊的碣石山，乃是渤海近岸的最高峰，素有"神岳"之称。听得入神，竟插言道：可是曹操《观沧海》之碣石？可是毛泽东"萧瑟秋风今又是"之碣石？答曰正是。心中暗喜，唯望伺机促成。

就在那年的 6 月上旬，一个难得的周末。在北方来讲，还属初夏，但日渐煦暖，舔在青春的肌肤上，那种痒感便熨烙起莫名的意念，推着它膨胀弥漫。夜谈碣石的那两个舍友，穿上跨栏背心和运动短裤，来约我同去释放能量，实现愿望。原来我的小心思早已被他们猜到，于是一拍即合，我也换成同样的装束，踩着身影出发了。在火车站购票处，又遇到两个同学，说是要去看海，其实还没到季节，经不起三比二的撺掇，便也加入了我们。那时只有绿皮车，有道是仅乘一站，不觉太慢，说几个笑话就到了。昌黎站下车北望，那个雄踞山顶如碣似柱的巨石，仿佛神灵一般引诱着我们。探询本地老乡实际里程，得知并不太远，决定徒步而行。其实，当年滦县、昌黎一带，可供乘坐的交通工具都是"驴动力"，也就是出租毛驴车，我们谑称"驴吉普"。这次我们忽略了它。原本就是来消耗体力的，纯牌儿"运动范儿"打扮，坐上驴车算什么事儿？不讨那种安逸。再说，难得逃掉课业的纠缠，有大把的时光可供挥霍。于是五人小团队大步流星，开始向目标挺进。路上遇到驴车车主，提醒我们还是坐车节省体力，应该为登山养精蓄锐，我们以为不过是招徕生意的借口，继续"执迷不悟"。

及至来到山脚下，却顿生严峻感。仰望之间，山体突变成庞然大物，绝非远观时轻易可攀的感觉。景点简介牌上显示，海拔不足 700 米，但那是说垂直高度啊！简单休整了一下，我们便沿着盘桓的山路，正式启动碣石之旅。起初行程是极轻松的，山势低，坡度缓，跟平地几乎无异。同伴们忽而踢几下石子儿，有节奏地蹦蹦跳跳；忽而撩一把山泉，相互打着水仗；忽而掐几枝野花，夸张地闻着它们散发的气味儿……竟没有丝毫压力。等到必须向上攀爬的时候，闲情逸致便被蹒跚的身姿和粗重的呼吸所掩盖，什么也顾不上了。天然石阶稍陡之处，便扔掉斯文，手脚并用，恨不能再生出一套四肢。有的石壁上刻有漂亮的书法，也没工夫去欣赏了，我只记得有"倚石听涛"，可能指的就是观海时听到的涛声吧，不过此处距海如此之远，只有泉水叮咚，哪里去寻海涛的啸叫？此因大概归于沧桑之更替。同伴们方才热闹的谈笑，变成了各自的喘息，随机抓到的树棍儿，充当了登山杖，我们三个发起者还好说，提前准备的运动装，可苦了后加入的两位，他们穿的皮鞋，此时也只能心疼地任其破损了。听一同登山的游客说，这里还叫"五峰山"，除了此刻正在攀登的碣石主峰，周围还分列着五座各具特点的山峰，正在开发系列旅游项目。这对于已疲惫至极的我们来说，早已没有了吸引力。

临近主峰仙台顶的时候，那块巨石四周出现了稍平的地势，一起围拢着高耸的突起。同伴们或坐或卧，说啥也没兴头征服这最后一关了。我却不甘心。来一次不登顶，还叫什么爬山？自小养成的倔强性格，这时候突然起了作用。我自小能爬树，后来我家的庭院里伐树时，为了引导树干倾倒的方向，需要在树冠处拴绳子，我爬树的特长就派上了用场。有时爬到高处，遇上刮风，难度就会加大，但我每次都没有放弃，最终完成拴绳的任务。此刻我便不顾团队了，这也不是什么个人英雄主义，仅仅是不想留下遗憾。稍作调整，就用余力支持了最后的冲刺，这点儿高度与整座山相比，确实不算啥，但陡峭程度却是顶级的。山巅上，另有一派天地，一块略为倾斜的长方形石座，上书"仙人台"三个大字，可算壮观一景。躺在上面，侧听天风浩荡，仰见白云飘浮，好不惬意！我呼唤着同伴们，鼓励他们上来一同分享，最终宣告失败。我过足了胜利的瘾头儿，才慢慢溜下来，归队一同下山。

山的南侧，是一片水域，名为碣阳湖。湖面漂浮着各式的游船，供游客乘坐观光。真可谓山水各有千秋。其实下山也同样耗费体力，我们回归平地后，聚在湖边的亭子里，继续消解着疲乏。歇足之后，邀请摆摊的照相师傅，以仙台顶主峰为背景，给我们合了一张影，算是留下了有形的纪念。

这以后几天内，由于事先缺乏户外防晒意识，凡是身着背心露着臂膀的，都被阳光啃下了一层皮。然而大家都没有后悔，因为，不管怎么说，总算征服了这座"神岳"。

毕业后，我没有回原籍，选择了与碣石山仅一河之隔的乐亭，开始了工作生涯。滦河从乐亭东北方向，往南流入渤海，从而也成了与昌黎县的界河。每到响晴的日子，那个方向都会显现出仙台顶的画面，熟悉得不能再熟悉。后来，几次跨过滦河，进入昌黎境内，或是拜见冀东民歌大师、原籍乐亭的王世杰先生；或是走访皮影戏传人、集操纵演唱技艺于一身的张向东先生；还有观摩李砚金先生创办的"老奤民俗馆"……但，始终没能与碣石山再次重逢。

再后来，随着足迹的延伸，接触到的景点日渐丰富，登山的经历便也很常见了。由近至远，从低到高。不管是白羊峪的水关、鹫峰山的薄雾、榆木岭的长城，还是云台瀑布、黄山奇松、华山险崖、泰岳极顶……虽有说法"曾经沧海难为水"，可最让我怀念的，依然是20岁那年在碣石仙台顶的"处女游"。

距那次登顶，已将近35个年头了。这期间，正是旅游事业发展的旺势之时，一些具备旅游功能的自然资源都得到充分开发和利用。据悉如今的碣石山，也早已不是当年旧样。邻近的五峰山，也在平斗峰的山腰处重新修复了韩文公祠。这是李大钊曾经进行革命活动的地方，一百多年前，他曾在这里撰写了知名论著，创作了游记和新诗。近年在这里设立了李大钊革命活动旧址陈列馆，成为爱国主义教育基地。作为在李大钊故乡工作多年的一分子，实在应该亲临瞻仰，几次错过良机，终未成行。

历史久远的韩文公祠，新时代焕发新姿的碣石神岳，时常出现在梦里，如同幼时遥远的"山影"，牵绊着我的情结。不知何时，才能再度登临碣石五峰？总有那一天，我觉得。

年味飘香

刘翠艳

农历大年三十是中国最隆重的传统节日，也是我们最爱的节日。小时候，期末考试一结束就放寒假了，没有特长班，没有补习班，学习的事放到一边，天天数着指头盼过年。年像一个新娘，它的到来有很多仪式。

从腊八开始，我们就传唱着一句童谣："吃了腊八饭，过年还有二十二天半。"腊八饭是用大米、糯米、高粱米等各种米和红豆、大枣、南瓜等八种食材熬制的粥，我向来不爱吃腊八粥，只因为腊八是大年的使者，所以我欢迎它的到来。

从腊八到腊月二十三小年之间事情不多，像是乐章的缓慢序曲，偶尔有零星的爆竹声响。安山镇是农历逢四、九大集，父亲母亲去赶集的次数多起来。安山集是我和弟弟最向往的地方，跟着妈妈去赶集是极开心的事：各色花布、各种吃食、各样水果、各式点心让我们目不暇接。赶集的人摩肩接踵，我们一边东张西望，一边紧紧拉住母亲的手，防止被挤散。母亲给我们买来时兴的花布，准备给每个人做一身新衣服。母亲一面给我们量尺寸，一面笑着嗔怪我们长得太快，去年做的衣服又穿不得了。每天晚上，母亲忙完家务之后，开始自己裁剪，自己缝制，为我和弟弟做新衣。我趴在被窝里，看着母亲的脚有节奏地踩着缝纫机踏板，听着缝纫机嗒嗒嗒的声音是如此美妙，盼着穿上新衣服去拜年、去探亲，不知不觉就进入甜蜜的梦乡，却不知道母亲做到多晚。

崩爆米花的老人带着黑色筒形锅来到村子里，成群的孩子飞跑着互相转告，各自央求母亲要玉米、糖精、煤块、零钱，一会儿老人面前就排起一条长长的队伍。老人把玉米倒进小锅，兑上少许糖精，关好锅盖。小锅欢快地在红红的火炉上转动着圆肚子，几分钟后，老人用一只长长的大铁钳取下小锅，放到专用的铁架子上。孩子们捂住耳朵，侧身避到一旁，随着老人开启锅盖，砰的一声闷响，一团白雾升腾，爆米花冲进为它们准备好的长口袋，空气中弥散着香甜的爆米花味。孩子们一下子飞奔到口袋旁，你一把，我一把，抓起爆米花往嘴里塞，吃得那叫一个香啊！爆米花是孩子们最爱的零食，放在炕头儿上，一直吃到正月。崩爆米花的老人就像是西方的圣诞老人，给我们带来了期许和快乐，也是节日的一部分。

小年很快就来了。据说小年是灶王爷上天汇报的日子，"上天言好事，下界保平安"。这时候要供奉灶王爷祭灶糖，让灶王爷给玉皇大帝做汇报的时候嘴巴甜甜的，多说好话。我小的时候这一仪式已不盛行，但母亲每年都要在小年大扫除，屋里屋外彻底清扫，擦窗玻璃，扫房顶（扫去椽子、屋梁上的尘土和蜘蛛网），清理没用的杂物。一些没用的瓶瓶罐罐还可以卖破烂，换几个零钱买糖葫芦。我和弟弟高高兴兴地跑来跑去帮忙，再添点小乱。清扫过的屋子亮堂堂的，显得宽敞多了。母亲用面粉熬好了糨糊，拿出父亲从集市上选来的年画，开始贴年画。年画上画着一对胖娃娃，抱着大鲤鱼、莲花，寓意"连年有余"，还有"八仙过海各显神通"等，立刻给屋子增添了节日的喜庆氛围。"吃了小年饭，过年还有七天半"，让我们开心又兴奋。

小年后人们开始为过年忙碌起来。计划中的年货要在腊月二十四的集市上采购，各种肉、鱼、菜蔬、调料、水果，走亲戚要用的点心、酒，纷纷买回来，让我们眼花缭乱。

村子里不时有杀年猪的热闹可以看：大人们吆喝着捉猪、捆猪，猪四蹄乱蹬拼命嚎叫，小孩们闻声而至围一圈看稀奇，又紧张、又刺激、又欢喜。

鸡是自家从春天养大的，预备过年炖了吃，杀鸡也是件有趣的活计。母亲先烧好一锅开水，准备褪鸡毛。鸡们本来昨夜已经圈好，狡猾的红尾巴大公鸡却早早钻出来，在院子里大摇大摆散着步。我们全家总动员，把大门一关，满院子追赶大公鸡。大公鸡先是躲在鸡群里上蹿下跳，我和弟弟跑到鸡群里，冲散分离母鸡和公鸡。大公鸡拍打着翅膀飞到柴火垛上，父亲用长长的竹竿驱赶着，它惊慌失措地跳下来，想夺路而逃。我和弟弟围追堵截，把它逼到大门洞里，母亲果断地用栅篓把它牢牢扣住。父亲把大红公鸡提在手里，它还咯咯儿地叫着，垂死挣扎。杀鸡之前，父亲先把公鸡尾巴上漂亮的羽毛拔下来，留着做鸡毛掸子。这时我会央求父亲给我三四根羽毛，缀上两个铜钱，做成一个漂亮的鸡毛毽子，那是我可以在小伙伴面前炫耀的新玩具。父亲左手提鸡，右手握刀，来到砧板前，手起刀落——我和弟弟赶紧闭上眼睛，直到父亲喊我拿碗接鸡血，我才鼓起勇气来到近前。

　　家家架起柴火，旺旺地烧起大锅，把肉、鱼、鸡先炖好，准备大年三十端上桌。人们把紧闭了一冬天的后门打开，热腾腾的蒸汽带着炖肉的香味逸出来，飘在村子里，人人喜气洋洋。母亲把预备初一拜年时招待客人的糖果提前给我们分一点，又给了更多的零花钱，我们可以在父亲买的鞭炮之外，在村中的小卖部买自己喜欢的爆竹。村子逐渐热闹起来，空气中弥漫着食物的香味、糖果的甜味、鞭炮的火药味，这些味道像酒香一样醺人欲醉。快中午了，估计我家的肉也煮好了，我和弟弟闻着肉香就跑回家，母亲用筷子夹起猪巧筋（猪嘴里的上颚部分，一小块像瓦楞纸一样的脆骨）悄悄给我吃，说女孩子吃了猪巧筋心灵手巧。弟弟要吃猪尾巴，母亲却不让吃，说小孩子吃猪尾巴要落后，给弟弟切一小块猪舌头，蘸着酱油，我和弟弟吃得好香啊！

　　终于到了大年三十，除夕是过年的高潮部分。除夕的午饭是最丰盛的，早就炖好的鸡、鱼、花椒肉放到大锅里蒸。先上凉菜，随后炒菜一盘盘端上桌，最后上大鱼大肉。各色菜式要成双，凉菜四盘，炒菜六盘或八盘，鱼、肉等炖菜四碗。把每样菜盛出来一些，和一碗米饭一起摆在后屋，用酒杯装些水酒，供奉先辈。开饭前，父亲倒上一杯昌黎大曲，端起酒杯，说开饭了。我和弟弟早就馋涎欲滴，迫不及待了。马上筷子翻飞，津津有味地吃起来，好菜好饭多到吃不过来。父亲几杯小酒下肚，脸蛋也红润起来，一向少言寡语的他话多起来，眯着眼睛笑呵呵地说："今年风调雨顺，庄稼收成挺好，翻新了两间西厢房，新添了一头小牛犊，闺女期末考试考得挺好……"母亲也随声附和着，对弟弟说："你要向姐姐学习，也给妈得个大奖状啊！"难得能得到父母的夸奖，我心里美滋滋的。吃完饭，弟弟把肚子撑得溜圆，两手抹着嘴上的油去找小伙伴。午饭后母亲给看门狗两块炖肉吃，慰劳它一年来看家守门的辛劳。我喊上弟弟带着鞭炮，随父辈们到坟上给去世的爷爷奶奶拜年。因为过年，心中没有忧思，脸上一团喜气，脚步轻快。想必老祖宗们享受着儿孙的祭拜，也一样的喜气洋洋。

　　除夕晚上总是要包饺子的。母亲早早地和好面团醒着，肉馅也拌好了，韭菜猪肉的水饺。傍晚，全家都来包饺子，父亲擀皮，我和弟弟搓剂子，母亲包饺子。母亲一边包饺子一边让我们猜谜语："从南来了一群鹅，噼里啪啦跳进河，先沉底，后飘着……"我一下子就猜到是煮饺子。母亲包的煮饺小巧玲珑，肚子圆鼓鼓，两头尖尖，像一个个金元宝。母亲让我把一个硬币洗干净，包进饺子里，谁吃到了有硬币的饺子，就讨了好彩头，预示着来年有钱花。吃完饺子，放烟花爆竹是我们最期待的事情了。当亲手点燃的烟花蹿向黑蓝的夜空中，在空中绚丽华美地绽放，强劲的"二踢脚"在一声震耳欲聋的巨响中腾向星空并再次炸响，心中的快乐无以言表。我们放鞭炮，也看别人家的烟花。每个村子总有几家买特别多特别美的烟花，在除夕夜吸引几个村子大人小孩欣羡的目光。往往前面东北庄上空的金色菊花还没散尽，左边沙子营上空五彩缤纷的彩球又腾空而起，惊喜不断，欢呼不断。我和弟弟提着五彩缤纷的纸灯笼，和小伙伴们在大街上奔跑着、追逐着，欢快地去看烟花。忽然一阵风，把蜡烛的火苗吹到了灯笼罩上，看着彩纸做的灯笼瞬间被烧化了，心里那个惋惜、懊恼呀，别提多难受了！好在伴随着一声声呼啸，一个个彩球又蹿上天空，炸开以后像一朵朵绽放的大菊花，令人目不暇接，很快就转移了我们的注意力。八九点钟鞭炮声集中的时候像是炒豆子一样爆响，我们的心似乎也在鞭炮声中欢快地爆炸着。

大家闹到大半夜，母亲催促着我们赶紧回家，小伙伴们才恋恋不舍地各自离开，回家睡觉去了。我们不守岁，因为大年初一要早起，清扫夜晚放鞭炮的纸屑，在门口放上芝麻秸，踩过的人可以在新的一年"芝麻开花节节高"。就像不知道圣诞老人什么时候把礼物送到孩子们身边一样，我一直不知道母亲是什么时候把新衣服放在枕边的，让我们一清早就穿起来。大年初一的早晨我不留恋暖和的被窝，麻利地穿好衣服，赶在弟弟前面到外屋揭开大锅盖，取出妈妈放在大锅里的豆腐和一元新钞票。妈妈说这寓意着新的一年"都富"，对于我来说，有这一元钱我已经发了一笔小财。

大年初一这天要早早地吃完早饭，赶在拜年的人来之前贴好对联。母亲熬好浆糊糊，父亲一边贴对联一边给我们说贴对联的讲究。红纸黑字，大门贴的上联是"天增岁月人增寿"，下联"春满乾坤福满门"，横批是"万象更新"。马棚或猪圈上贴的是"勤饲养六畜兴旺，多积肥五谷丰登"。贴完对联贴福字，水缸、柜子上的福字要倒着贴。正在这时，本家叔叔大爷们来我家拜年，兄弟见面互相拱手道一声"过年好！"三叔故意逗我："大侄女，你的福字贴倒了吧！"父亲乐呵呵地接过话茬说："借你三叔吉言，福到了，福到了！"大家哈哈地笑起来。

大街上乡亲们成群结队纷纷而行，都是拜年的人，人人脸上笑盈盈的。小孩子们穿着崭新的衣服蹦蹦跳跳地穿行在大人们中间，母亲今天特意给我扎上了两根红头绳，我也欢天喜地地跟在大人们后面去给爷爷奶奶拜年。大姑娘小媳妇们互相欣赏着，夸奖着谁的发型真时髦，谁的衣服款式新。村里人家本来就沾亲带故，亲戚间晚辈给长辈们作揖拜年，根据各家条件的允许，长辈要开付或五角或一块的压岁钱。小孩子们的口袋渐渐鼓起来了，忍不住私下里比一比谁收的压岁钱多。调皮胆大的男孩们过年这天几乎见门就进，进门问声过年好，往口袋里装上几块糖和一些瓜子，又去下一家。

初一中午吃饺子，是猪肉白菜大馅蒸饺，我认为比不上除夕晚上的韭菜肉馅煮饺好吃，所以年过到初一中午，兴奋的心情也逐渐平淡下来。亲戚们约定正月里的待客日期，互相宴请。欢聚一堂，笑语喧哗，走亲访友持续到正月十五，年就接近了尾声。

一年一年过去，我长成了需要给小辈们发压岁钱的大人。幸运的是父母婆婆身体康健，我不需要操心置办年货、安排宴客这样的事，所以我还喜欢过年，欣欣然盼望着过年。我喜欢在普天同庆、阖家团圆的节日里，和家人庆祝平安过去一年又一年，迎接一个又一个姹紫嫣红的春天。

第四部分

岁 月 流 年

乡情·乡趣·乡味儿

王雅君

今天的天气真好，坐在窗前望着北面的碣石山，山脚下的水岩寺红墙灰瓦，庄严肃穆；东面紧挨着的香炉山正襟危坐，神态安然；顺势一直向上看就是碣石山的主峰娘娘顶，伟岸巍峨。有意思的是从正面看山顶是周正的梯形，但是以前乘车从秦皇岛市里回来时远远地望见山顶就像是个大桃子的桃尖儿，原来山顶是由南北两座小山峰组成的，从不同的视角看形状就大不相同了。

每天早晨起来拉开窗帘，首先映入眼帘的就是碣石山，天气晴好时可以找寻我在山上踏过的足迹。革命先驱李大钊先生避难的五峰山怪石林立，风景奇秀，平斗峰上那棵数百年的松树清晰可见，它孤立不群，傲视苍穹，先生为它起名为"孤松"，并以此作为自己的笔名多次发表革命文章。小时候对家乡的山没什么感觉，随着年龄的增长越来越喜欢它。说起对家乡山的情感变化源于上大学的时候，那时候满心欢喜，终于逃离了家乡、远离了父母，可以去外面的世界看一看了。等到第二个学期时，有一天下午下课了，我站在教学楼的窗前望西面的风景，太阳快落山了，天边呈现出暖暖的橘红色，不知怎的这时候想起了家乡的碣石山，放假坐火车回家时远远地看见了娘娘顶就知道到家了，感觉是那么亲切！看着西边的天空由橘红色慢慢转为灰色，思绪就飞向了家乡：这个时间要是父母能回家该有多好，妹妹们就可以吃上应时的饭了。认真负责、细致严苛的质检员父亲在工地上要忙到很晚，母亲肯定也是非得把地里的活干完才肯回家，这点我是深有体会的。记得以前在家种冬小麦时，天都黑了，肚子饿得咕咕叫，想赶紧回家，可母亲说今天的活儿尽量今天干完，不然剩个小尾巴明天还得跑一趟，我只能疲惫地拉着辊子把地压完，当时就暗下决心，一定要考上大学，我可不愿意再过这种面朝黄土背朝天的生活……自从那天下午看完夕阳之后，我思乡的情绪愈来愈浓烈，每到闲暇时间就会情不自禁地想家，想知道此时妹妹们在干什么，我不在家，她们三个会打架吗？老二肯定自由了，以前我俩最容易起冲突，现在她终于熬到可以当老大了，呵呵！想到这儿我不由得笑了。

是啊！在外求学后才知道自己的心逃离不了家乡和亲人，毕业后回到家乡，每天能看见家里人心里是那么踏实！大多数人在年轻时都愿意去外面闯一闯，但是随着年龄的增长就会越来越思念家乡思念亲人。我的姑婆婆随军定居在九江，已经 80 岁了，老公每年都在我婆婆的授意下给她买海货邮寄过去，姑姑一收到家乡的特产立马打电话过来，兴奋得像个孩子一样，说："一到节假日你们就做好吃的拍视频馋着我，这下我也可以拉拉馋了。"姑姑的老呔儿口音一直没变，我们回婆家时拍照片发给她，她总是让我们尽量多拍些，拍得细致些，家乡的一草一木都能勾起她年轻时的回忆。老公的三爷一家在南昌，堂叔、姑姑们的童年是在昌黎度过的，每年都让婆婆给他们捎去或是邮寄她亲手做的大酱，说这是花多少钱也买不来的。婆婆做的黄豆酱色泽金黄，酱豆细腻均匀、味道醇香，用来酱青皮鱼、楞巴鱼、臭头鱼那味道真的是鲜美无比，能多吃两碗饭，老公常说高粱米豆粥配小鱼酱简直绝了！小叔子当初在广州当兵的时候就馋家里的大酱和咸菜疙瘩，那是家的味道，母亲的手艺。

今年因为疫情每周一要去吉祥尚府广场做核酸检测，那里距离老家很近，想顺便去看看，当踏上熟悉的村路走进村庄时往事一幕幕浮现在眼前……我在这里出生，直到 12 岁那年党的十一届三中全会后国家恢复政策才返回城里，返回城里其实是对父亲而言的，他在城里出生长大，和母亲结婚的第五天只是因为上一辈的家庭成分不好而被下放到爷爷的老家，在这个村里待了 13 年，可怕的"运动"终于过去了，父亲回到了他熟悉的地方。

家乡的那条小河依然还在，看着它不禁想起了小时候。冬天河水全都冻上了厚厚的冰，附近的孩子们在上面撒着欢儿地玩开了：滑冰的、溜冰车的、甩冰猴儿的，你追我赶好不热闹，欢声笑语飘出老远老远……看见这样的场景谁都跃跃欲试，我很笨，双脚刚一踏上冰面，身子就向后仰，"咕咚"一下摔个四仰八叉，赶紧翻身爬起来，仔细看看别人怎么滑。弯下身子，降低重心，上身向前倾，等我小心翼翼地滑起来，那感觉别提多美了！可还没来得及滑上几圈，母亲就喊我回去哄妹妹们了。天气暖和时我带着她们一起出来玩，那时候女孩子的玩法儿真多：跳房子、跳皮筋儿、踢毽子、砸口袋、用彩色毛线织网、用麦秆儿蘸着肥皂水吹泡泡，还可以抽出蚕茧丝缠在本子上，拿下来染上颜色，非常漂亮……男孩子一年四季玩的花样就更多了：比赛爬树、弹玻璃球、滚铁环、玩弹弓、压腿跳、打水仗、藏猫猫（有的爱往柴火垛里钻，出来时满身的柴火末儿）、抽陀螺、溜冰、滑冰车……

夏天的雨水较多，这条小河里面的水也渐渐涨起来，鱼儿喜欢迎着水流的方向使劲往前游，伙伴们带着小桶、洗脸盆赶过来，在河床窄的地方筑起两道小水坝，形成一个小水塘，然后齐心协力用脸盆、小桶把水掏干，这样水塘里的鱼就只能乖乖就范了。不过小虾可没这么老实，它们蹦着、跳着，颜色又和河底的淤泥一样，真的很难抓，得手疾眼快才行。虽然只是小鱼、小虾，但当时的愉悦心情恐怕是一辈子也忘不掉的……

那时候家家养猪，下午放学回家，大多都是先把书包往炕上一扔，约上小伙伴挎着篮子就去给猪挑菜了。最惬意的地方就是村南的河岸了，那里宽敞、视野开阔，地上野菜真多呀：叶子像小锯齿、开黄花的是蒲公英；和它长得差不多但叶子颜色灰绿、开白色小花的是荠菜；还有比较少见的曲麻菜；最多的是苦菜、马齿苋、竹节草、刺儿菜、酸溜溜……渴了，去岸边的庄稼地里撅一根矮矮的高粱秆，嚼在嘴里那个甜哪！饿了，撸一嘟噜甜甜儿放进嘴里，既解渴又解饿；还有麻果、乌米，至今我也不知道乌米这东西到底能不能吃，不过那时对于我们来说可是美味，个个儿吃得满嘴乌黑，互相指着对方笑个不停……

小时候还特别爱逮蝉猴。1976 年 7 月 28 日唐山大地震的前一天傍晚，我和小伙伴在小树林周围的地面上找到了蝉猴的洞穴，用手一掏，手进去了，心也跟着往下沉，手指触到了软软的东西，心里狂喜，使劲抠开小洞，把里面的活物掏出来，放在手心里，然后拿回家。我把它用一只破碗扣在东屋闲置的炕上。凌晨发生地震，我被母亲叫醒，以最快的速度跑到院子里，只见猪圈塌了，幸好猪已经跑了出来，向日葵倒了一地，等天亮了我突然想起扣着的蝉猴来，跑去查看时，这小东西早已没了踪影，看来动物和昆虫比人机灵多了！

原来的学校已经搬走并校了，校址已经变成了村委会，那时候就在这里放露天电影，埋上两根又粗又高的竹竿，扯上一块镶着黑边的白色幕布，就准备妥当了。孩子们用石块划线圈地儿给家里的大人占地方，你多我少，还会因此争执得脸红脖子粗，但过一会儿就没事了，还互相问对方今天带的什么好吃的。哦！你带的瓜子、我带的花生、他带的炒黄豆，换着吃呗？中！这会儿的工夫放映员已经把放映机摆放在正对着幕布的地方，一切轻车熟路，当一道白光从许多人的头顶上穿过投在幕布上时，一出出好戏就开始了，《小兵张嘎》《闪闪的红星》《地雷战》《地道战》《平原游击队》……这些好看的电影陪着我们度过了快乐的童年。

学校还曾组织学生捉麦子上的虫子，那时也不知道害怕，用两根麦秆儿夹起毛毛虫放在玻璃瓶里。因为捉得多，我还得过奖呢，是铅笔和本子，那时是最好的奖赏了。当时为了节约用本儿，我们都是用铅笔写完正面写背面，然后用橡皮擦掉接着用。看着印有大大的红色"奖"字的本子，我爱不释手，好久也舍不得用。冬季我们的任务是每人最少拾五斤粪，这活儿多亏是冬天吩咐的，不然的话，那味儿也够人受的。放学后我们拿上长把儿的小铲，提着废旧的小桶、编筐三五成群地在村里的路上就忙活开了。谁若是先看见一坨儿牛粪、马粪、驴粪或是骡子粪，就跟找到稀罕宝贝一样一哄而上，那时也不嫌脏，唯恐比别人拾得少，就这样嬉笑着把任务完成了！

记得当时我们的班主任是城里来的一位女教师，姓曹，40多岁，中等个儿，不胖不瘦，皮肤白皙，梳着齐耳短发，说话细声细语的。后来听父亲说曹老师曾是他的老师，和我们一样也是被下放的，只不过她家还住在城里，每天骑车八里地来我们村教书。中午曹老师带饭，她大多时候会带一个馒头，中午就放在教室里的炉盖子上烤着吃，等把馒头烤出焦黄的嘎嘎时，甜甜的麦香味飘满整个教室，馋得我们直咽口水。冬天天短，为节省粮食大人们都吃两顿饭，我们上学，早晨往衣兜里装几块母亲晾晒的筋道干儿（焐熟的白薯吃不完就晒干，叫筋道干；生白薯直接切片儿晒干叫白薯干儿，用来做粥吃），虽说这东西很好吃，但也架不住天天吃，早就吃够了。那时谁家有苞米面饼子和白薯调剂着吃就算是相当不错的人家了，只有等到过年时才能见到白面。这么大的诱惑就在眼前谁不馋哪！老师看出来了，就用馒头和我们换着吃，她把馒头掰成很多小块儿，让在教室里的我们都有份儿（大部分男生一下课就跑出去玩了），拿在手里的那小块儿麦香，我们女孩子一点点儿地舔进嘴里，让它慢慢融化掉，真舍不得咽下去，男生则一下就放进嘴里，像猪八戒吃人参果一样直接下肚，什么味道？憨憨地一笑：好吃，好香啊！

四年级我转到了城里的小学（曹老师在我三年级的时候已经回到城里了，她在另一所小学教书），当我走进宽敞明亮的教室，坐在崭新的课桌旁，看着洁净的玻璃窗不禁想起了老家的学校：村子不大，一个年级只有一个班，班里30左右个学生，前面三排是矮的长条课桌，说是课桌其实就是30厘米宽的木板，学生们坐着从家里带来的小板凳。后面的两排是高桌子，得坐高凳子（我们叫它褥头子，不知道是不是这三个字）。窗户上是没有玻璃的，夏天还好就那么敞着非常凉快，冬天钉上塑料布，光线不好不说，一刮大风塑料布呼呼作响。记得二年级放寒假回家时，我一手拿着凳子，一手拿着奖状，背着母亲缝的布书包往家走。那天出奇的冷，我双手冻麻了，到家时都快冻哭了。母亲看着我，既心疼又欣慰的表情深深地印在了我的脑海里……

　　离家门越来越近了，看着已经易主翻新的房屋想起儿时的画面：那时的房子是青砖墙、橡子檩的，冬天天冷，封闭得也不好，总有冷风穿堂而过。放在堂屋里的水缸上面结着薄薄的一层冰，我和妹妹们用笊篱捞出来抓着吃，冻得腮帮子都是麻的。还有房顶上冻得硬邦邦的白薯，一口咬上去，从牙齿一直凉到心里，那也舍不得放手，只能一点儿一点儿地啃。带着冰碴的甜香，至今令人难忘。晚上，一家人围坐在烧得热乎乎的土炕上，母亲边做着针线活边和父亲说着话，我们姐妹四个两人一拨儿，用腈纶毛线玩织网的游戏。风在屋外呼呼地吹着。炕沿下，炉盖子烧得红红的，与屋外的寒冷形成了鲜明的对比。父亲下炕，在炉坑的灰烬里埋上几块小个儿的白薯，用不了多长时间，那浓浓的焦香味便弥漫了整个屋子。父亲把烫手的白薯拨拉出来，拍去上面的炉灰分给我们，我和二妹也顾不得烫手，在两手间不住地来回倒着吹，迫不及待地试着咬上一小口，烫嘴、香甜。父亲给三妹四妹剥好晾凉后分给她们，她俩的眼睛都快钉到白薯上拔不出来了，看着两个姐姐吃得喷香，不住地直吧唧嘴儿。现在回想，那么冷的天，尽管住着只能遮风挡雨的低矮房子，日子也过得清贫，但一家人能在暖和的屋里彼此相守着，就是幸福……

我是一只风筝

张玉万

      把日历倒翻 50 余年，我降生在与乐亭仅隔一条滦河的世代务农的家庭里。生日正和《红楼梦》里的巧姐儿一样，但是，我不能同她相比，既非望族后裔，又非女性，也无"遇难呈祥，逢凶化吉"的造化，且无预兆未来显贵之象，没什么可夸耀的。然而，正是我的降生之地——"与乐亭仅隔一条滦河"的前王的风土成为我的最爱……

      我的故乡前王全称前王各庄，位于昌黎县城南偏西 26.5 千米处。这里地处滦河沿岸，以粮食生产为主。虽说历史悠久，古隶建置，远莫可考。据传，前王各庄与后王各庄原为一村，为明朝永乐二年（1404 年）山西移民王、张、孙、史四姓人家建立；因王姓户主年长，村名遂被称为"王各庄"；后分为两村，居南之村称"前王各庄"。小时候村北尚有的又高又广的土丘遍布坟墓（村民称其为"孙家坟"）就是这古老历史的旁证。2010 年春节期间回农村老家，带回饱经历史沧桑的三册古书，其中一册扉页印有"益和试记"（戳印）、"洪武正"、"官板正字"、"天津福泰陞梓"、"中庸写样"等字样。我在网上请教众博友："洪武"是否指明朝年号？"写样"是否指书写样本？相关背景如何？博友柿园居士于 4 月 6 日回复："洪武"是朱元璋的年号；写样、校正写样、刻版、红印、校正红印样直至修版、局部再红印是刻版印书的程序。博友关东第一家谱坊于 4 月 7 日是这样回复的："洪武"是明太祖的年号；"正"是正韵，是根据洪武年间的字的正确发音；"官板"（"板"通"版"）是官家出的版，也就是书籍是政府规定的版式；"正字"对应的是俗字，也就是说是正确的繁体字，不是民间用的俗字；"天津福泰陞梓"，天津是地名，福泰陞是商号，也可以说是堂号，是天津的商号的名字，梓是付梓的意思，也就是天津的福泰陞商号出资印刷的；"中庸写样"就是《中庸》的书写范本，就是说当时政府给出《中庸》这本书的正确全文和写法、读音、意思等，商号印刷，让民间私塾或者学堂来作为范本教习。随之谦言"此为一家之言，望张老师指正"。古人云：三人行，必有我师焉。彼时行于网络空间，幸遇柿园居士、关东第一家谱坊博主，两番详解使我茅塞顿开。何来"指正"？连叹"佩服，佩服"！佩服之余，故老相传这里建村于明初，终于让我找到了物证。

清同治年间，这里属石各堡。清同治五年（1866年）版《昌黎县志》有这样的记载：王各庄，属石各堡，昌黎城南五十里。光绪二十九年（1903年）属第五区。民国二十二年（1933年）《昌黎县志》有这样的记载：前王各庄，属第五区，昌黎城南五十五里。民国二十八年（1939年），属赤崖乡。1945年抗日战争胜利后，属中共昌黎县民主政府第六区。1950年，属第五区欧坨乡。1954年，撤区。1956年8月并乡，仍属欧坨乡。前王各庄大队下分4个小队。1958年8月，建立人民公社，实行政社合一，属东方红人民公社欧坨管理区。1961年6月，属刘台庄工委刘台庄人民公社。1965年8月，属刘台庄工委皇后寨人民公社。1966年，"文化大革命"开始，有点荒唐，"造反派"一度将"皇后寨人民公社"改称"红卫人民公社"，"前王各庄生产大队"改称"前进生产大队"。1969年，大队管委会改组成大队革命委员会。1984年4月，国家实行新的农村管理体制政策，撤销人民公社，建乡，实行政社分离，恢复乡、村建制，大队改为村民委员会，属刘台庄工委皇后寨乡。1996年，并乡扩镇，属荒佃庄乡。2007年，荒佃庄乡撤乡换镇，属荒佃庄镇至今。

我的故乡古代寺庙建筑不多，据资料记载及老人口传，清末这类建筑有2处。这些建筑系祀奉神佛、祈求平安福祉而建。1948年以后，社会普遍开展宣传教育，号召村民带头破除迷信，加上当时村干部及村民还没有树立文物保护意识，村内寺庙中心泥塑神像都被搬掉，并将寺庙改作学校，村集体占用，村民中的神灵祭祀活动基本消失。

财神是中国民众普遍信仰的对象之一。逢年过节，人们对财神的崇拜一次又一次地达到高潮，许多家户、民众以不同的方式请财神、接财神、供财神等。古代前王各庄供奉的主要是武财神。一方面奉关羽为"武圣、忠义之神"，另一方面还敬为财神，建筑关帝庙。此庙今已不存。

清代，村民曾建有五道庙。"五道庙"就是供奉"五道将军"的庙宇。前王各庄村的五道庙曾香火很盛，村民患病闹灾或喜庆大事，少不了要到庙里烧香焚纸许愿或还愿。这座庙宇，一直保留到20世纪50年代初。在"互助合作"前夕，大搞"破除迷信"运动时，被拆毁了。

旧时，村内有庙会，时间是每年的旧历二月十九，但村内从没人称其为庙会，都说是"过节"。每逢这一天，外村亲戚都要带着礼物来，聊一聊天，喝一喝水，抽一抽烟，吃一吃好饭菜。说起来不好意思，我所经历的最困难的年代家家也就是用秫米干饭、粉炖肉、熬酸菜、几毛钱一斤的散酒招待客人而已。可惜这个节日的来历，从未有人能说清，只剩下改善生活的内涵了。传说每年新春季节里的这一天是观世音菩萨生日。在民间，观世音菩萨是信奉最广、影响力最大的佛教菩萨之一，历来有"家家观世音，户户阿弥陀"的说法。

在革命战争年代与和平建设年代，前王各庄有识之士甘洒热血写春秋。如1992年12月版《昌黎县志》所录烈士英名：战士孙进伍，1947年参加革命，1947年9月牺牲于昌黎县后孟营（中共秦皇岛市委、秦皇岛市人民政府还在前王各庄村北公墓立了"孙进伍烈士之墓"）。领航长孙存文，1961年1月参加革命，1972年牺牲于江苏省南京市。张云涛，1947年10月参加解放军，被送到第十三军分区（驻滦南县薛各庄）培训，后被分配到军分区第二警备团二营五连做战场救护工作，1949年4月随军南下，1952年转业到广西省公安厅，有幸在南宁会议期间见过毛泽东主席。抚（宁）昌（黎）联合县各界人民抗日救国联合会第一区武装大队大队长、昌黎县大队副大队长任香亭，在昌黎县是颇有些传奇色彩的人物。在地方工作，他处决过投敌的汉奸。进了大部队，他率部攻打叛徒张绍义的据点，冒着枪林弹雨，靠前指挥，险些被爆破炮楼时的飞石砸伤。辽沈战役结束后，他奉命东进，和战士们急行军插入秦皇岛港。驻守期间，又抓获曾是他部下的变节分子，交给地方政府。平津战役后，任香亭所在营由步兵改为炮兵。他在唐山一带与国民党军队作战，缴获了一门九二步兵炮，怕被夺回去，找了驾骡子车一口气拉到了滦河东。可那时，6门山炮摆在眼前，全营没一个人会使。他下了一道死命令：共产党员带头，坚决攻克炮兵技术的拦路虎。在山炮营，向傅作义起义部队的军官学；在高炮营，向苏联教官学；汽车驾驶，向地方司机学。入朝参战之前，全营技术过硬，每辆车都不缺司机。入朝不久，部队在朝鲜昌道里地区跟敌人交了火。危急时刻，师长马辉让任香亭的高炮营撂下炮，抄上枪，顶上了前沿阵地。在随后的防空作战中，他们又迎接着一次次血与火的考验。一次掩护"卡秋萨"（苏制火箭炮）发射，面对一群群苍蝇似的敌机，任香亭杀红了眼，让警卫员帮着炮兵递炮弹。眼见一颗炸弹落了下来。一声巨响之后，等被人从土中扒出来再看，那门炮没了，警卫员和炮位上的七八个战士也都没了。他自己左腿也挂了彩。任香亭带领的高炮营在朝参战二年零七个月，打下了22架美军飞机。回到祖国，他又参加了支援福建前线的防空作战，并取得了首战击落一架敌机的战果。

从 1964 年起，我在这里接受正规教育。在小学，接触的数学课被称为"算术"，使用的课本也被称为《算术》。课本先后使用的是人民教育出版社出版的系列初级小学算术课本。"停课闹革命"开始乱套。"复课闹革命"后，先是使用上海市小学算术暂用课本，后又改用山东省小学算术暂用课本。这一停课、频繁换版本折腾，可苦了我们，知识体系断档、交叉、重复，怎么能学得好？政治问题有人管，专业问题谁管？反正没有教学大纲，也不重视考试。没兴趣的乐得逍遥自在，有兴趣的尽力搜罗"文化大革命"前出版的老课本自我加压。正所谓"塞翁失马，焉知非福"，在这一特殊的历史阶段，我还是有一定的收获的。比如在"学生上讲台"教育活动中，我被老师选中，事先教给我圆柱体积的知识，又教给我相关的教学方法。记得真的走上讲台讲授"圆柱的体积"一课时，除了有些紧张以外，效果也还不错。因为配合教学，我拿着教具，边演示边讲授，由于直观性强，讲者好像变戏法似的，听者注意力集中：把圆柱的底面分成许多个相等的扇形，然后把圆柱切开，并起来，就成为一个近似于长方体的图形。这个长方体的底面积等于圆柱的底面积，高就是圆柱的高。所以，理解圆柱的体积计算公式就水到渠成了——圆柱的体积 ＝ 底面积 × 高。再后来，那么多的算术课教学任务压在我的肩上，不再是一课尝鲜；身份变换为教师，不再是学生对学生。再后来从事其他学科的教学……

学之初，心中有数。推而广之，只要不离开人生大舞台，何尝能背离心中有数？

我在小学所学的课程中最喜欢的是语文课，最喜欢的书是《语文》。使用的语文课本先后是人民教育出版社出版的系列初级小学语文课本。这一时期的课本相对比较科学，开篇是汉语拼音启蒙。1966 年 7 月 26 日，昌黎县文教局根据省教育厅（66）教中字第 29 号通知，对 1966—1967 学年度教材提出处理意见，其中小学语文教材经审查，将其中不合适的内容删去后暂时采用。"复课闹革命"后，先是学习语录、"老三篇"和时政文章，后是学习校内油印的形势许可的单篇课文，再后来使用上海市小学语文暂用课本，一学期下来又改用山东省小学语文暂用课本。这一时期的课本强调突出政治，没有严密的语文科学体系。全国没有统一的教学大纲，实际上各地也没有教学大纲。这一时期也没有考试，好像一提考试就是要向学生搞"突然袭击"。不爱念书的学生就像被放的鸭子，没有压力，没有烦恼，自然成长。类似于我这样的天生喜欢真正意义上的语文课的，绞尽脑汁，通过老农、同学的家藏，借阅了大量的"文化大革命"前出版的小学语文课本，甚至包括民国期间出版的小学《国语》课本。尽情地阅读、欣赏，虽然有恍若隔世之感，有些地方与当时的政治理论格格不入，但那些经典性的篇章中的人性美、语言美，深深地打动了我，对我以后的人生走向产生了不小的影响。

正因为喜欢语文课，在这一特殊的历史阶段，我还是吃了偏食的。全校搞背诵毛主席语录竞赛活动，我被推荐为赛手之一。踩在凳子上，面对全体师生，背诵毛主席语录，看谁背诵的数量多。有人一上来，因为紧张，从凳子上摔下来，引来大家善意的笑声。我也引来大家善意的笑声，但不是因为从凳子上摔下来，也不是因为有些重复了、有些暂时想不起来而卡壳，而是因为方言色彩有些重。虽然我没有成为优胜者，但我在众目睽睽之下练了胆儿。另外，放学后，有时帮助老师处理作业，有时受命布置黑板报，有时领读课文……这一切无疑提升了我的语文综合素质，后来从事过一段小学语文教学恐怕与此也是一种潜在的关联。

"合抱之木，生于毫末；九层之台，起于累土；千里之行，始于足下。"我从喜爱小学语文开始，逐渐积累，掌握了汉语言文学的知识和技能，在人生舞台上活跃至今……

1966—1977年，各地自编《科学常识》，全国无统一的学制、教学计划和教材。我在上小学时使用的就是上海市小学暂用课本《科学常识》，因为河北省当时尚无自编新教材，是由河北人民出版社重印的。

因为教材是过渡性的临时课本，课本主要是根据上海的具体情况和条件编写的，地方性较强，是允许各校在教学时结合当地情况，根据需要决定取舍和补充，或自己另外编选教材的。既然如此，在我们那远离县城的农村小学，这本书的利用率不是那么高，挑着拣着讲一点，也就是那么回事了。你想一想啊，课本中说："我们都看到过拖拉机、汽车和飞机。它们里面都装着机器。"那时村里哪有这些呀？谁见过抽水机、织布机（新式）、轧钢机、车床？再没有教具，又怎么能学习蒸汽轮机、内燃机、电动机？那时村里还没有通上电，又怎样学习"怎样用电"一课？学生还要经常去参加批判大会、帮学校拾柴、给生产队除虫等社会活动，哪有那么多的学习时间？有一点挺好，有课本在，有兴趣的内容可自学，也不考试，自然没有负担和压力。

说穿了，课本重点要造就三种职业的社会主义建设者和劳动者：工人、农民和解放军战士。从1974年高中毕业后，我非常羡慕工人和解放军战士，可羡慕是可以的，想当上是很不容易的。从1977年开始，祖国四个现代化需要，频频向我招手，最终时势将我推上了教育工作的岗位。只要肯吃苦，干什么都能有出息，这么多年就这样走过来了。

　　1962 年昌黎县文联编《昌黎民歌选》第二集收录的前王各庄孙玉乔创作的新民歌《亿万人心明眼亮》云:"一粒种子入地,万石粮食归仓……"是的,我的故乡前王各庄过去、现在、将来永远是勤劳播种的,并伴随着丰厚的收获。

　　心变得越来越宽广,走出去越来越远,从唐山求学、工作,到东南亚、中东、大洋彼岸旅游,但从来没有与昌黎、与前王各庄断了线,因为我是一只风筝。

七里海：我在这里长大

齐未儿

一

我在七里海边长大，这里是我的家乡。海，是我的近邻，也是我的守护。

七八月份的海，风平浪静。阳光荡漾在浪峰上，晃啊晃，把个大海晃得蓝平蓝平，蓝平中跳着金色的碎光。

捕鱼的人挑着担子来了。他们挑的筐里装着网片，擀面杖粗的木棍，还有葫芦瓢和桶或篮子。网片系在四根木棍上，葫芦瓢挂在腰上。等下了海，桶或篮子会系在竖起来的另一根木头上。

卷起裤腿，踩进水里，很快没过了膝。

骨节粗大的手，不慌不忙抻开卷在一起的网片，将四角的棍子插进沙里，不放心，再摁摁。

蓝色的网丝，在水里，成了水的一部分。

那个站在网片边上的人，也是水的一部分。

水亮得像长了刺。闭一下眼睛，又忙着睁开。他得留神鱼跑到网片上。

网片上竹签子别着滩上捉的螃蟹的碎肉。小个儿的白夹子螃蟹。

楞巴鱼喜欢这个味道。

用网片捕鱼，网也不动，人也不动。等鱼自己跑过来。

这样说其实不够严谨，网随着波浪的起伏在动。人也在动，他过一会儿就要把网片提起来看看。

涨潮落潮都不影响他们。鱼儿们愿者上"网"。饱潮不行，人站不住。

潮水在每个赶海人的心里涨落。

鱼贪吃蟹肉，瓢找到了用武之地。探手一抠，鱼进了桶里蹦跳。

用不上半天时间，可以捕到半桶。

边边拉拉抠半瓢。这是说鱼多。

他们完全忽略了泡肿的腿硬成了木桩。长了白碱的衣服糊在身上，卤潮。阳光的笔饱蘸赤铜色，一笔一画涂了个满身满脸，眉梢眼角也不放过。

海辣头，他们这样称呼自己。说自己黑得像河豚鱼的皮。

河豚上岸就死了。气性太大，把自己的白肚皮气成个球儿。它是被自己气死的。

在海里捞日子的人，没有这样大的火气，成天水里泡着，火气早泡没了。

不知道村子算不算古老，可祖辈都是这么活过来的。他们好像生来就是要在水中捞鱼过生活的。

日头栽西，风硬起来。提起网片，卷一卷，摔进筐里，挑起或轻或重的一天，回家。

傍晚，吃过饭，村里的人们提着鱼叉和马灯，出了大门。三五相喊着，向村外去。趁着夜还没盖严四垂，趁着脚还能辨认田间的路，尽着亮儿赶到海边。

等到太阳不见了踪影，天边的云彩不再彤彤地燃烧，星星一颗两颗拧亮了灯盏。脚步声越来越轻微，背影越来越模糊。他们每踩一步，夜色便会更重一分。

这是一群不喜欢月亮的人。

月光，像白亮帷幕，泼刺刺盖进水下去了。亮堂堂的水，正适合戏耍。鱼儿们张鳍摆尾，游得欢实，好像要攀着帷幕的丝络扎到天上去。

那么灵活的鱼，叉不到。

暗夜，落潮，海温静得像个大大褡裢，是叉鱼的好时候。

浅滩上，楞巴鱼蜷在水下的细沙里，露出灰色背脊。

马灯的光，是眼睛伸出的手。没膝的水，拦不住它的触摸。沙的细腻，鱼的安闲，它都探得到。

手起，叉落，一条鱼挂着海水应声而起。一道银光敛入挎在肩头的篮子里。

鱼叉长了十根齿，也有十二根的。破旱伞上抽出来的钢骨，找小炉匠锻打，敲成扁扁的平面，锋利的刃，再深的夜色也能挑开。

晚饭后去，鸡鸣时回来，一夜的收获，多的时候，有二三十斤。

有些村人擅长叉鱼，回来收拾一下，留够吃的，他们把余下的提到街头巷尾去卖。

下把儿抓，是说摸鱼。摸鱼人离不开口筒子——渔船靠港的附近。

需要落潮。水深了看不到水底，太深的水让摸鱼人抓不到东西。

春深处，气温略高，大腿埋进海水不再扎扎的疼，人们卷起裤腿，绾起袖子，去浅滩上摸。

葫芦头钻个孔，穿上绳结，系在腰上。一个葫芦头，有个小桶大，能装不少鱼。

他们蹲在水里，摸楞巴鱼，两手探进去，从两边包抄拦截，贴着沙潜伸。蹲着不得劲，身子随着手的探够而侧弯，跪在水里。短裤湿透了，糊在身上。上衣也湿透了，海水咸的，汗水也是咸的。一片咸里，他们摸鱼，高举从一片咸里掏出的鱼，青鳍白腹在天蓝海蓝之间，划了一条亮白而短的弧线。那弧线，就是欣喜。他们欣喜于握在手里的鱼。

长年累月在水里讨生活，他们缺少对身体的保护，裸露的肉体对抗着海水的清冷刺骨。风湿，静脉曲张，是常见病。但是他们没得选择，肚子，才是摆在眼前至关重要的现实。

如果还能换个油盐钱，值得一家人笑半晌。

多年以后，父亲的腿疼总会在毫无征兆的时刻贸然造访，他隐忍沉默的性情、习惯咬紧的牙关，常常在溃堤一般的疼中被打开豁口。他呻吟出声，又深觉羞愧。疼得厉害时，不得不借助双拐，把自己挪到院子里。院子比屋子大，大些的地方让呻吟空荡，稀释他的羞愧。

他不后悔。他说，全家人都张嘴等着，叉鱼才能有吃的。

那些冰碴，一点点扎进骨头，埋伏起来。他从年少时，就是一个携带冰碴行走的人，他在步入老年以后，以自己骨脉里的疼，交还岁月深处的债。

海是我们的摇篮，是我们的粮仓，是我们的来路，也是归途。

二

20 世纪 70 年代末 80 年代初。

我六七岁了。

在驴车上颠簸，坑洼洼的路面，让坐在车里的我东摇西晃。野芝麻举着一串一串紫色的小花，很少见的淡紫，一朵挨着一朵，传递着什么秘密。直到现在，所有穗状花序，都给我这样的感觉。惦记折几枝，姥爷说，河沟子水深，过不去。我知道，他是怕错过了扛网。狠狠地朝河边剜了几眼，那花已经摘扯到心里。车仍然不停地跑，把定车厢板，觉得每一块骨头，都脱离了它们应该待着的位置。我想如姥爷一样坐到辕板上，那样坐着，垂下腿，颠簸得荡呀荡的。姥爷拒绝了我。

涛声依旧。海风送过来腥咸的气息。木板车在落潮后的滩涂上走，不再颠簸，脚下硬实的触感以及身后车子的轻便，一定让驴得到了鼓励，迈着小步跑了起来。拐上沙滩，驴傻了，举步维艰，却没办法回头。深陷沙里的蹄子拔出来，车与驴的速度，被松软的沙滩迟滞。吱扭扭，挪动了一点又挪动一点。"吁"的一声，车停了。姥爷把鞍鞯都卸下来，拽着长长的缰绳，拴向不远处一棵碗口粗的树。没磨可拉的驴，也喜欢转圈圈，围着树转呀转的，缰绳缠在树身上。

我不转圈圈。阳光烤得沙粒子烫脚，姥爷指点我，不远处的窝棚，可以歇脚。

海边隔段距离就有这样的窝棚，低矮，敷衍，几根木头支撑苇席，外边罩上一层油布，风来挡风，雨来遮雨。它们叫"铺"，"你去'铺'上歇，看看有饭没，饿了就吃"。

锅很大，揭开锅盖，我看到不少高粱米饭，半碗鱼酱在案板上，鱼腥气充盈窝棚并不窄憋的空间。我不吃铺上的饭，高粱米饭更不吃。我也不睡铺上的被褥，阳光那么脆爽，被褥却散发出一股子霉潮味儿，用力一攥，能挤出水来。要是赶上阴雨，他们是不是就像海里的鱼一样，会在褥子间浮起来？

打网的人住在铺上，隔三岔五回趟家。

大家都听艄公的，他说出海就出海，说起网就起网。姥爷脱了外套，和大家一样，只穿着短裤，踩进齐腰深的水里，抬着网杠向海里走。他瘦，细腿长臂，骨节匀称，如果不看他花白的短发额上的纹路，没人相信，他已经是六十开外的老人。

艄公虎着脸说："谁家的孩子，怎么来择鱼！"我抬头看看他，低下头盯着网花扯住的鱼鳍，想办法把它完整地择出来。他再怎么喊，也唬不住我，懒得抬头，风吹得头发迷了眼睛。我把碎发掖在耳朵后边，明晃晃的太阳高高挂着一动不动，天膨胀着蓝，没有杂色。海上的浪不大，不紧不慢地跑过来一拨儿，又追着跑过来一拨儿。风平浪静，网上的鱼真不少。纲绳上的，谁择谁得，这是规矩。昂首挺胸，我提着沉甸甸的篮子去车旁等姥爷。在这样的天气，海鸥从来不叫，不知道是不是在忙着叼鱼。姥爷管它叫"叼鱼郎"。

网拽上来，网兜里，鱼虾螃蟹离了水，摇头摆尾挣扎，银光一闪一闪的。姥爷把鱼装进筐里，脱了外套，浸到水中洗干净。等着网上给过秤。

那是生产队打小网。

网，都是集体的。拉大网要几个大队合作，拖拉机拽。小网是生产队自己的，几杠网，划着小船撒出去，墩够了时候，起。

那一天，姥爷和他的搭档，那个我叫太姥爷的人，一起把满筐针儿鱼放到了海水里，洗得银白亮亮，像早上的露珠那么新鲜。

那些鱼，姥爷他们拿到抢到就是赚到。拉到城里去，多少有得赚。

负责的人说，今天一根鱼也不给，都订给别人了。姥爷和他们争论了几句。这样的争论，没有什么用，他的话说，"人家嘴大咱嘴小"。有两个人走过来，一声没吭，提着筐，倒进了不远处别的筐里。那不是姥爷的。我有点悲伤，心里好像被谁放了一把沙，磨着疼。我想，等我大了，不让姥爷凑海边贩鱼了。

他拿起料斗子里的毛巾，擦了擦满身水。驴又驾上辕，车轮吱扭扭转起来。我坐到车上就挑不动眼皮了，模糊听着姥爷和太姥爷你一句我一句地埋怨着。太姥爷比我姥爷年岁还大。

到家，母亲看着空筐，满眼不解。姥爷像个受了委屈的孩子，声调都低了，今天没鱼。抢了一筐，让他们给倒了。

母亲不让姥爷再去队里的网上收鱼。从那儿以后，没再去。海边许多打小网的，每个生产队都有。沿着海岸往上或往下一样能收到。

有一天，队里的网捞了许多鱼，卖不完，都堆在岸上。网上派人来找姥爷，让他们去收鱼，"跑海的，不怕鱼多，多走几趟呗！"

母亲终于逮到了机会，借以反击。她指着那个我叫舅舅的人说："今天鱼多，来喊我们了？你们办的事儿，是人干的吗？你好歹叫他个五叔，老人家脱得上下五根线儿，跟着抬网杠，猫腰躬脊紧着择鱼，你们等着洗完了倒走？倒走也行，去了大半天，干活没闲着，你们连几个打酱的小鱼也不给？哪怕让他拿回几个腥腥锅呢，也难为老人辛苦！"

舅舅听着母亲数落，张了张嘴，脸上红一阵白一阵。

母亲并没有停歇："要说是一个祖宗，你们先忘了自个儿也姓肖！要说不是一个祖宗，我骂你们祖宗十八代！"

那个负责人管姥爷叫五哥，还没出五服。

她喘了口气："反正我是嫁出去的姑娘！你去传个话吧，就说我骂了你们祖宗！"

舅舅到底扛不住这份疾风暴雨的指责，到了铺上，卷起铺盖要走人。大家你拉我拽，都不知道咋回事。

他指着那个负责人说："前些日子，你办的就不是人事儿！我为了赚这几个小钱，让人指着鼻子骂，我丢不起这人！"

铺着水盖着天，打鱼不容易。但是可以比在田里多赚几个。这是工分之外的收入。

姥爷跑海贩鱼，也要记工分。他们每天按队里规定交钱，盈余的那点儿，是赚回来的。

姥爷还是去了，说："家里姑娘，脾气急，你不知道？"

母亲自小没娘，从能扛得动长木棍开始，就被街坊邻居支使着给整条街的人家打烟囱。她在房顶上走来走去，一间一间碱土覆顶的房子，是不是也像荒败的海，看起来没个尽头，走起来也没个尽头。也帮人家搬捶衣石，搬不动，就咬着牙往院子里拽。她总是咳，人家说，小时候干活，过力了。她瘦弱，却拥有着全村人都知道的火暴性子，脾气急，眼睛里容不下沙子。她说："人争一口气，佛争一炷香。"

她很少与人争执，但她觉得被欺负，绝对不会善罢甘休。

逢年过节，队里分鱼。鱼都扒成小堆，有大有小，抓阄。母亲抓到的鱼里有一种个子特别大的青鱼，鱼子可以装满小碗。炖着吃，我从来不夹鱼肉，鱼子才是我的下饭菜。有一种螃蟹拥有着与众不同的大红腿儿，螯钳里肉厚，嚼起来有股甜味。姥爷把蟹钳打开，白花花的香钻进鼻子，我才肯咬上一口。皮皮虾揭开外壳，我只吃"王"字的那种。

一到秋上，村外渔业队的房顶上往下落鱼干儿。我天天盼着刮大风。那些鱼扁扁的，就像树叶子一样飘下来。捡回家，炖白菜，熬豆粒或者南瓜，有咬劲儿，干香干香。

渔业队院子里养了貂，还有狗。

鱼干磨粉，喂貂。那是一种披着黑色皮毛的小东西，油光水滑的毛，听说可以做大衣。冬天穿上不冷，雪花落在上边站不住。貂肉挺瘦的，和兔子肉差不多。

这个时候，织网的都坐到炕上去了。一边是旋篷和拗子，一边是越来越长的网花。

我看着她们织网，哼着刚刚学会的《大海啊，故乡》。

日历撕掉了一本旧的，又换上一本新的。

母亲握着我的手，一起走进队部那间暗窄的房子。人声鼎沸，每一张嘴都在发出不同的声音。它们从敞开的窗户飞出去，在院子里冲撞厮扭。

那里堆着不少东西，锅碗瓢盆，机器农具，木料边角，想得到的和想不到的，都挤在一起。大大小小几十份。

生产队要黄了。队里的东西要均分到每家每户。

母亲相信我抓阄的手会带好运。居然没有让她失望，我抓到的那些东西里有一台灰头土脸的柴油机；一个熟铝的大盆，比日常洗衣服的大多了，母亲说过去队里用它泡稻种。她眉开眼笑，说，只要这两样，她就知足。那个铝盆，直到现在，母亲还在用，洗衣服，或泡稻种。

海边还有打小网的，姥爷还在跑海贩鱼，却再也不用把钱交到队里换工分了。

三

20世纪80年代后期90年代初。

我已经进了中学。村子里不断有小孩子出生，有些老人再也看不到，就像大野上的庄稼，割了一茬，还有下一茬，四季总是新的。没什么变化的是房子，仍是低矮陋旧。

东风吹过来，海的气息仍旧腌渍整个村庄。

街头巷尾，略微宽敞些的地方，散乱地或者规整地堆放着各种木料。带锯没日没夜"呲呲"地响，刨末子堆成小山。

村里走海的人多了。到处都在排船。

木匠忙碌，一支铅笔别在耳朵上，每一堆木料前都有人影晃动。那时候好像整年也不用下一滴雨，天晴好干活。

墨斗子拉出带着墨汁的黑湿细绳，绷在等待破开的木料上，一条中规中矩的线"崩"地一下，种下了刀锯要走的路。木料解体，分别成了龙骨、船帮、甲板和舱房。

船的路在海上延伸得越来越远。人们的视野也越来越广。

打小网的少了，就算是浅海作业，他们也编了茬口子，那是一种小马力的渔船。

大船一开就是几十海里，当天回不来，人们在舱内休息。

离开了岸，海水呈现一种透碧的深蓝，一种源源不断的蓝，好像从开天辟地那一刻就一路蔓延过来，蓝得令人眩晕。晕船是一种什么样的感受呢？简直生不如死，像是丢失了身上的每一部分。好在，没有人一直晕船，挺过最初的难受，就习惯了在浪上颠簸。

村里的渔船造得既结实又漂亮。每一次出海，不只是捕捞，它们还顺便展示了自己良好的造船手艺。

买船的人上门了。一条船的买卖，能够赚几千块。左手进右手出那么容易。接着再买木料，过些时候，一大早，爆竹声把我从梦里喊醒，我知道，一艘新船又造好了，正等着扯上红布条，坐上拖车，去海面上漂漂荡荡。

船上的渔具越来越丰富。除拖网、流网、大眼儿网之外，人们还添了不少铁耙拖网——用来扒各种贝。海蛴、海螺、黄蛤、血蚶，什么都有。海底捞，第一次听到这个名字，是那种拖着铁耙的网具，它的齿，扎进海底，拖地三尺，拽上来的，是大大小小的蛤蜊，小的，还没有牙齿大。

这些渔具，再也不用家里的女人孩子没日没夜地忙活，它们来自渔网厂。

有一年黄蛤丰收。在每条船的甲板上山一样地堆着。

船靠了码头，一艘挨着一艘，可以从这条船的舷板跳到另一条上。父亲提着几个蛇皮袋子，扒着比他还要高出许多的船帮蹿上去，他得趁别人还没上去，多装一些。有时候跑得慢了，一条船上的黄蛤早被捷足先登的人装走了，剩下的装不满他带去的袋子。他就只好从这条船跳到下一条，连着跳五六次。装满蛤蜊的袋子沉甸甸的，扎好袋口儿，听凭船上的人把袋子放下来。齐腰深的水里，他，随着浪的涌动一耸一耸，像个没什么重量的橡皮人儿。肩膀接住，扛到自行车旁边，放好，转头再去扛下一个。

太阳从海面爬上来，夜色像退潮的水，转瞬即逝，亮晃晃的晨曦敲开了码头上饭店的门。父亲给我买了两个大豆包，里边的豆沙特别甜。

我看着他驮着满满一袋子黄蛤走过来，微微侧向一边的身子，因为负重弯得像个问号。

回到家的黄蛤被倒进院子里的一口大锅。刚刚劈好的木头架在灶膛里，鼓风机呼呼地吹，火苗子蹿起老高。用不了几分钟，香气就顺着锅盖周沿儿扑出来。揭开锅盖，那些黄蛤都张着嘴，露出好看又香肥的肉。

收购蛤肉的商贩来自外地，操着各种稀奇古怪的口音。他们住在村中，每天变换着收购的价钱。家家户户都在院子里搭了土灶，买了大锅，黄蛤源源不断地被从海上驮回来。大锅每天把蛤皮和蛤肉吐到不同的家什。

换回来的钞票有时薄有时厚。有一次，父亲去卖蛤肉，老板抹了一块多钱的零头。母亲因此唠叨不休，父亲压不住怒火，把家伙什扔了一地。我拽着弟弟，去到那户人家，找老板要回了那一块钱。

姥爷总是说，财迫精神爽。

母亲之前总是头晕，那段时间好了许多，她一边拣着蛤肉里的杂质一边说，铺着水盖着天，风一场雨一场，在船上赚钱也不容易。咱们赚点儿小钱就知足。

再怎么不容易，船上海货卖钱快。后街的老邵家，把船上拿回的钱都换成了砖瓦钢筋。

四五十岁的老邵，要去船上的时候，就换上一身满浸白碱的衣裤。走在街上的他穿着一身蓝西服，背后有点皱，可一点也没影响那种好看。他左手拎一块儿马莲系好的五花肉，晃荡着走过人多的路口。一边打着招呼，一边晃着右手的酒瓶，喊着街坊邻居去家里喝酒。黑亮的脸膛笑成了一个小太阳，像秋后的向日葵花盘，明晃晃。他家陈旧低矮的老房子一天就不见了踪影，钢筋水泥混凝土浇筑的新房子，"噌噌"地长了起来。高，宽敞，窗户又大又亮，院子里打了水泥地坪。

村民们房子翻新的速度，和排船的速度一样快。

邻街的旺财跟着大船去"趴船尾"。用街坊的话说，那是两好并一好的事。船主不用再找帮手，跟着"趴船尾"的，帮着船主下网，之后可以下几领自己带去的网，捞上来的海货各归各。等到了码头，把这些海产品卖出去，比拿固定工钱多。

走海的人最不喜欢东风，那是掀动滔天巨浪的风，不宜出海。他们一定以为风来得不会那么快！天气预报说有东风，可他们出海的时候，连个风丝儿都没有。

风带走了他们，也带走了人世所有的龃龉和缺憾，欢喜与悲愁。最初的几声哀叹稀释在岁月里，像再大的雨滴，终究会融入大海，成为它浩瀚平流的一部分。

我家没有船。父亲的辛苦却一点也不少。他起早贪黑，无冬历夏，天天去海边。一跑几十年，他脸上的每一道细纹，都藏着海的盐分。他总是希望能够多些活路儿，赚钱让我们的日子更富足。

我家也造了新房。

四

今年的5月1日到4日是假期，和四个女同学从市里出发，到新开口去吃海鲜。我们的一位男同学在码头上开了一家海鲜饭店。

一路被导航里的电子女声陪伴，车速不快。俗话说"三个女人一台戏"，车上还"附赠"了一位，想不热闹也不行。这样也好，好像还没打开期待的目光，就到了目的地。

新修的快速路路面很宽，车水马龙，并不显得拥挤。多是来逛附近的渔岛、沙雕大世界、国际滑沙活动中心的旅游大巴。

错身而过，我们离渔船码头越来越近。路旁独门独院的平房越来越多。门前的牌子上都有字：冷冻厂、孵化室、网线厂、饭店、超市。它们都与船和船上的人有关。冷冻厂负责海鲜的储藏和运输，偶尔也会做些加工的活。孵化室里养着各种鱼苗、蛤蜊苗，也有鱼虾蟹在展现各自不同的神气活现。网线厂卖的是船上需要的渔具和配件。

近几年网箱养殖扇贝的不少，院子里堆着小山一样的浮球，黑色的一个一个，比篮球大。同学饭店的后院连着冷冻厂，网袋里装着洗得干净透亮的扇贝壳，粉的白的，瓷一般的细腻，是要运走做工艺品的。

码头上新修了石头长堤，尽头是两个灯塔。朗日天蓝，再温和的风，也显得劲头儿十足。同行的玲，太阳帽转眼就卷到了沙滩上。小宣带了遮阳伞，我暗暗担心伞骨会不会折断，到底收了起来。长堤旁有人卷了裤腿在水中东走西看，我转头问身边的同学："有蛤蜊？""有！落潮可以挖到。"想起小时候，赤脚走过沙滩，蛤蜊就自己欢闹着跑过来。

1995 年开始，海上有了休渔期。

渔具以日新月异的速度迭代更新，可各种各样的鱼却没有之前那么多了。

我姥爷说，海穷了。

休渔期，给了海洋生物一个休养生息的时间。5 月到 9 月，渔船不再出海。

码头上船挨着船，有人在修渔网。趁这个时间，也有些船上坞去检修。

鱼虾螃蟹产量越来越少，价钱越来越高。

2000 年左右，有一阵子为人打工，他做的是海星生意。橘红色的海星，个个巴掌大小，在塑料箱里，清洗，上锅蒸，晾晒，再装到纸箱里，打包，而后发到广州。近旁其他冷冻厂做得更多的是虾的生意，要出口到日本。生意做得大，冷冻厂的车间又扩了几个。每个厂子里都有几十人长年劳作，活计不断。

二十年过去了，他们的收入越来越稳定，年节有加班费有福利。

海边，挖出了不少大坑，用来养虾、海参、海蟹、河豚。扬水站建好了，海水不断奔涌着从进水渠填满一个一个坑塘，泄水渠再把水带回到海里。

船越来越长，30 米的大船，要仰着头用目光去抚摸它簇新的船舷。纬导装在船上，方向更加清晰。

站在海边望向对面，各种游乐设施五颜六色，夸张地挤进眼帘，渔岛的景致触手可及。海面上，不时有摩托艇扬起一道道水柱，打个旋儿，又"突突"地响着绝尘而去。早前听说过一句话，说"望山跑死马"，那些清晰可见的山峰，让人生出近在咫尺的错觉，走到脚疼，它仍然在云天外。海边却恰恰相反，沿着海岸线前行，往往会缩短行程。

小宣和玲站在石头上，伸臂扬头，长发飘逸，摆拍造型。美颜相机功能强大，虽然不能说是如花美眷，却也看不到脸上的似水流年。

对于她们，来到海边，是回来，对于我，是从未离开。海在我的每一个细胞里荡动，我在它的每一缕腥咸里成长。

同学的饭店里外三进。时近中午，大厅座无虚席，我们被带到雅间落座。面前的桌子上放着梭子蟹，个个顶盖肥。皮皮虾的黄子呈一个"王"字，规规矩矩趴在盘子里。八爪鱼炖肉，红烧，色泽浓烈。牡蛎清蒸，小杂鱼炖酱。同学拿起一只蟹，递到我面前，正如他所说，满壳蟹黄，是很久都没尝过的味道。

美味带我回到多年前。姥爷也曾经这样掰了蟹壳递给我，把小鱼串在树枝上，烤了给我吃。

难忘乡愁

潘洪江

一、家乡的沙土地

我的老家在滦河故道大沙带腹地，人称沙窝子。小时候必备的是能把整个眼睛扣上的风镜，不然春天刮大风出门睁不开眼睛。那时候口罩极少，即便有也不敢戴出去，怕被人说矫情、显摆。

一般过了春节就开始刮大风，一直到庄稼长起来，风沙就被挡住了。大风过后，地上一层大大小小的石子瓦砾。我们通常不怎么防护，太麻烦，眼睛迷进沙子就互相翻开眼皮吹一吹，嘴里和鼻孔进了沙子就时不时吐一吐。风沙再大，生产也不能停。早春主要是挖坨，就是把沙地每半米挖一个坑，一是挡挡风沙，二是把风刮过来的腐烂树叶存住，以壮地力。

沙地只能种花生。播种时下了雨还能种上，如果不下雨，就得抗旱播种，男女老少齐上阵。我从小学到中学，几乎年年抗旱。牛车拉一个水柜到地头，我们拿桶接满，两个人抬着到地里。细软的沙子，一脚踩进去把整个鞋都没了，往往走一步，又往后退半步。大人们挑着两只桶，要到很远的水坑里担水，走起沙地来更是艰难。

好不容易把花生种上了，有的发了芽，有的干脆就膨胀一点，风一吹，发芽的和没发芽的就都裸露出来，我们都爱捡没发芽的花生吃。经过太阳曝晒，花生成红色了，搓掉皮，吃到嘴里，有一股特殊的香味儿。

发了芽扎了根的花生才能存活下来，如果雨水及时，很快就长成一簇一簇的；若遇到持续干旱，花生嫩叶都被大风吹干。等下了雨，心儿没死的又长成一簇一簇的，但棵要小许多。

到了秋季收花生，好年景一亩地二百多斤，赖年头也就几十斤。不管怎么说，那么恶劣的生存环境，花生还是顽强地活了下来，并为人们提供赖以生存的食物。

改革开放以后，家家都养猪牛，优质的农家肥施到地里，土壤越来越肥、越来越壮。土地肥沃了，花生一亩地能产一千多斤；上茬种冬小麦，下茬种夏玉米，一亩地能产两千多斤。

党的好政策给农村带来了巨大变化，我们村大街小巷都是水泥路，家家改成了水冲厕所，做饭取暖完全用电，庄稼从种到收基本实现了机械化。过去主要依赖小麦、玉米秸秆做燃料，现在把秸秆粉碎还田，或青贮喂牛。

昔日的沙土地，今日的米粮仓；昔日穷得叮当响，今日家家进小康；昔日钻门子盗洞想离开农村吃上商品粮，现今托人弄脸想把户口留在农村。

每当我驾车行驶在家乡的小路上，风沙滚滚的瘠薄地不见了，映入眼帘的是平平展展的沃土良田。又脏又乱又破的村庄不见了，取而代之的是欣欣向荣的社会主义新农村。

二、芦花飘飘

开芦花的植物叫芦苇，一般长在河湖的浅滩或池塘沟渠，田间地头也偶有生长。

我们村头有一个大水坑，周边长满了芦苇。每年春天芦苇从水里冒出嫩尖儿，然后叶子逐渐伸展，细长的枝干一节一节长高。到了农历五月初五端午节的前几天，人们都蹚水去劈长成的叶子，然后用锅煮熟，深绿的叶子即刻变成浅黄色，散发出浓浓的香气。

包粽子，过五月节，是人们最盼望的活动之一。家家都要提前把糯米泡上，等过节当天就围在一起包粽子；端午也是采摘艾叶的最佳时期，人们把艾草挂在门口，祈望避邪消灾。端午节家家都要把未过门的媳妇叫过来，一是融洽一下感情，二是考察一下有没有眼力见儿。

芦苇产区等冻了冰才收割，家家冬闲了就编草席。品种有炕席、篓子、墼子等。炕席铺在火炕上，一般过年或娶媳妇了才换新的。篓子和墼子是存粮食用的。我们不产芦苇的地方，谁家第二年春天准备盖房子，冬天就要备下芦苇。细的穿成帘子，粗的编成笆。细帘子放在椽子上，笆放在帘子上，然后才铺夯土和焦砟。

每当跟车到柏各庄农垦区拉苇子，我都被随风飘荡的芦花所吸引，远远望去，像麦浪，似花海，又像含笑的姑娘微微向你点头。芦花虽说不上美，但它给人以力量。因为芦苇大多生长在盐碱瘠薄地，不用施肥，也不用耕种，顽强地年复一年、日复一日生长。芦苇开花的季节是收获的季节，稻子熟了，玉米熟了，高粱熟了……每到这个季节，辛苦一年的人们，都会尽情地享受丰收的喜悦。

我坐着马车，欣赏着一眼望不到边的芦花，听着芦叶随着秋风唰唰作响，想着拉到苇子就要盖新房娶媳妇，一种幸福感油然而生，对美好生活的向往也越来越强烈。

每年秋后农闲了，男人们都要用高粱秆穿一个茅草排子，绑上一个搂草的大耙子，用绳子缚在身上，拉着往前走，地上的草就聚集到大耙上，搂满了就卸到排子上，而后继续前行。排子满了就卸下来，这就是一个茅草。走的快的一天能搂十几个，我最多搂五个。起初都是到长过庄稼的大田中搂，后来发现，凡是有几棵芦苇晃荡的地方，草就多。慢慢地，每当我看见远处有芦花飘扬，就要紧追过去。这样一天至少多搂两三个茅草。一日三餐、冬季烧炕就多了一份保障。

当年茅草和庄稼秸秆是农村的主要燃料，草木灰还可以肥田。现在农村都用上了液化气和电取暖做饭，秸秆粉碎还田了。建房都是水泥浇筑，保存粮食也是组合式粮仓，苇子基本不用了。

芦花不常见了，但对它的记忆永远在我心中。

三、妈妈的织布机

礼拜天我回老家帮妈妈收拾屋子，在东厢房，发现了落满尘土的老式木制织布机，这个老物件，勾起我太多的回忆。

那是姥姥用过的织布机，作为陪嫁，随妈妈到了我们家。那时候全村也没有几台，都是轮着用，用一次给 10 个鸡蛋。

要想织成布，必须先纺线。把弹好的棉花搓成布揭，10 根布揭捆成一捆。纺线用的纺车也是用几块木板条拼成个圆形，穿上细绳，连接机头，摇动纺车带动机头转动。机头绑上一根长钉子，布揭头儿先抽出一点线缠在机头，然后右手摇动纺车，左手拿着布揭拉丝，一个一个的穗子就形成了。我记得奶奶成年累月地纺线。她有胃病，每顿饭只吃半碗玉米糁子粥、几根咸菜条儿。胳膊瘦的像根麻秆，青筋一根根清晰可见。吃过饭就开始纺线，困了累了就趴在纺车上眯瞪会儿。

一根根穗子上的线还要缠到㧟子上，这才能进入下一个程序——经布。

经布可是技术活，一般都请专业师傅来做。当年会经布的师傅可吃香了，四外八庄追着请，收入也是最丰厚的。

经布先走缯儿，把经线卷在可以转动的木轴上，穿过缯，就可以织布了。

纬线用梭一次一次穿过上下交替的经线，扳动缯，就形成了布。妈妈五六天就能织一匹布（旧尺，一匹布 15 尺），是公认的织布好手。一般农户生产队分点棉花，有的自留地还种点儿，织成布够全家老小一年穿用。

随着人们商品意识的增强，已经不满足于自给自足了。很多人都把布拿到集市出售，然后买回棉花，织成布再出售。

勤劳人家靠织布日子过得红红火火，盖房子，娶媳妇，置办三大件（自行车、缝纫机、收音机）。

"文化大革命"后期，割资本主义尾巴，集市取消了。不但布匹粮食不允许出售，就连卖个鸡蛋鸭蛋都不行。

一家人过日子，总得买个灯油、火柴等生活用品，没个零用钱怎么行，于是黑集市就形成了。黑集市在隐蔽地方，人们天不亮就都赶到了。有卖粮食的，有卖土布的，还有卖粮票布票的。布票一个人一年十七尺三寸，有的不买供销社的布，省下来换些零花钱。也不排除有头脑灵活的人倒买倒卖的。天刚亮，税务所的就开始收缴了。人们都四散逃跑，也有跑不及被抢走的。

改革开放以后，买布不用布票了，织布机也逐渐退出了人们的生活。但朝夕相处的织布机妈妈舍不得丢掉，一直保存到现在。

四、五爷爷

我太爷爷生了五个儿子，老二、老三早亡，大爷爷主事，每天挑着担子卖菜，卖菜的钱买回什么就吃什么。有一年黍子（黏米）丰收，价格便宜，大爷爷就经常买黍子回来。把黍子带皮碾成粉，蒸成黏窝窝，吃得都拉不下屎来。五爷爷是老小，整天无所事事，上墙爬树，打架惹事，威严的太爷爷也拿他没有办法。眼瞅着半大小子了，这样下去谁给个媳妇呀。再说了，一大家子二十几口子，就指着一亩多的空宅子开成的菜园子，吃了上顿愁下顿，日子实在难熬。无奈之下，太爷爷狠心将五爷爷卖给了"中央军"，换回了 10 块大洋。

太爷爷卖了老儿子，整天唉声叹气，无心干活儿；太奶奶更是以泪洗面，整天念叨老儿子。说来也巧，五爷爷走了不到十天，竟然回来了。据说是在丰润练兵时，他趁长官不备，借着夜色翻墙跑出来了。回到家也不敢出门，躲在屋内的慢子上，直到"中央军"不再追究，才出屋干些农活儿。

到了男大当婚的年纪，太爷爷给五爷爷娶了一房媳妇，也就是我的五奶奶。

五奶奶是大户人家的千金，虽说土改平分了，大小姐的习气依然存在，整天涂脂抹粉、打扮身子，不要说打水浇菜，针线活儿也不会几样。五爷爷不喜欢五奶奶，是太爷爷逼着拜了天地。有人说太爷爷觉得大户人家的孩子有教养，知书达礼，孝敬公婆。

日子一天一天过去，五奶奶也入乡随俗，跟着嫂嫂们干些捆菜之类的粗活儿，五爷爷也逐渐接受了五奶奶。

五奶奶有个妹妹，长得细皮白肉，一条大辫子垂到屁股，走起路来一扭一扭，颇有几分姿色。据说我这个姨奶奶看不上我姨爷爷，这才经常住姐姐家。我五爷爷的英俊潇洒，着实吸引了我姨奶奶，两个年轻人经常眉来眼去。我五爷爷原来卖菜，一出去就是一天。为了能和姨奶奶在一起，五爷爷说啥也不卖菜去了，宁可在园子里干最脏最累的活儿。日子长了，人们都看在眼里，急在心上。我五奶奶还算大度，没有做出让妹妹难堪的举动，而是托人捎信儿给姨爷爷，让把姨奶奶接回去，并告诉姨爷爷以后不能套车送她过来。

我中学毕业后回到村里干农活儿，所在的是第七生产队，五爷爷是队长。每天天不亮，五爷爷就敲响挂在树杈上的一小段儿铁轨，招呼大家上早工。早晨干活儿一般都是骑着垄拔草。露水把裤裆裤腿儿荡湿了，贴在腿上，凉飕飕的，有的再沾上些泥土，像个乞丐似的。大约一个多小时早工就结束了，回家换完衣服吃过饭，一袋烟的工夫，铁轨声又响起了。人们陆续从家里来到队站的门外，蹲在路两旁，等待队长分配活计。我五爷爷一个一个安排完毕，就带着大家下地了。零星活儿派几个人去完成，大宗活计一般都是五爷爷带队去干。

小麦灌浆期，玉米也有膝盖高，需要松土锄草。第一次锄耢叫耢背儿，之后还要耢二遍、耢三遍。生产队时期没有多少农家肥，主要是家家搭火炕换下来的烟熏过的土坯，还有冬季从水坑里捞上来的淤泥，混合上些草木灰和人粪尿。遇到干旱年头儿，土地板结，一锄下去，蹦起老高，把手震得生疼。这个时候五爷爷就会告诉我，要会用巧劲儿，不然会很累的。不管怎么说，耢背儿这活儿我是怕了，干一天，人像散了架子。比耢背儿还难的当数耢三遍了。人在庄稼里钻，不停地往玉米根部培土。闷热的天气，不要说干活儿，在里边走一遍都会使人喘不过气来。干到地头儿，钻出玉米地，凉风一吹，那感觉是常人体会不到的；再喝上一瓢用大铁桶挑来的井水，那滋味，是任何饮品也比不上的。

五爷爷有个习惯——爱恋晌，也就是不按时下班。尤其下午，非得干到天黑日头没才收工。人们吃完晚饭，就三三两两地来到队站记工。队站共三间，东边一间是库房，中间是过堂，搭一个灶台连着西屋土炕。西屋便是人们经常活动的屋子。早到的可以坐在炕上，晚到的就蹲在地上或堂屋。这个点儿也是煮猪食的时间，因为一大早就得喂猪。炕缝冒烟，加上一些人吧嗒吧嗒不停地抽老旱烟，屋内云雾缭绕，呛得人嗓子发紧。上了些年纪的不停地咳嗽，大口痰吐一地，踩一脚黏黏糊糊，不小心还刺溜个跟头。五爷爷给每个社员评分，记工员记上。记完工，一天就算正式结束了。

人们回到家里，只听家家门插棍儿咯嘣咯嘣响，便是上炕睡觉了，也有妇女们忙于针线活，挑灯夜战的。

干一天活儿记满了是十分工，也就是一个工。好年景，一个工分值五毛到八毛。搞得好的队，又有副业，分值要高些。那时的分配是人八劳二，也就是按人头儿分八成粮、棉、油和柴草，按工分分二成，年终找齐。这样的分配方式不是哪个生产队决定的，是国家的分配政策。劳力多孩子少的就有意见，我五爷爷总是解释说，你们不要看一时，孩子总有大的时候，你们也有老的时候，这叫你们养他们小、他们养你们老。

五爷爷当队长从来不要报酬，按现在的话说就是甘于奉献。别看队长是最小的官儿，但也不是谁都能当好的。全队十几块地的地垄地边要非常清楚，不然就会和邻队发生纠纷。全年哪块地种什么，都得安排妥当，备足种子、肥料和农药。全年上缴的公粮要扬净晒干，保质保量。200 来口子的吃喝拉撒都要想周全。邻里闹纠纷自然也得到场。

多年以后，我有幸出来工作了，还做了比队长大的"官儿"。每当遇到困难或者不顺，我都要想想五爷爷。

五、大老赵和二老赵

村里边没有一个人能说出老赵家这哥俩的名字，只知道老大叫大老赵，老二叫二老赵。哥俩 20 世纪 70 年代初回到村里，究竟为什么回来，谁也说不清楚。

两个光棍汉，各过各的。哥俩身无分文，从这家要把粮食，从那家掠把柴火，人家种的菜园子都和他们自己的一样。馋了，二老赵就偷个鸡，或者打死个狗，煮一大锅吃几天。这样潇洒的日子没过多久，二老赵进去了。

大老赵老实本分，天天到生产队干活儿。赶车、扶犁、点种、撒粪这几宗活计，都是成把式干的，大老赵拿不起来，只能天天到粪场捣粪。全队有一个大积肥场，各家起出来的猪圈粪、搭炕换下来的土坯、冬天从低洼处铲来的淤泥等都堆在一起，上边倒上从各家茅房挑来的大粪，经过发酵，散发出浓浓的

"粪香"。

大老赵在粪场天天讲述他在林西剧院拉大幕时期的美事儿。吃白面馒头，菜里还放酱油呢。还说市里的姑娘媳妇都细皮嫩肉，大腿白白胖胖！说到兴头上，嘴里直流哈喇子。

那个时期不允许开荒种地，队长看大老赵可怜，就帮他在没堆粪的空场开出二分地，种上了芥苣。大老赵每天都像伺候孩子一样精心，盼着它们快快长大。

芥苣卖了三块钱，这对大老赵来说可是一笔巨款。要知道，他可是大半年手里没有一分钱。那年头儿二分钱一盒火柴，五毛钱吃个炒菜。

进去两年，二老赵终于出狱了。好心人都盼着他改好，省的祸害别人，还给他介绍一个要饭的做媳妇。日子没过多久，狱里给的那点盘缠花得差不多了，又把隔壁的鸡偷着吃了。媳妇见他不务正业，宁可要着吃，也不跟他过了。

有一天，二老赵把村东李姓人家的二姑娘给祸害了，派出所把他带走，又判了五年。听接触过他的人说，二进宫他是故意的，经常听他说还是监狱好。

大老赵踏实肯干，日子也见抬头，原来跟了几天二老赵的那个要饭的姑娘，又和大老赵过上了。不到一年，还生了个胖小子。大老赵给儿子起名叫喜子。

喜子虎头虎脑，十分可爱，大老赵逢人便夸。大老赵媳妇泥里水里，炕上地下，成了过日子的好手。人们都说别看大老赵傻，但傻人有傻福。

梦

刘桂琴

清明时节，和妹妹约好回家去祭奠父母及兄嫂。每到这个祭祖的日子，我的心里总是酸酸的、痛痛的。

也许是日有所思、夜有所梦吧，当晚我就做了一个很长很长的梦。

梦里，我清晰地看见父母双亲在我家老房子里的炕上坐着，我扑向母亲的怀抱，又紧紧地拉着父亲的手，二老微笑着、慈祥地看着我……

突然，我觉得我的手空空的，好像父亲已不在身旁，我仍然依偎在母亲的怀里，母亲紧紧地抱着我、轻轻地拍着我……

哦，我明白了，父亲是去工作了，家里只有母亲来照顾我们兄妹四人了。

那是1958年，新集镇刚刚成立的卫生院招聘父亲去做会计工作，这上有老下有小的家庭重担，就全部落在母亲的肩上了（那时奶奶还健在，在我们家和大爹、二爹家轮流住）。

接下来的日子，母亲过得非常艰难。父亲出去工作常年不在家，母亲孤身一人带领着我们兄妹四人，跌跌撞撞地经历了各个时期坎坎坷坷的岁月。

在我的记忆里，印象最深的是1958年的"大跃进"、全民吃食堂、大炼钢铁。

全民吃食堂，就是把家家户户所有的粮食和做饭用的锅收到生产队，由生产队统一管理。看着自家省吃俭用攒下来的粮食，一粒不剩地全部被拿走，还有一口大锅一口小锅也都被拿走了，别说是母亲，当时就是我这个不懂事的孩子也知道心疼，看得出来母亲很难过，当时也很难理解为什么把大锅小锅也都拿走了呢？没办法，全村都这样。

然后全村以各个生产队为单位，找房屋建食堂。我记得我家后院二婶家有几间空闲的房子，就做了我们生产队的食堂，有火房、有大厅。家家户户再把自己的饭桌、小凳子都统一放到食堂大厅，早上、中午、晚上，一天三顿饭都是按生产队规定的时间去吃饭，刚开始的伙食搞得还不错，大家都能吃得饱。

到 1959 年各家就把饭打到家里去吃，这时粮食很紧张，基本上就吃不饱了，食堂的饭里就掺杂干菜叶子、萝卜干、白薯秧子等一些代食品。

到了 1960 年粮食更加紧缺，就全靠代食品了，玉米骨头、花生皮、榆树皮、杨树叶子等什么都吃。

1961 年，这全民食堂实在坚持不下去，就宣布解散了。

1959 年至 1961 年三年困难时期，我们家的日子更难熬了。食堂也解散了，艰苦到每人每天就发给二两皮粮的返销粮，母亲为了让我们兄妹四人填饱肚子，吃尽了苦头。母亲每天正常去生产队参加劳动（因为生产队规定出勤率必须得完成），还得起早贪黑地去挖野菜和找一些代食品，还要捡柴火。缠裹过足的母亲，收工回来背着一大捆柴火的身影，永远刻在我脑海里。每每想起母亲那咬牙弯腰艰难前行的身影，我不由自主地就泪流满面了。

用庄户人家的说法，母亲是个极会过日子的人。母亲一直都是在精打细算，有条不紊地安排着家中的一切大小事情。

我家那点少得可怜的布票都用来给父亲买衣服，因为父亲出去工作，总得穿得体面点吧。那时我家盖的棉被的被面，都是过去的那种老式印花家织布的，被里儿则是白色家织布的。冬天的衬衣衬裤也都是白色家织布的，棉裤外面穿的单裤罩是黑色家织布的，有时也用母亲的布料做。棉衣服则都是用母亲的旧衣服改着穿，有些小棉袄根本不用改，拿起来就能穿，因母亲年轻的时候根本就没毛衣，大棉袄里面套小棉袄。那些小棉袄大都是红色平纹布的，我们在春秋两季初冷乍暖的时候穿。夏天的衣服是用母亲的布料做，那时的布都是棉线的，有平纹的、有斜纹的，颜色都不如现在的好看，但是只要经过母亲那灵巧的双手做出来的衣服，那做工是别人不能比拟的，所以不管是过去的布还是家织布或者是用母亲的旗袍改成的衣服，只要我们穿出去，没有鄙视的眼光只有羡慕的眼光。

由于母亲自己省吃俭用地省下一些衣服和布料（这些都是母亲从娘家带来的），再加上母亲的合理安排，即便在最困难的时候，我们兄妹四人穿得还算可以，即使没什么好的，最起码不挨冷受冻。我们是穿好穿暖了，可母亲却很艰苦，好一点的都让我们穿了，母亲总是拣最次的穿，每次我们让母亲穿得好一点，母亲总是说："唉，妈都老了，穿蟒袍挂玉带也是这个样子了，你们穿好一点出去读书、出去做事，别人看着好，我也跟着光彩。"从我记事起母亲根本就没买过衣服，总是穿着她那些老款式的衣服。

　　仔细想起来，母亲这辈子吃了太多的苦，连一天的福都没享过。那时父亲的工资很低，6口人的家庭（父亲、母亲和我们兄妹四人）能参加劳动挣工分的只有母亲一人，父亲在卫生院上班，我们兄妹都在读书。当时农村的分配政策是：人三劳七，就是按人口分配粮食、柴火、菜类等东西是三成，工分是七成，这样的分配制度，我们这样没有劳动力的家庭，那困难的苦日子是怎么熬过来的，就可想而知了。

　　在那艰苦的岁月里，母亲穿的让着我们穿，吃的也是让着我们吃，到现在我都不知道母亲爱吃什么。只要是父亲和我们爱吃的东西，母亲总是说自己不爱吃，而且是连一口都不尝。而父亲和我们不爱吃的东西却成了母亲的美味佳肴。母亲身体也不是很好，但是她以超人的毅力咬牙坚持着，支撑着这个家。

　　后来，我考上了荒佃庄中学，因我家离学校不够十里路，不能住校只得走读。就是我这个走读生，给母亲带来那么大的困难和艰辛，每每想起这些，我都是揪心地痛。

　　常言道：寒窗苦读，我读初中、高中的那几年，我心里非常明白，母亲吃的苦胜过我百倍千倍。

　　我们是七点半上课，我在路上就得走一个小时，母亲得三点半就起来做饭。困难时期基本上没有大米、白面这些细粮，只有高粱米、地瓜干米、苞米这些粗粮，这些粗粮又很难煮烂，必须头天晚上泡上米，第二天早起烧火煮粥。那时也没有柴火，只得烧煤。一早晨那风匣拉得噼里啪啦的，没一个半小时那粥是煮不熟的。就是这么累，母亲也不忍心早一点叫我起来帮她做点什么，就连中午我带饭的饭盒都是母亲帮我装好后，才叫我起来吃饭。现在想起来，我也真不懂事，也不知道帮着母亲分担一些生活中的艰辛。

　　在那特殊的年代，母亲过着苦日子，真恨不得将一分钱掰成两半花，我们家里连一个钟表都舍不得买，母亲白天只能凭着日光照在窗棂上的影子计算着大约的时间，晚上凭着鸡叫的遍数约莫时间。

　　干一天重体力活的母亲，上半夜在煤油灯下为我们缝衣服、做鞋子、补袜子，下半夜三点半就开始生火做饭，我放学回来母亲又得热饭。那种艰辛、那种劳累，常人是很难承受的。

　　这么多年过去了，我总是想起母亲为了我读书辛苦受累的情景。

　　我上初一时，春季的一天晚上，月亮亮得如同白天一般，母亲和往常一样做完针线活刚刚睡着，朦胧中觉得屋里外头都很亮了。母亲以为是天亮了，自己睡过了头，急忙起来后才发现是月亮照的，鸡才叫头遍，劳累了一天半宿的母亲生怕真的睡过了头，索性就不睡了，继续做针线活。

还有一次，同年的冬天，那天天阴得很沉，飘着稀稀拉拉的小清雪，很冷。那天的课外活动延长了三十分钟，本来冬天天就短，正常放学到家的时候几乎都是黑天，这天就更晚了。母亲以为我不回来，去姥家了（姥家离学校近，恶劣天气有时就去），就没给我留饭。后来我回来了，小脸都快冻僵了，尽管戴着手套，手还是冰凉冰凉的。母亲看我冻成这个样子，心疼地用她那双热乎乎的大手攥着我那双冰凉凉的小手，母亲的温暖传给了我，我却把冰冷传给了母亲。母亲看着我的手暖和过来了，就让我上炕暖和着，她又去为我做饭。

那时的炊具就是大锅、煤灶和大风匣，就是做一个人的饭也是煮高粱米掺地瓜干米的粥。做熟一顿饭是很累人的。那天也不例外，母亲先用柴火把煤火引着，就刷锅、添水、淘米，又是噼拉啪啦的大风匣声，过了一会儿，母亲拿着一块白薯递给我说："你先吃着，这个白薯不算太凉，过一会儿粥就熟了。"说实在的，白薯这东西现在觉得好吃，那时我曾说过，一辈子不吃都不想它。可现在我想等着吃饭，母亲却让我吃这白薯，我就开始犯浑生气了。等到母亲忙前忙后、跑来转去地把饭菜都摆到饭桌上时，我却赌气不吃了。母亲三番两次叫我吃，我连动都不动一下，母亲看着那热气腾腾的粥和那特意为我加了点油的菜（那时吃的油很金贵，不是来客人，熬菜很少放油），重重地叹了口气就出去了。我正生气呢也没多想，一会儿，对面屋的二妈来告诉我说："你们怎么了？你妈在外面哭呢。"这下我可着急了，母亲是最刚强的人，不管遇到多么大的挫折、受了多么大的委屈，从没掉过一滴眼泪。这会儿是怎么了呢？是生我的气了吗？我赶紧跑到母亲跟前，看到母亲站在那没有一点热气的外屋，默默地流着那心疼女儿的眼泪。看着母亲难过的样子，我已说不出话来，只是哭。这时的母亲一不说我、二不骂我，反而劝我去吃饭。我亲爱的母亲哪！哪怕您打我一顿、骂我一顿，或许我还好受点，可您这样，让我做女儿的怎么受得起呀！您是嫌那粗粮粥熟得慢，怕我饿才让我先吃这个白薯的，可我怎么就犯下这既幼稚又愚蠢的错误呢？竟然连一个三岁的小孩子都不如了呢？误会了母亲的好意，误解了那纯真而神圣的母爱。

母亲为了我读书所吃的苦，何止是这一件两件，桩桩件件我都记在心里，我一生最大的遗憾，就是因为那个时代的原因，错过了考大学的机会，也就是人们口中所说的，我没能出息，母亲的愿望没能实现，我也没能给母亲以回报。

母亲经受了千辛万苦把我们兄妹四人养大成人。母亲为了我们，奉献了无以回报的养育之恩。她像蜡烛一样燃尽了自己，温暖和照亮了我们的人生。她为我们擦屎擦尿，教我们学说话，扶着我们迈出人生的第一步，一口水一口饭地把我们喂大，那一滴滴奶水就是一滴滴血水，我们喝了她老人家多少的血水呀！母亲为我们付出的太多太多，从不要求我们做儿女的有任何回报。如果我们哪怕是做一丁点作为儿女的应该做的事情，母亲都会很满足，会笑得很开心。母亲，是伟大的母亲，慈爱的母亲！

1993年，母亲在我家住了几个月，是快过春节的时候回去的。不知什么时候，谁定的不成文的规定，有儿子的老人不能在女儿家过春节。母亲要回去过春节了，我和母亲商定好了，过完正月再回来。谁承想母亲这一走，就永远没能再回来了。

正月十三，我是被大侄女叫回去的，听说母亲病了，我是一路走一路哭着到家的。到家看着母亲有气无力地躺着，又是一阵心酸，可母亲的心里非常明白，她看到我的眼睛红了就说："你一宿没睡觉？看把眼睛都熬红了。"我亲爱的母亲呀！您在弥留之际还在关心着我呀！您既然这样惦记着我们、不舍得我们，您为什么现在就撒手要走了呢？我们还没有报答您的养育之恩，您留下来让我们做儿女的尽尽孝心吧！您就这样走了，给我们留下了多少的遗憾、给我们留下了多少的不甘心！恩重如山的母亲啊！

1993年正月十五，母亲安详地走了。

俗话说：八月十五阴了月，正月十五雪打灯。那天晚上我看着这漫天的鹅毛大雪，也无心考察八月十五是否阴了月，只想着，母亲的走也许是感天动地了吧。母亲虽然是一名没什么文化的农村老太太，但是母亲用一辈子的精力、心血，无怨无悔地服侍老人、培养抚育下一代。母亲是我们老刘家的有功之臣。母亲的一生，有目共睹，心地善良屈己待人，不畏艰难困苦，有志气，乐于助人，心胸宽广，也许这也叫"天地戴孝"吧。

母亲走后，父亲年岁也大了，我回家的次数就多起来了，每次我们回去。父亲都竭尽全力地为我们张罗一桌子好饭菜。在我的记忆里，父亲总是很细心地关心着我们、爱护着我们，就连我学裁剪、做缝纫活都还是父亲启蒙的呢。

1966年，单位给了父亲一张缝纫机票，那个时候买缝纫机，真有点不敢想，父亲觉得这张缝纫机票来得很不容易，就找大爹和二爹借些钱买了一台飞人牌的缝纫机。后来父亲又买来学裁剪的书和裁剪专用尺，这把尺到现在我还保留着呢！这是父亲送给我的最珍贵的礼物。

正值"文化大革命"时期，我们学校和全国的学校一样，停课闹革命了。每人每天都背着军用式的草绿色的挎包，有的还绣上毛主席题写的"为人民服务"字样，里边就装着毛主席语录和毛主席的"老三篇"，再就是大批判材料。上学也是一天打鱼十天晒网的，后来又自由结组到处去串联，去不去学校都没人管了。就是在这种情况下，我不负父亲所望，参考着裁剪书，用父亲给我的那把裁剪专用尺，还真的学会了裁剪及缝纫活。

就是在做中山装的时候，下面那两个大吊兜，裁剪的时候知道多放出 1.5 寸的做线，做的时候就不会把底部对角处先缝起来，还是父亲到他们单位附近的缝纫组学来后再教会我的。

父亲是在 93 岁的时候突然走的，父亲的身体一直都很健壮。

每次我们回家，他老人家总是到村口的小溪旁迎接我们，到我们要走的时候，又是依依不舍地送我们到村口的小溪旁。看得出来父亲很珍惜我们每次幸福相聚的时刻。

每年的清明节、七月十五、十月初一、腊月二十一都是给母亲送纸钱的日子，还有四月十八是我村的庙会，再就是正月十四是父亲的生日，这些都是我们必须回家的日子。

可就是有了这些雷打不动的约定，我还曾经犯下过不可饶恕的错误。

那是在父亲 87 岁生日的时候，我本来是准备好了要回家去陪父亲过生日的，因为临时有点急事就没去成，也没来得及通知父亲，这件事就成了我一生的心病。

那天发生的事，还是过后大妈家弟媳妇告诉我的，她说：那天父亲一整个上午、中午都在村口的小溪旁等我，任兄妹们怎么劝，父亲就是不回去，依然在那初春的寒风中站着、遥望着，期盼着我的出现，一直等到 12 点了，才不情愿地回去，连中午饭都没吃好，唉，父亲这生日过得呀！

这件事在我的心里存放着这么年了，我每次回想起来，心里都如同万根钢针扎一样痛，流不尽那悔恨的泪水。

我仿佛又看见了，我亲爱的父亲，在那寒风中飘起的白发和那令人心痛、心碎的眼神……我哭着、喊着，父亲我错了，这样的错误我永远都不会再犯了。如果时间可以重来，我会放弃一切，好好地陪着您过生日的，父亲我错了，您原谅我了吗？我真的知道错了……

我从梦中哭醒了，擦着满脸的泪水、摸着湿漉漉的枕巾。我在想啊，老话说的没错，七十要个妈、八十要个家，可现在的我，什么都没有了，父亲、母亲都走了，连兄嫂也去了天堂，我突然觉得很孤独、很无助，我的心一下子被掏空了。

那曾经充满着温暖和欢乐的老房子、那留下父亲的脚印和身影的村口小溪旁、那风里雨里我走过几十年的回家的路，都变成了回忆，那里所发生的一切都变成了故事。

只有一辈子也做不完的这长长的梦，紧紧地跟随着我。

柳园之恋（外一篇）

王淑芳

"最是留人湖畔柳。"柳园，是无数汇文学子魂牵梦绕的故地。柳，即留。故地有故人、故事，而故事最经不起一个情字。柳与水的深情，柳不说，水也不说，但我们都懂。汇文人与柳园的深情，也是这样。"水是眼波横，柳是眉峰聚。欲问行人去那边？眉眼盈盈处。"每一个汇文学子，都会有一段记忆，是关于三角湖的。观柳，想心事，或者跟好友手牵手地散步聊天。笑，或者流泪。柳园，留下了太多的汇文故事，留下了太多的同学深情。

柳园之水，便是汇文湖。汇文湖是建校初期就有的一个湖。湖水为地下水，常年不干涸。"汇文湖"是她的"大名"。一个更亲切的名字，叫"三角湖"，像她的乳名，汇文人都这么叫她。"三角"，言其形，言其小，言其在汇文人心目中的美好的温度。

汇文的春天，总是先上柳梢头。然后那柔软的柳条，唤醒了沉睡的湖水，染绿了满园春色。鱼儿在水中游动，搅动平静的湖面，想起徐志摩的诗：

揉碎在浮藻间，
沉淀着彩虹似的梦。

前一段时间，汇文湖装上了音乐喷泉。伴着《汇文湖》的优美旋律，泉水清透喷洒，那一湖的睡莲，温婉静美。汇文湖上的一排红房，是汇文艺术馆。原来是学校的音乐教室。音乐还在，音乐教室却搬离了这个诗意的地方。

我一直以为，汇文之美，最美在柳园。柳傍水而生，很像水飞腾的姿态。每一滴水向上飞腾，又倒垂下来，回到水里。水中的音乐喷泉，很好地诠释了我的观点。伴随着《汇文湖》的音乐，水柱变换着各种姿态，又很像柳的样子。时而婀娜，时而劲挺，时而扶摇如鱼龙腾跃，时而洒落如瀑布挂川。

我在湖边驻足，凝神聆听起这首《汇文湖》。这是一首非常优美婉转的歌曲，音乐欢快柔和，歌词诗意盎然：

天边的晚霞那样温柔灿烂，风儿送来紫罗兰的香甜。忙完了一天的功课，三三两两徜徉在汇文湖畔。唱起那轻快的歌谣，一天的疲惫烟消云散。……啊，汇文湖，你多像一扇心灵的门窗，愉快的心情伴随我每一天。

歌曲能醉人。加上这喷泉，醉得更深。我拿着手机不停地拍照。喷泉起落，风拂柳动，感觉每一个角度，都有不同的美。

柳树，我时常去看。与其说是去看柳，不如说是去看心。总感觉我的魂有一缕系在了柳梢上，不看看，就不踏实。这些年，为汇文写了许多的诗，许多中的许多，是关于汇文柳。也许是这些树的树龄震撼了我的诗情，也许是这些树的蓬勃感染了我的激情，也许是这些树，太安静，像极了骨子里的我。

在柳树还只是泛黄的时候，我便懂了柳树。我的诗便随着这柳，不停地生长：

依稀又见柳丝黄，倚得东风势不狂。
三月应怜潜夜雨，阳春总爱好晨光。
纤纤储蕴卓然气，落落抖来小锋芒。
紫燕枝头轻振翅，歌声催长水中秧。

文人之雅，便是诗的唱和。尤其是依原韵，又能拓新境的唱和，更是如酒如茶，如畅聊。我的一位老师和了我的诗：

疏枝乍见吐鹅黄，再看千条舞正狂。
阳春曾恨飞雪雨，冷夜轻吟盼曙光。
窗外荒堤萦瑞气，郭南细草亮微芒。
檐头喜鹊抒青翅，蒲水又栽菱角秧。

老师的和诗让我懂得，人生有起落，自然有春天。只要根还在，树就不会死。只要初心不改，就能够做自己的主人，让自己从枯萎中抽出新枝新叶，从寒冷的冬天走出来。

柳絮飘时，我作了一首诗：

细韵堆烟如赋诗，殷勤青鸟踏虬枝。
柳花弄雪迷离影，笑问客人知不知？

我哪里是问客人，我只是问我自己，世间迷离万象，你有没有大风吹不动的信念？

"枝上柳绵吹又少，天涯何处无芳草。"苏轼寥寥几笔，早回答了我的问题，道出了一种对待人生、对待失去的态度，与我契合。

春天在我的关注下长大，我也在柳树的呵护下坚强起来。在柳树这里，我不伤春，也不伤自己。看柳絮因风而起，却不因风而落，那不再是我的驿动。那只是自然中不可或缺的一幕，我是一个安静的看客。

我的心，澄澈如水。春天是一个疗伤的季节，春天更是一个自愈的季节。无数次孤独地行走在喧嚣的校园，这湖边的柳树，像一个和蔼而睿智的老人，静静地等待我，把我的心事讲完。然后用那一双粗糙而温暖的手，梳理我凌乱的思绪，指给我看豁然的天。

于是，面对百花凋伤的春暮，我写了一首诗：

湖光泉水漾清波，杨柳依依相唱和。
正是汇文春意闹，撑船谁又种莲荷。

在自己的心田埋下一粒莲子，就不会对着易逝的春光哭泣，而是会盼着夏天的早日到来，让亭亭净植的莲花荷叶，撑起夏日的清爽。

在一个晚秋，看着无力的柳叶飘落到水中，我填一首《唐多令》：

柳叶已酬秋，柳枝荡浅流。客里相逢汇文楼。
物换情移人未改，向去日，总添愁。缥缈旧桥头。
故人曾记否？木船牛车共盈眸。
欲买两瓶浓烈酒，邀老友，醉方休。

我最终没有喝浓烈酒的雅量，却悟得了柳树的禅意。顺应自然的规律，笑看四季的辗转，诸事随缘，便能走向人生的圆满。以一种自然之力走进春天，是历练，更像涅槃。一点一点，去掉浮躁，去掉虚荣，沉淀出一种不悲不喜的静气，一种不抢不争的淡然。心中有了一份笃定的情怀，像信仰，不离不弃。于是，我有了一种通透的彻悟。

仿佛自己也变成一棵柳树，很小的柳树，在那些大树的包围下，不再感到局促不安，而是一种正视自己的坦然。这些大树不是我的压力，而是我忘年的朋友。总有一个不断远去的自己，如梦远诗荒的过往，也总有一个春柳一样全新的自己，把目光投向更远的诗和远方。脚步越来越轻，越来越坚定。

禅不在寺庙，禅在我与柳的神聊之中，逐渐由混沌转为清晰。于是，秋又如何？冬又如何？无门和尚有一首诗偈："春有百花秋有月，夏有凉风冬有雪。若无闲事挂心头，便是人间好时节。"

朱自清在《荷塘月色》里提到这首诗偈，他写道：读着这样怡心的诗句，心便在一瞬间安然了。风在门外，我在室内，一个人对着文字说话，那些阑珊处的温暖，那些清寒处的伤感，也只有文字记得。生命里，有些人注定是为了分离才相遇。时光远去，唯一能陪着你走到终点的，只有自己。历经红尘纷扰，时光慢慢滤去浮华，心渐渐趋于安静，终于学会了做自己的爱人。用一颗淡然的心，听风动花落，看雪舞天涯。心中有爱，温柔的暖阳便会洒进心扉。

总有一些东西成为历史的印迹，悠悠地说着当年。有的沧桑刻在脸上，有的沧桑刻在心里。"折戟沉沙铁未销，自将磨洗认前朝。""二十四桥明月夜，玉人何处教吹箫。"杜牧的诗就是一面镜子，在他之后的任何一个时代，都可以照见历史的真相，包括上面的锈迹斑斑。

柳园，便是一面镜子。照见汇文的历史，更照见汇文的明天。站在槛虹桥上，看三角湖，看柳园，便是穿越时空的沟通与交流。当那些年逾八旬的校友们来到汇文，他们饱含深情的双眼总是盈满了泪水。让他们穿越的，不是三角湖的水，而是那些穿梭于汇文湖畔、槛虹桥上的朝气蓬勃的年轻人，那分明就是活脱脱的自己。

柳！愿与汇文长相守。

滦河啊，滦河

家在滦河边，昌黎县的西南边陲。家乡不富裕。但我看我的家乡，却像情人眼里的西施，怎么说也是情有独钟，甚至近乎偏狭。就像毛泽东的诗句里写的：

"踏遍青山人未老，风景这边独好。"

我对家乡的感触都是这样的：宽敞的道路，辽阔的田野，成行成片的树木，淳朴敦厚的乡人，简单飘逸的生活，敞亮宽松的心情。

滦河在村子的西面，由北向南缓缓流过。缓得像一首断断续续的歌儿（河的对面，便是李大钊的故乡乐亭）。妈妈偶尔会哼唱一首很老的歌儿，歌名好像叫《昌黎啊好地方》："手提滦河水，肩担碣石山，……昌黎县啊好地方，山连水来水连山，果树飘香鱼儿鲜……"妈妈曾经做过小学教师，当过团支书，参加过宣传队，唱歌很好听，人也常常是沉浸、陶醉在对家乡的深情中。这也常常感染着我。

这条小河流淌过多少故事，谁也说不清，可是记忆却没有随着河水流走，而是沉淀到细沙的河底，结晶在河蚌的体内，生长成珍珠。也许是痛楚的吧？也许是欣悦的吧？但长大的记忆像珍珠一样，是美好的，精贵的。

一、青纱帐里的红袖标

走在滦河大坝上，有一种朝圣的感觉。左手边，是一片空阔的小树林和庄稼地；右手边，是一个并不紧致的小村庄。这就是赤崖。冬天的赤崖安静而又端庄。一面红旗在那个小院子上空高扬着，特别鲜艳。走进院子，是三间褪尽铅华的青砖瓦房，两扇小格子的木窗户，一棵凛然傲立的槐树。这就是赤崖抗日暴动遗址。

"黯淡了刀光剑影，远去了鼓角铮鸣。"那一段峥嵘的岁月，像这个村庄的名字一样，深深地烙印在这片土地上，烙印在世世代代每一个人的心里。

村子里的一位老人，新中国成立后一直住在这个老房子里，为人们重复讲述那一段鲜血染成的故事。故事里的主人公，是斑驳的墙面上那一张满满登登的烈士名录。这名录更是刻在了老人的心里。张其羽、李盛瑞、董锡福、韩立平、丁万友、张玉堂……每一个名字，都有一个壮烈的故事。在老人的讲述中，我仿佛看到那些放下锄镐、拿起刀枪的庄稼汉，在滦河岸边这片土地上，是怎样汗流浃背、满身是血，留下一个个扣人心弦、荡气回肠的故事。

当日本侵略者的铁蹄践踏了中国的大地，昌黎也未能幸免于难。抗日的烽火燃起，考验着民族的脊梁能否把这个苦难的时代挺起。有人卑躬屈膝，叛国投敌；有人揭竿而起，保家卫国。一身肝胆的暴动英雄们，左臂佩戴红蓝袖标，左胸缀有红布条，也曾势如破竹，连战连胜，振奋人心；也曾遭遇叛敌，以身涉险，在抗日大业尚未成功之时，惨死在可恶的"日伪"的刀枪之下，让人扼腕洒泪。

在汉字的词汇里，最恨"汉奸"和"日伪"。一样的街坊邻居，前一秒还唠着家常，称兄道弟，后一秒就从背后打枪，索你性命。在当年的滦河两岸，老百姓给他们起了另外一个名字，叫"活会儿"，意思大概就是"活一会儿"吧。老百姓的憎恶之情，溢于言表。

在赤崖抗日暴动遗址的院子里，有一艘搁浅的木船，仿佛是一段沥干了水分的文字，缅怀和守望着那些曾经与它一起浴血奋战过的抗日将士。一张张年轻而鲜活的笑脸，曾经怎样在滦河的水流中掀起层层巨浪。而如今，都定格在滦河岸边这个普通又不普通的小院子里，在和暖阳光的照耀下，成为一个个伫立的赤色丰碑。

曾经汹涌而来的洪涝，曾经泥沙俱下的泪水，都伴随着英雄的青春，一去不回。如今的滦河，柔软而平和，滋养着岸上的沃野平川、生生不息的青纱帐和小树林。

二、妈妈的记忆

我们的村子，叫尖角，距离赤崖十几里地。跟赤崖一样，也是滦河岸边的小村庄。生于斯、长于斯，如今已是八十八岁高龄的妈妈，记忆力明显减退了许多。但说起滦河，说起过去的事情，眼睛里依然闪烁着亮晶晶的光。

大字不识的外公，勇敢而且智慧。他有着果断而坚毅的民族大义，是送子参军的带头人物。大舅名叫刘凤岐，是跟张其羽同时代的共产党员，参加过抗日战争和解放战争。那个时代的铁血男儿，都加入到保家卫国的抗日联军当中。以滦河以及滦河边的青纱帐、柳树林为屏障，与"活会儿"（"日伪"）展开迂回曲折的战斗。

大舅是新集联军的教导员，每天都在跟"活会儿"斗智斗勇。有一次，大舅还有同村的刘成河以及邻村的几位联军战士不幸被捕，他们被一根绳子串绑在一起，押到小营村的戏台子上，等待斩首。临危不乱的大舅巧用计策，得以脱险。脱险后的大舅马上组织营救其他被捕同志。不幸的是，那几位战士惨死在滦河边的柳树林里。

在妈妈的心目中，她的哥哥是个有胆有识的大英雄，而她的嫂子，也就是我的大妗子，是一个好嫂子，更是一个巾帼英雄。妈妈常说"老嫂比母"，妈妈年幼的时候，我的外婆就去世了，大妗子既当嫂子又当妈，处处关爱妈妈。

"活会儿"无恶不作，所到之处，鸡犬不宁。老百姓每天都在担惊受怕，听到"活会儿"来了，便东躲西藏、奔跑躲避，妈妈称这叫"跑敌情"。有一次，

"敌情"来到太突然，闯进家里的"活会儿"把年轻的妈妈和一个邻居女孩一起抓起来，用枪顶着往外走。大妗子也跟着往外走。"活会儿"让她回去。大妗子不肯，她不卑不亢不惊慌，说："你们把这俩孩子放了，我就回去，否则，她俩去哪我就跟着去哪。"无奈的"活会儿"最终扔下她们走了。

大妗子是一个会书识字的小脚女人，新中国成立后，还带妈妈去上学，跟旧式的包办婚姻说不，鼓励妈妈出去找工作，入团入党，并投身到各种积极的高尚的事业中去。有一次，滦河发大水，妈妈作为一名党员、村团支部书记，跟其他的许多党员、团员，以及老乡们一起在滦河大坝抗洪抢险。那时候，抢险的主要方法是装沙袋，把沙袋投进水里，挡住急流。沙袋扔进水中，瞬间被急流冲走，于是，妈妈和一些党员率先跳进水里，用脚踩住沙袋。妈妈回忆说，那时的人们，面对危险总有一种视死如归、临危不惧的"傻"劲。眼看洪水漫到胸部了，她感觉到呼吸困难，但还站在水中坚持，直到一双大手把她拽上了岸。

后来，妈妈嫁给了爱情，嫁给了同样是党员、同样是军人的爸爸。大舅的工作被组织安排在广西一个县城，大妗子也跟大舅去了广西。南北相隔，妈妈和大舅、大妗子一直互相牵挂。前几年，妈妈得知大妗子九十八岁高龄去世的消息，而自己也已经是一个八十岁的老人了。妈妈一个人走到滦河边，对着一望无际的滦河套和缓缓向南流淌的滦河水，郑重地哭了一通。这哭，不仅仅是吊唁，更是一场思念、一场告慰。一场如滔滔河水的记忆的河流瞬间决堤，奔涌着漫过了漫长的岁月。

大舅的两个儿子，我的表哥，都从事的是水利工作。每次回老家，他们都要去滦河看看。职业的原因，他们想看看能不能在滦河建一个水电站，为家乡造福。由于地处滦河下游，水流平缓，加之上游截流等诸多原因，建水电站并不可行。但这并不影响他们去看滦河。因为，那是父辈曾经战斗过的地方，总有一种凭吊的仪式感。

风动滦水星正稀

耿志民

　　我出生在滦河东畔的一个村庄里，地属昌黎县朱各庄镇，处于昌黎、滦州、卢龙三县的交界处。村庄的西南是滦河大坝，坝外是一望无际的农田，农田外是绵延数里的沙滩地，一直延伸到滦河边上，这就是"滦河套"。

　　滦河古韵悠悠，日夜奔流，暖暖的太阳照在积久冲刷堆积的沙滩上，照在河水中跳荡的粼光上。乡音、乡情、亲情以及许多无法名状的思绪交织在一起，让我的心暖暖的，软软的，柔柔的，丝丝缕缕的，沟沟壑壑的。

　　"大前（儿）后上下小猪"是概括朱各庄乡七个村庄的乡谣，充满戏谑和生活气息。七个村庄是大樊各庄、前白石院、后白石院、上庄、下庄、小樊各庄和朱各庄。下庄是我出生的村庄、我的骄傲，乡谣里有这样两句："穷孙庄，富下庄，圪里旮旯是上庄。"圪里旮旯，是方言，坑洼不平的意思。我想，这两句准是我们庄的人编的，明显有美化下庄的意思，但是我特别喜欢，也特别爱向别人炫耀一番。乡谣、俚语、民俗，最能勾起浓浓的乡思。

　　村里放露天电影，是儿时记忆里的热闹场景，它唤起了我满满的回忆。呼朋引伴，追逐嬉闹定格在儿时的记忆里，我们也下外庄（去别的庄）看电影；"我们一拨儿的赢了""好的赢了"，这是我们看最爱看的战争类的电影时品评率最高的话，我们把红军、八路军、解放军等叫作"我们一拨儿的""好的"，朴素的自豪感仿佛是"又红又专"的产物，纯洁的心又如同当时村里的河水一般清澈；我们不爱看唱戏的电影，初中学鲁迅的小说《社戏》，其中有这样的描述，"只觉得戏子的脸都渐渐的有些稀奇了，那五官渐不明显，似乎融成一片的再没有什么高低"，我们看这类电影大概就是这样的感受吧；喇叭里广播今晚演啥电影绝对是"新闻头条"。我们庄李坦是电影放映员，他播报电影《黑山阻击战》被人听成

"凉水煮鸡蛋"，真是笑死个人了；我印象最深刻的是我的奶奶也跟我们去看过一次电影（一辈子唯一的一次，奶奶已经去世了），给我们兴奋坏了，我觉得我说话都比平时声高，炫耀与讨好表露得非常明显。那时没有板凳，我就踊跃地去抻人家稻草垛上成捆的稻草当坐垫。现在想起来，这些就像是一幅幅黑白照片，留存着永不褪色的记忆。

如果说远离家乡的游子是飘飞天际的风筝，乡情、民俗、亲情就是牵着他们的线。我离开家乡已多年了，我时常留恋我的家乡、家乡的亲人。现在家里找什么东西我最拿手了，这是我在家乡"练就"的"本领"。小时候家里穷，好吃的不多，有好吃的奶奶总是爱藏起来。她把苹果藏在装黄豆的口袋里缝好口，这样隐蔽，我都能在"练铁砂掌"时发现，然后偷偷地抠出来吃掉；她把大柿子藏在西屋挂在屋梁上的笼子（柳条编的篮子）里，结果也被我发现被我吃掉，然后把吃剩下的皮扔到墙外去。唉，我是一个不懂事的馋孩子，我很少看到奶奶吃东西，偶尔吃也是吃烂掉的。我妈妈去世得很早，我们哥儿三个就在奶奶的关爱与呵护下长大。我工作后给奶奶买过很多吃的，也给她做过很多次饭。奶奶逐渐老了，老得懒得动，老得成了"老小孩"了。她看着我拿给她的东西就说"这个能吃啊？咱吃了吧"，我觉得这是对我最大的认可与褒奖；看我给她做的菜，"嗬，小白菜"，绿绿的小白菜，白白的豆腐，让她像孩子一样欣喜；奶奶病重了，我给她做了鲫鱼汤，肉嫩汤白，我像一个女人一样献上我的"厨艺"，献上我的浓情，献给我最亲最亲的奶奶。奶奶像老小孩了，她特别希望我回去看她，总是不停地问我，下回啥时候回来。我真真难以忘记她倚着门框送我离开的情景，难以忘记她的头发花白又凌乱，难以忘记她的皱纹沟沟壑壑。可我呢，回家的频率总因生活的羁绊而降低！我多想回到从前，可耳畔的风哗哗地吹拂着林中的树叶，它在告诉我，深深疼爱着我的和我深深爱着的奶奶已经去了，她回不来了。唉，那些年，那些人，那些事。我时常陷入回忆，我觉得故乡的村庄、故乡的亲人、故乡的风情在用无数只小手挠抓着我的心灵，极远的又是极近的，已经消逝的又是挥之不去的。席慕蓉的诗句在慰藉着我的心灵："故乡的面貌 / 却是一种模糊的怅惘 / 仿佛雾里的 / 挥手别离。"

前几天，我大姑夫突然去世了，我回到我的村庄。我结婚时，父亲已高位截瘫多年，奶奶年纪大了，大姑父帮我操持了很多，我非常感激他。关爱我的人又有一个离我而去，一去不返了。我觉得我的心又轰塌了一块，我对故乡的牵念好像也被抽走了一扇。人们啊，远离故乡的人们啊，当故乡的亲故一个个去世，我们回故乡的次数就会减少。可是啊，心里的思念啊，少了吗？我觉得它们在疯长啊！"离别后／乡愁是一棵没有年轮的树／永不老去"，我又记起了席慕蓉的诗句。

村庄里很多年轻人都奔向了城市，村里快成"留守营"了。庄里的人也都忙，节奏都快了。红白宴席都交给了专业人员——"流动饭店"，再也不见满庄满街地借盆碟碗筷、桌椅板凳了，再也不见街坊邻居七姑八姨来帮忙张罗饭菜了。我的思想还停留在以前，我觉得人与人的情变薄了，可我们谁都无从改变。但我看着送葬时很多人在观看、品头论足，我觉得乡情又回来了；下葬时几十把铁锹一起往棺材上填土，我觉得乡情又回来了。葬礼，是乡情、亲情凝聚，是乡情、亲情不变淡的底线！我觉得五味杂陈！

噢，家乡！噢，我的村庄！噢，我的过往，我生命的乐章！噢，我的祖祖辈辈，我的爷奶爹娘！"故乡的歌／是一支清远的笛／总在有月亮的晚上／响起。"噢，故乡，想你的时候看月亮，在一座小城里，今晚，一个离开你怀抱的游子，在用颤抖的心灵向你倾诉。窗外，月色溶溶柳依依，风动溇水星正稀。

大酱情结

杨梦凤

好久没有吃到农家做的这种大酱了，今天侄女从老家带来一罐儿自家做的大酱，让我和母亲尝尝鲜。打开盖子，那种久违的酱香味儿一下子刺激了我的味蕾，忍不住用舌头舔了一口，噢！立刻唤醒了早已深入骨髓的记忆，唤醒了儿时母亲做酱的情景。

每年初冬农闲时节，母亲选择一个天气好的日子，称上二十斤黄豆放在大簸箕里，拿到太阳底下晾晒。我和母亲一起仔细地挑拣豆子里的石子儿、土疙瘩、干瘪的豆粒和变质的臭豆儿。去掉这些杂质，一颗颗籽粒饱满、浑圆的豆子在阳光下金灿灿的，让你感动于这些凝结着天地之精华的豆子是鲜活的、是有生命的。母亲把挑好的豆子用清水洗干净，经过一夜的浸泡，豆子发大了，胀得圆鼓鼓。

第二天开始用大铁锅烀豆了。风箱拉得呼呼响，灶膛里火旺旺地燃烧着。豆秸秆是庄稼院里最好的燃料，易燃，火力软硬适中，烧起来噼啪炸响，火星乱迸，偶尔还会从灶火坑里蹦出个烧熟的豆粒儿。秋收时，豆秸秆上还没成熟的豆荚不容易爆开，有些干瘪的豆粒遗留在里面，经火一烧就炸开了，吃到嘴里，那叫一个香哟。大铁锅里的水咕嘟咕嘟地沸腾着，母亲用长把铲子翻搅着，适当地减小火力，豆子慢慢变烂，屋子里弥漫着温热的豆香。二哥趁母亲不在，舀了一勺烀熟的豆子，也不怕烫，唏嘘着一颗一颗吃得可香了。二哥正是长身体的年纪，他特别容易饿，总吃不饱。俗话说半大小子，吃死老子。我生气地大声喊："妈，二哥偷吃豆子啦！"二哥从头上拍了我一巴掌，吓唬我："再喊，把你嘴缝上啊！""你敢！"我也不示弱。二哥把勺里的豆子倒进袄兜里，扮着鬼脸往当街跑了，一边跑还一边唱："煮豆燃豆萁，豆在釜中泣。本是同根生，相煎何太急。"那时候我还不理解曹植七步写诗的悲哀，似乎明白煮豆子燃烧豆秸秆。

等到把火炕烧得烫屁股的时候，锅里的水几乎耗干，豆子也煮好了。豆子晾得不太烫手的时候还要趁热用刀剁碎，再坨成砖块一样的长方体，这个环节是很累人的。二十斤黄豆，一刀一刀地剁，一块一块地摔打，母亲做得实实在在、一丝不苟。虽然初冬已经很冷了，母亲的鼻尖上、额头上却一点点渗出细细的汗珠。母亲的手上经常是烫的，也是磨得，出水泡。母亲让我从针线笸箩里取根针，用火烧一烧，算是简单地杀菌消毒了，我咬着牙用针尖把水泡挑破，血水流出来，母亲继续剁豆子，最后那些水泡磨成了老茧，长年累月地劳作，母亲的手变得非常粗糙。每一次挑水泡，我的心啊，都在颤抖，心里暗暗下着决心，我一定要好好念书，我要快快长大，长大了再也不让母亲这么操劳。等到这二十斤散不成形的黄豆在母亲手下变成二十块有棱有角的"金砖"的时候，太阳已经累得回家睡觉去了。母亲让我把柳条篮子铺上草纸，一块块把这些"金砖"码在篮子里，上面也用草纸封严实。最后一道工序是体力活，父亲用木板托住篮子底部，把一篮子"金砖"吊在屋顶的椽子上，慢慢等待发酵、风干。那一夜，任凭外面的西北风刮得似狼嚎，一家人睡在热乎乎的土坯大炕上，好香甜！

第二年清明时节，野菜发芽、草木生辉的时候，母亲开始做酱了。先把这些酱块从房顶上取下来，用鸡毛掸子轻轻掸去灰尘，去除草纸，那些"金砖"不见了，被时间老人偷换成一块块长满黑灰色茸毛的东西，母亲把那层茸毛清扫、洗涤干净，似乎还能看出是曾经坨好的大酱块。母亲挎着酱篮子，让我端着簸箕，拿着笤帚、编织袋，去村头的石碾子上磨豆瓣。往往这个季节大家都来碾大酱块，虽然不用排队，但也要讲究个先来后到。轮到我家时，母亲把砖块一样的酱头掰开，均匀地撒在碾盘上。大石碾子圆滚滚的，一根横木绑在中间。我抱着横木去推，哎呀，又大又沉的石碾子纹丝不动。街坊邻居们呵呵地取笑我："大小姐，你那是念书的手！"大家互相帮衬着一起来推碾子。大石头在碾盘上滚动起来，骨碌碌，骨碌碌……发出沉闷的摩擦声。几圈下来，酱块已被压得粉身碎骨，成了细腻均匀的豆瓣碎了。母亲左手端着簸箕，右手拿着扫帚，围着石碾，转着圈娴熟地把碾压好的豆瓣碎扫进簸箕里，倒进编织袋。我也就适合干点撑口袋、递麻绳的小活儿。豆瓣碎整整装了多半口袋，母亲背上口袋，我在后面端着簸箕、挎着篮子、拎着笤帚回家了。

母亲会选择农历双月双日子，一个晴朗的天气，把酱缸清洗干净，晾干。豆瓣碎和盐按照 2：1 的比例，盐太少了，大酱会坏掉，盐多了，酱咸不好吃。做酱用我们村里的古井水最好。父亲叫我跟他去挑水。古井在村中央，村里人祖祖辈辈都是喝这口井里的水，井的内壁砌着石头，井口边沿也砌着石井台。父亲特意指着正北的一块石头让我看，上面有个马蹄印。这时父亲用扁担勾起一只桶垂到水面，轻轻一摆扁担，桶口就侧翻在水面，水很快就涌进水桶，父亲一使劲就提上来一桶水，放在井沿上，又去打另一桶水。我低下头，把嘴凑近水桶，从桶里喝了一口水，清冽甘甜，好凉快呀！父亲看见也不说我。两桶水沉甸甸的，把竹扁压得弯弯的，像一张弓，父亲迈着矫健的步伐向家走去，扁担吱呀吱呀唱着歌。父亲边走边给我讲李三娘打水的传说，讲我们村名的来历。

很久很久以前，天上的一位仙女叫李三娘，看中了我们村里的一个小伙子，就嫁给他当媳妇，一年后有了一个白白胖胖的大儿子，一家人过着幸福的日子。可是好景不长，王母娘娘知道了李三娘私自下凡，要把李三娘抓回天宫。李三娘宁死不回。王母娘娘大发雷霆，一挥衣袖，一阵大风就把他们的孩子吹走了。夫妻二人找啊找，翻过千山万水，天上人间也找不到。夫妻俩日夜思念儿子，爸爸郁郁而终。一晃过了二十年，有一天，李三娘像往常一样来打水，听见马蹄嗒嗒地跑过来，她抬头一看，只见一个英姿飒爽的青年翻将下马，礼貌地对她说："大娘，可否给我和马儿一口水喝？"李三娘用水瓢舀了一瓢水，说："喝吧，孩子。"年轻人把马牵到水桶旁，接过水瓢，刚想喝水，李三娘往瓢里撒了一撮草叶，又往桶里撒了一撮草叶。年轻人不高兴了，可是也不好说什么，只好一边吹着草叶子一边喝水。李三娘说："孩子，我看你的马跑了好远的路，水喝得太急会炸肺，撒上草叶子，是为了让你和马儿慢慢喝。"年轻人深深地给李三娘作揖感谢，一低头，露出脖子上的一块胎记。李三娘一下子认出了，这是自己的孩子，一问年龄，果然和自己的孩子一般大。年轻人说正是来寻找自己的父母的。李三娘说："孩子，我就是你母亲呀！"母子二人相认，喜极而泣。年轻人先让李三娘回家，明天再来接母亲。第二天，年轻人黄袍加身，鸣锣开道，带着大臣、侍从一大队人马来到李三娘家。原来昨天跟她讨水喝的年轻人是当今的皇上。皇上用八抬大轿把李三娘接走了。这口井的井台上留下了皇上的马蹄印，从此咱们村呀就叫会君坨。

父亲的故事讲完了，我们也到家了。母亲看见我和父亲有说有笑的，问："你们爷俩说什么呢？这么高兴？""妈，我知道我们村的村名是怎么来的啦！我爹给我讲的，真好听！""是吗，他爹，别白话了，快点把水倒进酱缸里吧！"父亲慢慢地往缸里加水，母亲用酱耙子转着圈地搅拌，水的多少母亲一般根据经验掌握，适量即可。最后母亲找来一块干净的白花旗布蒙在缸口上，用一根细麻绳系好，还特意非常虔诚地系上一截好看的红布条。母亲长长地舒了一口气，脸上露出少有的一丝笑容："过一个月就可以吃酱了。"这段时间，每天早上母亲都用酱耙子在酱缸里捣酱，让大酱二次充分发酵。

我非常好奇这个红布条有啥用，母亲说辟邪，以免有妇女身体不干净时靠近酱缸坏掉大酱。我还是似懂非懂，小孩子又不敢多问，只知道那一缸酱是万万不可以坏掉的，那是我们家大半年吃饭不可缺少的副食啊！即使到了现在我也不明白月经期间的女人和坏掉大酱有什么科学关系。我想可能是那个时代的人们对食物，包括对大自然的一种敬畏之心吧。母亲非常严肃地叮嘱："遇到下雨的时候，一定记得给酱缸加盖。"盖子是用高粱秆篾编织的一种圆锥形的帽子——酱笸篓。那时候，大人们下地干活也戴着小一点的酱笸篓，既能防晒又可避雨。我非常郑重地记住了母亲的话。只要天阴下雨，我不管离家有多远都会飞跑着回家盖酱缸。因为有一年邻居二婶家的艳头被打得哭了半天，就是因为贪玩，下雨前忘记盖酱缸，淋进了不少雨水，一缸酱就变苦了，只能用来腌鸡蛋了，那个夏天她经常端着碗来我家要酱。

那年头儿没有冰箱、没有温室大棚种植错季蔬菜，家家只能挖地窖，储存一些大白菜和萝卜，要不就是腌制咸菜、酸菜等，又没有多少油水，整整一个冬天，食物非常贫乏和单调。终于盼到了春天，"农历三月三，苦麻菜见天"，这是我们当地的一首童谣。每天放学后，小孩子们把书包往炕上一扔，便呼朋引伴地挎着菜篮子去地里挖野菜。田野里、沟渠边，嫩绿的野菜以各种姿态从土壤里拱出来，从枯萎的草丛里探出头，像调皮的孩子，像发亮的星星。不时有欢快的小鸟一声长啸，从头顶掠过美丽的身影，惹得男孩子们放下镰刀，追出去好远。春天是那么美好，万物生发，也给我们这些经常饿肚子的孩子们带来了无限的希望。在这些野菜当中，苦麻菜是最受大家喜爱的一种，谁先找到了苦麻菜就像发现金元宝一样兴奋，呼喊着小伙伴快过来挖。嫩嫩的苦麻菜刚刚钻出两三片叶芽，用菜刀一挖带出白白的根。太阳落山的时候，谁家母亲在村口大声地呼唤孩子回家吃饭，那声音高亢而嘹亮，穿透力极强，我们听见了就赶紧往家跑。有贪玩的小孩子光顾着捉蚂蚱、追小鸟儿，菜篮子没挑满，就从路边折点嫩柳条垫到篮子底部回家喂小羊、喂兔子，还一边垫一边嘀咕："支楞支楞多，到家不挨说……"

回到家里，母亲已经做好了一盆红高粱米粥。街上传来推着小车换豆腐的叫卖声，哥哥飞跑着㧟了一瓢豆换来一块水豆腐，又从篱笆脚下挖来几棵返青的羊角葱，我把苦麻菜用清水洗得干干净净。酱缸里的大酱发好了，母亲舀来一小碗，浓浓的酱香味使全家人食欲大增。父亲今天特意倒上一盅酒，哥哥一边吃一边说：

"小葱蘸酱，越吃越胖！"逗得大家哈哈大笑，那顿饭，一家人吃得津津有味，我和哥哥们的肚子溜圆。饭后，父亲难得高兴，会给我们讲上一段"岳飞精忠报国""穆桂英大破天门阵"的故事，这是那时候我们唯一的文化生活了。我想我至今对文学如此青睐，应该得益于父亲的启蒙教育。

从春到秋，勤劳的母亲除了经营家里的几亩承包地之外，忙里偷闲把家里的菜园打理得井井有条，次第开花，各种时令蔬菜应接不暇，郁郁葱葱。我家的餐桌上也渐渐丰富起来，菠菜、生菜都可以蘸着大酱吃。尤其是黄瓜下来的时候，刚刚有大拇指粗，我和哥哥就开始觊觎每一根黄瓜，母亲严厉地告诉我们不许摘。我和二哥就指定哪根黄瓜是自己的，天天盼着它快点长大。等黄瓜长到我的小胳膊粗的时候，母亲说可以摘下来做菜吃了。二哥蹲在黄瓜秧架下，摘下他认定的那根黄瓜，在大腿上蹭了蹭，就迫不及待地咬着吃了。早饭时，蘸着大酱，顶花带刺的鲜黄瓜清脆可口。自家院里生长的各种蔬菜都可以和大酱搭配，土豆炖豆角、南瓜熬虾皮都可以放上一勺酱。到了夏末秋初，小黄瓜、嫩豇豆、落秧的小茄子、萝卜，洗干净、滤干水分，都可以浸到酱缸里腌制，更是下饭的小菜。偶尔哥哥们去七里海淘鱼，带回来的小鱼、小虾、小螃蟹，烹制时放上几汤匙大酱，更是鲜美极了……农家院的餐桌上每顿饭几乎都离不开大酱。那个年代物质匮乏，没有多少油水，大酱以它特殊的味道提升了餐桌上饭菜的滋味。据说自家做的大酱也是一家一个味儿，也许是小时候母亲的大酱就给我的肠胃建立了一种味觉，那种家的味道早已深入骨髓，久久挥之不去。

随着改革开放，物质极大地丰富了，人们的生活水平提高了，鸡鸭鱼肉占据了餐桌主要位置，大酱悄悄退出了历史的舞台。父亲去世多年，我把母亲接到了城里。我们已经离开故园好多年了。即使这期间，跟老家的亲戚们要了发酵好的酱头，在阳台上用罐子做上，吃的时候也不是那个味。母亲说一是做酱的容器不是坏缸，透气性不好；二是阳台上做酱，上不见太阳，下不接地气。做不好，干脆也就不做了。想吃了就从超市买来现成的罐装酱：什么葱伴侣酱、东北干黄酱、蒜蓉大酱、海天黄豆酱……品种繁多，包装精致。但我还是时常想念母亲做的大酱的味道，怀念家乡那青青的故园。

第五部分

浓浓乡情

昌黎人，昌黎情

陈 群

我是地地道道的昌黎人，土生土长的昌黎人。

昌黎的山，为我的生命提供了最初的快乐与安稳；昌黎的海，为我的人生注入了激情与浩荡。

"昌黎"这个词语，就像我的名字一样，从陌生到熟稔，在岁月的年轮中，早已与我的生命融合到了一起，无法分离。

一

"在那遥远的小山村，小呀小山村，我那亲爱的妈妈已白发苍苍，过去的时光难忘怀，难忘怀……"这首深情的歌曲，像一把钥匙，常常打开我记忆的存储卡，那些遥远的往事就像一张张塑封的照片，一幅幅呈现。

我出生在昌黎县城东行15里远的小山村。之所以说是小山村，只因村子东面有片起伏的小山。这片小山，远不及碣石山的巍峨雄伟，也没有吸引过帝王将相的佳话，更没有五峰山赫赫有名的红色历史。我的小山，太普通，普通到没有一个好听的名字，因为它在村子的东面，被乡亲们称为"东山"，因为它不甚高大，其中有个山头形似"馒头"，所以又称"馒头山"。传说其中最高的一座山，埋葬了二郎神的天狗，因此又被称作"狗坟山"。

我生在东山脚下的一户人家。因太过宠溺，在计划生育政策尚未普及时，当过兵的父亲和初中毕业的母亲达成共识，一生只要一个宝贝闺女。从此，我便开始了被他们捧在手里、含在嘴里的人生。

两三岁，当别的孩子穿着脏兮兮的活裆裤四处乱跑时，我已拥有了满炕的小人书，穿着绣花的干净衣服一本本读、一张张翻。四五岁，当别的孩子开始哄弟弟妹妹，或帮家里干力所能及的家务时，身为小学老师的母亲已教会了我背唐诗宋词元曲。"床前明月光，疑是地上霜""露从今夜白，月是故乡明""枯藤老树昏鸦，小桥流水人家"……那些脍炙人口的诗句像米饭一样，被母亲喂进嘴里，年幼无知的我，来不及咀嚼，也无法咀嚼。偶尔好奇让母亲讲解诗句意思时，母亲总是说，记住它们，以后会深有体会的。于是，听着风雪读诗背诗的日子无比煎熬，当再也坚持不住，要跑出去吹吹风时，春天竟然没有丝毫预兆地来了。

家门口的那座山再也不是一座秃山，它成了我们免费的游乐园，尤其是半山腰处的大石头，光滑无比，比家里的大炕还要平整，倚靠着山坡微微倾斜，仿佛是专门为我们量身打造的游乐休闲之处。村里的孩子们只要上山去玩，一定会从我家门口经过，扯着嗓子大叫着我的乳名，即使母亲再不放心，也会将我放出去，不厌其烦地嘱咐几个比较听话懂事的大孩子，一定要照顾好我。现在回想起来，我就像鲁迅《社戏》里的迅哥，母亲就像迅哥的母亲和外祖母，那几个孩子俨然就是双喜。当双喜们再三保证会照顾好我后，我便加入了他们快乐玩耍的行列。

山坡上的那块大石头是我们的根据地，无论从哪里出发，走哪条路，都会在它上面集合。跑累了，躺在上面；有悄悄话，几个人肩并肩坐在一起咬耳朵；就连吵架，也忘不了约在那里，让大石头看着、听着，仿佛它会给我们评理一般。有时候，他们要翻过山头去山东面玩，常常怕我跟不上，便会将我留给大石头，再派个人，留下点从自家带出的梨儿、苹果、花生类的食物，让我乖乖地等着。

虽然我们年纪小，娱乐项目却总是随着季节的变化而变化。当料峭的春风吹开冰冻的河面，当细如牛毛的春雨滋润了大地，我们就像小草一样，从各家各户钻出来，脱掉棉衣的小胳膊小腿在春风中跑着、跳着，呼朋引伴挎起小篮子开始了挖野菜的活动。

只见，大好春光下，被父母称作野丫头、野小子的我们，一只胳膊上挎着篮子，一只手上拿着小锄头，三五成群，有说有笑，甚至哼着小曲，陆陆续续向东山进发，一场声势浩大的绿色追踪项目开启了。我是这群人里年龄最小、体质最弱的，常常像小尾巴一样跟在他们身后。当大家心满意足要带着战利品回家时，我那小小的篮子底还没盖满，于是，他们一边取笑我，一边一把把将自己的战利品放到我的篮子里。

从那时开始，我这个唯一的独生女便深刻感知到了没有血缘却胜似兄弟姐妹的温暖情谊。

最难忘编花环。当东山坡开始呈现大片大片的绿色后，我开始憧憬野花开满山的快乐，开始期待在大石头上摆弄野花的美好。这样的日子常常开始于一个看似普通不过的挖野菜过程中。

"开花了！开花了！"当一声兴奋的呼喊之后，小伙伴们开始疯狂采野花。然后，一捧捧、一束束将采来的花放在那块大石头上。青白色的大石头上铺满花儿，两个年龄最大的巧手姐姐开始在一群小妹妹的艳羡下编织花环，友善的男孩子偶尔也会送来一捧花，但大多数男孩总要充当破坏者或起哄者，将友善的男孩嘲弄，或无缘无故掷过一团野草、几颗小石子，再或者大喊一声："狼来了！"也许是想以此来博得女孩子们的青睐吧！但最终只换得女孩群里那个假小子的一顿臭骂，然后是我们一群女孩清脆的笑声。

叽叽喳喳的说笑声惊跑了山中的小鸟，蹦蹦跳跳的动作赶走了草丛中的蚂蚱。第一个花环诞生了，一群女孩眼睛都快掉出来了，给谁？那个巧手姐姐总是嗔笑着喊我的名字，然后在大家的注视下，一边抱怨着我手太笨，一边把花环戴在我的头上，左看看右看看，远看看近看看，之后噘着嘴说第一个手法不熟，先不给你了，第二个一定比这个漂亮，于是，转身很随意地将花环扣在身边某个女孩头上，又开始编第二个。就这样，半天时间，每个女孩头上都戴着一顶小花环，俨然是一位位公主般美滋滋回家。本就被父母当成公主样宠溺的我，竟被下凡仙女般的自己冲昏头脑，常常将篮子和小锄头丢在大石头上，如果发现早了，一定是某个姐妹气喘吁吁跑上山取一次，倘若回家才发现，自然是在母亲的嗔怪下，不慌不忙地让父亲去取一次。没心没肺的我常常只顾戴着花环照着镜子傻呵呵地笑。

几个春夏秋冬的轮回，天地、小山见证了女孩的没心没肺、无忧无虑，时光一下子来到了小学入学前。

一天晚饭后，母亲收拾走了一家三口的碗筷，转身从她绿色小包里，变魔术般拿出一个本子、一支钢笔。昏黄的灯光下，默默坐在饭桌旁的父亲眼里竟亮堂了许多，不等母亲开口，他就像见到糖果的孩子般，快速拿起钢笔，拔掉笔帽，在崭新的本子扉页写上了我的名字。于是，我这个准小学生，开启了第一个学习班生涯。

教室是父母辛苦半辈子盖好的新房子，教师是两位双亲。男女教师也有教学计划，最先教我写自己的大名——陈群。当我歪歪扭扭终于学会写自己的大名之后，第二个教学任务已被母亲制定出来了，那就是写"昌黎"二字。父亲有点不解，煞有介事地板起脸问为什么不写村名？母亲扑哧一声笑过之后说，孩子上学会用到的，而且经常用。果然，自上学后，只要填表就离不开姓名、出生地和籍贯。"河北昌黎"，对于我多年不变，甚至终生不变。

我出生于河北昌黎，我的籍贯是河北昌黎。这一概念就像一日三餐，就像家门口盛满了我童年快乐的东山，一直不动地矗立，以至于初中、高中、大学，连最后工作都一直不离河北昌黎。

<h1 style="text-align:center">二</h1>

"小时候，妈妈对我讲，大海就是我故乡，海边出生，海里成长，大海啊大海，是我生活的地方，海风吹，海浪涌，随我漂流四方……"

没有电视、手机的童年，从收音机里第一次听到这歌声时，我被深深地打动了。不是源自曲调的婉转动听，而是源于"妈妈对我讲，大海就是我故乡"的歌词，它仿佛是专门为我和母亲量身打造的，我的母亲就是"海边出生，海里成长"，她出生在昌黎小城南部的一个小渔村，大海是她生活的地方，是她成长的地方，是她的故乡，也是我的故乡。

山是我成长的臂弯，海是母亲成长的摇篮。当母亲嫁给父亲，便离开海的摇篮来到了大山的怀抱。但每年都要有几次，带我走二十多里路回娘家。那里有她年迈的父母，有她一起长大的伙伴，更有朝思暮想的大海。

记得有一段时光，母亲带我住在姥姥家，只要有时间就牵着我的手去看海。碧波荡漾的大海，一个浪花接着一个浪花向我们涌来，她牵着我的手，慢慢走在沙滩上，偶尔会蹲下身子捡拾漂亮贝壳。也会卷起裤腿，拉着我的手，一步步走向大海。越走越深，当一个大浪向我们迎面扑来，当咸咸的海水进到嘴里，当我以为马上要被大海吞噬时，母亲就会抓着我的手快速一个转身，疾步奔向岸边，一边走一边小声呢喃："海浪再大也追不上我们的脚步！永远不要怕，走不下去就回头！"不知道她究竟是说给我听还是说给她自己听，我只知道，她一辈子认定的路就没回过头；我只知道，以后的日子里，只要遇到人生中的难，我都要去看看海、听听浪。

东山的大石头给予我无尽的童年快乐，渤海湾的海浪洗濯着我的灵魂。此生都走不出昌黎的山山水水，连大学都就读于昌黎唯一高校的我，注定只能将"故乡"这一词汇深埋在心底，一次次提到昌黎只有"家乡"这个词语最适用于我。当我以拆词法将"家乡"一词拆开，又以组词法再度扩充，"家乡"变成了"家人"与"乡情"。多年沉浸其中，渐渐失去了感知其美好的能力，甚至将那些美好统统视为无关痛痒的庸俗乏味，于是，常常对外面的世界无比向往，自称是井底之蛙，被眼前极为狭小的天空一隅束缚，总是渴望见识整片的天空和广袤的大地。但渴望一直保持着渴望，甚至变成最最渴望，我依然没有机会走出去，毕业、工作、结婚、生女，我的人生就在昌黎这片土地上延展，我的视野就在昌黎这片土地上聚拢，我的情感就在昌黎这片土地上捆扎。

没有出走的人生不是完整的人生，没有乡愁的心灵不是丰盈的心灵，没有痛苦的灵魂不是成熟的灵魂。读过那些文人墨客于不同时代、不同地域吟出的乡愁之音，但那不是我的乡愁，直到那个长长的外出学习，我才真正有了自己的乡愁。

那是个深秋的夜晚，收拾好行囊，一家人围在面板前包饺子。天花板上的白炽灯泡发出柔和的光，面板上一小堆白面比灯光还柔软。母亲和面，先生剁肉，女儿擀皮，父亲烧水……滚烫的热水煮着玲珑的饺子，刚刚还有些瘪的饺子渐渐鼓胀起来，像大将军般威武地挺立着，一股股热气像冲锋号般团团冒出。那种热烈热闹、热火热身的场景仿佛就在眼前。

吃过母亲递过来的水饺，先生将我送上一列绿皮火车，一觉醒来已是第二天清晨，我被卸载到河北石家庄，再也不是河北昌黎的窃喜还没深刻体会，孤单一人、举目无亲的无依无助已油然而生。打出租进入久违的大学校园，来自全国各地的同人们相聚在一起，有初见的拘谨，更有旧相识般的热情与默契。一起上课，一起研讨，一起吃饭，一起逛街……日子仿佛又回到了青春年少的读书时。但每个夜晚，都会不由自主地猜想还没上小学的女儿在干什么，是依偎在白发苍苍的母亲身边背唐诗，还是趴在父亲略略佝偻的后背上撒娇？工作一天的先生是早早回家还是又和三五好友一起喝着小酒、侃着大山？于是，再漂亮的作业本上也总浮现他们的身影，再精彩悦耳的授课声中也会传来他们的一声声呼唤。

想家，想亲人，想我的小城——昌黎。想那一座座山，一朵朵浪花，一声声呔腔呔调的家乡话。

于是，李白那一地月光再也不是他一个人的乡愁了。明月在天，照着家乡的亲人，照着家乡的景物；我在异乡，思着、想着、念着的，都是曾经再熟悉不过的人与景，那是刻入骨头里，和生命血脉融在一起的岁月与情感。

于是，马致远的一树枯藤、一颗断肠心再也不是他一个人的乡愁了。外面的世界很精彩，对思乡人来说，却是满眼的凄凉、满心的哀伤。曾经故乡不知有多厌倦的人，不知有多不屑的景，映在心头，就是美好，就是想念，就是一刻也等不及的回归。

当最后一次逛街，终于将亲朋好友的礼物采购齐全，再也按捺不住内心的喜悦与急切，购一张行程时间最短的车票，只有一个执着的念头：回家，回家。

走在路上的旅人，绿皮火车在铁轨上发出咣当咣当的声响就是一下下敲在心上的沉重，拖着拉杆箱一步步离家的背影就是生命中最感伤的画面。家里的老老少少一定都在念着我，家里的一日三餐都是我的最爱，就连路旁那棵柳树也在翘首企盼我的回归吧！

再次想起，临行前，母亲包好的小煮饺。白色的瓷盘镶嵌着蓝色的花边，一只只小饺子，挺着鼓鼓的肚子，眼巴巴望着我，像女儿不舍的姿容。

想起母亲说，出门的饺子，回家的面。思乡，莫非就是想念母亲做的那碗热气腾腾的面？莫非就是想念女儿亲亲热热喊的那声妈？莫非就是想念那个男人不易察觉的微笑？

于是啊！课本上余光中老先生的《乡愁》，不再是一个个方块字，而是源于我心底的一份真、一份纯、一份爱。

人到中年，习惯了小城的一切，不再幻想外面世界的精彩，不再奢望走出家园的新鲜。每天都兴奋着小城日新月异的巨变，享受着小城舒适恬淡的安稳……但随着生命中最重要的人——母亲的离开，我开启了余老笔下的那种乡愁——一方矮矮的坟墓，我在外头，母亲在里头。

2021年的立春，母亲安详离开后的第三天，我被浩浩荡荡的一群人簇拥着，将那个小小的匣子捧回了小村庄。在沉重的哀乐下，在父老乡亲的注视下，从村西走到村东，从山脚走到山坡，好久不曾相见的乡亲们早已挖好墓穴，我再舍不得可又不得不将她轻轻放进去，之后是众人一锹又一锹地用山间特有的黏土堆出的坟头，坟头上是红红绿绿的花圈与挽联。

此后的日子，安身在小城的我，开始有了常回老家的理由。她在里面，我在外面，常常捧一束菊花，回到小山村，爬上半山坡，儿时的快乐嬉戏变成了一声声呼唤、一阵阵哀啼："母亲，母亲，我想您……"只有青松岁柏静静注视，只有清风白云悄悄回应。

好久不回的小山村，在一次又一次的回归中越来越清晰，它早已不是曾经的那个美丽所在了。村中央的那座水泥桥，桥墩还在，桥杆已不知去向。村东通向山坡的那座石桥更是破烂不堪，曾经抓过虾钓过鱼的清澈小溪也仿佛流干泪的老婆婆般静默着。那些父老乡亲，那些兄弟姐妹，除了像母亲一样与大山融为一体，除了出走天涯不知所踪，剩下的面孔，对视后，是说不尽的岁月沧桑与人间悲欢。

身体还算硬朗的父亲，看到我从老家回来时红红的眼，总是平静地说："人固有一死，我只等着和你妈团聚呢！不要总哭，常回去看看就好！如果心情再不好，就去看看海吧！"

每每这时，我总别过脸，默不作声，但我心里无比清楚，那座小小的山，珍藏我太多童年记忆的山啊，如今已是我乡愁的凝聚地，它时而沉重地压在我的心头，时而又给予我温暖踏实的依靠；那片粼粼的海啊，母亲牵着我的手，一次次守候的海啊，它承载我无尽的哀愁，更滋养我内心深处那孤独的灵魂。

我的父亲，我的母亲，我的小山，我的大海，我的小村，我的小城。一生一世，生生世世，是我所有情感的发源地，也是我所有情感的终结地。

我的喜怒与哀乐，我的爱恨与情仇，我的现实与梦境，只因你，只为你，日日夜夜，年年岁岁，此生不变。

出　走

崎　玉

　　坐上这趟列车，看见那个拖着老旧军绿色帆布袋子的少年，他脸上的憧憬和激动，又带着些许可能叫作不舍这种情绪的笑容，我沉默了。我在想，此番"出走"我会遇到些什么惊喜，又能带回什么意想不到的收获？

　　我有一颗年轻的、火焰未熄的心，或许沉重的现实不曾倾倒下来压垮我，我的心依然跳着。我还有一些想改变、想寄托心绪的事情在，我还有力气、有勇气走出去。

　　离开这个被我称作家和故乡的地方，已不是第一次。

　　1983 年，在成片桃林远远看去是泛青的时候，我出生在冀北市鹤县的先泽村，一个闭塞极了的山沟沟里，不知名的县城、不知名的村庄。唯一能称得上"赫赫有名"的，可能就是村东头那口"举人井"。那井据说是明朝时村里一个考中了举人的大户人家捐的，各家各户都靠着这口井的水过生活。先泽先泽，先人福泽，村名也就是这么来的。井离张大婶家不远，五六岁时我成日四处疯跑，几乎每天都要去她家转一圈，哪管是预备晌午吃的红薯还是玉米饽饽，我总不会空着手回来。张大婶本家姓李，有个弟弟。弟弟是家里的老来子，姐弟俩差了二十岁。张大婶早些年生孩子时伤了身子，再没生养，孩子身子弱，两岁就夭折了。李家爹娘岁数大、走得早，张大叔的人性也好，这个小舅子索性就跟着姐姐和姐夫过，也是当成儿子养着，我叫他小舅舅，他比我大六岁。男孩子总是想着要和比自己大的人一起玩，所以我每次去都想着找他，当然，嘴馋也是真的。

　　家里有五个孩子，我排行老五，和小舅舅一样，也是老小儿，上面四个姐姐。因为没有亲兄弟，小舅舅这种大玩伴对我来说就更重要了，只是我从没能把他叫出来，每次他都是在纸上写写画画，写一些叉和数字儿。上学之后，我才知道那叫方程。小舅舅学习好，不让人费心，中学时就从来没掉出过年级前三名。记得他考完高中，他们家里还来了人，我凑热闹的时候就看到那人拉着张大婶的手非让她收下红包，说是县里给的状元奖。同样的场景，小舅舅考大学时又重演了一遍。小舅舅脾气也好，每次我去吵他他也不恼，总会给我本能看得懂的书，回回都是一句"坨儿，你先坐这儿看会子书"，也就是他的话能让我在这儿一坐就是半天。家里一叫吃饭就来这里找我，也总会留一句"我家这皮坨也就在这儿能待得住"。这种日子也就过了那么几年，自打小舅舅去了市里上高中，只有放寒暑假，我才敢去打扰他。那高中据说是全市最好的，因为他成绩好，不仅不花钱，还按年给钱。村里人一年到头连县城都去不了几次，有那么几次，也是怪雨把山路下堵了，收桃的车进不来，只能大家伙儿一齐赶着车去换钱。市里的高中没把小舅舅养娇，他写完功课就去地里帮着忙些活计，尽管张大叔张大婶让他一心一意学习，他也不听。我也就摸出了规律，哪管是写作业还是疯玩，把白天耗光了，等到晚上八点多就往他家跑，准能赶上他在家，也就是这么着，书变成了晚上读。

小舅舅高三的那个暑假，我照例晚上去他家，他也还是老样子，趴在那个坑坑洼洼的木板柜上写写画画。板柜的岁数瞧起来很大，是张大叔张大婶结婚几年之后，村里来木匠，张大叔找人打的，说是家里得有件像样的家具。到现在，也就还是这么一件像样的家具。我坐在小舅舅的另一边看书，是本画册，没人能像他一样看一天的字儿都不嫌烦，反正我是不肯的。这画册是报纸剪贴的，是小舅舅高中的同学借给他看的，说是看完就能知道中国近十年的全部大事，我觉得这人在吹牛，我这个小孩子都知道，十年的所有大事哪会只有这么薄，光是这个月从村里嗓门最高的赖二叔那儿喊出来的，都远比这多得多。我嗤之以鼻地翻着，一片苞米皮从里面掉出来，夹着它的是一张剪下来的报纸，小舅舅说这是《深圳特区报》，那图上面的大楼就是深圳。嚯！大高房子、又平又直的大路，那房子看起来比做农药生意的二嘎子家还好，那路看起来比赵村长家通到村口的路都平整得多，没泥水、没土坑，连牛筋草和蝲蝲蛄都没有。

"坨儿，我想上大学，然后去深圳，我觉得那是能干出些名堂的地方。"

小舅舅从没和我说过他长大要做些什么，我觉得他嫌我年纪小，不愿意和我说这些"大事"。他说这话时，眼睛都亮了，一听这，我的眼睛也亮了。

"那我也上大学，也要去深圳，我也去干大事儿。"

"哈哈哈，好，坨儿长大也去，咱一起去。"

那晚回家后，可能小孩儿第一次被当作"大人"都是这样的，我满心欢喜跟爹娘说，我也要上大学，要和小舅舅一起去深圳。

我爹说："好好好，我老儿子也想念大学了，有出息，跟你李家小舅舅好好学，也把那书念出个名堂来。"

娘说："念大学是好，可不兴走太远啊。深圳是哪个地方的，我咋没听说过。"

"你管他是哪儿，他肯念书就是好事儿。"

我忽地发现，我好像知道了一个别人都不知道的秘密，一个和小舅舅共同的秘密。直到后来才明白，那时的我们，多么可笑。

有了奔头，日子就有了盼头，带着这个共同的秘密，小舅舅上了大学，我也去上了镇里的初中。大学时的小舅舅没怎么回来过，张大婶说他一边读书一边干些活计，具体做什么，张大婶也不清楚，不过经常寄些钱回来，偶尔还会邮点小玩意儿，我第一次吃到奶糖，就是在张大婶家吃到的。

日子这么一天一天地过，姐姐们都嫁人了，婆家也都是土里刨食儿的，家里只剩下爹娘和我。前两年张大婶搬去市里了，说是小舅舅挣大钱了，给姐姐姐夫买了个大房子养老，那天的张大叔和张大婶是坐着轿车走的。两年多的"失联"，我怀疑小舅舅可能忘了我们的约定，气愤和失落交织，我翻出小舅舅曾留给我的一张画片儿，是当时的深圳，比之前见过的还要好，也正是这张画片儿，让我一直坚守着这个秘密。我反复地看着、摸着，更气着，渐渐睡去。

想见却见不到、想得却得不到的东西，都是最有诱惑和吸引力的。从有记忆开始，长了这么多年，我很少做梦。而这天晚上，我却拥有了一个很美但幻境感很强的梦，是那种能意识到自己是在梦中的梦。它告诉我深圳有多好，它告诉我山里人靠吃山，这辈子都住不上大房子，它告诉我，我想"出走"，我应该走，我应该去外面的世界看一看。等醒过来我才明白，深圳于我已经是一种执念，抛开小舅舅的影响，抛开"大男人"的约定，我更想要的是到一个与现在截然不同又充满新奇的地方，那里也许光华十足、诱惑重重，但偏安一隅不该是我的宿命，在这个小山村，我终究坐不上大轿车。

"秘密"变成了梦想，也就更有了坚定的必要。把一天掰成两半过，除了生理、生活的必需，剩下的时间都在学习，一直保留着晚上看书的习惯，我最终也做到了看一天的字也不嫌烦，如愿地考上了市里的高中。我很庆幸家里人对我学业的支持，尽管是嫁出去的姐姐，也总会为了给我凑学费而掏出一笔积蓄。当然，姐夫们应该也是觉得将来能有个大学生小舅子，是件很有面儿的事儿。在举全家之力的"供养"下，我高中毕业去了深圳读大学，既然想奔这儿来，那我的头一开始就要往这儿扎，以后的根也要扎在这儿。

可偏偏，上天恩赐给一个人勇气时，总会将折磨一起打包。我的安稳生活终止在 2003 年，那年我 20 岁，念大二。

从来到这座城市开始，我就不停地企图融入它，我用一切的业余时间去兼职、去实习、去打工。每当我得到一笔报酬、换一份工作，每当我走过一条从没走过的小巷、到一个从没到过的街口，走街串巷的时光，都让我觉得我与它更熟悉了、离它更近了，我的根也扎得更深了。就在我以为凭借我的毅力、努力和我付出的所有时间、精力，我能留在这里时，"非典"带给了我一份从未有过的挫败感，我也许应该，从未来过。

2002 年 12 月，深圳发现第一起病例，起初还没觉得担心，我深信着人类永远不会被自然征服，而穿上那身隔离服的时候，我深觉人类的渺小和命运的无助。2003 年 1 月的第三个周末，我照惯例去兼职，大概上午十点时，一群穿着防护服的人"来势汹汹"，因一位确诊患者三天前到过这儿，所以大家都要被隔离观察，当然，包括我。

对"非典"高死亡率的恐慌，终于还是侵袭了我。穿上防护服的那一刻，我从未有如此强烈的感觉，死神随时可能拿着带着弯钩的镰刀划向我的脖颈。到了隔离病房，我还没能冷静下来，也许我尝试过吧，但已经记不清了。家里的老小儿、父母的老来子，平平坦坦的二十年，我梦寐以求的深圳，也许是大好的前途，一切都会成为泡影吗？我不敢再想，我承认我内心的悲观，但这并不可笑。

我想家，想爹娘，想姐姐姐夫，想我的小山村，想村里的井……我什么都想，很想，我不愿死在这个美丽的又充满魅力的地方，不甘就此死去。我没敢告诉家里，死亡的阴影只笼住我一个人就够了，爹娘年纪大了，白发人送黑发人实在太残酷，好在我与家里联系的频率不高，难承担的票价从没让我动回家的心思，他们也就没有机会问起。

在那几平方米的隔离病房，37 天，我走出来了，劫后余生的幸运冲击着我，脸上的凉意是激动、喜悦，也是崩溃、痛苦，是磨难之后的希望，亦是难以言表的悲伤。

当天晚上，我走着，川流马路的灯光和大厦的霓虹交映，闪湿了我的眼，我确信，这偌大的城市之中，除了自己，我什么都没有。我仿佛在这灯光中看到了那座土房子和那棵老榕树，看到了门口娘和邻里街坊唠家常时手上绕不停的棉线团。学业未成，只能想想。

两年后，戴上学士帽的那一刻，我笃定，我要再次"出走"，离开曾经的梦想，把自己带回梦开始的地方，用四年的见识和知识，回去创造另一个梦。

当我的脚再次踏上这片熟悉的土地，爹娘他们在村口望着、守着、盼着。四年的时间发生太多事了，他们的发更白了，背更弯了，我眼眶发酸，搂住他们，试图让他们感受到坨儿的臂弯足以让他们依靠余生。

"回来好，回来好。"

往家里走的这段时间，应该足够把记忆与眼前合二为一了，想着体验一次"梦想成真"，可眼前周遭却是让我有些陌生。想踩过那些坑洼回家，但脚下平平整整，没有了熟悉的泥水洼地；想再看一眼那口举人井，但井口边围了一圈铁栏杆，想来这井是不用再"以己供人"了。村里的路平了，路灯竖起来了，举人井封了，它变了，我感觉它在用它的变化留住我，曾经牵绊我的心，现在要把我的人也留下。这个小山村和记忆中的那个小地方不一样了，可是好像又一样。

那个年代，小地方出来的大学生再回乡大多有着这样的一份"待遇"。

"坨儿回来了？他的书念完了？是不是留不了大城市啊？"

"大学生还回这种小地方，肯定是待不下去了才回来的。"

"大城市多好啊，能待下去谁回这小村子。"

"他老爹老娘还都在，就这么一个儿子，是应该回来。"

不过，"便利"倒也是有的，好在大家只偷偷说，碰见了，面子上都还过得去。回乡后，县乡政府的领导们问我想做什么。

"我想回村。"

"回村？回村能干啥？"

"总会有些事可干。"

我感谢四年的时间让我的眼界更加宽广，让我回家之后看到的不只是条件好了、在这儿生活不会遭罪了，我们不能为了眼前的生活而沾沾自喜，这个村子得往远了走，村里人的日子得往富了过。虽然，注定不能与曾经的"海边小渔村"相媲美，但腰包越鼓，先泽村的后代、我们的子子孙孙才能越多地带着我们这代人的"先泽"走进那个"小渔村"。

一切落定，我开始四处走，这个年纪已经不再是年少的疯跑了。我要去看一看、走一走我曾经走过的路，摸一摸我曾经爬过的那些树，听一听我记忆中的乡音。可走来走去，树杈上挂着的桃子还是"绊"住了我，好吃这一点，我觉得这辈子我是难改了。山地里的桃子是最诱人的，光照足，个大水灵，粉嘟嘟的，又脆生又甜，老远就能闻到桃子香。村里的老聂大叔正摘着呢，回身看到我。

"哟，坨儿在呢，咋走这儿来了？来，吃个桃。"我也没客气，接过来就啃。

"叔，今年这桃长得好吗？"

"好，咋不好，咱这儿的桃年年都能长得好。你看这树上挂的，这个头，谁看谁稀罕。"

"咱这桃也是和往年一样外面来人收吗？"

"可不，但这收桃的不地道，像咱村种出来这么大个头的桃他见过吗？我看和他之前在别的地儿收的比，咱这桃可强太多了，可他价不给涨。这好东西到了他们手里，唉，算是白瞎了。"

我醒了，老聂大叔把我"叫"醒了，这就是我想要的，这条路应该是一条可以走得通的路。

"咱村没想过自己卖吗？不用他们收。"

"唉，自己卖能卖给谁去，谁又知道呢。"

"往外走、往外卖啊，去市里卖，卖去别的市，实在不行，咱自己加工自己卖。"

老聂大叔眼里透着惊诧和不可思议。在土疙瘩里讨生活的人都是实诚的，也大多是死板守规矩的，他们或许想过往外走，但未知的风险是他们接受不了的，巨大的机会成本像是一场赌博，他们想过参赌下注，可是一年到头辛辛苦苦攒下的本金，让他们输不起。

"你在深圳见了大世面了，跟叔说说，深圳是像电视里的那样好吗？"

"是，叔，电视里的都是真的，不过那儿比电视上还要好。"

"好啊，真好。不一样啦，祖祖辈辈儿的，都该去见见世面啦。"

往回走，我觉得脚步都轻快了，眼前我好像看到的不只是路，还有成片的桃林、成队的大卡车和那群熟悉的人脸上的笑。我得去做点什么了，为了这成筐的桃，更为了这群人。

从零做起，真的很难，没经验、没人脉，没办法、没路数，只有一腔热血和一脑袋的"我想"。学吧，比起学习，没什么是我更在行的了，不过这次书本没办法告诉我所有答案，还要自己用眼睛去看、用脚去丈量。也可以说，我得去考察，带着我对先泽村的所有记忆和了解，带着村里的桃，带着我的心和想法，带着村里的未来。我又要"出走"了，去看看有没有一道方子能让山里的土地种满象征着红火日子的红苗苗，让大家揣上更多的红票票。

"旅客朋友，大家好，本次列车的终点站，丰都站到了，请下车的旅客带好随身物品，准备下车。"

这次的"出走"不再是单程票，是带着寄托和牵挂的，是要回头的。我有信心我能带回些什么，因为故乡的一切给了我充足的底气，因为年岁正好，我始终拥抱梦想，因为先泽村的人眼中都有生活的光。

返 乡

滕运林

朗乡镇——我的故乡。

六道沟——我的出生地。

也许与年龄的增长有关，近年我常常不由地想起故乡。想了，就想回去看看。此念一生，想不到有时竟急得情不可遏。既然心意已决又不想再拖，于是，2012年9月8日，我便偕妻从北戴河登上了东去的列车。

说起来，此次之所以能较快成行，也与我看了《换个活法：临终前会后悔的25件事》这篇文章有关。据说在日本曾有这样一位临终关怀护士，他在看见、听到1000例患者的临终遗憾后，写下了《换个活法：临终前会后悔的25件事》一书，与以往在美国被疯狂转载的类似热帖不谋而合。我逐一品读对照这25个遗憾，心想，连其中较难做到的"没有留下自己生存过的证据"这一条都自觉无憾了，还岂能让"没有回故乡"这一条也成憾事？

翌晨三点多钟，车抵朗乡正下着雨。借着昏暗的灯光，随着下车的旅客，过了不知哪年修建的天桥，我们先在候车室逗留片刻。街道一片漆黑，沉睡中的朗乡还没有醒来，先到哪里暂时安顿一下呢？

我想了一下，就打车让司机随意送到离汽车站最近的旅店，以便下午两点乘每天一趟的班车去六道沟。坐了17个多小时的火车，即便卧铺，也没家踏实。此季的朗乡，一早一晚已有了明显的凉意。小旅馆简陋、破旧、逼仄，加之下雨，显得越发清冷。好在和衣盖着棉被眯了会儿，旅途的疲倦才得到了缓解。

天亮了。雨不大，但仍徐徐地下着。

隔窗从楼上望去，朗乡较之离开那会儿，已脱胎换骨、出落得越来越漂亮了。街道拓宽还增加了几条不说，以往的砖木平房也大都变成了楼房。街上的小吃实惠、干净、可口，我与妻餐后沿街最先去的是附近的图书馆，将自著的拟捐赠的《北戴河思绪》《心语直诉》这两部散文集各三本交给工作人员后，又接着打量朗乡的街容镇貌……

返回旅店，直到这时，我才给陈乃玉打了一个电话。

乃玉是我的乡友加文友，家原来也在六道沟。人到啥时候，生存总是第一位的。面对林业的整体不景气，他下海经商，还义务经营着一家乒乓球馆。生活和创业的艰辛没能割舍他对缪斯的酷爱，忙里偷闲仍笔耕不辍，成了伊春一带较有名气的诗人。他社会职衔不少，局文协秘书长、市政协委员等。受多种因素的影响，尽管企业仍没做大做强，但他依然乐观地坚守着自己的理念：做产品是为了生存，开球馆是为了健身，写诗歌是为了洗涤灵魂。

当日前往六道沟的票已买好，我本想临去前与乃玉先单独见一面，待返回再好好一叙。可这电话一打不要紧，"头下车咋不告诉我？"乃玉既惊喜又嗔怪。人不能不为己，也不能啥事光想着自己。正值凌晨酣睡时，我咋好意思打搅呢？挂了电话不一会儿，乃玉就开车到了，不容我多解释，紧接着就打电话约人。局文协主席和理事等中午聚一块儿，倒很像个小型的"文代会"。

酒酣兴浓，不知不觉赶车的时候到了。乃玉和大家将我们送到汽车站，眼瞅就快开车了，杨绍莲大姐还是跟了上来并在车门处对我说："运林，你们从山上下来，最好到我家坐一坐。"杨大姐这位局二中退休的美术教师，与我结识于网络，她小学没毕业，靠自学改变命运，在当地颇有知名度。原本并没这打算，但一听这话，稍加犹豫就答应了——因为我无论如何不能也不应该拒绝真诚。

路，大致还是原来的路。当年我离开六道沟时乘的是喷云吐雾的森林小火车，眼下就路而言，最明显的差异是小铁路已变为公路。车在前行，而我则仿佛沿着时间隧道逆行。就在汽车驶离小镇开始加速朝密林深处拐去的刹那间，我的眼睛禁不住湿润了……啊，几回回魂牵梦萦的故乡；啊，几回回输入"百度"搜索的故乡！今天，我终于回来了！

1981年乍暖还寒的时节，在母亲的带领下，我们家离开了邮政地址"黑龙江省铁力县朗乡林业局六道沟林场"，然后落脚到了昌黎城关。没有假设，事实证明，母亲这位看似普通的家庭妇女，就当时所做的搬家之举，是明智的，也是比较前卫的。尽管与太多的草根家庭一样，到了哪儿也没想象得那么轻松。

我们姐弟6个，大姐已出嫁，父亲还未退休，在昌黎除了与我一同待业的二姐外，其余的都还在上学。好在母亲有裁剪的手艺，为担负起家庭沉重的负荷，没几天母亲就起了牌照到街上出摊去了。

从山里到城里，母亲深感自己的手艺远远落后于同行。起始出摊，有时一天分文未进不说，算上管理费还略有"赤字"。因手艺欠佳，有的衣服做不好，母亲就缝了拆，拆了又缝，直到满意方肯罢休。看着白天出摊，晚上还不时忙到深夜的母亲双眼常布满血丝，我泪目了。然而仅有不到四年文化学习经历的母亲却从未气馁，为了提高自己的裁剪技艺，母亲刻苦钻研，虚心向同行请教，不过，俗话说"同行是冤家"，一看有的说啥也不告诉你"真经"，无奈，为解开一些技术上的谜，母亲有时就趁别的摊点人多时，凑到一旁去"偷艺"……

摊点离家较远，为省着近百斤的机器等东西用扁担和绳子天天抬来抬去的，我就张罗要买辆手推车，没多久，我便去了较远的农村工作。待回来探家时，一看母亲还没舍得买。我就用积攒的工资买了一辆手推车，还有一把折叠椅。从此母亲就寒暑不停地用这辆既当运输工具又当案子的小推车，一年又一年地不知碾过了多少个风雨晨昏，直到因年龄关系，手眼脑都跟不上了，才不得不结束了摆摊生涯。

从朗乡到昌黎，然后又到北戴河，一晃几十年过来了！尽管这辈子既忙忙碌碌，又平平庸庸，然而我深感自己仍有聊以自慰的——那就是总体上，好赖还应算是一个比较珍惜时间的人。

出于对青春年华的珍惜，至今我仍保存着自己走向社会以来所参加过的所有考试的准考证。尽管那一张又一张大小不同、颜色也不尽一致的准考证，有的现已变色发黄；尽管社会才是一个最大的考场，而在这个无形的考场上，我这个有着大专学历的人，迂腐得实际上连小学生的水平都没有。

而在这些准考证中，有一张我印象最深的，那就是我到昌黎不久所参加的那次招工考试。当时不叫"失业"而称之为"待业"的青年特别多，想找点活干是很难的。有一回母亲听说我家所在的街道饭店缺人，就想让我去，结果原本说好了的那又脏又累的差事儿，仅隔两天却又被别人给撬了。后来两山公社建筑队需要小工，经一位亲戚的引见，我就又去那里打工。别看在建筑队里每天活苦时长，那没熟人还干不上呢！我在那儿干了几个月，可能"掌桌的"不好意思说，也可能是怕直说了，有人再托关系找他，入秋后的一天他开会说，该收秋了，从明天开始工地先放假，待啥时开工了再通知大家。我信以为真，隔了些日子才恍悟：放假，解雇也。

一个大小伙子，整天宅在家里也不是个事儿。一天我从收音机里悉知，辽宁大洼有一木工学校正在招生，有点木工基础的我就想好好去学学。按报名要求，我回了电报正准备动身的时候，县里传出了招工信息。为迎接这次考试，我便暂缓前往，又全身心地投入到复习中来。令我高兴和意外的是，就在那次考试中，我竟以总分第一的成绩在男指标中被县供销系统录取了。考试，当然也包括高考，作为一种制度，尽管它对一个人的能力测试也并非就绝对精准，不过它相对又是最公平的。直到目前，恐怕人们还找不出能比它更合理，也更令人信服的办法来。而以往的那种"自愿报名，群众推荐，领导批准"的筛选办法，字面上好像天衣无缝，其实操作起来，于很大程度上就是"权势"和"关系"的一种变相角逐。我感谢那次考试，是考试这一平等的竞争机遇，使我告别了既靠托人赏脸又浮萍般的打工生涯，结束了我的待业史。

我清楚地记得，去指挥供销处报到的那天，是处里用一辆130货车把我们接去的。车篷里坐的是司机和秘书，立在后斗里的，是家在城关被一同分配到该处的6名新职工。车到处里，又进行了再分配，我被分到了朱各庄。

朱各庄位于滦县、卢龙和昌黎三县交界处，西临滦河，作为当时的公社机关所在地，还辖有上庄、下庄、前白石院、后白石院、大樊各庄、小樊各庄。这7个村名，大都成对应关系，并不难记，不过，你若知道不知哪位编的"大前后晌（上）下小猪（朱）"这句顺口溜，就更不容易忘了。

在乡下当售货员，整天主要与农民顾客打交道，这让我有意无意地知晓了一些当地的乡俗土语，如那一带的农民管订婚叫"吃饺子"，管结婚叫"吃干饭"，把女人生孩子叫"到炕上了"……通过售货我感到农民对歧视他们的人也很反感。有的城里人，其实在城里的社会地位也不高，可一到了农民面前却又有点自命不凡，这太不应该了！也难怪有的农民曾气愤地说："倒数几辈，都是农民。"这话真是一点不假！从这个意义上讲，也可以说我们每一个人都是从"村里"来的。

城里出门就是街，对集不集的，一般没人太在意，而农村就不同了，农家要买些杂七杂八的东西，一般都去集上，所以对集日很关注。或逢三，或逢五排十，集日一般都按农历算。为了多销货，那时我们几乎逢集必赶。隆冬时节，天亮得晚，身着又长又厚的黄棉大衣，我们蜷缩在载满货物的马车上，经常在马的疾蹄和车老板的吆喝声中，迎来当日的第一缕晨光。时间长了冻得脚难受，有时我一看牲口累得速度慢了，就干脆下车跟着小跑……

眼看与我一起去乡下的同事都陆续回城了，我也很着急，后经母亲找亲戚帮忙才总算调了回来。因单位分分合合的，我在昌黎的烟酒、蔬菜和糖酒等企业，从事过门卫、保管、开票、统计和文秘等多种工作，此间通过文化补课和半脱产学习，先后获得了成人高中和电大专科学历，同时利用有限的业余时间，还发表过诗歌、散文和新闻等作品。1992年经同事王杰大姐的鼎力相助调到北戴河后，我对哺育了自己十一年的昌黎，仍一直怀有一种特殊的情感。尤其每每回去探望父母，目睹"第二故乡"的发展与变化，高兴之余，眼前还不时会浮现出一些当年的情景……

想着，想着……不知不觉间，六道沟越来越近了。

啊！六道沟，我的第一故乡！从22岁离开，就此我曾粗略算过，到现在已足31年。在天文时间里，这简直算不了什么，而在个人，却是"朝如青丝暮成雪"了。

定睛窗外，车过分场高台沟，昔日的房屋和人家了无痕迹，已与别处无异，就好像什么也没发生过。分场与六道沟总场间的小火车站，已随着铁路的消失而消失。车抵六道沟，下车最先认出我的，是推着独轮车来接取东西的大琴姐和姐夫。"你是老滕家的吧？你还认识我吗？"一看我认不出来，她又说："我是老李家的，叫大琴，跟你大姐可好了。"年头太多了，如不自报家门，我真的说什么也认不出来了。

若不主动跟我搭讪，对来接我的王婶家的小四就更认不出来了。到了王婶家，我诧异地先愣了一下：这个小四喊妈的人，居然是我的王婶？我脑海中的王婶：苗条、漂亮、标致，而眼下的体态"发福"得套下年轻时的自己都绰绰有余了。"我听桂杰说，你往场部打过电话，是她接的，她说你想回来看看，多少年没联系了，从那以后，我就盼哪，不知道你妈能不能也跟你一块儿回来。"因王婶身体原因我们住在她家，吃去小四家。相隔不远，也就两趟房。即便如此，吃饭时她都不过去，而是由小四或儿媳李桂杰把饭送过去。

桂杰的父亲叫李堂，我管他叫二大爷，与我家曾住过一趟房。后因房子失火被焚，他家就搬到小火车道旁，用城里话讲也就是"临街"了，从此去场部、小卖店啥的便常从他家的门口过。二大爷为人豪爽，身体倍棒，属典型的大碗喝酒、大块吃肉的东北汉子。当晚去看他时，他坐着轮椅连说话认人都困难，就更认不出我了。岁月不饶人，毕竟八十多岁了，当桂杰等对着耳朵，大声说我姓啥，是谁家的，他说不出来但心里明白了，就手边颤抖边点头，同时眼中噙满泪花。二大爷家孩子多，对桂杰我印象不深，但通过说话办事，感觉她的爽快劲儿很像她爸，拿得起放得下，里里外外干啥都是一把手。相对来讲，有俄罗斯血统的孟娘，体态变化最小，气色也不错，八十多岁了出来进去的还总想找点活干。她端详了半天也没认出我，后经提示认了出来又激动得情绪不稳，好在经安慰时间不长又好了。范婶身体很好，也不显老，说没曾想这辈子还能见着面，一唠起家常来有时还直落泪。

从北戴河出发前，返程票就买了。难得回来一趟，时间又太紧，我就抓紧仅有的一个整天，在林场附近大致转了转，并以朝圣之心在故土上极力寻着记忆。我家的老屋早没了，按他们指点的方位我看了看，现已成了菜园子。与场部一河之隔的学校已荒芜。除了原址残留的破房子并以此为参照，仅能看出点当年的轮廓，更想象不到这里曾是书声琅琅的校园。

一个人在学生时代能遇上一位好老师——此乃人生的一大幸运也。随着年龄的递增，或许是出于这种感悟吧，我愈发想念曾在此教过我的贾玉清老师。此刻千里置身故地，眼前又蓦然叠映出她的姿影……

当年我在这里读初中时，她身材苗条，两根短辫齐肩扎在耳际。平时常穿褪色黄制服的贾老师教我们不久，就凭独特的施教艺术赢得了全班学生的敬佩和爱戴，在三十多个山里娃儿的心中，成了最神圣的太阳。贾老师学识渊博，和蔼可亲，见我单纯朴实，也格外喜欢我。一次收上去的作业本发下来后，竟叫我一下子愣住了。原来，我的那个用花布和硬纸板糊制的旧本壳，不知啥时已被她用白纸重新裱糊一新，还用红油漆在上面工工整整地竖写了八个漂亮的美术字：好好学习，天天向上。盯着那已似是而非的本壳，当时我真有点不敢相信自己的眼睛，一股暖流倏然涌遍周身。至今一想起来，那几个鲜红的大字还犹如一团火似的在我的眼前闪跳。

贾老师不是本地人，她家在省城哈尔滨附近，却全身心地扑在启迪大山灵气的教育事业上。记得初冬时节，一个天气阴冷飘着零星小雪的早晨，挂在学校操场上的那一小截钢轨"吊钟"已被老校工敲过好长一阵了，我们隔窗望去，见贾老师才从办公室里走了出来。到了教室，面容憔悴的她在黑板上刚写了几个字，就有气无力地说："同学们，先上会儿自习吧！"一边说一边往外走，还未走到教室门口，"扑通"一声竟一下子摔倒休克了……贾老师才貌俱佳，可惜身体欠佳，命运多舛。据说在她刚刚二十来岁的时候，就因一场大病而将子宫切除了。对一个女人来讲，这意味着什么是可想而知的。身为一名女性，贾老师尽管一辈子也将无法做真正意义上的母亲了，但她却把一个女人所具有的伟大的母爱精神，连同她那颗玉洁冰清般的心，全部无私地献给了我们这群"大山里的孩子"。

记忆本身带有筛选功能。细想，人这一辈子，不知要遇到多少人，可最终能留下记忆的并不是很多，能够常常眷念的就更少了。几十年间辗转听说，贾老师几经调动，早已不在朗乡。此次朗乡之行，在与人提及贾老师时，我曾不止一次动情地说："不知贾老师现在在哪里，如果健在并能联系上，我一定要去看看她。"

童年不再，校址仍存。在此，我既曾是受教育者中的"山娃儿"一个，也曾是"山娃儿"的教育者一个。人生的障碍，有的不是自己就能逾越的。当年从这所学校走出的我，后来能以"代课教师"的身份又重新走进这所学校，若说起来，还得感谢林场开明的领导人邓书记。

邓书记叫邓良会，湖北人，军转干部。因人长得瘦小英俊，又作风干练、一身正气，还是山里人所称的林场里"最大的官儿"，人们便几乎都管他叫"小老邓"。若不是他到任并在教师的选用上，采取"面向全场，自愿报名，公开考试，择优录取"的办法，以我的背景和秉性，估计下多大的雨，这雨点儿也淋不到我的头上。固然，机遇垂青的也并非我一人，其中也不乏个人的因素，不过人为的外部环境也相当重要，尤其在那个年代，人生境况彼此相似的人，难道都能如我一样遇上像"小老邓"这样的好官儿吗？单就这一点，我应该说比"高加林"幸运。这是后来，我看了根据路遥同名小说改编的电影《人生》继而又读了小说后，结合自己的身之所历，而生发的思考和联想。

几十年过去了，遥想儿时这里对原始森林进行大规模、非理性采伐的时候，这所林业子弟学校的在校生曾一度有五六百人，眼下林场三十岁以下的人已不多。有小孩的家庭若想让孩子上幼儿园，都得在镇里租房或寄托。随着常住人口越来越少，学校到底哪年黄的都不知道，问了几个人也都没说清，反正现在有人在此搞养殖，不出学生出木耳了。

沿着废弃的小火车道往南走，只见父亲当年自垦的那一大片自留地，除了地心儿还种了点啥外，周边又都复荒了。最远走到河的拐弯处，已跑到尽头，面对这熟悉的河流，我双手捧水先深情地喝了几大口！记得在自己懵懂爱遐想的年代，怀揣诸多的疑问，我曾不止一次地站在河边，看着不息的流水，既思绪纷呈，又啥都未得其解……从前，这河的上边有座圆木桥。后因无木头可运，桥没了，路也断了。河水仍流，但明显没以往湍急，水浅得已很难觅到一块静深的河面，然后择一小片薄薄的石子，像儿时一样可贴着水皮儿"打水漂"之处了。河水少了，河床变窄了，两岸的石头反倒多了。这一块块或大或小被时间之水磨平了棱角的裸石，与变瘦的河流默默相伴。对生态的退化和林场的兴衰，它可谓历史的见证人。

自打离开故乡，我已经很久很久未体味林区之夜万籁俱寂的深邃和幽静了。是日入夜，我曾独自披衣伫立于室外，面对天地间既没有星月，也没有一丝光亮和响动的情景，深觉故乡的夜啊，那才真叫个"黑"与"静"！黑，黑得好像自己与外部世界已彻底隔绝；静，静得甚至让人有点毛骨悚然，不寒而栗。而这深山一隅所具有的甚至几乎带有恐怖韵味的静谧，对常年生活在不乏灯火和喧嚣的城里人来讲，则是很难感受到的。其实在自然界里，这才是夜的本色。

次日清晨，为赶六点的班车，我们起来不一会儿，王叔也悄悄从他屋里走了出来并低声说："你王婶没睡好，刚才睡着了。"到了场部门口的汽车站，想不到范婶正在等我们，不仅拿了一袋土特产，还给我们占了座。桂杰把票给买了。来时下车去王婶家，正在路旁的徐婶也认出了我。徐婶的丈夫叫徐传忠，为人善良随和，从前给林场在小铁路上开通勤车。不知她咋知道的，也起早来送我们，让我意外又感动。令我担心又后怕的是，王婶竟也气喘吁吁地赶来了。"王婶，您怎么也来了！"我埋怨道。"我一睁眼，就知道孩子走了。这么大老远的，还不来送送。"汽车快开了——何时再相见？一想到这些，已上车的我便不由地下了车，与王婶、范婶、徐婶都拥抱了一下，然后道声"再见"又上了车。

到了朗乡，与闻讯从另一林场特意赶来并做东的乔延林等人吃饭时，谈到离开六道沟时的情景，我说我当时的心情很复杂，细想想，别说她们这么大岁数了，就连我这当年的小毛孩子都奔六十了，又不可能常回来，其实在某种意义上与其说"再见"，说不定就是"永诀"。我刚说罢，乃玉就连连点头说："对，对，对。"

当晚夜宿半圆河宾馆。次日临行前我们去了杨大姐家。杨大姐中午想找几个人陪我们吃顿饭，我本不愿让杨大姐破费，一听其中有孙其哲，顿时又非常高兴。

孙其哲不认识我，而我知道他则源于他的字写得好。他在六道沟那会儿我刚八九岁，因当时正值"文化大革命"，总写这写那的，这对写字好的人来说，也正是展示才能、体现价值的时候。如果无误的话，我印象中的他穿戴整洁，冬天常扎着围脖，其衣着和举止，瞅上去现在叫"有气质"，但那时说起来就有点"小资"了。听说孙其哲退休前曾任局党委常委、宣传部部长，副县级。当然我看重的并非这个，而是愿借此机会，再见一见自己儿时在深山沟里曾十分仰慕的这个文化人。

是冥冥中的天意？抑或是师生之缘分？说来也巧。此行一到朗乡，我就想看看曾教过我的徐老师。但认不认识的打听了不少人，也未得到准确下落。然而想不到那日下午返程前，往火车站去的时候就不早了，就在快检票之时，还是来送站的张凤丽眼尖，她突然拉了我一下，指着坐在候车室椅子上的一个人，对我说："大哥，那人好像就是徐老师。"我转眼一看，疾步过去问道："您好，您是徐广琴老师吗？我叫滕运林。"徐老师怔了一下："哎呀，你是滕运林。"原来徐老师退休没几年就离开了朗乡，连房子都卖了，她这次回朗乡是办社保卡按手印来了。因坐的与我们方向相反的那趟火车晚点了，此时她正在候车。都说"无巧不成书"，别说，这世界上还真有这么碰巧的事儿！

少小离家，返乡梦圆。从朗乡返回没几天，我就去了黄山，归来又快月底了。我原打算趁国庆节放假回昌黎看看，不料国庆长假这几天北戴河又一次启动了暑期机制。我一看回不去了，就让弟弟把父母送来了。有一天，我正在驼峰路上执勤，王婶打来了电话，说她往昌黎打了好几次电话都没人接，问我咋回事。我说都在我这儿哪，她以为我在家又说让你妈接电话，我说我在外面呢……几天后，父母从我家临走的那天中午，我与桂杰先联系，通过网络让王婶与我妈既通了话又见了面。

令人惊愕的是，两个多月后的一天下午，我下班刚进家连鞋还没换，妻子就急忙告诉我："老滕，王婶没了！"我忙问："能吗！？你咋知道的？"妻说她刚看见桂杰从QQ上发来的留言，我接过鼠标又看了一下："我婆婆于11月24日去世了，刚烧的'头七'……"唉！真是做梦也没想到，那日的交谈居然这么快就成了"谶语"。世事无常，看来我们只有在承认生命的脆弱和人生的有限时，才会备感某些情感之珍贵！

此次返乡，除自身技术不佳照片没拍好外，应该说基本遂愿。然而如今身为游子和过客，我也曾自忖：从前在故乡时，我对故乡不仅真的说不上有多深的感情，而且还盼着能早一点离开。然而，一旦离开了尤其是随着年龄的增长又总想回去。犹如来去匆匆的这五天之旅，就完全是所谓的"回家看看"，而这个"家"里对我来讲，其实连个有血缘关系的人都没有。可为什么我还是想回去？而且一定要回去呢？为什么《换个活法：临终前会后悔的25件事》中会有"没有回故乡"这一条？我翻阅了一些资料后以为，还是著名文艺理论家雷达先生阐释得精辟："我深信，不管人类文明发达到了何等程度，我们永远需要不断回归精神的故乡。"

梦回乡关

刘志红

"日暮乡关何处是，烟波江上使人愁。"离开故乡多年了，可那个生我养我的小乡村，却常常出现在我的梦里。对故乡的思念已深入骨髓，任怎么磨也磨不掉了。我常常在梦里寻找，寻找慈爱的祖父母，寻找勤劳的爹和娘，寻找给我一生温暖的老屋，寻找我那渐行渐远的故乡。

一、祖父的豆腐

祖父做的豆腐最好吃，十里八村的乡亲无人不知、无人不晓。在外边玩时，别人问我是谁家的孩子，我报父亲的名字时，很多人不认识，因为父亲常年在外地工作，等我说出祖父的名字，他们便都恍然大悟了，人人都对祖父跷大拇指，我因此也受到了人们的善待。

祖父是因为他的豆腐而被人们认识的，人们先认识了他的豆腐，继而认识了他的为人。而我是因为生为祖父的孙女，继而认识了祖父的豆腐。

从我记事起，就知道我家的后院有五间厢房，其中有两间是豆腐坊。祖母叫它磨坊，里边有一盘很大很大的石磨，石磨下边有个更大的圆形石槽，石槽上有个不大的孔。据说，原来孔下边曾放着水桶，用来接从孔里流下来的豆浆。难道我的曾祖父就是做豆腐的？没有人告诉我，我无从知晓。家里没有电影上见过的拉磨的毛驴，祖母说，祖父磨豆浆时，是让父亲和叔叔们来推磨的。父亲弟兄五个，推起磨来一定比毛驴好使（敬爱的父辈们，恕我不敬，我只能这样比较，绝无贬损长辈之意）。但是，我从未见过父亲和叔叔们推磨，也从未见过祖父在这个豆腐坊做豆腐。我见到的是祖父在生产队的豆腐坊做豆腐。

　　生产队的豆腐坊比家里的两间厢房大多了，是同样的大磨盘，还有一头毛驴。祖父磨豆浆就是用这头毛驴来拉磨，给毛驴蒙上眼睛，拴到磨杠上，毛驴便围着磨盘不停地走。祖父用勺子把前一天泡发的豆子舀进磨盘的孔里，白色的豆浆便从两盘磨中间的缝隙流出，流到石磨下边的凹槽里，又从凹槽的小孔流到下边的桶里。祖父再把桶里的豆浆倒进一个纱布做成的摇篮——我们叫它豆腐包，扶着豆腐包来回摇晃，豆浆便透过纱布流到下边的另一个大桶里，这才是真正的豆浆。晃到最后，还要用两个木棍夹一夹那个豆腐包，以便豆浆全部挤出，剩到豆腐包里的便是豆腐渣。祖父把豆腐渣倒在另一个桶里，留给饲养员喂生产队里的猪。这样过滤好多次，把从石磨上流下的豆浆全部过滤完，再把过滤下来的豆浆全部倒在一口大锅里烧开。这就是我们现在常喝的豆浆。这时，祖父会盛上一小碗，放上点白糖递给我，让我喝。香香甜甜的豆浆，喝到嘴里，齿颊留香，喝到胃里，温暖舒服。多少年了，路边也好，餐馆也好，喝过多少处多少家多少碗豆浆已不可计数，但都没有祖父做的豆浆好喝，故乡的豆香早已刻在了我的味蕾里，便再也尝不出他乡豆浆的味道了。可是祖父自己是不喝的，他把烧开的豆浆分成三份，一份盛到桶里用来卖豆浆；一份点上卤水，放到豆腐盘里压上，用来做水豆腐；另一份也点上卤水，一勺一勺浇到纱布上，纱布叠很多层，豆浆也浇很多层，然后紧紧压实，用来做干豆腐。等到桶里的豆浆晾出一层皮——豆腐皮，祖父又用筷子挑起来给我吃。那是豆腐中最好吃的东西，豆腐皮是不用来卖的，所以，祖父做豆腐时，我总喜欢去豆腐坊等着吃那层豆腐皮。另外，能吃到的便是纱布上剩下的干豆腐碎屑，干豆腐做好一层一层掀掉后，那些纱布便晾晒到生产队的院子里，纱布的边边角角粘着干豆腐碎屑，我便穿行在那些挂着的纱布中，捡那些碎屑吃，好香好香。半个世纪过去了，那捡食干豆腐屑的小女孩已白发苍苍，做豆腐的祖父早已不在，可那飘在生产队院子里做干豆腐的纱布，仍时时出现在我的梦里。

　　我在豆腐坊是吃不到水豆腐的，压到豆腐盘里的水豆腐是整整的一大盘，祖父是不可能随便切下来一块给我吃的。

　　祖父把这三种豆腐做好后，便都放到一辆独轮手推车上，走街串巷去卖豆腐。那时候的豆腐交易不用钱，是货换货，从自家拿着豆子去换豆腐。祖父走到大街上一吆喝，如洪钟一般的声音便传遍全村，便有很多人用碗或瓢端着豆子来换豆腐。那时候家家都穷，一年都吃不到两顿肉，所以只能用自家的豆子来换豆腐。吃豆腐大概是穷人的专利，怪不得清朝有位诗人（胡济苍）说它"一生知己属贫人"。我听到祖父的吆喝声，也常常端着豆子去换豆腐，干豆腐、水豆腐、豆浆。

有白菜的季节，母亲做的常常是白菜熬豆腐；没有白菜的季节就是小葱拌豆腐、黄瓜拌豆腐；豆浆点上点儿卤水放屉上蒸豆腐汁儿。不管怎么吃，都能吃到健康，吃到营养，吃到那浓浓的大豆香。在那缺衣少食的年代，是祖父的豆腐陪伴我健康成长。

有时母亲做饭不需要豆腐，可我在家里听到祖父的吆喝声，还是会跑出去，跑到大街上，看着祖父手推车上的豆腐。这时，祖父心疼他的孙女，便从水豆腐盘里切下来大约一厘米那么厚的一小块儿给我，我用手举着那还冒着热气的豆腐就吸溜着吃了，真香！真好吃！我怎么觉得那一小块儿豆腐是最好吃的呢！吃完还想要，这时祖父就不再给了，他说"回家拿豆子去"。不是祖父吝啬，因为这豆腐是生产队的，换回的豆子也要归生产队，这些东西是大家的，能切下来一小块儿给他的孙女吃，那是因为他太疼爱她的孙女了。我淳朴的老祖父，一生清廉方正，一如这清白方正的豆腐。

后来，农村实行家庭联产承包责任制，祖父年事已高，没有承包生产队的豆腐坊，而是把做豆腐的手艺传授给了本村一个年轻人。那个年轻人承包了豆腐坊，也像祖父一样，每天推着独轮车在大街上卖豆腐，但总觉得他的豆腐没有祖父做的好吃。

从那以后，就再也没有吃过祖父做的豆腐了。如今市场上、超市里摆满各种各样的豆腐，有的还号称是全县最好的干豆腐——名牌，可我总觉得哪一种哪一家，也没有祖父做的豆腐好吃。不禁想起鲁迅先生《社戏》里的一句话："真的，一直到现在，我实在再没吃过那夜似的好豆，也再没看过那夜似的好戏了。"

老家的磨坊在1978年地震中倒塌了，那盘旧石磨，在我家盖完房子后放在了院子的大门口，给村人当座位。后来有个外村人看到，出50元钱想买那盘旧石磨，找到母亲，母亲考虑到石磨是祖父的遗产，没有卖。那时候50元钱相当于我一个月的工资呢。幸亏母亲没有卖，让那盘旧石磨留给了后人对于祖父的一点念想。

如今，慈爱的老祖父早已不在了，慈爱的老祖母也早已与祖父团聚了，连我的父亲母亲也去陪伴他们了，只剩下那盘旧石磨，在老屋的家门口默默诉说着岁月的沧桑。

二、祖母的山楂

不知什么时候，祖母在院子里栽了一棵山楂树，还没有发觉山楂树的生长，它就长得有小孩胳膊那么粗了。有一次回老家看望祖母，蓦地发现院子里还有一棵山楂树，既新奇又兴奋，问祖母什么时候栽的，祖母想了想，说她也忘了，反正这几年开始挂果了，每年都能吃上几个，但多数都被过路的孩子摘走了。祖母年轻时便乐善好施，父亲每次发了工资交给祖母，祖母都会买一桌子好吃的，请七八个毫无血缘关系的老头老太太来家里撮一顿，到现在我也不明白那是为什么，只把它理解为"乐善好施"。现在自己吃不完也难以嚼得动的山楂果让过路的小孩摘走，她是毫不吝惜的。

祖母送我出门时，我站在山楂树下，仰头望着青涩的果实，问祖母今年挂的果是不是更多了。祖母笑着说："你要是爱吃，奶给你留着。"这句话说过之后我早就忘了，我怎能觊觎祖母那几颗山楂呢？

再一次去看望祖母时已是深秋，走进院子，只见光秃秃的山楂树上只有干枯的树枝还在挺立着，一颗山楂果都不见了。进到屋里，祖母正在炕头上坐着，见我来了，赶紧拉着我的手让我挨着她坐到炕头上。嘘寒问暖之后，祖母从被子遮挡的窗台处摸出了一个小布袋子，把线绳勒住的封口打开，滚出来的是又大又红的山楂，鲜亮透红，个个都是那么饱满。祖母让我去洗几个吃，然后又把袋子口封起来，说走时给我带着。临走时，祖母把那袋山楂放进我的包里，我不要，让祖母留着吃，她说什么也不答应，非要我拿着不可。恭敬不如从命，我只好收下那袋山楂。

回到家里，把山楂倒进盆里，个个都那么匀称饱满鲜亮，我知道这一定是祖母一个一个挑出来的，她把最大最好的果子留给了自己的孙女。祖母是怎样一个一个摘下来的呢？是爬到邻居的猪圈房上踮着小脚一个一个摘下来的，还是仰着脖子用竹竿打下来又一个一个捡起来的？我不敢想象，我的心像被揉皱了一样紧缩在一起。看着盆里的山楂，想着祖母行动的艰难，眼泪吧嗒吧嗒直往盆里掉。我把那些山楂剖开剜掉核，熬成了糖水山楂，装到罐头瓶里，想再去看祖母时给祖母拿去一些，但终因很久没有时间去看祖母而未能如愿，为这事心里一直歉疚着。后来有一天从堂弟那里得知山楂是他帮祖母摘下来的，心里才宽慰了些。

后来那棵山楂树随着祖母的老去而老去了。祖母去世的那一年，山楂树没有挂果。第二年，挂了几个果，也是稀稀疏疏的，又小又瘪。再后来，院里杂草丛生，山楂树无人管理，也就渐渐枯萎了。

如今老屋已经易主，新主人早已把院子里的杂草树木全部清理掉了。我最后一次见到那株山楂树时，它已经不成样子。看着那干枯的小树，想起祖母的山楂，不禁潸然泪下。唉，"昔年种柳，依依汉南。今看摇落，凄怆江潭。树犹如此，人何以堪！"

三、故乡的老屋

爹娘早已不在了，老屋也已易主，我的家乡真正成了故乡了。然而我常常想他们，想故乡，想老屋，想爹娘。爹娘是无论如何也见不着了，但故乡还在，老屋还在，于是，我便常常回故乡去看看那风雨飘摇中的老屋。

老屋是爹娘亲手盖起来的，那场大地震之后，房倒屋塌，我和我的乡亲们都没有了家。乡亲们在大灾之后重建家园，我的爹娘便在老家的宅基地上，经过东挪西借，历尽千辛万苦，盖起了三间漂亮的新房，给了我们姐弟一个温暖的家。

新房盖完之后，父亲便回他的单位上班了，剩下来的零碎活便都留给了母亲。那时候母亲三十多岁，我十多岁，弟弟妹妹更小，我便和母亲一起担负起了新房的善后工作。

临街的后墙上有一片需要刮大白的地方，别人家都是请村里的泥瓦匠刮的，因为这是个技术活，不是谁都能干好的。可是我们家因为穷，请不起，母亲只好自己干。春天的一个周日，母亲让我看着妹妹，她来抹墙。母亲先和好白灰，将石灰和沙子混合在一起，然后踩到一个长条凳子上，一只手端着装有白灰的铲子，一只手用另一个小点儿的铲子往墙上箍，边箍边用铲子抹平。一铲子灰只能抹一小块面积，母亲在长凳上上去下来太麻烦，于是我便在下边帮母亲递灰。妹妹在一边玩，我铲满一铁锹，端到长凳上递给母亲。母亲便从铁锹上把灰铲到她的大铲上，这样母亲就不用上下凳子了，母亲能轻松些，干活儿也快一些。临街大墙上两片大白，就是我和母亲这样一锹一铲弄完的。从街上经过的乡亲，看到母亲刮的大白，直夸母亲手巧，比那些成手泥瓦匠刮得还要平。每次回故乡，站到屋后的街上，看看老屋的后墙，便仿佛又看到了母亲站在长凳上刮大白的身影。

老屋四周的墙是用砖石砌成的，砖石之间的缝隙需要用水泥箍严实，这样的"表面功夫"是需要手巧的泥瓦匠才能做好的。可是我家的老屋，这些细致活却是母亲亲手做的。母亲左手用铲子拖着水泥，右手用小抹子往砖石缝间抹。墙的下部是石头，上部是砖，抹石缝的时候还算轻松，因为母亲是站在或蹲在地上；抹砖缝时，母亲就得踩着凳子上上下下了。这时候，我常常在下边给母亲当小工，帮母亲递水泥。四面墙的砖缝和石缝，不知道有多少道，我至今也没有数过，可每一道上都渗透着母亲辛勤的汗水。

老屋四周地势低洼，下雨时雨水排不出去，院里院外都是水，出行困难，母亲又担心院墙被泡塌，于是把别人家盖房扔出的土，一筐一筐挎到院子里，把老屋的院子垫高了。我帮母亲挎过土，用铁锹装满一筐土，双手提起，再用一只胳膊挎住，一步一步挪到自家院子里，倒掉，再去运。汗水和泥土混在一起，弄得满身是泥。老屋那300多平方米的院子，是我和母亲一筐土一筐土垫起来的，是我和母亲一锹一锹填平的。垫高了院里，又垫院外，在老屋的院外垫出了两米宽的小路。这样下雨时不至于蹚水走路了，也不用担心院墙被泡塌了。夏季雨水多时，老屋便成了一座孤岛。

如今，老家的街道早就铺成了水泥路，老屋三面临街，三条平展的水泥路从老屋伸向村子的四面八方，水泥路的两面都有泄水管道，再也不用担心院墙被泡塌、满街泥泞出不去了。然而，我的母亲早已不在了，只有母亲亲手建起的老屋在默默沐浴着这新的福祉。街道旁种上了漂亮的五角红枫、叶子硕大的悬铃木。树下，是一丛丛常青的大叶黄杨，还有各种颜色的小花。道路两旁安上了光伏发电的路灯，家家通上了暖气和天然气，可是我的母亲没有看到这些。上次回故乡，站在老屋的院外，很想走进去看看老屋的变化，很想看看新主人的生活，可是我没有走进，我怕我的唐突打扰了人家的生活，又怕自己忍不住大哭影响了人家的心情，只能站在老屋外徘徊，看高高低低处母亲抹的砖石缝，看屋墙上母亲刮的大白，徘徊了很久，然后从大门口偷窥了一眼院里，便含着眼泪匆匆离去。

爹娘都不在了，老屋早已易主，我很难再走进去了。然而，老屋对我来说仍是那么熟悉、那么亲切。老屋的生活是艰辛的，但老屋却是我一生最温馨的地方。老屋的窗前是妹妹的花园、母亲的菜园，是我们的餐厅，是父亲的修车铺。东西两屋的窗前，被妹妹种上了各种各样的花。西屋的窗前是用砖垒起来的小花园，有一大丛玫瑰花，那是妹妹从她的同学家挖来的，只挖来了一株，后来渐渐长成了一大丛。春天开花时，不知从哪里飞来很多蜜蜂，在窗前嘤嘤嗡嗡。母亲用那些花瓣捣过玫瑰糖。小花园里还有妹妹喜欢的凤仙花，茎叶嫩得能掐出水来，红色的小花一捏能捏出汁来，那是妹妹用来涂指甲的，我们叫它手指甲盖儿花。东屋的窗前有好几盆菊花，那年菊花开时，我刚刚用一个月的工资买了个120型的小相机，我让母亲站在花旁，给母亲拍了几张黑白照片，那是母亲第一次照相。等照片冲洗出来时，母亲第一次看到了自己的照片。母亲活到40多岁，才有了第一张自己的照片。母亲当然很高兴，可是我却很伤心，一生俭朴的母亲到40多岁都没拍过一张照片，连结婚证上都没有照片。我十岁那年，母亲带我去邻县的县城拔牙，曾经花五毛钱给我和弟弟照了张合影，可不知为什么，她自己却没在其中。多亏我喜欢摄影，刚刚参加工作挣了工资就买了部相机，后来弟弟又买了单反，否则等到用手机拍照，母亲怕连一张照片也留不下，我就只能在回忆中寻找母亲的身影了。

堂屋门前的一块空地是通向院门的甬道，夏季的晚饭，我们全家就在这块空地上吃。母亲做的手擀面，母亲包的大菜篓，那是我一生中吃过的最好吃的饭。这块空地也是父亲的修车铺，父亲在外地工作，一个多月回家一次，每次回家都要把我们的自行车检修一番，擦一擦，上点油，以便我们骑着更轻松。父亲早已离开我多年，我的自行车再也没人帮我检修了。

老屋的小院占地更多的是母亲的菜园，母亲在这个小院里种上了各种各样的蔬菜，黄瓜、茄子、西红柿、生菜、大葱、胡萝卜、韭菜、南瓜、豆角、丝瓜……一畦韭菜足够我们经常包饺子，一架黄瓜供得上我们每顿饭吃黄瓜蘸酱，在栅栏边上种的一行豆角怎么吃也吃不完，院墙边上栽的两颗南瓜秧爬到墙外去结了好几个大南瓜，吃不完的生菜切碎喂鸡喂鹅……茄子、丝瓜、西红柿，样样都能送给左邻右舍。勤劳的母亲，靠她的双手，让我们在这个小院子里能够丰衣足食。那间老屋，那个小院，那里有我一生中最快乐的时光。

爹娘都不在了，老屋早已易主，我的家乡真正成了故乡了。我成了无根的浮萍、飘飞的蒲公英，然而我却无论如何也离不开她，走多远也走不出心中的老家。于是常常想起，想起魂牵梦绕的故乡，想起故乡风雨中飘摇的老屋，想起老屋下白发的爹娘。

四、茅檐滴雨

刚刚下过一场大雨，趁雨停了出去走走，顺便去市场买了几棵芹菜拎着往回走。不料雨刚停却又下起来，我没带雨伞，只好跑到路边一家人家的屋檐下躲雨。雨越下越大，房顶上的雨水顺着屋檐滴落下来，把檐下的沙石地砸了一溜坑。我惊奇地发现，好久没有见到这样的景象了。自从搬进城里住上楼房，就再也没有听到过屋檐滴雨的声音，只听到楼顶的雨水顺着管道哗哗地往下流；上街的时候也都是骑着自行车走在马路上来去匆匆，哪里注意过路边的平房？今天终于能够悠闲地步行上街，走在路上倍觉轻松，赶上下雨也不必急着回家，躲到人家的屋檐下看雨，悠闲、亲切、温馨，又有些惆怅。

屋檐下面雨水砸出的小坑像极了故乡老屋门前的那一溜。老屋门前的沙土被屋檐滴下的雨水砸成一个个小坑，小坑边的小石子都成了卵石样，沙粒极细，小时候我常常用手指捏起，觉得干净又可爱。下雨天没法出去玩了，便搬个小板凳坐在灶膛边，朝门外看屋檐的雨水滴落，砸到地上水花四溅，砸出一个个小坑。看院子里的蔬菜挂上晶莹的水珠，看窗前的小花在雨中摇曳。母亲在屋里做着针线活，我坐在灶膛边看雨，竟丝毫没有感到寂寞。

那时候村里没有自来水，用水要到大口井里去挑。雨天路滑，父亲又不在家，母亲便把水桶放到屋檐下接雨水，用来洗菜、洗脸、洗衣服。由于房顶是用煤灰打成的，很光滑，顺着房檐流下来的雨水很清很净。雨大的时候接个盆满桶溢，于是母亲便能省很多力气。后来村里安上了自来水，再也不用到大口井里挑水了，更不用接屋檐的雨水洗菜洗衣了。但每当下雨的时候，我还是喜欢静静地看着屋檐的雨水滴落。每当这时候，便觉得躲在能遮风挡雨的屋檐下是那么温馨。其实，走过了许多坎坎坷坷，经受了许多风风雨雨，磨难也好，艰辛也罢，岁月沉淀下来的依旧是温馨。

还记得在那缺衣少食的岁月，只有过年的时候才能吃上一顿肉。母亲心疼儿女长时间吃不到油水，便在雨天无法下地的时候在家里为我们包饺子。从供销社买两根七分钱的麻花，拍碎放到饺子馅里，算是有别于白菜的荤腥。我帮母亲擀皮，母亲很快就能包好够我们姐弟吃的饺子（家里穷，像饺子这类好一点的饭母亲是舍不得吃的）。煮熟了迫不及待地尝一个，咬到一粒碎麻花顿觉齿颊留香。屋檐的雨依旧滴个不停，躲在滴雨的屋檐下吃着母亲包的饺子，倍感家的幸福温馨。

后来生活好些了，每逢喜庆能吃上肉了。也是一个雨天，弟弟接到了武汉大学的录取通知书，母亲高兴得合不拢嘴，忙里忙外要做一顿好饭，炖肉、炖鱼、炒菜……我为母亲助兴，用录音机放起了马兰的黄梅戏"为救李郎离家园，谁料皇榜中状元……"我帮着母亲择菜、洗菜、切菜，心里真真乐开了花。人逢喜事精神爽，人的心中有了希望，便倍觉有了精气神。那顿饭我们是在灶堂屋吃的（夏天农村人图凉快都在灶堂屋吃饭），堂前屋后屋檐滴落的雨声仿佛成了为我们助兴的音乐。

因为雨天不能下地，是庄稼人难得的休息时刻，所以每逢雨天母亲在屋里忙她的针线活，我便喜欢坐在堂屋看书、看雨、看母亲的菜园，听风、听雷、听茅檐滴落的雨声。

蒋捷在他的词里曾写过"少年听雨歌楼上，红烛昏罗帐。壮年听雨客舟中，江阔云低断雁叫西风。而今听雨僧庐下，鬓已星星也。悲欢离合总无情，一任阶前点滴到天明"。感叹时光易逝，沧海桑田。如今，母亲早已离我而去，老屋也已易主；每次回到故乡，常去老屋那看看，老屋还在，却不见了双亲，屋檐下和父母在一起的幸福温馨只能成了回忆。

站在别人家的屋檐下，看雨，听雨，心早已飞回了故乡，飞回了故乡老屋那滴雨的茅檐下。茅檐滴雨，滴在我的梦里，滴在我的心里……

五、故园的玫瑰开了吗?

"君自故乡来，应知故乡事。来日绮窗前，寒梅著花未？"

看到路边一户人家窗前的玫瑰正在吐艳，不由得想起老家窗前的红玫瑰。故园窗前的那丛玫瑰现在也该花满枝头了吧？

老家的窗前是妹妹的花园，从春到秋花开不断。妹妹从小就喜欢花，从小朋友那里随便要来个花籽就种在窗前。院子里鸭子和鹅到处跑，母亲为了保护妹妹的花，便用乱石在窗前垒了一道矮墙，于是为妹妹开辟了一个 20 平方米左右的小花园。妹妹在里边种上了凤仙花、大丽花、波斯菊、九月菊……其中最让人爱的是那株红玫瑰。那是妹妹从同学家里要来的，拿来时只有一株，带着根，没有叶子，满身是刺，不知她和同学是怎样挖出来的。我赶紧帮妹妹挖了个坑，然后把根放进坑里，填上土，浇上水，又在周围筑起一圈土堰，以免水浇多了到处流。在妹妹的精心护理下，那株玫瑰渐渐长芽了，接着又长出了锯齿形的叶子，长出了小小的花蕾，不久绽开了红色的笑脸，顿时满园芬芳，引来几只蜜蜂嘤嘤嗡嗡。

第二年的春天，在原来那一株的周围又冒出了好几株，随着天气的转暖渐渐长高长壮，于是这一年开的花更多了。我每天放学回家，从院墙外边就能闻到玫瑰的芳香。母亲舍不得这么多玫瑰就这样凋零枝头，在那"民以食为天"的日子里，自然想到吃。于是母亲把那些玫瑰小心地剪下来，择掉花蒂，放在石臼里捣碎，然后和白糖放在一起，熬成糖稀，晾凉，切块，便成了一块块的玫瑰糖，拿起一块放进嘴里，一股玫瑰的甜香带着母爱的温馨立刻沁入心肺。后来那株玫瑰越生越多，由几株变成一大丛了，开的花自然也越来越多。每年春天，母亲除了用它做玫瑰糖，还要晒干留下一部分，到元宵节时用它拌元宵馅。于是在那苦涩的日子里，我们的生活透出了玫瑰的甜香。故园的玫瑰哟，你的花现在开了吗？

后来我出嫁了，母亲和妹妹随父亲去了市里，老家的窗子安上了铁栅栏，老家的门上了锁，小花园里的花只有靠雨水来浇灌了。好在玫瑰是木本植物，根扎得深，并没有因无人管理而枯死。那年春天母亲让我回老家取东西，还没到门口，老远就闻到了玫瑰的花香。到了院中，一眼就看见那一大丛玫瑰正开得灿烂。我独自站在花前，一股凄凉袭上心头。那些草本花卉因无人管理早已没了踪影，取而代之的是丛生的杂草，只有这一丛玫瑰在主人离开后依然独自绽放着。不由得想起陆游那句诗，"驿外断桥边，寂寞开无主"，故园的玫瑰是在"故园小窗前，寂寞开无主"了。

妹妹自从离开家，就没有回去过；母亲有一年的春节后回去过一次，也没有赶上玫瑰花开：对于玫瑰来说，是一别后再也没见过主人了。一年年不断绽放的玫瑰只有自开自落，悄悄地凋零枝头，想来它在风雨交加的黄昏，该是怎样独自愁呢？十多年没有吃过玫瑰糖了，故园的玫瑰，你的花开了吗？

再后来，母亲永远离开了她牵挂的故园，我再也无法吃到母亲亲手做的玫瑰糖了。老屋卖给了邻居，故园的玫瑰也一同易主。不知道邻居喜欢不喜欢那丛玫瑰花，应该喜欢吧。前些日子对门的堂妹来县城办事，于是和她谈起老家的许多人和事，顺便问起老屋窗前的玫瑰。不禁改写了王维的那首诗："君自故乡来，应知故乡事。来日绮窗前，'红玫'著花未？"

六、我那渐行渐远的故乡啊

有一首歌唱道："夜深人静的时候，是想家的时候，想家的时候很甜蜜，泪水伴着微笑流……"每当想起故乡，我的眼里便含满泪水，因为我对那片土地爱得深沉。然而故乡在我的身后，我却与她愈走愈远。

故乡是一个偏僻的小乡村，离县城有60多里路。小时候交通极不方便，故乡人是很少进城的。我在15岁到县城上学前根本就没有到过县城。所以小时候最大的梦想，就是离开故乡，走向远方。

12岁小学毕业我便离开了生我养我的那个小乡村，考入离家10里地的六中上学，开始了我的住校生活。在接到六中录取通知书的那天，我高兴得一夜都没合眼，觉得自己终于迈出了离开故乡的第一步，要带着自己的梦想走向远方了。

可是刚一住校便发觉自己离不开故乡，那个生我养我的小村庄在那12年里早已融入我的血液，我与她是分不开的，刚一离开便天天想她。

在六中上初中的时候每周回家一次，周六下午回家，周日下午返校。那时候出门靠步行，每次周日返校的路上，我就边走边想，是不是从此以后在家的日子越来越少了呢？刚刚离开家，就开始盼着下一个周六回家。从周一熬到周二，从周二熬到周三，一过了周三就开始准备着回家，周六吃完午饭再上两节课就可以回家了。周六的午饭食堂常常改善伙食，炸油饼，每人一张，那时候这是最奢侈的吃食，我常常舍不得吃，只吃一两条儿，把剩下的带回家给妹妹吃。走在回家的路上，心情急切兴奋，忍着饥饿步行10里路却也健步如飞。回到家把油饼给妹妹,看妹妹香香甜甜地吃着,一股暖流瞬间流遍全身。故乡有我的母亲,有我的弟弟妹妹,我无时无刻不挂念着他们,忍饥挨饿跑回家,心情也是那样兴奋。故乡和故乡的亲人是我永远的牵挂。

然而我还是梦想着离开故乡,走向远方。我努力学习,梦想着考到离家更远的县城去读书。经过三年的努力,我的梦想终于实现了,15岁那年暑假里的一天,我接到了昌师的录取通知书。9月1日,我告别了故乡的亲人,独自登上了开往县城的火车,我与故乡越走越远了。

上昌师后每个月回家一次,以前上初中时每周回家一次,从周一熬到周六,倒也能数着日子挨过;可到昌师一个月才能回家一次,三十个日夜怎样计算都太长,但还是一一计算着回家的日子。此时我已成了"国家的人",吃饭不用自己花钱了,国家除了每月供应14.5元的伙食费外,每月还给2元钱的零花钱和8毛钱的医疗补贴,这样我每个月可以收入2.8元。月底回家的时候除去往返6毛钱的火车票,还剩两块多钱可以给弟弟妹妹买些零食。每次回家,当我从那个四等小站下了火车,再步行5里路往家走的时候,几乎都是一路小跑。到了村头,走上一个高高的土坡,就进村了,看着家家门口堆着的苞米秆子,都觉得是那么亲切。推开家门,看见母亲正在灶房忙着做饭,妹妹迎上来抱住我,倍感家的温馨。那时候学校果园里栽种了很多苹果树,赶上劳动周摘苹果,学校就把那些卖不出去的有伤疤的、个儿不够大的苹果发给学生。我把发给自己的那些苹果攒起来,国庆节放假的时候带回家,父母和弟弟妹妹看着那么一大网兜苹果都觉得很奢侈。因为多,母亲也舍得吃一个了。看着父亲母亲和弟弟妹妹那么香甜地吃着那些带伤疤的苹果,我感到了我对这个家肩负的责任。我要让他们吃到没有伤疤的苹果,那种市面上出售的又大又红又圆的苹果。为了担起这种责任,我必须努力学习。那时候的梦想是中师毕业后以社会青年的身份考大学,争取有更大的出息,好让全家人过上更好的生活。为此,尽管我是那么牵挂着故乡和故乡的亲人,我却必须离开故乡,走向远方。

皇天不负苦心人,昌师毕业的时候,我因品学兼优被保送上了唐山师专,尽管那不是我理想的大学,但它毕竟圆了我的大学梦。与故乡亲近了一个暑假后,我便又离开了故乡,走向了离家更远的唐山。

在唐山师专读书的那两年,没有回家周了,只有寒暑假和"五一""十一"才能回家。对于故乡,离得越远越思念她。在那些想家却不能回的日子里,我只有"远望可以当归",只有拼命读书来缓解思乡的伤痛。在周末不上课的时候,很多同学都去逛街了,我在图书馆一待就是半天,甚或一天。读的书除了经典名著外,便都是与故乡、与农村有关的小说、散文。对故乡的思念实在熬不住了，便走出校门，向东，一直向东，因为故乡在东方。沿着一条大马路一直走到大城山上，然后站在大城山的最高处，向东眺望，希望能够透过重重云雾看到故乡。然而我不是千里眼，终究望不见故乡，于是在山上漫无目的地乱逛，到处寻觅故乡的田野里常见的植物。远远望见一株龙葵（故乡人叫它"甜甜儿"），觉得是那么亲切，急匆匆地跑过去，摘下那一串串紫黑色的果实，胡乱塞进嘴里，一股故乡的味道顿时沁遍心脾。

故乡，生我养我的地方，我日夜思念牵挂的小村庄，我无时无刻不盼望着回到她的怀抱。本想着师专毕业后回到我那日夜思念的小乡村，谁知却被阴差阳错地分配到了离家80里路的九中任教。我不得不再一次离开故乡，"走向远方"。

在九中工作了一年，因为思乡心切，经过自己的多方努力，我终于调回了初中时的母校六中任教。六中离家10里路，我不再像上学时那样住在学校了，而是天天骑自行车回家，早晚在家能帮母亲做家务，节假日能帮母亲下地干活。看着自家地里长势良好的大豆、小麦，心中充满了丰收的希望；看着堆在房顶上的花生、玉米，一种劳有所获的满足感充溢心头；看着排列在院墙外的一捆捆玉米秸秆、堆在院门口的麦秸垛，都觉得是那么亲切。最喜欢的日子是和妹妹一起上六中，妹妹小我十岁，那时我在六中任教，她在六中上学，每天早晨我和妹妹一起每人骑一辆自行车从家出发，晚上再一起回到家，母亲早已做好了晚饭在等着我们姐妹俩。那是我最喜欢的日子，我终于回到了我魂牵梦绕的故乡。

然而我终究要出嫁。在一个飘雪的冬日，我嫁到了离家20里地的婆家。随着重点初中的解散，妹妹回到了故乡的初中上学，我调入了婆家所在地的乡镇中学任教，再没有办法天天回家了。后来儿子出生，回家的机会越来越少了。我与故乡日渐生疏，以致邻家的小狗都快不认识我了。再后来，弟弟大学毕业被分配到了父亲工作的城市，母亲和妹妹便也跟着搬到了市里居住。节假日看望母亲，只有带着儿子去市里，便更没有机会回故乡了。故乡的老屋闲置起来，只有院子里的玫瑰花，年年春天"寂寞开无主"。

后来的后来，父亲和母亲相继辞世，故乡的老屋卖给了邻居。再回故乡只能是清明节到父母的坟头去祭奠，故乡的孩子见到我，常常是"笑问客从何处来"，我与故乡真真是愈走愈远，以致回不去了。

好久没有回故乡了，故乡的老屋和亲人都已不在了，可我依然挂念着那个生我养我的小村庄。我那渐行渐远的故乡啊，你可安好？

难改的乡音

赵志诚

"少小离家老大回，乡音无改鬓毛衰。"这恐怕是每个中国人都知道的诗句，让每一个背井离乡的游子都感慨良多。容颜易老，世事沧桑，唯有那一口乡音还记录着你从何处来。可是，改不掉的乡音，却让我尴尬了半辈子。

我是土生土长的昌黎人，50 年没有离开过昌黎，地道"老呔儿"。可是在大力推广普通话的今天，尤其是在教师这一行当中，我这时不时冒出来的"老呔儿腔"，就成了业务不精的标签。

我对"老呔儿腔"有认识是从上师范开始的，因为学校要求学生学习普通话。第一个寒假回到老家，和发小儿们一起闲聊。本是相见甚欢，因为他们都没有去过县城，我就大讲起新闻："看见那座大山没有，我的学校就在山脚下，可大了。我开学第一个礼拜天就去爬了山。站在'娘娘顶'上，我往咱们家的方向看，啥也看不到，连那么大的滦河套都看不到。""娘娘顶"自我们记事起，就是我们的指北针。去滦河河套里玩耍，大人总会告诉我们，找不到路了，就奔着远处那座山走，总能走出河套的。后来读李大钊先生的文章才知道，在滦河对岸的他，小时候也是对远处的碣石山无限向往，成年后才八上五峰山，并写下了光辉的篇章。

我正说得得意，突然一个兄弟冒出一句："你咋刚走了几个月就改了口音了，听着都不像庄里人了。这要是几年后还不得不认我们这帮兄弟了啊。"他满脸通红，两眼斜睨着，那表情一看就是忍了很久宁可不做兄弟的意思。我顿时红了脸。天啊，我竟然改了口音，成了一个忘本的人！可是我完全没有意识到啊，我也没有这个意思啊。我知道我们开始走上了不同的路。

师范生的普通话是要考试的，所以我们都要在课间练习。卢龙、迁安的同学为儿化音发愁，一个"二"总是被他们读成"饿"，二千二百二十二，他们读出来就足够大家笑几天。唐山的同学总是把阳平读成阴平，"老牛"总是读成"老妞"，一段"妞妞赶牛"的绕口令说得乱七八糟、磕磕巴巴。等我们嘲笑完了外地的同学，却发现昌黎人的普通话是最差的。因为我们根本搞不清"阳平"还是"上声"，新集、荒佃庄一带的同学更是分不清"i"和"ü"、"s"和"sh"。老师说昌黎话有七个声调听起来像唱歌，而普通话是四个声调，必须矫正调值。什么阴平调值55，阳平调值35，上声调值315，去声调值51。女孩子们学得很快，我疑心她们有入乡随俗的基因。男孩子们总体拙嘴笨腮，只好拿手比画着调值练习。"天——南——地——北"，随着手指摇头晃脑，活像个提线木偶。

更有"捣蛋鬼"不知从哪里弄来一张纸条，让我用家乡话读：吃卷子熬鱼，喝昌黎大曲，还哕了。我们的方言是这样读的：吃卷（jiǎn）子熬（ngāo）鱼（yí），喝昌黎大曲（qǐ），还哕（yě）了（liē）（不会读的亲们，可以请身边的昌黎人给演示一下）。这一下可是让同学们笑得前仰后合。那小子又在旁边做了一个呕吐的动作"哇"，同学们立时东倒西歪，眼泪尽出。从此他们看到我就是这句话，"吃卷（jiǎn）子熬（ngāo）鱼（yí），喝昌黎大曲（qǐ），还哕（yě）了（liē）"，然后双手拢到嘴边，夸张的一声"哇"。我觉得是莫大的羞辱，追着他们一顿"暴打"。

终于要考试了，我自觉已经字正腔圆，但心里难免紧张。进考场一看竟是我的语文老师当主考，而我正是他的课代表，平时没少去他家里玩，也没少帮他拉煤扫院子，心里一下就放松下来了。谁知道他第一句竟是："你是哪里人啊？"我全没了防备，脱口而出"新集（jǐ）儿的（di）"。他很吃惊的样子："你怎么能这样说啊，这不能过关了！你应该说'新集的（de）'啊！"我一愣："这也算啊！"老师笑没了眼睛："从你进这个门考试就开始了啊。"我说："这不能算，你净逗我。在我老家你说'新集的'，根本就没有人知道你是哪里的。"后来语音导航证明我不是要赖皮，每次我开导航说"去新集"它都给我导航到千里外的"石家庄辛集市"。这是我多次验证过的，不信您试试。

后来去东北旅游，在黑龙江镜泊湖买门票，我问："多儿钱一张票？"售票员一抬头："你唐山的吧？"我说："秦皇岛的。"他一脸茫然。又在吉林长白山买榛子，我问："多儿钱一斤？"老板笑着说："你唐山的吧？"我又说："秦皇岛的，知道不？"她摇摇头。我不禁愕然进而愤然。唐山这么出名吗？难道我们唯一用皇帝名称命名的秦皇岛这么不为人所知吗？我的普通话这么差吗？我觉得已经很标准了啊！

　　事后身边的老同事解释："人家说的也没错，原来我们就属于唐山市，而且唐山专员公署驻地就设在昌黎县。"那时候，正是赵丽蓉老师的小品"誉满全球"的时候，她满嘴的唐山话确实和我们相近，但还是有区别的。比如："赵丽蓉"三个字，赵老师念出来是赵丽（lī）蓉（rōng），我们念出来是赵丽蓉（rǒng）。

　　又去大上海，走在南京路上，人山人海，酷热难耐，看到路边有一个非常气派的大药店，就走进去蹭空调。咱得装出看药品的意思来。我的乖乖，那些摆在柜台上装在锦盒里的各种药材标价动辄成千上万，更有百年野山参高达几十万！营业员都是大美女，白净窈窕，一身锦缎旗袍，静静地站在那里并没有招呼我们。可能人家一眼就看出我们买不起。我们也不敢造次，蔫蔫儿地转了一圈，很觉压抑，一个同事小声来了一句："这不就是咱家的抽巴儿小萝卜儿嘛，家里有的是。"我们笑了，美女也笑了："侬是东北人吧。"我们可急了："我们关内的，秦皇岛的。"美女一脸的不知道。"北戴河知道不？"我们急中生智。"知道哦，中央领导人夏天开会的地方。""对了，离我们不远儿呢。"

　　又去豫园、城隍庙，想买点纪念品。只是这大城市的物价也太贵了，走遍了大小门店，还是舍不得出手，只买了一盒巧克力。一个同事又来取笑："来了一趟大上海，就买了一盒糖块儿。"女老板莞尔一笑："侬是东北人吧？说话好听得很。""乖乖，怎么都说我们是东北人呢？咱是关内的，秦皇岛的。"行了，懒得跟他们争辩。东北人一口大糙子味，舌根硬，常说"俺们那嘎的"，我们要说起来一定会加个儿化音"我们那嘎儿的儿"，还要拐上几个弯儿，声音也低很多，透着和气与温婉。

　　东北人说我们是唐山人，南方人说我们是东北人，看来"老呔儿"真是小众人群啊。

　　后来去石家庄参加会议，刚登记完，就听到一句"咱们去哪儿哎（eī）？"。那儿化音，那长长的带拐弯的尾音，必是老乡无疑！走过去一打听，"我们是滦（lān）县的（dī）""我们是滦（lān）南的（dī）""我们是乐（lào）亭的（dī）"，那口音竟和我们丝毫不差。原来我们都是大滦河养育的一群人——"老呔儿"。

　　随着推广普通话的力度不断加大，教师必须取得普通话证书才能上岗。这可愁坏了一些教师，只好再次捧起普通话课本，摇头晃脑地练习。真有高人，课下刚刚聊"夜儿个儿，去沙（shǎ）河儿买了（liē）个小草鸡儿，忒便宜呀"，转头上课就是字正腔圆的"大江东去，浪淘尽，千古风流人物"，让人如醉如痴。更佩服语言大师赵元任先生能够坐一次火车就学会几种方言，到哪里就说哪里的方言，到哪里都被认作"老乡"。

先是人考人，这还好应付点，毕竟都是低头不见抬头见的本地人，你不认识他认识，彼此通融一下照顾一下也就过去了。后来竟然发展到了"机考"，这电脑可是不认人的，非认真对待不可了。第一次考试竟然很多人没有达标，问题出在哪里呢？终于有聪明人发现一个规律，过关的都是大嗓门儿的，于是得出结论：只有对着话筒大声喊才容易过关。第二次考试，在三五十人的微机室里，每人戴着隔音耳麦，用尽力气大声朗读着考试题，那声势远超一坑夏季雨后的蛤蟆。30分钟下来，个个声嘶力竭、汗流满面。您别说还真是过关了！原来我们昌黎人说话太省力了，口型张得小，气流只是轻轻滑过声带，所以才有了那么多的拖音和颤音。

走出考场去菜市场买菜，准备庆祝一下。"老板，韭菜多少钱一斤？"我还没有从考试状态醒过来，声音大得吓了老板一跳："5块！"这价格把我吓醒了："夜儿个儿不是4块吗，今儿个咋这么贵？""那就4块吧。"我听到老板又小声嘀咕一句："还以为外地的呢。"

乖乖，这普通话差点害我多花一块钱呢。这让我认清了自己，上课必须普通话，买菜必须"老呔儿腔"。您看我难不难啊。

浅话乡愁（外二篇）

王 凡

退休后，闲居田园倒是清静了许多。早上，不再闻鸡起舞。夏天，太阳起得早，四点半便从渤海海面上露出红嘴唇；冬天，太阳也像人似的睡懒觉，七点半左右才露头。

由于习惯，每天早晨起得较早。夏天，差不多四点钟，就爬出被窝，穿上背心短裤，光着脚丫蹬双凉鞋，打开大门右边的小铁门，顺着门外大道向东跑去。这时，大道已经有前庄或后庄的几个年轻人跑在前头，有俩小伙还不时地回头向我招手，这都是熟悉我的"跑友"，有的叫我大爷，有的叫我大伯，还有的叫我老头，反正都是晚辈儿，嘻嘻哈哈惯了。跑了二里多路，到了小滩沟桥头，路旁有棵秃柳，我停下来，靠着那棵比我年数还大的秃柳树，半仰着脑袋，闭上眼睛，等待着太阳爬上那不远的沙丘。这时，那些年轻人还在往东跑，难道说他们要到沙丘上拉太阳一把吗？

冬天里，也是一样，我提前半个钟头跑到那棵秃柳树前。趁着太阳还没露头，我仔细地端详着身边的秃柳树，它有一抱来粗，身高丈余，近几年，从残缺的枝丫旁又抽出了几缕新枝，满身手指粗深的皮皱，包裹着略弯且昂头向上的树干，像个倔强的老头，又像个忠诚的老兵。历经沧桑，且一直站在那里守望着那片家乡故土。

工夫不大，太阳洗完海澡，来不及梳妆打扮，红着脸，就似跃似腾地离开海面，高过了沙丘，透过薄薄的雾纱，随手把几缕霞色洒在了沙丘上。在沙丘外围小树林的绿叶上也闪烁着一枚枚柔美的霞光。我连忙背靠老柳树，望着那轮冉冉跃过沙丘的东君，渐渐地，绯红的朝霞变成了四射的金光，虽然有些刺眼，但是，初绽的阳光，落在脸上，透入心中，周身感到暖洋洋的。我合上眼睛，尽情地享受着这暖洋洋的世界。

"王大爷，又在构思呢？"突然，一声略带幼稚的招呼，把我从暖洋洋中唤醒，我睁眼一看，是后庄的两个小青年，正笑眯眯地望着我。他俩在县中学读书，月底双休日，都来村东晨练，也算是我的小"跑友"。去年，我应邀到他们学校讲过"学文与文学"的业余课，校长向他们介绍我是县作协的。所以，这天我靠着大柳树闭目感受早上的阳光时，他们以为我在构思要写啥。"老啦，还构什么思呀。"我接着他们的招呼声随口回应道。

本来，退休后这几年，眼睛笨了，手笨了，脑子也不好使了。过去，上着班，每天都写日记，有时还给报社、杂刊写点东西。自从退休后，十天八天不写一个字。村里有个婚丧嫁娶，家里亲友有个孩生日、娘满月，只是在阳历牌上画个圈，还有赶集上店等日常琐事，像个狗肉账，根本不值一写。

上月，县文联主席王双忠先生打我手机，要我写点有关"乡愁"方面的作品。我寻思什么是"乡愁"呢？顾名思义，乡愁就是乡村、乡民、父老乡亲的忧愁。这种乡愁，见山见水、接地气，听得到心跳，看得出端倪，有着浓郁的乡土气息。乡愁里，有叹息，有呻吟，有挣扎，有呐喊，是一种冲破樊篱的希冀。于是，我想到了鲁迅笔下那憨厚的闰土、那凄苦的祥林嫂和那走出未庄的阿Q。

今春，我和县老区促进会的两位朋友去老区走访。先去的是赤崖村，它是1938年冀东武装抗日大暴动，滦东向日本侵略者打响第一枪的地方，是村里村外浸透着红色基因的地方。就在这百余户的小村，很少见到二三十岁的小伙，村里老书记告诉我们"都去外地打工啦"，说着轻轻地叹了口气。这些背井离乡的打工仔，就是为了年底挣回来万八的血汗钱，养活一家老小。这和当年阿Q走出未庄不是同样的乡愁和希冀吗？！

第二个村，我们去了西山场村。西山场以乡村旅游"葡萄沟"名扬京东。但是，在座谈中年轻的村支书对我们说："吃不愁，穿不愁，浇葡萄秧用水是个愁事。"西山场村，地处碣石山西麓，沟多、林茂，战争年代便于隐避，冀东八路军报社、电台、兵工厂都曾设在这里。近些年，市、县为这里用水想过几种办法，由于该村是个石头沟，打井，打不出水来。在两里外打过深井，水远、价贵，村民不愿用。村里在山腰砌了个较大的蓄水井，但因干旱雨少，也不济事。好美丽的葡萄沟，却被用水愁住了！这就是乡愁，是历史与现实的乡愁。

乡愁是隔不断、剪不掉的永久的思念和牵挂。有人说，人是家乡亲，月是故乡明。的确如此，隔山、隔水、隔岁月，难隔乡音、乡风和乡情，这就是乡愁于心，未了之情。

对于中国共产党人来说，为乡愁而奋斗，是初心，更是使命，也是推动历史发展、社会进步的动力。随着历史和社会的前进步伐，乡愁也在循序渐进。中国共产党，永系乡愁，为人民日益增长的美好生活需要，在不懈地奋斗。

据《中国老区建设》刊载：习近平总书记来到河南省淅川县九重镇邹家庄村，察看村容村貌，并到村民邹新增家中看望。他深切地说："一百年前，中国共产党成立就是为了让老百姓过上好日子，而不是为了自己的私利。我们党的百年奋斗史，就是为人民谋幸福的历史。人民就是江山。我们共产党打江山、守江山，都是为了人民幸福，守的是人民的心。"最后，他衷心希望父老乡亲们的日子过得越来越兴旺，芝麻开花节节高！总书记的话，像滴滴甘霖，滋润着、温暖着百姓的心。

我是个爱好文学的人，也是名共产党员，年龄大了，但心未老、信念未变。于是，我重新提笔，打开尘封已久的儿时记忆，拾几枚关乎乡愁的芽痕……

父亲和他的驴驮子

新中国成立前，我们家里很穷，虽说有几亩薄田，一家人勤忙俭做，加上爷爷给人家扛活挣几斗粮食，但还是朝不保夕，过着糠菜半年粮的日子。

父亲念过两年私塾，十三岁就去给地主家放猪，十七岁就开始给人家打短工，快三十岁了，才和母亲结婚。母亲是奶奶的侄女，那时不讲近亲不近亲的，只知道亲上加亲更贴心。母亲管奶奶叫姑母，又是奶奶的儿媳，父亲管姥爷叫舅父，又是姥爷的女婿。正如一句古诗所云，过年过节"拜舅姑"。都说姑表近亲影响下代人，可是，父母生了一姐一妹，中间还有大哥、二哥、三哥我们哥四个，加一块六个子女，并没有一个痴傻的。

一晃到了1948年，我们全家人加一块已是十口之家了。这期间，土地改革，我家分了二十来亩地，大姐出嫁了，大哥、二哥也能帮着干活了。三哥上了小学，我刚满三岁，妹妹刚会学步。为了让家人过得好点，父亲就琢磨着做点小买卖。俗语说"靠山吃山，靠海吃海"，我们离东边的渤海不过十里地，海上有几家渔铺，有拉网的，也有施船掌舵跑深海的。于是，我父亲就想去海边驮鱼，回来到附近村里去卖，挣点辛苦钱。他让爷爷买头乳牛耕地，把原来耕地拉套的黑灰色毛驴留下来。然后，又从刘台庄集市买来一副驴驮子，用两层粗布和一条麻袋披在驴脊梁骨上，再把驮子往驴身上一搭，就干起了驮鱼的买卖。

头天驮鱼，父亲怕毛驴不适应压坏脊梁，只是牵着毛驴去东海，翻过一道沙岗子，再走二三百步就到了渔铺，在鱼摊上买完鱼，回来还是跟着驴和驴驮子前后地走。等鱼卖完后，才试着登上驴驮子慢慢地回到家。

父亲驮鱼，是很辛苦的。后半夜两点钟，给驴拌草料，喂好。母亲也悄悄起来，给父亲熬点稀粥，馏三四个苞米面饽饽，父亲吃俩饽饽喝碗粥，再带上俩饽饽，搭上驴驮子，差不多三点来钟，就赶着毛驴出发了。走大约两个钟头，才到海边，赶上早网或是早船登上岸。若是晚来半个钟头，鱼就让别人买光了，还得在海边蹲小半天，等晌午前的第二拨。这样，下午三四点到家，就没工夫窜庄走店地去卖鱼了。因为海边买鱼的人很多，有自家吃的，也有像父亲一样倒腾鱼的，赶上年节之前，人们跟抢鱼似的。

记得我八岁那年，上了小滩小学一年级，夏天暑假，我让父亲带我去看海，父亲高兴地答应了。这天，父亲并没有起得那么早，而是和全家人一起吃了顿早饭。给我戴上小草帽，把我抱上驴驮子，用个小被子给围上，牵上毛驴驮着我，优哉游哉地向海的方向走去。

翻过一道沙岗，迎面扑来海腥味的风。大约上午十点多钟，来到一家卧在海边的渔铺上。父亲把我轻轻地从驮子里抱出来，放在松软的沙滩上。我惊喜地望着那波涛翻滚的大海，那海面上起落的海鸥，那远处摇晃的帆影，还有那踩着沙滩正在前弓后仰地拉着网绳的人们。他们长期被海风吹、被太阳晒，像黑人似的。他们几乎全身裸露，屁股下兜着巴掌宽尺半长的一条麻绳编织的绳片。父亲告诉我，那绳片叫腰片，腰片围在腰和屁股之间，前面拴着一米多长的麻绳。麻绳头拴个铁钩，叫腰钩子，人们拉网时，随手一甩就钩住了大网绳，那网绳很粗，比我的小胳膊还粗一套，接着，父亲一边比画着大海，一边对我说，这副大网是咱们庄赵老鹤你大伯拴的。五年前，你赵大伯收容了二十来个外地逃难的，为给他们找点生计，自己拴了这副大网，在这里捕鱼。这大网一丈五六的苗子（宽度），五六尺的网兜，五六十丈长的网片，先用小船把大网运到水深处，撒网远近以多少条绳为单位计算，一条大网绳长十丈。一般把网撒到五十条绳左右。也有更远的，撒网的小船在海里转一圈，把网撒好，然后在网片的两头拴上个小黑旗，叫把头旗。大网在海里放几个钟头，等待鱼虾往网兜里钻，一般傍晚撒下去的网，第二天早上四五点往岸上拉。拉网时分两拨人，按大网片的长度，南北各一拨人，排成两队，同时动手，边往上拉边嗨哟呼呀地喊着号子。要是上午十点钟下的网，傍晚后才往回拉。

对于父亲这喋喋不休的讲述，我并没心听，听也记不住，刚八周岁的我，只听到那哗哗不停的涛声，只看那羊羔毛似的浪花。它们时而扑上来时而退回去，把长长的海滩舔出二尺多宽既结实又洁净的沙板，在太阳下，像条闪光的美丽纱巾围在大海边。这时，我拉起父亲那结满老茧的手，甩掉鞋袜，光着小脚丫，拍打着海边那条沙岸。跑了几步，我看到闪光的贝壳，连忙弯下身，用小手从沙窝里抠出个贝壳。这时，父亲也帮我抠，我就跟在父亲身后去一个一个地捡。不一会儿，装满了两小裤兜。这时，赵大伯向我们招手，晌午了，在喊我们到渔铺里吃饭。赵大伯和蔼可亲，用大手摸娑着我的小脑瓜。铺里十几床旧被褥，褥子下铺的全是麦秸秆，满铺里海腥臭味，父亲从家带来一瓦罐白酒和一些花生米，和拉网的人们都熟了，有说有笑地喝着、吃着。赵大伯专门在炖鱼锅里煮了几个大螃蟹和大对虾让我吃，并说，吃吧，锅里还有呢，等你饱后，拿家去给爷爷、奶奶。白酒味、虾蟹味把铺子里的腥臭味冲淡了许多。

吃完饭，赵大伯给我父亲拣了几条大鱼，还有那剩下的几只螃蟹、对虾，装在了驴驮子里。太阳没下山，我们就回到了家。爷爷、奶奶和母亲见到我裤兜里满满的贝壳都笑了。原来这天是我八岁的生日。怪不得父亲没有驮回鱼来卖，舍得陪我一天在海边玩耍呢。

1978年秋，慈祥的父亲病逝了，结束了他一生的酸甜苦辣。守灵那夜，我几次揭开那块黄色的蒙在父亲脸上的护面布，望着他那刻满沧桑的凝固了的皱纹，哭着。突然，我想到父亲的驴驮子，这么多年来，它一直在草棚屋的墙角，我跑出去，把它拖出来，跪在父亲身边，一边用斧子拆着驮子条，一根一根地放入盛有烧纸灰的旧锅里烧，一边哭着对父亲说：我把你用了大半生的驴驮子给您送来啦……

直到今天，我闭上眼睛，就能看见父亲赶着毛驴驮着驴驮子在海滩上深一脚浅一脚地奔波，或在沙岗上跋涉。那驴驮子，晃晃悠悠地，驮着我的童年和全家人的温饱与希望。

关于家乡赵姓的趣闻

我的家住在县城以南50华里开外的小滩村。现在的村容村貌变新了，变美了。青龙到乐亭的省级公路和河北省沿海公路穿村而过。公路旁原来的水坑都建起了高楼，乍一看，跟小城镇似的。

可倒退百年，这里不过是横卧在渤海湾里的几条黄瘦的土街。村东北不足二里地有块高地，人们叫它高坨。往东南八里来地，有片较大荒滩叫大滩村。因为我们家这儿原先也是片滩，但比大滩面积小，故名小滩。

大滩、小滩和高坨，是三个相隔不远的村庄，有着亲密的家族关系。在这三个村，大部分人家都姓赵。为什么呢？这就引出了赵姓家族的趣谈和传说。在明朝万历年间，有几户，或许也就十来户吧，是由山东省来的赵姓难民，来到昌黎县城南偏西约40华里的崖上村落户。到了清朝，崖上村赵氏成了望族。但因人多地少，不够种，也不够吃，一户姓赵的老汉用木制手推车载着三个儿子，奔东南海滩上讨生活。他沿着荒滩先来到大滩，见人们勤劳俭作，都很善良。那年月大滩人多以捕捞为生。赵老汉把大儿子留在了一家滩铺上，跟人们学着织网、捕鱼。过了两个月，赵老汉见大儿子习惯了海边生活，就用那辆来时的推车推着两个儿子，由海边往回走。当他由东往西走了几里路，正赶上小滩人收秋，赵老汉一看荒滩上成熟的高粱、大豆，便来到小滩村借住半个多月。村民们也给他送来些高粱米和被褥，使赵老汉很受感动，就把二儿子留在了小滩一户没儿子的人家，然后推着那辆车和三儿子离开小滩村。赵老汉顺车马大道往北走，走着走着看到右边一块高地，茂盛的庄稼和几棵杨柳围着几户人家，便不由自主地拐进了这个被叫作高坨的小村，下定决心不再往别处走了。他和三儿子借住在一户人家的厢房中，一住就到了清末，老一辈少一辈地就繁衍到今天。

今天，大滩、小滩、高坨三个村的居民，赵姓仍占百分之七八十，而且三个村赵氏一直来往密切，过年过节相互走动，探望长辈或唠唠家常，留吃留喝是常有的事，而且还能排上辈分。例如我们小滩姓赵的人家上数三辈有叫赵荣什么的人，大滩和高坨上数三辈也有荣字辈。这绝非巧合，应该是山东赵姓在昌黎，尤其在我们家乡香火的延续。

还有一种传说，更是神乎其神，说是在清末时期的某一年，清明节前，大滩、小滩、高坨三个村的赵姓族人，由族长领头到30里外的崖上村抢"祖坟"。临行前三家商定，哪个抢到头骨为老大，哪个抢到腰身为老二，哪个抢到大腿和脚为老三。每个村只出三个人，一个人抢，另外两个人站一旁做见证人。

要抢老祖宗的骨头，必须先开坟。在开坟之前，先和崖上村赵氏族人说好，由崖上村赵氏族长带人在祖坟前等着，当三个村的人到齐后，老族长让人在祖坟石桌前摆上祭品，有点心、馒头和煮熟的一整个猪头，还有壶老酒。祭品摆完后，点上香烛，全体人等跪拜，给老祖宗磕三个头。磕罢头站成半围状。老族长这时大声宣布开坟！崖上来的几个小伙子用铁锹挖开坟土，抬出棺木。那棺材是用柏木做的，尚未全烂，打开棺材，只听一声锣响，便开始抢老祖宗残存的几小堆骨骸。大滩抢坟的是个三十来岁的黑大个，一步抢先，抱起头骨就跑回原地。小滩的稍差半步抢到几根肋骨，高圪的不用说，捡了两根腿骨。人们分出了上下，各自抱着祖宗遗骨回了村。从此，大滩人在三个村同辈被称作老大。这可不是黑帮老大，而是赵氏家族互敬互助的家风传承。这种良好风气，愿我们代代相传下去。

胃知乡愁

齐祥蕴

　　傍晚时分，我从电脑屏幕前抬起头，瞥见夕阳如一豆烛火，扑扑闪烁着，熄灭在远处高楼的剪影中，直到最后一缕橙色的天光融进青灰的暮色里，冬天，夜来得格外早。下班踏出单位已是华灯初上之时，路上各色汽车鱼贯而行，黄白的车灯如发光的血液，在城市的脉络里流淌。我骑上共享单车，汇入行色匆匆的人群。此时此刻，每个人都想回家，都想脱下厚厚的棉衣，卸下一天的疲惫，用一顿美味的饭菜开启一天真正属于自己的时间。

　　到楼下了，一户户灯光因主人归家而亮起，橙黄的一方方光亮中忙碌的主妇影影绰绰。我借着手机屏幕的亮光走进黑洞洞的楼道，用力一跺脚，声控灯应声点亮，发出温暖的黄色灯光。一楼中单的邻居敞着木门，烹饪着今晚的美味，热乎乎的油润水汽裹挟着小麦筋粉独有的香气，透过铁质防盗门，漫进狭小的楼道，告诉我今天他们家里吃饺子，是拌进些许荤油的纯肉馅水饺。

　　打开家门，肚子早已咕咕叫了，两个警察组成的家庭注定聚少离多，今天老公又值班，家里照例只有我自己。我踢掉鞋子，迅速换掉沉重的冬装，倒在沙发上拿起手机，点开手机软件，川菜、粤菜、湘菜、炸鸡、披萨、韩国料理，图片上林林总总的菜肴色泽鲜艳，卖相极佳，我想尽快选出一道来果腹，胃却有气节地将它们一一拒绝，它告诉我，它想家了。

　　是的，我也想家了。我的家乡在河北省昌黎县，一个依山傍海的北方小城，那里丰饶的物产将我哺育长大。想念家乡的海鲜。家乡靠海，躺在渤海湾西岸的臂弯里，东岸一片金黄绵延的沙滩，这片物产丰饶的蓝色哺育了我们的祖祖辈辈，将各类海鲜送上我们的餐桌。还记得儿时夏天傍晚，溽暑未消，却也下了丝丝凉风，门外小街上传来声声吆喝，"青皮儿，卖青皮儿哎"。青皮儿是渤海里常见的小鱼，通体细密的银色鳞片，头部背部略带青色，肉少但味鲜，是家乡人夏天餐桌上常见的美味。每每听见吆喝，奶奶便拿起小铝盆买上若干。在院子里刮鳞破肚，清洗干净后裹以薄面糊，起锅烧油，待油微微冒热气时撒几粒花椒爆香，将青皮儿鱼下入锅中，只听"滋啦"一声，鲜香立刻溢满小小厨房。这时候我便在院子里摆好小桌，放好碗筷，翘首等待开饭。太阳下山了，凉风轻轻扫过，带着些尘土的腥咸，拂过院子里枝叶翠绿的茶叶花儿，将枝头娇羞花朵的香气放大。金黄焦脆的青皮儿鱼出锅，盛在白瓷碟子里，稍稍撒上一些孜然粉，油汪汪鲜灵灵的味道四溢，白润丰腴的粥从电饭锅里舀到大瓷碗里，米粒晶莹，汁水浓稠，稻米的香气伴着热气袅袅飘散。夹一块鱼肉放入口中，鱼皮酥脆，鱼肉白嫩，带着海浪般的鲜活，再喝一口米粥，鱼香米香相得益彰，深深刻入童年的味觉记忆中。

秋风乍起，故乡人们盼望的开海季来了，港口的一艘艘渔船将各类肥硕的海鲜从碧波深处送到我们的餐桌，有披着油青盔甲的梭子蟹，有贝柱似玉珠的扇贝，有斑斓环纹遍体的基围虾，也有形态各异的鱼。其中我最喜欢吃的是一种叫"楞蹦"的鱼，这种鱼尺把长，头大尾小，浑身油光，通体泥色，鳞片小而细密，通体一道刺，鱼肉紧实洁白如蒜瓣，是秋天本地人餐桌上最常见的佳肴。仍记得中学时放学回家，踏入楼道便能闻到奶奶熬"楞蹦"鱼的香味，遂三步并作两步蹿上楼梯，拧开黄铜门把手，推开门，喊着"奶，我回来了！"葱段和蒜瓣下锅爆香，大酱面酱翻炒加水调汁，"楞蹦"鱼与豆腐在酱汁里咕嘟着，散发着浑厚的鲜味，少顷便端上餐桌。洁白的蒜瓣肉裹着酱汁鲜美异常，鱼头的两瓣鳃肉更是紧实，汤汁里的豆腐经过熬煮早已裹上一层酱色，豆香和鱼香相得益彰，掰一块洁白暄腾的老左家大馒头同食，这便是让我思念至今的一餐。"楞蹦"鱼生命力强，除在渤海湾中生活外，在海边鳞次栉比的养殖池中也极为常见，它们反客为主，与鱼虾抢食饵料，比海中的更为肥硕。秋天养殖户将养殖池中的虾、螃蟹、河豚等贵价海产打捞上来，"楞蹦"鱼价格低廉便无暇顾及，吸引来大批钓客。儿时经常同亲人来钓"楞蹦"，大人找好钓位便开始架设鱼竿，我和表妹就负责挖海蚯蚓。身子扁圆的海蚯蚓生活在海边的泥地里，是钓"楞蹦"的绝佳饵料。待穿好海蚯蚓后便可下钩，表叔们右手握紧钓竿，左手持鱼线缓缓回拉，倏尔放开，将吊钩甩向水塘中央，待鱼漂浮起后再将鱼竿固定好，静待"楞蹦"上钩。我和表妹坐在岸边，眼睛紧紧盯着水面上的浮漂，不愿放过水面上一丝涟漪。鱼漂忽然一沉，随之鱼线绷直，竿稍摇晃，鱼上钩了！"楞蹦"鱼贪食，一条接一条地被钓出水面，没多久便收获满满一桶。奶奶和姨奶们拿出准备好的炊具和水开始就地烹饪，煤油炉打火，架上一大锅水，"楞蹦"鱼去除肠肚后刮鳞洗净，待水滚后与葱段姜片一同下锅。鱼身翻腾，汤水渐变得奶白，熄火后加入少许盐搅拌，热气裹挟着鱼鲜味从锅中腾起，让人食指大动。汤里的鱼肉已煮散离骨，将鲜味和营养悉数融进汤里。汤水奶白浓厚，表面上浮着点点油光，轻啜鲜汤，满口微甜的鲜香，温热的一线顺着喉咙下肚，驱散了垂钓静待时的满身寒气，只觉得口中生津，周身冒汗。离家多年，回家已成一种奢望，我再未吃过"楞蹦"鱼，虽然天津与故乡同处渤海湾沿岸，餐桌上却不得见，我的胃思念它的鲜美，一如我思念故乡。

说起家乡味道，让我思念的最是各类水果。家乡四季分明，环山傍海，小山丘陵众多，极适宜果树的种植。每年惊蛰后，冰雪消融，温暖的季风为萧瑟的大地带来如油春雨，沉寂一冬的果树开始苏醒，鹅黄嫩绿从经受冬寒洗礼的梢头上伸展开来，一株株的果树好似初长成的少女，沐浴着阳光竞相生长，生怕误了时机，赶不上三四月间桃红樱白的春日盛会。清明节气后，田埂上落英缤纷，果树们要为家乡人孕育一年的甜蜜了。春尽夏至蝉声渐起时，桃子最先成熟，北面杏树园村的山民自设摊位，在西沙河的盖板上一字排开，售卖各类桃子，其中最早面市的当属油桃。家乡的油桃分黄白两种，黄色的油桃体形较大，形状圆润，色泽杏黄，只有尖部带着一抹深红，外皮光滑油润，肉质厚实，口感爽脆，酸甜适宜；而白色的体形稍小，外形稍尖，色泽黄白泛青，顶部尖圆红润如文鸟喙，轻咬开外皮，尖部肉质绵散，味道清甜，底部肉质脆硬，清香宜人。随之下树的是久保桃，本地久保桃多种植在山地向阳坡，昼夜温差大，日晒强，故个大味美，最重者可达七八两，桃子外皮青白，尖部及日晒处色泽绯红，如施胭脂，沁入粉白色果肉中，鲜食可用力将桃子掰开，果肉脆生，味清而甜，少放几日则肉质软烂汁水丰盈，轻吮，甜蜜便充盈口腔。第一缕晨光未降临时桃子还在枝头静待，十几分钟自行车车程便挂着晨露辗转到市场上，故而极新鲜便宜，是家家户户最钟爱的消夏水果。回想未离家的日子，每每午睡醒来，母亲早已将桃子洗净削成小块盛在碗里，放我的床头，睡眼惺忪地将果肉放进口中咀嚼，清香瞬间充盈鼻腔，脆甜清凉的汁水沁入喉咙，瞬间驱散睡意，我边下床边喊着"妈，我睡醒了"。离家多年，每当夏季来临我便开始思念故乡桃子的味道，社区菜市场经过市政统一规划，干净整洁，粉嘟嘟的桃子套着白色保护网静静躺在各种南国水果间光鲜异常，滋味却寡淡平庸，于是我时时怀念家乡桃子紧实清脆的果肉和经过风吹日晒、未经人为干预的甜。于是每次母亲来看我都背来许多家乡的桃子，我视若珍宝，挑拣出个大红色的带到单位，献宝似的分给同事们品尝，他们谢过后并未作过多称赞，也许他们品出的滋味不似我一般甘甜吧。

父母工作忙，我从记事起就生活在奶奶家，奶奶家最早住在城南顺城街，石头砌起的高高院墙圈住一方蓝天，守护着我们一家人的生活。奶奶家的四间平房面南，推开漆成深绿的房门，左手面的厢房是厨房，厨房里放置着酱色的水缸用来储水做饭，年幼的我扒头才能看见缸内幽深的水面。正对厨房房门是一排锅灶，一年四季，一日三餐，奶奶徘徊在锅灶间，烹饪着我的童年之味。在奶奶手中的各色佳肴中，饺子是节日、喜事、相聚的符号，承载着我儿时对于家人踏实温暖的记忆。冬天的傍晚寒冷肃杀，我坐在电视机前百无聊赖地看着广告，等待着五点钟动画城的播出，奶奶便围上红色的碎花围裙开始忙碌。奶奶把四季雪牌高筋粉倒进白铝小盆中，从水缸里舀水，边倒入面粉中边搅拌，混合成光滑圆润的面团，后盖上打湿的笼屉布放在一旁醒着就可以调馅了。肥瘦相间的五花肉洗净切片，用刀磔磔剁成肉馅，打入适量花椒料水搅拌至绵密，再放入挤出水分的白菜碎、葱姜碎，加少许香油、荤油、十三香、食盐拌匀，奶奶用筷子头蘸一下馅料，确认咸淡适宜后，饺子馅料便准备停当。再在堂屋支好折叠桌，放上沉重的面板，在上面均匀撒上少许薄面，将面团放在上面揉搓，待面团柔韧适度不再粘手时将其揪成一个个面剂子，放到擀面杖下擀成圆圆的饺子皮。奶奶用手托住饺子皮，尽可能多地放上馅料后捏合，在奶奶的巧手下，少顷一个个如小猪般白胖的饺子便整齐排列在案板上。父母回来了，裹挟着一身寒气，笑着摸摸我的头。饺子可以下锅了，奶奶架起一口深底大锅，提起堂屋土灶上嗡嗡作响的水壶，倒入适量热水，放上摆好饺子的铁皮笼屉后盖上锅盖。水汽蒸腾，香味四溢，大约一刻钟，白菜猪肉大馅蒸饺便可出锅了。我从小无肉不欢，却拒食肥猪肉，每到家中吃带馅食物时，疼我的奶奶总会用里脊肉八爪鱼调馅，拌入香油替代荤油，捏成精致的小饺子给我开小灶。饺子装盘上桌，一家人围坐在桌前，分享着美味的饺子，大人们的猪肉白菜蒸饺皮薄馅大，薄韧的面皮蒸熟后变得半透明，透出满满的馅料，咬开汁水四溢；我的小饺子个小精细，猪肉和八爪鱼抱成一个肉丸，缀着香油气，入口鲜美弹牙。窗外夜色降临，玻璃窗上凝结着一层哈气，电视机里播放着《新闻联播》，爸爸放下奔忙的疲惫，拿着玻璃口杯呷着白酒，与我们分享着一日见闻，这一餐吃得温暖而热闹。

说起家人相聚，最具代表性的美食当属火锅。冬季天寒，积雪未消融，奶奶搬出黄铜火锅，洗涮干净，加入些许开水，搬到院子里。叔叔用小锹将炭块砸成合适的大小，用报纸引燃后略烧片刻，再填到黄铜火锅的炉膛内，拨开烟囱上的铁片，催旺炭火，烟囱里遂噼啪冒出些火星。待炭火通红时将火锅端上堂屋的饭桌，于水中投入些许葱段、姜片、红枣、紫菜、海米、墨斗，盖上盖子，随后冻豆腐、粉条、白菜等各类配菜便陆续上桌。水滚开时，将烟囱上的铁片稍稍合拢，放入红白相间的羊肉片。全家人便围坐在桌前，先将盐水调好的芝麻酱盛在碗内，添入适量大宇牌火锅蘸料，再加少许酱豆腐、韭菜花、香菜碎、辣椒油拌匀，羊肉片少顷便熟，锅盖揭开，膻香的蒸汽涌出，羊肉在滚水中上下翻腾，大家纷纷举箸将肉片捞入碗中，蘸取酱料，送入口内。羊肉原汁原味，肥瘦相间，佐以调好的酱料，咸淡适宜，醇香四溢，微膻的羊肉冒着热气，入口即驱散周身寒气。每年冬天，奶奶都买来水豆腐，切成寸余的方块，装好袋放在院子里背阴的窗台上，经过一夜的低温，洁白细腻的水豆腐变得金黄坚硬。下入涮过羊肉的汤底中，熟透后一块块上浮，通体海绵般的小孔，吸饱鲜美滚烫的汤汁，食之柔软却不失韧性，豆香肉香充盈口腔。堂屋蒸汽腾腾，全家人围坐桌前，盘盏错落，纷纷举箸落筷，大快朵颐，把酒言欢。家里吃火锅讲究顺序，先吃肉片、海鲜等荤食，再下绿叶蔬菜，最后放土豆、粉条、挂面等淀粉类食物，防止淀粉析出使汤底黏稠糊底，且生食一定要一起下锅，煮熟捞净后再添新菜，防止生熟不匀。但是我却喜爱肉配着菜和面条吃，加之喜食辣，儿时虽喜爱清汤铜锅涮肉的鲜美，但时常感觉美中不足。离家后城市里各色火锅琳琅，重庆火锅麻辣火热，红汤翻腾，析出辣椒的火辣、麻椒的香麻，在家乡时从未吃过的毛肚、鸭肠、黄喉、虾滑、炸响铃等食材陈列，无规矩约束，随时可随肉片下锅。香油代替芝麻酱成为蘸料的主角，佐以蚝油、蒜蓉、花生碎，味道与家乡迥异，却也别具一格，我的胃一度沉迷于此。但随着离家之日渐久，我便时时思念起记忆里那口黄铜火锅，思念起儿时挂着冰凌阳光刺目的雪后房檐和袅袅区区的白色炊烟。我在思念亲人、思念家乡，我的胃在思念儿时久违的鲜香温暖。疫情肆虐，公务缠身，不知何时能再和家人围坐相聚，再吃一次奶奶做的火锅，在热气腾腾举杯投箸间，诉尽游子离家的思念。

十七岁的夏天，我拿着一纸录取通知书挥了挥手，踌躇满志地与家乡告别。大学时，我羽翼未丰，却也见识到了外面世界的多彩多姿，遂立志在他地生根散叶。初入职场，我团购了高级酒店自助餐的门票，吃着牛排三文鱼，看着远处的高楼大厦，为自己能留在大城市发展而鼓舞。单调的工作让我疲惫，我又被"世界这么大，我想去看看"洗脑，工作闲暇便出门旅游，立志吃遍全国，满足口腹的猎奇。后来，我渐成为单位的业务主力，每日忙于公务，早出晚归，每日果腹的唯有各色外卖。走出多年，我是如此想念故乡的味道，想念肥美的虾蟹海产，想念甜蜜的瓜果梨桃，想念奶奶做的家常馅饼，想念高中晚自习下课后母亲手擀面的面汤，想念一切与故乡与家人相关联的味道。古有莼鲈之思，故胃最知乡愁。曾有人将游子比作风筝，乡愁就是那引线，然而引线易断，风筝可失，但一缕乡愁却将永远浸润着游子的内心，绵延不绝，历久弥新，直至落叶归根方能纾解。故我认为乡愁是一颗种子，深种在每个人的心间，待异乡的风雨将它唤醒萌芽，在冗长的岁月中扎根，在崎岖坎坷的人生路上成长，向头脑中对家乡的记忆延伸，它们相互纠结，共同生长，亭亭如盖。每个离家难归的节日，它便结出果子，酸涩难忍，直叫人心头酸楚，热泪盈眶，却饱含记忆甜美温暖的回味。

　　望疫情尽早过去，若能归家，我定尝遍美食。

我爱我的家乡昌黎

刘　聪

　　提到家乡昌黎，让我自豪的是它不仅有优美的自然景观，还有悠久的文化底蕴，让我们在欣赏自然美景的同时，也会爱上它深厚的历史积淀。它就像一位知性的母亲，让人读百遍都不会厌倦，也让爱她的儿女们深深思念。

　　李白在《独坐敬亭山》一诗中写道："众鸟高飞尽，孤云独去闲。相看两不厌，只有敬亭山。"对于我们昌黎人来说，相看两不厌的便是曾有九帝登临的碣石山。碣石山位于东经 119°9′，北纬 39°42′，自古就有神岳的美称。郭沫若先生曾在北戴河疗养时远观碣石山，留下了"五岳之首是泰山，神岳之冠碣石山"的感叹。碣石山位于昌黎县城北，似一道天然屏障，守护着昌黎的北大门；如一位坚强的战士，保卫着昌黎一方百姓的平安；若一位长者，见证着昌黎的时代变迁；更像一位含情脉脉的情郎，望眼欲穿地盼着恋人大海。碣石山之所以这么高大巍峨，名冠冀东，或许是因为思念，才使它不断向上升高，于是曹操便在此留下了名垂千古的《观沧海》，一句"东临碣石，以观沧海"更是道出了他的心声。大自然真是鬼斧神工，看昌黎胜景多，又锦上添花似的为昌黎增添韵味，为昌黎乃至全国的文人墨客留下书写心情的好去处。单就这一级级台阶来说，每一块岩石虽说都是就地取材，但相信一定也耗费了工匠师傅们的不少心血。我登山时曾经很好奇，为什么有这么多位帝王要来登这个在中国众多山川中海拔并不数一数二的碣石山呢？后来，我通过查资料才知道《资治通鉴》中的"秦纪"曾记载过，在战国后期，燕人宁毋忌，羡门子高之徒"称有仙道"，"形解销化之术、燕齐迂怪之士皆争传习之"。"自齐威王，宣王，燕昭王皆信其言""使人入海求蓬莱，诸仙人及不死之蕴含在焉""仙人居碣石山"。至此，我才真正理解唐朝大诗人刘禹锡曾在《陋室铭》中写的那句"山不在高，有仙则名"的真正内涵。

我不知道碣石山上是否曾有过仙人，但我知道，碣石山景区的五峰山，中国革命先驱李大钊曾 8 次登临，并在此著书立说。1998 年，五峰山被公布为河北省爱国主义教育基地之后，作为红色之旅的革命圣地，引领着一批批的爱国人士追寻着革命伟人的足迹，撸起袖子，在追梦的路上努力奋斗，因为每个平凡的我们都是了不起的。五峰山是五座山峰的合称，分别是：平斗峰、飞来峰、挂月峰、锦绣峰和望月峰。单是名字就凝聚着无数文人墨客的心思，用简短的名字，为我们描绘出了五幅充满意境的崇山峻岭的画面。而清康熙十四年（1675 年）《昌黎县志》在描述五峰山时写道："五峰屏开，仙台左。峰若围屏，似笔架，峭拔插云，松篁万亿"，又为五峰山增加了厚重的文化内涵，无不彰显着昌黎的"物华天宝，人杰地灵"。李大钊的半身石像坐落在五峰山的一座平台上，那宽厚的肩膀让我想起了他那"铁肩担道义，妙手著文章"的永垂千古的精神；那坚毅的目光，仿佛让我听到了他对青年人期待的心声："以青春之我，创建青春之家庭，青春之国家，青春之民族，青春之人类，青春之地球，青春之宇宙，资以乐其无涯之声。"周围那苍翠的背景，仿佛让我感受到他在"自然的美，是美的自然。绝无人迹处，空山响流泉"中生活的自在；让我体会到他在"云在青山外，人在白云内。云飞人自还，尚有青山在"的世外桃源生活的悠然。五峰山除了有着中国红色革命发源地的身份，更有着为了纪念郡望在昌黎的昌黎先生韩愈修建的韩文公祠。韩愈，字退之，祖籍在昌黎县荒佃庄镇韩营村，唐代古文运动的倡导者，被后人尊为"唐宋八大家"之首，《师说》中一句"是故弟子不必不如师，师不必贤于弟子，闻道有先后，术业有专攻，如是而已"，更是告诉我们教师的存在就是"道之所存，师之所存也"。他不仅在事业上有作为、有成就，更是一位品德高尚而且不忘本的文人，从《祭十二郎文》中我们就能感受到他是重情重义的人，我想他更是乡愁的奠基人。即便没出生在昌黎，他也时时不忘自己的根在昌黎，自称"韩昌黎"。这让作为教师的我，同样为有这样的老乡而深感自豪。

《论语》中，子曰："知者乐水，仁者乐山；知者动，仁者静；知者乐，仁者寿。"提到昌黎的海，很多人会想到昌黎的黄金海岸，其实在昌黎海边众多的景点中最负盛名的要数有着"大海与沙漠吻痕"之称的翡翠岛了。它堪称中国海岸线上的一大奇观。

进到翡翠岛景区，见到翡翠岛真容，想着人家说"借得江南绿叶装点半岛翡翠，移来大漠黄沙成就大漠风光"的诗句，果然名副其实。近处沙与海相接，远处海与天相融。这时脑海里不觉蹦出了一个词，那就是"辽阔"。沙是辽阔的，绵延起伏的沙丘好似一座座小山，等待人们翻过沙顶，去欣赏沙丘那边的世界；海是辽阔的，无边无际的大海，捧起一朵朵晶莹的浪花送给四面八方来的游客，献上它们最美好的祝愿；天空是辽阔的，蔚蓝的天空在大海的映衬下显得愈发湛蓝、愈发明朗。记得余秋雨先生在《文化苦旅》中写过这样的一段话："有这样的地，天才叫天。有这样的天，地才叫地。在这样的天地中独个儿行走，侏儒也变成了巨人。在这样的天地中独个儿行走，巨人也变成了侏儒。"我想余先生笔下的世界一定也如翡翠岛的沙漠风光这样吧。偶尔划过天边的几只海鸥，打破了我的沉思。这些可爱的安琪儿给这幅磅礴的中国画增添了些许灵气，成了画中那最灵动的笔墨。

提到画，不觉让我想起"诗中有画，画中有诗"的大诗人王维曾写过"大漠孤烟直，长河落日圆"的诗句，我想能在此时与心爱的他一起在沙漠中野炊，相互依偎，一起观日出日落，漫随云卷云舒，一定是一件最幸福的事，管它背景是长河还是海洋呢？沙滩上能留下两人深深浅浅的足迹，身后能留下两人清晰的幸福剪影便足够了。我料想大自然的造物者一定是一个曾生活在沙漠中的神仙，他见惯了人们在沙漠中见到海市蜃楼的兴奋与愿望破灭的失望，于是用自己的魔法给人间创造出这么一个大海与沙漠完美结合的人间仙境。

如果在沙漠中热了、累了，那么槐树林一定是一个绝佳的去处。一串串洁白的槐花，躲在绿叶底下，像一个个害羞又清纯的小姑娘，散发着缕缕清香。那里槐树成林，林荫路下是一条条木栈道，走上去咚咚作响，那嗒嗒的足音似一曲曲悠扬的小令。槐树林周围有许多长椅，你可以随意停歇。闭上眼睛，全身心沉浸在这清幽的香甜之中，仿佛这清香随呼吸、随血液流遍你的全身，你自己也从里到外香气十足。唐诗宋词中有许多与槐林、槐花相关的佳句，如"恰似珍珠串串开，晶莹剔透蕴高怀"，又如"门前一树玉玲珑，花正芬芳绿正浓"……在如画的美卷中，感受中华诗词的艺术魅力！这么美的翡翠岛，叫人如何不喜欢？

我们何其有幸生活在这么优美的地方，无论是昌黎的山还是水都养育了一批努力奋斗的碣石儿女。他们在自己各自的岗位上作着各种各样的贡献。

九十多岁的李延年，就是其中最具代表的一位。自 2019 年 9 月 17 日，国家主席习近平签署主席令，授予李延年"共和国勋章"，全国人民就都认识了这样一位昌黎籍的英雄。他 1945 年参加革命，曾参加解放战争、湘西剿匪、抗美援朝战争、边境防卫作战等大小战斗 20 多次，其英雄事迹被中国人民革命军事博物馆收藏。老人家戎马一生，把自己的一生都奉献给了革命事业，他始终保持老党员的本色，居功不自傲，自身要求严，为我们昌黎儿女做出了榜样。李延年虽然离开家乡几十年，但是没有忘记过家乡昌黎，这便是铁血男儿的乡愁吧。自古燕赵多慷慨悲歌之士，我们冀东昌黎县又出了很多愿意为革命事业抛头颅洒热血的英雄，正是因为有了他们，我们才能生活在如此平安幸福的中国。

从昌黎走出越来越多的人才，源源不断地流向了全国各地，他们在全国各地用自己的青春为祖国作出自己的贡献，但还有一批人愿意在大学毕业后，依旧选择回到故乡。

作家艾青说："为什么我的眼里常含泪水，因为我对这土地爱得深沉……"我想艾青的这句诗写出了无数热爱家乡的人的心声，我们每个人都以各种各样的方式关注着昌黎，期待着它被建设得越来越美好。

我从小生在昌黎，长在昌黎。上大学之前我的愿望就是"世界那么大，我想去看看"，可是真正上大学之后，我才发现家乡昌黎在我的心中有着不可或缺的地位，所以大学毕业后我既没有选择考上的张北教师，也没选择去北京、天津这样的大城市打拼，而是回到了朝思暮想的家乡。我在一本书上看到这样一句话："我们拼命学习的目的，不是为了摆脱贫困的家乡，而是帮助家乡摆脱贫困。"我深以为然。我愿意把自己的余生全部奉献给家乡昌黎，用自己微不足道的力量去为昌黎的教育事业发自己的一份光和热。

2009 年，在大学毕业时，我响应国家的号召"到农村去，到基层去，到人民最需要的地方去"，光荣地成了一名大学生"三支一扶"志愿者，回到了昌黎农村。那时的我，家住县城东边的沿海乡镇，总要跨越大半个县城去上班，交通的不便使我不得不选择住校。清晨，沐浴着阳光，我开启学校的大门，迎接孩子们的到来；傍晚，在夕阳西下中，我关闭学校的大门，送走最后一批学生。

入编后，更是十几年如一日，我一直扎根在昌黎县农村教育的这块净土上。如果有人问我，我的青春去哪儿了？我会很自豪地回答，我把自己的青春奉献给了昌黎农村的教育事业。我从不后悔自己的选择，因为对农村的孩子来说，很多时候，教育都是他们改变自己和家庭命运的唯一机会。虽然，我不能像张载在"横渠四句"中说的那样"为天地立心，为生民立命，为往圣继绝学，为万世开太平"，但我却愿意用一己之力，筑梦昌黎农村的教育事业，为祖国下一代健康成长继续作出自己的贡献。

我印象最深的一次，是我曾回到老家大蒲河镇裴家堡完全小学教过一年书。那时候，我回到母校教书有一种别样的感觉，记忆总是不自觉地穿插于自己教的学生和曾经上小学的自己。因为从上高中离家求学后，我在老家的时间并不多，家乡的变化也是翻天覆地，很多都与记忆中的不同。我记得，在一次学校听课活动中，我讲的是《回乡偶书》这首诗："少小离家老大回，乡音无改鬓毛衰。儿童相见不相识，笑问客从何处来。"虽然我没苍老到两鬓斑白，可是这几句诗又何曾不是我自己的心声？乡里乡亲的孩子们对于我并不熟悉，只是以为又调来一位新老师，可是他们又哪里知道，我也曾是这个小学的学生？我竭尽全力把自己所学的知识教给学生，用自己的知识回报生我养我的家乡。贺知章诗中的每一句都扣动着一位热爱家乡的小女子的乡愁。好在，我依旧在昌黎范围内，不用感受《汉乐府》中《悲歌》那般"悲歌可以当泣，远望可以当归。思念故乡，郁郁累累……"

或许，留下来建设家乡的我们，并不是昌黎最优秀的儿女，但是我们却是最爱它的人。我们在各自的岗位上，努力奋斗着。在大家共同的努力下，昌黎的发展日新月异。一座座现代化的大楼平地而起，改善了人民的生活环境。更有葡萄沟飘香的葡萄、海边人工养殖的扇贝、朗格斯与华夏的诱人红酒在提升人民生活水平的同时也在吸引着大家的到来。昌黎的过去辉煌，现在更美好，建设之花已徐徐盛开，思念昌黎的游子们，可缓缓归矣。

乡 愁

张丽颖

原本以为，乡愁是如我的父辈、祖父辈才会有的思绪，年轻一代的我们，见惯了花红柳绿，走过了千山万水，仿佛早已习惯天南海北地闯荡和奔走，可当某个夜深人静辗转难眠的午夜，某个阳光灿烂无所事事的午后，一种难以言说的情绪会涌上心头，那情绪里有家中郁郁葱葱的老树，有弯弯升起的月亮，有热气腾腾的饺子，有熟悉亲切的乡音……它们如同母亲温暖的手，一点点抚平心中的伤痕，慰藉在外漂泊孤独的灵魂。

乡愁，是生我养我的地方，几间老屋、一条老巷子、一段老城墙、影影绰绰晃动的人。家里的小院被母亲打扫得干干净净，母亲会在院子里种上瓜果蔬菜，绿油油的黄瓜豆角、红彤彤的西红柿、香甜的玫瑰香葡萄爬满架子。我们几个一起长大的朋友在那干净整洁的小院一坐，看瓜果蔬菜以一种旺盛的姿态生长，随手摘个黄瓜、撸个西红柿，摇着蒲扇互相唠叨唠叨烦心事，拉着家常，兴致高了便聚在一起打打牌，自己动手做个烧烤，日子是如此悠闲自得。在这里，时间保持着上帝创造时的形态，它是岁月和光阴，是真真实实惬意悠长的生活，是充满无限想象力与自由的随性；而在城市里，时间却被抽象成了日历和数字，是从周一到周五的雷同和重复，是一页一页翻开撕掉的纸张，是无奈无尽的应酬，是复杂纠结的人事，是无休无止的攀比争夺。

遇上赶集的日子，姐妹几个相约着去赶集，不为别的，只为体验那份随意和热闹，那是怎么样的一种烟火气息啊！熙熙攘攘、人来人往的热闹，听着小商小贩此起彼伏的叫卖吆喝，看那一张张风尘仆仆的脸上写满的世故人情，生活就是这么真实生动。朴实的老大娘，几个萝卜，三两捆小白菜，像模像样地占据着一块位置，当我走过去，她们便用热诚的目光望着我，嘴里叫卖着："姑娘，快看看，这菜多新鲜啊，自家种的。"那些鲜嫩的菜也热切地望着我，努力地将自己最完美的姿态展现给我，于是我便停下脚步，将中意的买回来，仿佛完成了一场盛大的仪式，双方都在满意中再见。卖豆腐的斜挎在三轮车上，湿漉漉的屉布下面满是白玉砖一样水灵灵的豆腐，大喇叭里高声喊着"水豆腐咧"，悠长悠长的调子穿过眯着眼伸着懒腰的流浪猫，穿过飞奔的车流，穿过天边的云朵，直奔人的心中而来，仿佛比世界上最动听的交响乐还有穿透力。卖水产鱼虾的穿着胶靴戴着胶手套，专业又热情地吆喝着："最后一小堆给钱就卖喽！"当我走过去，他们以一种自豪的口气介绍着："你看看这蟹多肥，个个有黄儿，保管你吃了这顿想那顿。"卖各类零食的小商小贩则不需叫卖就有一群大人小孩围着挑挑选选……百人百业，百姿百态，无穷尽的新鲜货和新鲜人，仿佛一场精彩绝伦的演出，让这块平日闲散的空地生动而亲切，拥挤而喧闹，温暖而淳朴。

平时逛惯了"高大上"超市的我们，在人群里游走着、嬉戏着，我们围在各个摊点前，成为一个牢不可破的集体，兴致勃勃地与卖家讨价还价，因为买到便宜几毛钱的新鲜菜而面露喜色，因为挑到一条中意的裤子而神采飞扬，因为吃着一个酸酸甜甜的糖葫芦而欢欣跳跃。这种简单的满足和喜悦，是随心而动的情趣，是你来我往的交流，是享受过程的幸福，也是人情与烟火的味道。而这，恰恰是我们在城市里久违的、难得的、想念的人间值得。

乡愁，是念念不忘的美食，是妈妈的饺子，姥爷的干豆腐，是小饭店里的老味道。哲学家费尔巴哈有句名言，人就是他所吃的东西，这些从小吃到大的味道，慰藉着我们的味蕾和肠胃，这些带有家乡符号的食物味道，通过岁月的沉淀与发酵，已经幻化为生命的一部分，每一次重新入口，都是对儿时美好记忆的重提。

小时候最盼望吃的便是猪肉白菜馅饺子。冬日里的菜品简单匮乏，为了让单调的菜品增加一些吸引力，母亲便常常给我们包饺子。母亲麻利地和面剁馅，我跟在身后满怀期盼地守着等着。一点肉，一点油梭子，母亲剁得碎碎的，一大盆白菜剁得细细的，再放上油，加点葱花、花椒面、盐、酱油，搅拌均匀了，看过去，满盆的白色中间点缀着红色的肉点，就是这么一星星的肉，吸引着味蕾，刺激着唾液。看母亲揉面也是种享受，白白的面团在母亲手下就像个听话的孩子，揉捏一会，面团就晶莹筋道，又光滑又细致。母亲一个人边擀皮边包，我在旁边静静地看着，炉子上的水咕噜咕噜地冒着泡，我嚷嚷着："妈，水开了！"白胖胖的饺子下了锅，在水里翻腾着、愉悦着。热腾腾的饺子出锅后，总是我和老爸先吃，母亲接着包下一锅。在寒风凛冽的冬天，一家人围着温暖的炉子吃饺子，真是世界上最幸福的事情。虽然不是山珍海味，虽然没有特别的味道，可是我们吃得那个香啊，因为这一锅锅热乎的饺子，冬天的寒冷仿佛也慢了、淡了、远了。

另一种盼望的美食便是腊八粥。"小孩小孩你别馋，过了腊八就是年"，要想喝一碗腊八粥只能在腊八。那时住在父母单位的家属院里，常常是邻近的几家人一起熬腊八粥，我家出花生，他家拿红枣，拼拼凑凑的食材放在桌子上，母亲们忙着剥壳清理，父亲们谈天说地，孩子们在院子里跑来跑去。等母亲们喊一声"粥好了，快回来"，我们带着一身冷气进屋，争相围在火炉边烤火取暖。而火炉上，就是母亲们精心熬制的腊八粥，香软、甜糯、绵滑，以特有的味道吸引刺激着我们的胃和神经，让我们不怕碗烫粥热而哧溜哧溜地喝起来。粥的香气和嘴中呼出的热气，交融成氤氲的雾气，在那雾气下，藏着多少惊喜啊，发胀的枣子多么香甜，扁平的核桃仁多么爽口，紫红的花生多么惹眼，白胖胖的莲子多么可爱……热气腾腾、香气四溢的腊八粥，就这样幸福着我们那不甚富裕的生活，温暖着寒冷而贫瘠的冬天，让生活充满了盼头和喜悦。如今远走他乡，走在异乡的街道，坐在街头小店里喝一碗粥，心里怀念着母亲熬制的那碗粥，怀念包含着各家食材、小伙伴们争相抢夺的那碗粥，怀念水岩寺热气腾腾的那碗粥，眼泪早已在眼眶里打转。当年的伙伴早已为了生活各奔东西，曾经人生路上陪我一程的人也不知道在天涯何处，只留下那碗摒弃了大鱼大肉、摒弃了繁华热闹的腊八粥，依然萦绕在心头，日日夜夜温暖着在外游子的心。

前年我和妹妹分别从雄安、银川回老家，尽管停留的时间不长，我们俩还是不约而同地将小时候吃过的小店都走了一遍，有些店早已换了主人，招牌已经不见；有些店因为县城改造已变成高楼大厦，曾经熟悉的味道只能梦中回味。然而令人惊喜的是，仍然有很多小店在，街口的牛肉拉面，依然汤清面细，加上特制的卤牛肉，香味扑鼻；家对面的老北京爆肚，烤涮一体，味道还是让人叫绝；还有步行街的烤面筋、烤红薯、糖炒栗子，二中门口的炒凉粉、拌凉皮，哪一样不是我们当年百吃不腻的美食呢？其实这些食物很普通，全国各地都能吃得到，然而只有在家乡吃，在这片生我养我的地方吃，与相伴的亲朋好友兄弟姐妹吃，才能吃出独特的味道，吃出里面浓浓的温情和幸福。

回老家这几天，二姨为了款待我们使出浑身解数，然而让我和妹妹吃得有滋有味赞不绝口的还是京酱肉丝、白菜干豆腐、黄瓜拌干豆腐这些家乡美食。不得不说，新集的干豆腐，即使放到全国，那也是独一份，无论是在山西、宁夏、雄安，还是在杭州、上海、深圳，再也没有吃到过比新集干豆腐更"干、薄、细"的了。新集的干豆腐压得实、干爽，每张豆腐厚薄如纸，太阳底下能透亮儿，而且豆腐里不含豆渣，口感柔和。"干、薄、细"是干豆腐的三大特色，细致均匀，薄而不破，无论炒、炖，不碎不散，吃在嘴里，喷香扑鼻，实在是难得的美味。在我小时候，干豆腐是和肉一样珍贵的食物，姥爷做干豆腐的时候有时会掉下一小块豆腐边，我和妹妹将热乎乎的干豆腐里卷上一小块葱白，如果赶巧家里有蒜蓉辣酱，那真是太奢侈的事情了。抹上一点，红白相间，真是又香又辣、百吃不厌，是我们最爱的零食。

在老家住了几天，终于还是各自踏上了归程。临别时，二姨在我们的行李箱里装了满满一箱的干豆腐，沉得我们俩龇牙咧嘴直叫唤，即使这样老妈还在电话里遥控指挥我们多拿点，再多拿点。因为我们都知道，这不仅是食物，刺激人的味蕾、愉悦人的心情，更代表了一种记忆，寄托了一种情感。在我们吃的每一种食物里，都有着时光的痕迹，都有着爱的味道，都有着家的滋味，都有着思念、勤俭、善良等情感和信念混合在一起，不仅滋养着我们的身体，也滋养着我们的灵魂。无论我们的脚步多么匆忙，无论我们多么不愿意经受生离死别，它们总是与我们不期而遇，而我们在最普通最平凡的食物里想念着家人，体味着亲情，继承着信仰。远离家乡的人每当尝到这种特殊的味道时，它们就会唤醒你对家乡、对家人、对亲情的无尽回忆，于是那孤单寂寥的心情便会得到莫大的安慰。

乡愁，是熟悉亲切的乡音，是在我们说着顺畅的普通话时无意间冒出的一句方言，是在陌生环境中对千百种口音中突然响起的熟悉声音的无限敏感和欣喜。在山西上大学时，我那一口流利的昌黎老呔话让同学记忆深刻，时常有同学跟我说，听你说话就像唱歌一样，真好玩。确实，老呔话儿话音多，尾音降调拐弯，一般人说不出来，当地人说习惯了也不好改。那时候，我为了普通话考试可没少费功夫，每天想方设法地按照普通话发音来纠正自己，开口说话前字斟句酌，简直比上法庭作证还要谨慎。后来在外地工作，一个同事跟我说："丽颖，你每次跟领导汇报工作我都想笑，你说话拉着调，部长说话压着音，一个长长的，一个短短的，你们两个交流我实在忍不住想笑。"他说完我都愣住了，从上大学开始自己努力说普通话都十多年了，有时候自己也会刻意地说普通话，因为家乡话声调降调，很多同事听不懂。然而在远离乡音、缺少老呔语境的情况下，在它被埋到我们日常生活的地底刻意隐藏起来时，家乡话还是深深地印刻在脑海里、融入血脉里，不知不觉间就会蹦出来、跳出来。乡音，永远是我们属于那一方土地的印记，永远是我们生命中的一条根，是系住天涯游子的一缕乡情。

乡音就像生命中延续的种子，具有不可更改的传承密码。尽管我的孩子小时候在山西长大，仅仅是上幼儿园的时候在昌黎待过两年，但是那一口标准的昌黎老呔话连我都百思不得其解，也许只能说是血脉里流传的一种本能吧，我们在乡音里活着，像鱼儿在水中游着，即便一朝离开故乡，镂刻入灵魂里的还是乡音。久居他乡，突然听到一声乡音，立即会引起心灵的共鸣，那一声乡音，一下就产生了"他乡遇故知"的惊喜和激动。远离了故土，疏淡了乡音，守着心灵深处的一份寂寞，偶然听到来自童年的乡音，就会想起自己的根，想起老家的亲戚朋友，想起儿时房顶上的瓦松，想起墙根长满青苔的老屋，想起晚霞下屋顶升起的袅袅炊烟，想起母亲那一声长一声短的呼唤……于是，在异地他乡，因为一声声乡音而相亲相近，乡音也成了彼此间的识别器。大家团聚在乡音的磁场里，凝结为浓浓的乡情，融会成为一种亲和力：互相发现，互相信任，互相帮衬，让奔波在其他城市的同乡有了无限的温馨与慰藉。

大抵每个身处异乡的人都会萌生出这种叫作"乡愁"的情愫，文人墨客的乡愁是"日暮乡关何处是，烟波江上使人愁"的文人气息，草根阶层如我的乡愁便是人人曾经熟悉的烟火气，是对儿时玩伴的记忆，一餐母亲亲手做的家常饭，村头老树下爷爷辈含糊不清的不知道年代的故事，邻里在冬日里背风向阳的老屋前的家长里短，供奉在宗祠里祖宗牌位的悠长记忆……这一切，最终汇成了一种让人铭记、回味、思念、眷恋的因子，让我们身处异乡的人心底有了最温暖的归宿。

前几年很火的央视纪录片《舌尖上的中国》让我看了一遍又一遍，从表面上看能够打动人心的，是那些做功精细的文豆腐和河豚肉，是湖南人吃不够的臭豆腐、白辣椒，是安徽人忘不了的毛豆腐、臭鳜鱼，是让陕北人念念不忘的黄馍馍，是四川人离不了的豆瓣酱，是朝鲜族大嫂的辣白菜，是东北人念念不忘的酸菜氽白肉，其实，真正让我们觉得梦牵魂萦的，却是凝聚在这些吃食制作过程中的亲情及邻里相助的乡情。

对家乡味道的记忆和思念以及邻里之间互助互爱的村亲乡谊，凝结成了我们对家乡生活方式的深刻记忆，渐次变成了挥之不去的乡愁，随着时间的流逝，凝结成了化不开的文化印迹。爹娘勤劳养家的身影，祖辈传下来的一盘碾子、一口水缸、一盏麻油灯，以及春种夏耘秋收冬藏之后的一餐饱饭和一铺热炕，也许才真正是离家游荡在他乡的人们那心中挥之不去、解不开的块垒。

说到底，是那曾经熟悉的地方、熟悉的味道、熟悉的人，以及千百年来熟悉的生活方式并由此形成的文化留给我们的烙印。家乡的生活方式和凝结在生活方式里的文化，就像篱笆墙的影子，总是那么长，也像墙边棚架上的豆角秧子，一如往常，只要是夏天，它就会爬满了角角落落，也终将爬满每个人的心里。

乡愁四季

张　宁

对于身在家乡却又远离家乡的人来说，有一种情一辈子都逃不过，那就是乡愁，乡愁就像蚀骨虫一样在身体里寄生着，一年四季都会发作，且没有特效药，只有一年又一年地延续。

春·怨

每到春日暖阳、百花齐放的时候，蚀骨虫就开始复苏劳作，在身体里不停地折腾，于是整个人就跟个怨妇一样开始抱怨，为什么春风这么凛冽刺骨，为什么我的风筝升空后就断了线，为什么我的仙人掌还不开花，为什么我的小狗还是那么懒洋洋，为什么热汤面就是没有白米饭好吃，为什么我每天都要这么奔波地去工作，为什么老板这么抠门，为什么没有伯乐重用我这匹千里马……好像一切的一切都是在逆势而为，没有什么事情是顺心顺意的。尽管窗外的花开得五颜六色，但是室内的一切好像都是灰色的，春怨就这么一点点在脑海里、在心田里蔓延着，仿佛全世界都在为难着自己。

家乡的春天不是这样的，家乡的春天没有怨，只有一望无际的希望。小时候，当河开雁来的时候，万物都开始静悄悄地复苏，所有生命都开始萌动，我们人类终于熬过了寒冷的冬日，身体也开始爽朗起来了，每一个小玩伴都是满血复活的样子。"你听，小草开始破土而生了，"小伙伴又说，"再过几天，家里的小兔子就有食儿吃了，不用再啃胡萝卜、大白菜了，终于可以给他们换菜谱了。"什么春风凛冽、什么狂沙漫天，好像都抵挡不住我们要去田野里撒欢，从此开启了自由自在的野外生活模式。盼呀盼，终于放学了，拿起小铲、小箩筐，出发了，"今天比赛看谁挖的野菜多，多的有糖果吃哟！""看，这是一朵美丽的蒲公英。""我这里有一朵小紫花地丁。""我这里也有小黄花的苦菜。"……"将来我们要种一个小花园，里边种上五颜六色的花朵，每天让我们徜徉在花海里，多幸福、多浪漫呀！"我们就这样沉浸在少女梦中。"喂，太阳马上落山了，快，动作再快一点，赶紧采满小筐筐，我们就可以回家了，小兔子们还在等我们的'大餐'呢。"

周日来了，放假了（那时候的周六是要上学的，相比于现在，好像现在更幸福，有双休哦），"今天微风徐徐，我们去放风筝吧。""好呀好呀。""小妹，你拿着风筝快点跑，我在这里放线。"小妹飞奔似的跑，一次两次都失败了，风筝没有飞起来，好沮丧啊，不过我们不气馁，继续继续，这次换一下，我来跑。天公作美了，突然来了一阵"小邪风"，风筝终于飞起来了。"我们的小蝴蝶飞起来了。""好羡慕这只纸蝴蝶呀，可以飞得这么高，将来我们也要离开这里，飞出这个穷地方，去看看外边的世界。"

家乡的春天就是这样的，天真烂漫，五颜六色，挖野菜、放风筝都是快乐的，我们心里充满了希望，对未来有数不完的期盼，而如今现实好像很打脸、很刺骨，蚀骨虫复活了，侵蚀着整个身体，哪哪都不舒服。

夏·伤

挨过了春的各种怨，迎来了夏的烈日炎炎、蝉鸣鸟叫，好像都在诉说着各自的忧伤，春天留下的后遗症，带来了整个夏日的忧伤。"看不破的永远是真相，想要退后模糊了牵强附会的伤，回忆旁白泪水的信仰，绝望掩埋了希望……"满街的槐花飘着独有的香气，淡淡的甜中略带些苦涩；再看满池娇艳的荷花，"映日荷花别样红"的韵味中也夹杂着一丝忧伤；听着远处的海浪声，也不是那么清脆，好像伴着小姑娘的哭泣声，此情此景，难免再一次勾起心中的悲伤。

午后，下起了淅淅沥沥的小雨，听着小雨滴答滴答敲窗的声音，好像忧愁在瞬间开始褪减，突然间的电闪雷鸣，一下子穿越到了孩童时代。那时候也就七八岁的样子，在一个下雨天，几个小伙伴不顾家长的阻拦，顶着大雨，跑到铁道边的小桥下捉鱼虾。那时候的小溪清澈见底，下雨的时候山上的小鱼虾也跟着雨水游了下来，不一会儿工夫小鱼虾就装满了整个罐头瓶，成就感满满。等雨停，高高兴兴地回家去，用小塑料桶把"战利品"饲养起来，第二天放学回家一看，"我的小虾去哪里了？"自己一边嘀咕着一边琢磨着，奶奶笑话我说："傻孩子，你把小鱼、小虾放一起，小虾当然会不见了，你忘了吗'小鱼吃虾米呀'！"我苦笑道："我怎么不知道，我怎么现在才知道……"

到了晚上最是煎熬，天空中没有翱翔的大飞机，只有数不尽的蚊子和苍蝇，虽然被这些飞行物折磨得很痒，但是丝毫阻挡不了我们快乐的步伐。先去邻家地里"偷"几只玉米，再去远处的地里"偷"两块白薯，再拾点小麦秸秆，用泥巴把白薯裹起来，用树枝给玉米棒子插起来。生火，开始烤地瓜和玉米，秸秆燃烧产生的小烟雾把苍蝇和蚊子熏跑了，再也不用担心这些飞行物的骚扰了。熟了，开吃，吃饱了，困了，得找个好去处乘凉了。走喽，拿着小凉席和小蒲扇上房顶了，铺好席子躺下，看着满天的小星星，"看，北斗七星在那里。""今晚，流星会不会来呢？""大毛，你学的多，给我们讲讲星空呗，到底有没有外星人呢？""天空，有没有尽头呢？"大毛，哈哈大笑，"鬼才知道呢。"突然雷声一阵，一下子回到了现实，雨还未停，蚀骨虫又开始作怪，乡愁再现，小时候的纯真快乐仿佛就在眼前，没有一丝丝伪装，只有活灵活现的真实。时光啊，时光啊，你带不走的就是我心中的夏伤啊！

秋·思

"枯藤老树昏鸦，小桥流水人家，古道西风瘦马。夕阳西下，断肠人在天涯。"这是马致远心中的乡愁，在寂寞的秋，远在他乡的人对家乡异常地思念。而此时，身体里的蚀骨虫，却开始欢腾了，好像应了刘禹锡的那句"自古逢秋悲寂寥，我言秋日胜春朝"，仿佛所有的事物都比春天更加充满希望，思念竟幻化成了满满的喜悦。远处的稻田熟了，所有的稻穗都沉甸甸地弯了腰，干农活的老翁正龇牙咧嘴地笑着，稻田里的青蛙也发出阵阵的叫声，这些都在宣告着今年正是一个丰收年！独自游走在这片希望的田野上，好像家乡越来越近了，此时家乡的稻子也该熟了吧，爷爷奶奶已经开始收稻子了吧，他们应该也笑开了花吧。山上的果子也该熟了吧，家乡的山上种满了红富士苹果，每到深秋，爸爸妈妈就开始收苹果了。一串串的红富士苹果，好像一个个小红灯笼，在秋日蓝天白云的映照下，异常透亮，好像小姑娘的红脸蛋，软软甜甜的感觉，想捏捏又舍不得，只想就这样默默地欣赏着、守护着。

还记得奶奶的小院里有一个大葡萄藤，谁都不知道是什么品种，但是口感确是一级棒，长着一张巨峰的"脸"，却有着玫瑰香的香甜，每年的秋季开学的时候它就成熟了。从此每天放学都会去奶奶家溜达，偷偷地摘几粒葡萄吃。那时候的日子实苦，家里所有的收获都要拿出去卖，用来换生活用品，我们只能偷偷地吃几粒，记得有一次因为偷吃了一串品质最好的葡萄，被奶奶追着满街打。好像小时候很结实、脸皮也厚，打就打了吧，该偷吃还会继续偷吃，因为实在是没有什么东西比它更美味了。

不知不觉间路旁的银杏树叶已泛黄，正在一片片地凋零下落，铺满了整条凹凸不平的石子路，就像镶嵌了一层黄金一样，金灿灿地熠熠发光。你说这是秋的落寞还是秋的希望？仁者见仁，智者见智，有人看见的是落寞，有人看见的是希望，有人说是思念，思念家乡丰收的喜悦，思念家乡的菊花酒，思念家乡的老者，还有家门前柳树下的大黄狗。秋日的蚀骨虫是间歇性工作的，时而在身体里欢腾，时而又是各种折腾。明明是思念在作祟，中了思念的毒，却要说这是秋天的希望、秋天的喜悦，是自欺欺人，还是思乡之切却不敢流露呢？

冬 · 恋

秋的思念就这样刻在了脑海里、梦里、心里、骨子里，转眼间隆冬已至，寒风的凛冽惊醒了梦中人，远方的哥哥，你还记得我吗？记得那是高中午间的一个碰撞，我们都奔跑在去食堂的路上，在茫茫的人群中我们碰撞在了一起，抬头的一瞬间，我看见了一张大男孩温暖的笑脸，那一刻我的小心脏怦怦跳得飞快，好像已经跳到了嗓子眼，就在这么一瞬间，我心动了，这算不算一见钟情呢？在情窦初开的年纪，在去食堂的路上邂逅了一个温暖的男子，在高中枯燥的学习生活中，这算不算一件幸福的事情呢？学习的累一下子就烟消云散了，当然这所重点高中的纪律是很严格的，我也是一个想要通过学习改变命运的姑娘，所以这场邂逅只能埋在了心底，唯一能做的事情就是在每一次吃饭的时候，座位坐得离他近一些，默默地欣赏着他的阳光，就这样坚持了一年，他毕业了，我也高三了。在他填高考志愿的那天我们再一次相遇了，应该也是我们这一生最后的相遇吧，我们只是相视一笑，没有任何言语，彼此不知道名字，只知道那一次邂逅还有最后一次的重逢。

在这个异常寒冷的冬天，想起那时的你好像瞬间就温暖了，这算不算我还没开始就消失的爱情呢？北方的冬，又开始飘雪了，穿上大棉鞋、大棉袄，戴上棉手套和爱人下楼踏雪去了。踩在厚厚的积雪上，发出咯吱咯吱的声音，看着一望无垠的白雪，没有任何生物走过的痕迹，此时，我还真有些舍不得，于是我驻足了，爱人说："走吧，它们喜欢我们宠溺它的样子，我们的宠溺是对它最好的认可。"于是我们手牵着手，继续向前走。雪还未停，走着走着，我们都已成了白头，这是不是世上最浪漫的事儿呢？和爱的人，相伴一生到白头，在飘雪的日子肆无忌惮地去踏雪，听咯吱咯吱的踏雪的声音，诉说我们曾经的故事。"我能想到最浪漫的事儿，就是和你一起慢慢变老，直到我们老得哪儿也去不了，你还依然把我当成手心里的宝……"

在冬季，蚀骨虫也开始偷懒了，发作的频率越来越低了，生活里洋溢着初恋的甜蜜与浪漫。光阴似箭，岁月如梭，转眼间年关将至，开始准备年货了。小时候在家乡的习俗是要穿新衣、贴春联、煮猪肉、做焖子、炸千子、包饺子、放鞭炮、看春晚、走亲戚等，有多个环节，而如今在他乡我们已经简化了步骤，只剩下了贴春联、包饺子、看春晚三个环节。日子越来越好，什么也不缺了，但是气氛没有了，年味也在慢慢地消失，回不去的家乡、回不去的小时候，成了一生的牵绊。

伴着一场又一场冬雪，春天越来越近了，蚀骨虫也即将复苏了，一年四季的轮回又开始了。

番外篇：家乡的春节

过了腊八就是年，家乡的春节是从腊八这一天开始的，腊八早上家家户户都要熬上一锅八宝粥，好像是祈福的寓意；再腌上一罐糖醋蒜，待到除夕晚上吃饺子时吃。听太奶奶说其实腊八蒜是要账的意思，让那些欠账的人赶紧还账，那是不是应该叫"腊八算"呢？从腊八开始，村里的各家各户都开始准备年货了，鸡鸣犬吠、杀猪宰羊，敲锣打鼓、张灯结彩迎新春！腊八后的每一个大、小集都热闹非凡，挤不开的人群、堆成山的年货，大人小孩开始挑选各自需要的年货，首先是要备一身喜庆的新衣服，然后就是瓜子、花生、糖果，还有鸡鸭鱼肉等食材，当然最重要的是要有烟花爆竹。

盼啊盼，终于盼来了腊月二十三，我们北方的小年。这一天村里会有秧歌表演，午饭后我会和小伙伴们去看热闹，最幸福的事情是这一天爷爷会给我买一块方砖的冰糕吃。奶奶在家里开始给我们炸千子、蒸焖子，这是儿时我最喜欢的美味，一年也就能吃这么一两次。千子是用粉饹馇和肉馅卷在一起，再在油锅里炸制而成的；而焖子是用煮猪肉的汤子浇在水解好的白薯淀粉里，然后用家里的大灶锅蒸制而成的。现如今吃的千子还有点奶奶的味道，而蒸焖子再也没有了奶奶的味道，无论是自己做的还是从超市里买的，奶奶的味道都已不存在。

春节的氛围不需要任何刻意的雕琢，村庄里处处都弥漫着春节的气息，每一个人都是喜悦的，尤其是孩童，都像小兔子一样活蹦乱跳的，毫无掩饰，发自内心的喜悦。熬呀熬，终于熬到了除夕，早晨起来第一件事情就是穿上新衣服，然后把春联整整齐齐地贴在大门上。大人们开始准备午饭，这一顿是一年中最丰盛的，鸡鸭鱼肉都要上桌。小孩们就开始燃放各种烟花爆竹了，划炮、手拿烟花、小鞭炮、摔炮，不管男孩、女孩，都敢出来燃放，胆再大点的，二踢脚都可以搞定，"砰砰砰"吓得心跳加速，但是依然很开心，玩的就是这种刺激。比比谁的窜天猴飞得高，再看看谁的手拿烟花转得更漂亮、谁的摔炮更响，过年的喜庆真的是趣味盎然，盼了一大年，终于可以放肆起来了。晚上包饺子，吃完饺子全家人聚在一起守着小黑白电视机看春晚，待到午夜十二点的钟声响起的时候，全家会一起去小院里燃放烟花爆竹，喜迎新年第一天。

大年初一开始走亲戚拜大年了，今天叔家明天姨家，还有七大姑八大姨家。从此开启狂吃模式了，当然还有收不停的压岁钱，还有好久不见的小哥哥小姐姐小弟弟小妹妹们一起耍起来了，比比谁的压岁钱多，比比谁的新衣更漂亮，最重要的是看看谁个头更高（最讨厌你们比这个）……

各种亲戚走完了，春节也快接近尾声了，正月十五来了，元宵节闹起来了，这一天一定会央求爸爸妈妈带着我们去城里看花灯。记忆里最深刻的应该是西游记系列的灯笼，好像是纸糊的孙悟空、猪八戒、白龙马，里边长着一盏小彩灯，街两旁还会挂满大红灯笼，像糖葫芦一样一串串的。小广场还有皮影表演，最主要的是有很多美食小吃，是平时都吃不到的好物，惹得哈喇子流个不停。

家乡的年有着独特的味道，有泥土香、花香、肉香，还有爽朗的笑声；而如今过年的空气中弥漫着淡定的味道，鸟语花香已不再，只有各种油腻腻的味道，好怀念小时候淡淡的芬芳的年的味道，朴实而真挚！